DONGSUH MYSTERY BOOKS 34

TRENT'S LAST CASE

트렌트 마지막 사건

에드먼드 클레리휴 벤틀리/손정원 옮김

동서문화사

옮긴이 손정원(孫正瑗)

동국대학 문과 졸업·화산중학교 교사·인천신보사·동서문화사·월간 《자연
과 어린이》 편집인 역임. 동화작가로 활동. 지은책 《도깨비》 옮긴책 만델
라 《아프리카 소년의 꿈》 쯔바이삑 《나탈리의 꿈나무》 등이 있다.

DONGSUH MYSTERY BOOKS 34

트렌트 마지막 사건

에드먼드 클레리휴 벤틀리 지음/손정원 옮김

초판 발행/1977년 12월 1일

중판 발행/2003년 1월 1일

발행인 고정일/발행처 동서문화사

창업 1956. 12. 12. 등록 16-345(윤)

서울강남구신사동 540-22 ☎ 546-0331~6 (FAX) 545-0331

www.epascal.co.kr

*

편찬·필름·제작 일체 「동판」 자본으로 이루어짐에 따라
출판권 소유권자 「동판」에서 제조출판판매 세무일체를 전담합니다.
사업자등록번호 211-90-02201
ISBN 89-497-0115-4 04840
ISBN 89-497-0081-6 (세트)

트렌트 마지막 사건
차례

길버트 키드 체스터튼에게 바친다.

길버트

내가 이 소설을 당신에게 바치는 이유 하나는, 이것을 쓰게 된 동기가 당신이 즐겁게 읽어 주기를 바라는 마음에서였기 때문입니다. 둘째는 당신으로부터 《목요일의 남자》를 받았으므로 그 보답을 하고자 한 것입니다. 셋째는 2년 전 프랑스 친구들에게 둘러싸여 이 소설의 계획을 당신에게 털어놓았을 때 이것을 당신에게 바치겠다고 약속했기 때문이며 마지막 이유는 옛날이 그립기 때문입니다.

오늘은 또 그 경탄할 시절의 추억에 잠겨 있습니다. 우리들 중 아무도 신문 같은 것을 보려 하지 않았던 시절, 종이며 차(茶)며 선배의 호의를 마음껏 쓸 수 있었던 진실로 행복했던 그 시절, 캐나다 시인의 말을 빌면 자연의 노작(勞作)을 배우며 그 작은 개구리에게도 마음이 끌렸던 시절, 요컨대 우리가 매우 젊었던 시절의 일을…….

그 당시의 추억을 회상하며 당신에게 이 책을 보냅니다.

E.C. 벤틀리

등장인물

시그즈비 맨더슨 '거인'이라 불리는 미국 재계 제1인자

메이벨 맨더슨 시그즈비의 아내

존 머로우 맨더슨의 비서. 영국 청년

칼빈 C 버너 맨더슨의 비서. 미국 청년

마틴 맨더슨 집안의 집사

세레스띠느 맨더슨 부인의 프랑스인 하녀

필립 트렌트 명탐정으로 이름난 영국 화가

마치 런던 경시청 경감

나다니엘 카플스 맨더슨 부인의 고모부이자 트렌트의 친구

제임스 모로이 경 사건 조사를 트렌트에게 의뢰한 신문사 주필

흉보

참으로 중대한 일과 겉으로 보기에만 그렇게 보이는 일을 판별하기란 우리 평범한 사람으로서는 지극히 어려운 일일 것이다.

그 강인하면서도 풍부한 경험으로 교활하기 짝이 없는 시그즈비 맨더슨의 두뇌가 어떤 자가 쏜 한 발의 흉탄에 분쇄되었을 때, 세상 사람들은 한 방울의 눈물도 흘릴 생각을 하지 않았다. 그 죽음을 진심으로 슬퍼해 주는 친구도 없었고, 죽은 뒤 그 이름을 떨칠 만한 업적도 남기지 않고 오로지 막대한 재산을 모으는 데만 치열했던 그의 죽음은, 그 이름을 기억하고 있는 사람들의 마음에 부의 허무함에 대한 어느 정도의 비애를 준 데 불과했다. 그러나 실업계의 소용돌이 속에 있는 사람들만은 그야말로 천지가 뒤집힌 듯한 충격을 받았다.

찬란한 미국 경제사에 있어서도 맨더슨만큼 실업계에서 놀라운 솜씨를 보이고 당당하게 군림했던 인물은 아직 없었을 것이다. 그는 말하자면 우상적 존재였다. 자본의 힘을 착실히 구사하여 막대한 부를 얻은 재계의 큰 인물은 그 사람 이전에도 몇 명 있었지만, 맨더슨은 그들과는 범주를 달리한 특이한 존재였다. 그는 시장 조작에 있어 파탄이나 위기를 힘 안 들이고 처리하고 월 거리를 위협하려는 어떤 강적도 가볍게 물리칠 수 있는 마력을 지닌 절대적인 수호신으로서 업계의 모든 사람들에게 존경을 받고 있었다. 지금은 해적 이야기에 대한 향수를 품고 있는 이 나라 사람들의 눈에는 그의 모습이 영웅적인 광채에 싸여 있는 것으로 보일 것이다.

그의 조부도 왕년에 월 거리에서는 그런대로 이름을 알아주었던 재계 인물이었다. 그 재산을 물려받은 그의 아버지는 오랜 생애를 평범한 한 금융업자로서 마쳤고 주식에는 전혀 손을 대지 않았다. 그의 아들로 부유한 집안에 태어난 맨더슨은 따라서 이미 금력에 의해 사회에 확고한 지위를 구축해 둔 신흥 미국의 재계인으로서 안이한 인생을 보낼 수 있었을 것이다. 그러나 사실은 그렇지 못했다. 물론 그가 받은 교육과 성격은, 부유한 이의 생활양식에 있어 유럽식 사고를 그대로 물려받았으며 또 화려한 겉치레를 피한 조용하고 고상한 취미가 몸에 배기도 했지만, 그는 그가 이어받은 노다지꾼이나 증권업자였던 조상의 피에 매혹되었던 것이다. 그의 경력에 있어 악동의 실력을 마음껏 발휘한 초기 시절은 바로 강인하기 짝이 없는 도박의 천재였던 것이다. 마치 그는 투기라는 놀이에 열중하여 누구보다도 우수한 두뇌를 그곳에만 몰두하고 있는 신동 같았다.

세인트헬레나 섬에는 '전쟁은 아름다운 일이다'라는 말이 남아 있지만, 과연 젊은 날의 맨더슨도 뉴욕 증권 거래소에 전개되는 장렬한 대전란을 목격하고 같은 감회를 품고 있었을 것이다.

그렇게 지내다 보니 하나의 전환점이 찾아왔다. 그가 30세 때 지켜본 아버지의 죽음이 신의 영광과 위대한 힘에 대한 뭔가 새로운 계시를 그에게 주기라도 한 듯 어쨌든 그는 미국인답게 단번에 인생의 방향을 바꾸어, 갑자기 월 거리의 소음을 외면하고 죽은 아버지가 남긴 은행업으로 자리를 바꾸게 된 것이다. 그리고 몇 년 동안 그의 은행은 철저하고 보수적이고 안전하고 강대한 자금력을 지닌 대은행으로 발돋움하여 미쳐날뛰는 시장의 파도 위에 굳건히 치솟은 암벽처럼 확고부동한 기초를 쌓아올려 그는 그 모든 실권을 손아귀에 넣게 되었다.

이래서 강인한 사고방식으로 그가 청년 시절에 받았던 불신과 악평은 완전히 사라졌다. 실제로 옛날의 그와는 전혀 다른 사람이 된 느낌이었다. 어떻게 해서 이렇게 변했는지 확실한 사정은 아무도 알지 못했다. 떠도는 말로는 그가 존경하는 유일한 사람인 아버지가 임종 때 남긴 말이 그의 인품을 바꾼 것이라고도 한다.

그는 드디어 재계에 군림하게 되었다. 그의 이름은 세계 주식 시장에서 모르는 사람이 없었다. 사람들은 맨더슨의 이름을 말할 때면, 그를 미국의 거대한 부에 보장된 모든 권력 그 자체인 것 같은 착각을 일으켰다. 그는 자본의 일대 합병사업을 계획하고 광대한 영역의 산업을 병합하여 통일하고 확고한 판단으로 주(州) 또는 민간의 대기업에 자본을 투자했다. 가끔 파업을 탄압하거나 과잉 노동자를 지닌 기업을 합병할 때는 많은 하층 계급 가정을 짓밟고도 전혀 개의치 않았다. 광부나 철강 노동자가 농업 노동자들이 그에게 반항하여 불온한 행동으로 나오면, 그는 그들 이상으로 더 무법적이고도 잔혹한 수단으로 대항했다. 더구나 그런 것은 모두 정당한 사업 목적을 달성하기 위한 합법적인 수단으로 인정되었다. 아마 수많은 가난한 사람들이 마음속으로 그를 저주했겠지만, 자본가나 투기가들은 오히려 그의 수완을 칭찬했다.

그는 미국 구석구석까지 손을 뻗쳐 부를 옹호하고 자본을 축적하여 그 힘을 늘려갔다. 그는 그 강인하고 냉혹한, 과녁을 벗어나지 않는 수단을 이용하여 덮어놓고 큰 것만을 좋아하는 미국인의 마음을 사로잡아 우러러 받드는 그들의 마음에 보답했다고 할 수 있었다. 일부

국민은 그를 '거인'이라는 애칭으로 불러 존경의 뜻을 나타냈다.

그러나 만년의 맨더슨에게는 측근의 비서나 중역 또는 분별없던 청년 시절부터의 친구 등 한정된 사람에게만 알려진 의외의 일면이 있었다. 실업계의 중진이며 증권시장의 안정과 번영의 주춧돌이었던 맨더슨이, 월 거리 사람들이 그 이름을 듣기만 해도 벌벌 떨던 예전의 자기 활약상을 그리워하고 그 향수에 괴로워하고 있었다. 그 발작적인 증상을 목격한 어떤 사람의 말을 빌면, 메인 호로부터의 약탈한 물품을 자본으로 하여 브리스틀에 가게를 열고 충실하고 정직한 상인 행세를 했던 해적 두목 블랙베어드를 연상케 했다는 것이었다. 그 해적은 발작적으로 입에 칼을 물고 모자의 띠로 유황 성냥을 그으려고 했다는데, 맨더슨은 이 같은 역행적 발작이 일어나면 맨더슨 콜팍스 상회의 구석진 방에서 열에 들뜬 사람처럼 얼굴이 벌개져서 증권 시장의 기습 교란 계획을 이리저리 강구하곤 했다. 그러나 그런 계획은 한 번도 실행에 옮겨지지 않았다. 블랙베어드는 그러다간 문득 옛날의 위험한 꿈에서 깨어나 태연한 얼굴로 카운터로 들어갔다고 한다. 틀림없이 '스페인의 여인'이란 노래 구절을 흥얼거리며…… 맨더슨은 그 같은 이상한 발작이 가라앉으면 증권시장을 휘저어 그 막대한 재산을 얻는 방법을 그곳에 있던 몇몇 중역들에게 알려 주고는 놀라는 상대방의 얼굴을 보고 악의없는 만족감을 맛보며 개탄하는 어조로 이렇게 중얼거리는 것이었다.

"내가 손을 떼면서부터 월 거리도 전혀 활기가 없어져 버렸어."

절로 미소를 자아내게 하는 이 거인의 기벽을 말해 주는 비화는 점점 실업인 사이에 퍼져, 그의 괴상한 버릇이 다만 그 정도에서 그친 것을 그들은 마음속으로 기뻐했던 것이다.

맨더슨이 죽었다는 소식이 전해지자 시장마다 일대 공황의 폭풍우에 휩쓸렸다. 공교롭게도 나쁜 시기에 휩쓸린 탓도 있겠지만 물가는 지진으로 탑이 무너지듯 폭락했다. 월 거리는 꼬박 이틀 동안 아비규환에 찬 지옥을 연상케 했다. 투기업자들이 많은 미국 곳곳에서는 즉시 파산하는 사람이 나타나 숱한 사람들이 허무하게 자살을 했다. 유럽에서도 적지 않은 사람들이 전혀 안면도 없는 이 대자본가와 운명을 함께하지 않으면 안 될 입장에 놓이게 되었다.

파리 어느 저명한 은행가는 조용히 증권 거래소를 나와서 곧 호화로운 현관 돌계단 위에서 격분하여 밀려드는 수전노들에게 둘러싸여 여유 있고 침착한 태도로 독을 마시고 죽었다. 프랑크푸르트에선 대성당 높은 탑 위에서 뛰어내려 아래에 있는 탑의 빨간 지붕을 붉은 피로 더욱 붉게 물들인 사람도 있었다.

이래서 다만 탐욕스러운 금전욕에만 봉사해 오던 한낱 냉혹한 심장의 움직임이 영국의 한쪽 구석에서 멎었다는 사실만으로 헤아릴 수 없는 사람들이 칼이나 권총 또는 밧줄로 스스로의 목숨을 끊고 죽음의 대향연을 베푼 것이다.

정말 시기가 나빴다. 그것은 월 거리가 폭락에 빠지는 것을 가까스로 억누르고 있던 상태였기 때문이다. 약 1주일 전에 하얀 은행의 은행장 루카스 하얀이 갑자기 검거되면서 막대한 공금 횡령 사실이 백일하에 드러났기 때문에, 거인과 그 지배 아래 있던 큰 업체가 제휴하여 어떻게든지 그 영향을 최소한으로 막아 보려고 애쓰고 있던 참이었다. 그 사건도 운수사납게 주가가 실제 시세 이상으로 올랐을 때 돌발한 것이다. 시장 측 설명에 의하면 폭락이 오는 것은 당연한 결과였다. 옥수수 작황이 불량하다는 반갑지 않은 정보도 들어와 있었고, 몇몇 철도 회사의 실적 발표가 예상외로 부진했던 탓도 있었다. 그러나 넓은 투기시장의 어느 한구석에 값이 무너질 것 같은 위기를 느끼게 되면 언제나 맨더슨 그룹이 나서서 주가를 안정적으로 유지해

왔다. 따라서 머리회전은 빠르지만 생각이 얕고, 탐욕스럽긴 하나 감상적인 투기업자들은 한 주일 동안의 동향을 보고 거인이 먼 데서 구제의 손을 뻗치고 있는 것으로 생각하고 있었다.

각 신문은 맨더슨이 한 시간마다 월 거리의 담당자와 연락을 취하고 있다고 떠들어 댔다. 어떤 신문은 지난 24시간 동안에 주고받은 뉴욕과 말스턴 간의 전화 요금 총액을 사실인 것처럼 보도했다. 또 그 신문에는 말스턴에서 전보의 홍수를 처리하기 위해 우체국 책임자가 유능한 기사 몇 명을 그곳으로 파견했다고 씌어 있었다.

또 다른 신문에 의하면 맨더슨이 하안 은행 사건의 제1보를 받았을 때 휴가를 취소하고 몰타니야 호로 귀국할 예정이었는데, 바로 사태 수습의 전망이 보였기 때문에 그대로 눌러앉게 되었다는 것이다.

그러나 이런 정보는 교활한 맨더슨 일파의 실업가들이 의식적으로 만들어 퍼뜨리고 다닌 것이며, 그것을 경제 기자들이 의식적으로 말을 덧붙여서 발표한 터무니없는 정보였다.

맨더슨 일파의 실업가들은 그들의 계획을 쉽게 실행하기 위해선 이 영웅 숭배적 기분을 부채질하는 일이 가장 상책임을 알고 있었고 또 실제로는 그들이 아무리 전보를 쳐도 맨더슨으로부터는 한 마디의 답변도 없었던 일이며, 사태 수습에 나선 주역이 철강계의 일인자 하워드 B 제프리임을 다 알고 있었다. 이리하여 나흘 간에 걸친 그들이 필사적인 노력의 보람이 있어 염려했던 위기를 어느 정도 벗어나 사람들은 겨우 평정을 되찾았다.

토요일에는 아직도 기분 나쁜 화산의 흔들림과 같은 불온한 움직임을 때때로 발 밑에 느끼긴 했으나, 제프리는 우선 이것으로 자신의 소임을 다했다고 생각했다. 시장은 튼실했고 주가도 서서히 상승하고 있었다. 이리하여 월 거리는 지치기는 했으나 조용한 잠을 이룬 채 일요일을 보냈다.

월요일 아침 첫 모임을 가진 시각에 그 놀라운 소문이 60에이커나 되는 재계의 전당을 뒤흔들었다. 번개처럼 순식간에 모든 사람의 귀에 전해졌으므로 그 소문이 어디서 새어나왔는지는 알 수 없었으나, 아마 어느 입회인의 긴급 주문을 전화로 받고 있을 때 회사의 교환수나 누가 그 사실을 듣고 저도 모르게 놀라 소리치고 되물은 데서 그렇게 된 것이 아닌가 하는 생각이 든다. 소강 상태를 유지하고 있던 시장은 삽시간에 완전히 마비 상태로 빠져 버렸다. 월 거리 평소의 소요는 5분이 지나자, 진상을 알고자 하는 사람들의 아우성치는 소리로 변했다.

거래소 내부는 벌집을 쑤셔 놓은 듯 뒤숭숭했고 사람들은 모자를 쓰는 사이도 초조한 듯 부산하게 드나들었다.

"정말이오?"

누구나 이렇게 물었고 문의를 받은 사람은 떨리는 목소리로 소리쳤다.

"아니, 공매(公賣)를 하고 있던 괘씸한 치들이 그것을 속이려고 퍼뜨린 헛소문이겠죠."

그러나 15분이 지나자 런던 시장의 양키 주(株)의 거래가 끝나기 직전 갑자기 굉장히 큰 폭락을 보였다는 정보가 들어왔다. 이미 그것만으로도 모든 것을 충분히 알 수 있었다.

뉴욕에선 아직 거래 시간이 4시간 남아 있었다. 맨더슨을 시장 안정의 수호신으로 떠받드는 것으로 어려운 국면을 타개해왔던 방법이 일단 무너지자 그 반동이 몇 배의 힘으로 주모자들에게 되돌아왔다. 제프리는 전용 전화에 매달려 비통한 얼굴로 파멸의 정보를 듣고 있었다. 현대의 나폴레옹도 마침내 머렝고의 승리를 잃은 것이다. 그는 경제계 전체가 눈 앞에서 힘없이 기울어 혼돈의 지옥으로 전락하는 것을 생생하게 보는 듯했다.

그리고 30분 뒤에는 맨더슨이 시체가 되어 발견되었다는 뉴스가, 자살이라는 소문까지 더하여 각 신문지상에 인쇄되기 시작하였다. 그러나 그 인쇄된 신문이 월 거리에 배달되기 전에 이미 공황의 폭풍우가 맹위를 떨치기 시작하여 하워드 B 제프리와 그 협력자들을 시들어 버린 낙엽처럼 날려 버렸다.

　이 큰 이변도 알고 보면 하나의 헛된 소동에 불과했다. 전반적인 일상 생활에는 아무런 변화도 가져오지 않았다. 옥수수는 내리쬐는 태양 아래서 여전히 여물어 갔고 강물은 전과 다름없이 배를 나르고 수많은 기계에 동력을 공급하고 있었다. 목장에선 양떼가 토실토실 살이 찌고 소떼도 수가 점점 늘어갈 뿐이었다. 사람들은 저마다 처해 있는 직장에서 일하고 평소보다 특별히 지친 모습도 보이지 않았다. 전쟁의 여신은 여느 때처럼 이리저리 자리를 바꾸어 눕기도 하고 중얼거리기도 했지만, 어쨌든 얕은 잠이나마 계속 자고 있는 것만은 변함이 없었다.

　현실에 대해서는 맹목적인 몇백만인지 모르는 그 반미치광이 도박사들을 제외하면 인류 모두에게 있어 맨더슨의 죽음은 아무런 뜻도 없었다. 세계는 여전히 그 임무를 계속하고 있었다. 그가 죽기 몇 주일 전까지만해도 강력한 권력으로 상공업계의 광범한 영역을 다스리며 마음대로 조종하고 있었다. 그러나 그의 유해가 아직 매장되기 전에 미국 국민은 한 가지 기묘한 사실을 발견했다――시그즈비 맨더슨이라는 강대한 독점 세력의 존재가 물질적 번영의 불가결한 요건은 아니었다는 사실을. 공황의 폭풍우는 이틀 뒤 수습이 되었고 뒤처리도 끝나 파산자는 모습을 감추고 시장은 다시 정상 상태를 되찾았다.

　일시적인 소동의 여파가 완전히 가라앉기 전에 영국의 어느 유명한 가문의 추문이 갑자기 세상에 알려지는 바람에 유럽과 미국 전체의 관심은 그쪽으로 쏠리고 말았다. 그 다음날 아침에는 시카고의 정기

선이 침몰했고 같은 날 뉴올리언즈 길거리에서는 유명한 정치가가 처남 때문에 총에 맞아 비참한 최후를 마쳤다.

이렇게 '맨더슨 사건'은 발생한 지 불과 한 주일이 지나자 각 신문의 노련한 편집자들로부터 뉴스의 가치가 없는 것으로 판단되었다. 미국에서 오는 관광객들은 여전히 유럽 각지를 찾아 가난하게 죽어간 몇몇 위인의 무덤과 기념비 앞에 모여들었지만, 어느 한 사람도 모국의 유명한 부호를 생각하는 사람은 없었다. 백 년 전 젊은 나이로 로마에서 가난에 시달려 객사한 시인과 마찬가지로 맨더슨 또한 먼 이국 땅에 묻혔지만, 테스타치오 산기슭 공동묘지에 잠들어 있는 시인 키츠의 무덤 앞에 머리를 조아리는 미국인은 있어도, 작은 교회 옆에 있는 이 부호의 무덤에는 아무도 경의를 갖고 찾아주는 사람이 없었으며 앞으로도 영원히 찾아와 주는 사람이 없을 것이다.

놀라운 특종

〈레코드〉 신문사의 건물 안에서 쾌적한 일상 용품을 갖추어 놓은 방은 꼭 하나밖에 없었다. 그 방의 주인인 제임스 모로이 경의 책상 위에서 전화 벨이 울렸다. 경은 곧 펜으로 비서에게 신호를 했고 비서인 실바가 일손을 멈추고 수화기를 들었다.

"누구십니까? 네? 잘 들리지 않는데요…… 아아 버너 씨군요? 네, 그러나 사장님은 오늘 오후에 몹시 바쁜 일이 있어서 그러는데요, 가능하면…… 네? 정말인가요? 그렇군요. 그럼 잠시만 기다리세요."

그는 수화기를 사장 앞에 놓고 간단히 말을 전했다.

"시그즈비 맨더슨의 비서 칼빈 버너입니다. 사장님과 직접 통화를 하고 싶답니다. 중대한 뉴스가 있는 모양이에요. 비숍스브리지로부터 온 장거리 전화라 똑똑히 말씀하시지 않으면 들리지 않습니다."

제임스 경은 마음이 내키지 않는 눈으로 수화기를 쳐다보다가 집어들고 목청을 돋구어 말했다.

"아, 여보세요, 전화 바꿨습니다."

실바는 물끄러미 사장의 얼굴을 지켜보고 있었다. 그러자 갑자기 그 얼굴에 심한 놀라움의 빛이 떠올랐다.

"그래요! 옳거니…… "

사장은 수화기를 꽉 잡고 저도 모르게 허리를 들썩거렸다. 그러더니 잠시 후에 "옳거니…… 음……" 하고 되풀이 말하며 고개를 끄덕이더니 마침내 수화기를 귀에 댄 채 벽시계를 쳐다본 뒤 책상 위로 몸을 내밀며 실바에게 빠른 말로 지시했다.

"피기스와 윌리엄스를 불러 주게! 어서 빨리."

실바는 방을 뛰어나갔다.

이 저명한 언론인 제임스 경은 키가 크고 건장한데다 머리가 빨리 돌아가는 아일랜드 사람으로 나이는 50살이었다. 거무스름한 얼굴에 수염을 기르고 있었다. 일에 있어선 지칠 줄 모르는 정력가로 그 이름이 널리 세상에 알려졌고, 스스로 자부하고 있듯 아일랜드인 특유의 뛰어난 말솜씨를 지니고 있었다. 더구나 그는 조금도 아는 체하는 일이 없었다. 지나치게 자신을 감추는 일도 없었고 지식을 내세우는 일도 없었거니와 남이 그런 짓을 하면 신랄하게 나무랐다. 얼굴이 잘생겼고 좋은 환경에서 자랐으며 차림새도 품위 있어 보이는 그였지만, 일단 화가 나거나 또는 생각에 잠겨 있을 때는 눈과 눈썹에 놀라울 정도로 험한 표정이 감돌았다. 그러나 본디 대범한 성격으로 평상시는 대단히 동정심이 많은 인물이었다. 그는 영국에서도 가장 유력한 조간지 〈레코드〉지의 편집주필이기도 하여, 취임 이래 영국에서도 가장 유능한 인재를 편집진에 모아들이고 있었다. 천부의 재질을 지니지 않은 사람은 지니고 있는 것만을 최대한으로 활용해야 한다는 것이 경의 주장이었지만, 경 자신은 천부의 재질이 많은데다가 또 그것을 폭넓게 활용하고 있었다. 거의 존경이 없는 언론계에서 제임스 경만은 아랫사람들로부터 절대적인 존경을 한몸에 받고 있는 예외적인 존재였다.

제임스 경은 한동안 열심히 듣고 가끔 질문을 하기도 했다.

"그것뿐이죠? 그럼 사건을 발견한 지 몇 시간이나 되었죠? 음, 물론 경찰에는…… 그러나 고용인들에겐? 그럼 이제 그쪽에서는 완전히 알려졌겠군요…… 정말 고맙소, 은혜는 잊지 않을 거요, 언제고 그 보답은 반드시 하겠지만, 이곳에 오는 일이 있으면 꼭 찾아와 줘요, 응, 알고 있어요, 그럼 이제 곧 일을 착수해야 할 테니 이것으로 실례해야겠어요, 안녕히 계십시오."

제임스 경은 수화기를 놓자 앞에 있는 서류꽂이에서 기차 시간표를 꺼내어 급히 꺼내 들었다. 그리고는 서둘러 그 권위있는 숫자들을 살펴본 뒤 폭언을 내뱉으면서 내동이치듯 내려 놓았다. 그때 실바가 안경을 쓴 신경질적이고 까다로워 보이는 사내와 매서운 눈초리를 한 청년을 데리고 빠른 걸음으로 방에 들어 왔다.

"피기스, 자네는 이제부터 내가 하는 말을 간결하게 기록해 주게."

그는 침착하게, 그러나 빠른 어조로 지시했다.

"그리고나서 끝나면 되도록 빨리 그것을 정리하여 〈선〉의 특보에 싣게."

까다로워 보이는 사나이는 고개를 끄덕이며 시계를 올려다보았다. 3시가 조금 넘었다. 그는 재빨리 노트를 꺼내고 큰 책상 앞으로 의자를 끌어당겼다.

"실바, 자네는 존스를 찾아가 지방 통신원에게 이제 곧 말스턴으로 가도록 전보를 쳐달라고 하게. 초지급일세. 용건은 한 마디도 말하면 안 되네, 〈선〉이 거리에 나올 때까지 이 뉴스는 절대 비밀일세, 알지. 그리고 윌리엄스, 자네는 맞은쪽에 가서 〈선〉의 안소니 군에게 톱을 두 단 비워 두고 기다리고 있으라고 전해 주게. 온 런던이 깜짝 놀랄 만한 특종기사를 넣는 거야. 지금부터 5분 뒤면 피기스가 필기를 끝마칠 테니까 그의 방을 준비해주고 그곳에서 원고를 정리하도록 해주게. 그리고 가다가 모건 양을 곧 이리로 보내주게. 그리고 또……교환수에게 말하여 트렌트 군을 전화로 불러 달라고 부탁해 주게. 안소니 군에게 용건을 전한 다음 자네는 되돌아와 대기하고 있게.”

매서운 눈초리의 청년은 말이 떨어지기가 무섭게 벌써 방 안에서 나가 버렸다.

이어서 곧 제임스 경은 연필을 쥐고 기다리고 있는 피기스를 돌아다보았다.

“시그즈비 맨더슨은 살해된 것이다.”

제임스 경은 뒷짐을 지고 방 안을 서성거리며 빠르고 또렷한 어조로 말했다. 피기스는 마치 ‘오늘은 좋은 날씨’라는 말이라도 들은 듯 무감동한 표정으로 속기를 계속했다. 마치 일이 몸에 밴 듯한 느낌이었다.

“맨더슨 부부는 두 명의 비서와 함께 2주일 전부터 비숍스브리지에 가까운 말스턴의 별장 화이트게이블즈에 머무르고 있었다. 그 별장은 그가 4년 전에 산 것으로 그 이후 맨더슨 부부는 여름이면 며칠씩 그곳에서 지내곤 했다. 어젯밤 그는 여느 때처럼 11시에 잠자리에 들었다. 그후 그가 언제 일어나 집을 나갔는지 아무도 모른다. 다음날 아침까지 그의 모습을 본 사람은 없었다. 그의 시체는 다음날 아침 10시에 정원사가 발견했는데, 정원에 있는 광 옆에 넘어져 있었다. 총알이 왼쪽 눈알을 꿰뚫었는데, 아마 즉사했을 것이다. 시체에는 무엇을 도난당한 흔적은 없었지만 양쪽 손목에 저항한 흔적으로 추정되는 상처와 멍이 나 있었다. 말스턴의 스터크 박사가 현장으로 가서 박사의 손으로 시체 해부를 하게끔 되어 있다. 비숍스브리지 경찰은 곧 현장조사를 시작했으나 수사의 단서는 아직도 전혀 잡히지 않은 것 같다. ……그것뿐일세. 안소니 군이 기다리고 있을 테니 곧 가 보게. 나도 전화로 말해 두겠네."

피기스는 얼굴을 들었다.

"경시청에서는 아주 우수한 형사 한 사람을 현장에 파견했다고 덧붙여 쓰도록 하죠. 틀림없는 일일 테니까요."

"응, 상관없겠지."

"참, 부인은? 함께 있었겠죠?"

"그렇지, 왜 그러나?"

"부인은 충격을 받아 기절하여 현재 아무도 만나지 않고 있다고 적당히 써넣지요. 눈물이 나오는 장면입니다."

"안 돼요, 그건."

옆에서 갑자기 침착한 목소리가 들려 왔다. 모건 양이었다. 피기스가 한참 받아쓰고 있는 동안에 살그머니 방으로 들어왔던 것이다. 얼굴이 투명해 보일 정도로 희고 우아한 말씨와 태도를 지닌 여성이었다.

"전 맨더슨 부인을 한 번 만나 본 일이 있어요. 아주 건강하고 머리가 좋아 보이는 부인이었어요. 주인이 살해당했다고요? 그러나 그분이 그 충격으로 기절하리라고는 생각할 수 없어요. 오히려 경찰에 협력하여 뛰어다니고 있을 것 같은데요."

"그래, 그러고 보면 당신과 비슷한 셈이군, 모건 양."

제임스 경이 가볍게 미소를 지으며 말했다. 모건 양의 배짱은 회사 안에서도 정평이 나 있었다.

"그럼, 그것은 그만두기로 하지. 어서 가 보게, 피기스. 그런데 모건 양, 용건은 이제 알고 있겠지?"

"맨더슨 씨의 경력이라면 빠짐없이 최근의 자료까지 다 갖추어져 있습니다."

그녀는 검은 속눈썹을 내리깔고 한동안 생각한 다음 덧붙여 말했다.

"2, 3개월 전에 잠깐 조사해 본 일이 있습니다. 내일 아침 신문에는 실을 수 있을 거예요. 〈선〉에는, 2년쯤 전에 맨더슨 씨가 베를린에 가서 화학공장의 쟁의를 해결했을 때 실린 그의 약력을 쓰면 좋을 것 같습니다. 그 기사는 잘 썼더군요. 그리고 이번에는 그 이상으로 긴 것을 넣을 여지는 없을 테고요. 우리 신문에 사용할 자료라면 정리해 둔 게 많아요. 거의 쓸데없는 기사뿐이지만. 어쨌든 편집차장님이 오시면 전해 드리죠. 그리고 사진은 회사에서 특별히 찍은 것이 2장 있습니다. 둘 다 잘 찍혔지만 실은 더 좋은 것이 있습니다. 트렌트 씨가 그와 함께 배를 탔을 때 그린 그림인데, 사진보다 훨씬 훌륭합니다. 사장님은 좋지 않더라도 독자들에겐 사진이 낫다고 하실지 모르니까 어쨌든 양쪽을 다 가지고 오겠습니다. 사장님이 직접 정하십시오. 그리고 현재로서는 우리가 다른 신문사를 앞지르고 있는 것 같습니다만, 이제부터 기자를 현지로 보낸다 해도 내일 아침 조간에는 시간을 댈 수 없지 않겠습니까?"

제임스 경은 일부러 크게 한숨을 쉬었다.

"정말이지 모건 양은 못 당하겠군. 안 그런가, 여보게."

그는 책상으로 되돌아가 있던 실바에게 말했다.

"모건 양은 기차 시간까지 외고 있으니 말일세."

모건 양은 멋적은 듯 소매 단추를 다시 끼웠다.

"다른 볼일은 없으신가요?"

그녀가 물었을 때 전화 벨이 울렸다.

"한 가지 있지. 그것은 모건 양도 때로는 어처구니없는 실수를 좀 저질러 달라는 것이야. 이쪽에서 가슴이 후련해질 수 있는 실수를 말이야."

그녀는 순진한 미소를 남기고 방에서 나가 버렸다.

"안소니 군인가?"

제임스 경은 그렇게 묻고 나서, 맞은편에 있는 〈선〉의 주필과 열심히 의논을 했다.

경은 사장이면서도 〈선〉지의 편집실에는 여간에서 얼굴을 내밀지 않았다. 좋아하는 사람들은 상관없겠지만 석간지의 분위기를 도저히 참을 수 없다고 말하는 것이 경의 입버릇이었다.

한편 신문계의 효장(驍將)이라 불리는 안소니는, 시각을 다투는 싸움터에서 질풍신뢰와 같은 활약을 좋아하는 사람이었으므로 제임스 경과 같은 말을 반대로 조간지에 대해 하고 있었다.

5분쯤 지나자 제복을 입은 급사가 들어와 트렌트에게 전화를 연결시켜 놓았다고 알렸다. 제임스 경은 곧 안소니와의 전화를 끊고, 트렌트의 전화를 받았다.

몇 초 지나자 그는 크게 소리쳤다.

"아, 여보세요! 여보세요!"

전화에서 대답했다.

"여보세요는 한 번이면 됐습니다! 도대체 무슨 일인가요?"

"나 모로이일세."

"알고 있습니다. 나는 트렌트에요. 지금 그림을 그리고 있었습니다. 중요한 시간에 불러내서 몹시 난처해 하고 있는 중이에요. 중대 사건인가요? 쓸데없는 일이면 화를 내겠습니다."

"정말 중대한 사건일세."

제임스 경은 진지한 어조로 말했다.

"꼭 자네가 한바탕 활약을 해줘야 되겠네."

"보나마나 또 어린애들 장난 같은 거겠지요? 곤란하군요. 할일 없이 놀고 있을 수는 없습니다. 난 지금 한창 궤도에 올라 좋은 작품을 완성할 수 있을 것 같거든요. 때로는 나를 좀 내버려 두세요."

"아냐, 굉장한 사건이 일어났어."

"어떤 사건인데요?"

"시그즈비 맨더슨이 살해당했네. 머리에 총을 맞고, 물론 범인은 아직 몰라. 시체가 오늘 아침에 발견되었으니까. 장소는 비숍스브리지 근처에 있는 그의 별장이야."

제임스 경은 아까 피기스에게 받아쓰게 했던 내용과 같은 이야기를 간단하게 말했다.

"어떤가?"

상대방은 생각에 잠겨 다만 신음 소리를 낼 뿐이었다.

제임스 경은 열심히 부추겼다.

"여보게, 좀 해보게나."

"그렇게 무턱대고 유혹하는 게 아닙니다."

"가 주겠지?"

대답이 없었다.

"어떤가, 듣고 있나?"

"그러나……."

불만스러운 듯한 목소리였다.

"내가 떠날 만한 사건인지 알 수 없단 말입니다. 굉장히 복잡해서 손을 댈 수 없는 사건일지도 모르고, 반대로 보잘것없는 사건인지도 모르잖아요. 시체에서 아무것도 없어진 게 없다는 점은 좀 재미있을 것 같은 생각도 듭니다만, 만일 그가 뜰 안에 들어와 자고 있던 부랑자를 우연히 발견하고 그자를 쫓아 내려고 하다 오히려 당한 건지도 모릅니다. 맨더슨 정도의 사람이라면 있을 수 있는 일이지요. 범인도 그런 경우엔 금품에 손을 대지 않고 도망치는 게 안전하다는 것쯤은 알고 있을 테니까요. 솔직히 말해 나는 맨더슨 같은 사람은 머리를 맞고 뻗어 버리는 편이 세상을 위하는 일이라고 생각하고 있어요. 그러니까 그를 지옥으로 밀어넣은 사람을 내 손으로 교수대로 보낼 생각은 없습니다. 사회 정의적 입장에서 봐도 말입니다."

제임스 경은 전화에 대고 미소를 지었다. 뜻대로 잘 되어 간다는 듯한 웃음이었다.

"그런 것을 걱정할 필요는 없네. 사건의 내용이 어떤가는 그곳에 가서 부딪쳐 보면 알 것 아닌가. 가 봐서 마음에 들지 않으면 그만두면 되지 않나. 지금 어디에 있나?"

"바람부는 대로 흐르고 있죠."

상대방이 꽁무니를 뺐다.

"한 시간 안으로 이곳에 올 수 있겠나?"

제임스 경이 끈질기게 늘어붙었다.

"도대체 언제까지 가면 됩니까?"

"옳지, 그렇게 나와야지! 시간은 충분히 있네. 오히려 너무 많아서 곤란할 지경이야. 오늘 밤은 현지의 지방 통신원을 의지하고 있을 뿐일세. 형편이 좋은 기차가 30분 전에 떠나 버려 남은 열차는 한밤중에 파딩턴을 떠나는 보통열차밖에 없네. 뭣하면 내 바스타를 사용해도 무방하네."

제임스 경은 속력이 몹시 빠른 차 이름을 댔다.

"그러나, 한밤중에 그곳에 닿아도 일을 할 수는 없겠지."

"게다가 잘 틈도 없지 않겠어요. 사양하겠습니다. 기차가 나을 것 같군요. 나는 기차 여행을 좋아합니다. 제 성격에 맞거든요. 나는 불을 때는 사람이 될 수도 있고 타는 불이 될 수도 있는 셈이죠. 포터가 부르는 노래처럼."

"무슨 말을 하고 있는 건가?"

"아닙니다. 아무것도 아닙니다."

트렌트는 슬픔이 섞인 듯한 목소리로 말했다.

"그보다 현지에 가까운 적당한 호텔 방을 예약하도록 전보를 쳐 주시지 않겠습니까?"

"알겠네. 그럼 곧 오게. 기다리고 있을 테니."

제임스 경이 수화기를 놓고 책상 위 서류로 눈을 옮겼을 때 밑의 골목길이 갑자기 시끄러워지며 뭐라고 악을 쓰는 소리가 들려 왔다. 경은 창가로 갔다. 한 무리의 소년들이 흥분하여 프리트 거리를 뛰어 나갔다. 저마다 옆구리에 신문을 끌어안고 큰 전단지를 늘어뜨리고 있었다. 거기에는 이런 간단한 글귀가 씌어 있는 것이 보였다.

시그즈비 맨더슨 살해 사건

제임스 경은 웃는 낯으로 마음이 들뜬 듯 호주머니 속 잔돈을 짤랑거리며 뒤에 서 있는 실바를 돌아다보고 말했다.

"저 호외로 돈벼락을 맞겠군."

맨더슨의 묘비명으로 적당한 말이었다.

아침 식사

다음날 아침 8시쯤, 나다니엘 버튼 카플스 씨는 말스턴의 호텔 베란다에 서서 아침 식사 일을 생각하고 있었다. 그의 경우에 있어 이런 말은 다소 문학적으로 해석해야 할 것이다. 그는 여유만 있으면 모든 의식적인 행동에 대해 미리 신중히 생각하고 계획을 세워 실천하는 습관이 있었기 때문에 아침 식사에 대해서도 문자 그대로 생각하고, 신중한 계획을 세우려 했던 것이다. 그는 어제 일어났던 일을 다시 생각해 보았다. 맨더슨의 시체가 발견되고 이상한 흥분에 휩싸여 바쁘게 움직였던 탓인지, 어제는 식욕을 잃어 여느 때보다 영양 섭취량이 부족했다. 오늘은 또 이미 한 시간 전에 일어났기 때문인지 유난히도 배가 고픈 것을 느꼈다. 따라서 여느 때는 두 조각밖에 먹지 않았던 토스트를 한 조각 더 늘리고 달걀도 한 개 더 주문하자, 나머지는 여느 때와 똑같이 해도 되겠지, 하고 마음 속으로 정했다. 나머지 부족한 몫은 점심때 보충해야겠지만, 그것은 또 점심때 생각하기로 했다.

그렇게 마음먹자, 카플스 노인은 아침 식사를 주문하기 전에 잠시 주위 풍경을 즐기기로 했다. 그는 미술품을 감정하는 눈초리로 사방을 둘러보았다. 큰 바위가 포개져 거울 같은 물 위로 튀어나온 변화무쌍한 해안의 전망이 아름다웠다. 그 해안의 벼랑에서 아득히 먼 황무지를 향해 목초지와 경작지와 숲으로 이루어진 가파르지 않은 넓은 비탈이 계속되어 마치 한 폭의 그림을 보는 것 같았다. 카플스 노인은 풍경화를 좋아했다.

그는 보통키에 여위었으며 나이는 60살이 다 되었고, 체질은 약한 편이었으나 나이에 비해 강단이 있고, 기운이 펄펄했다. 듬성듬성 난 수염은, 얇기는 하나 친절해 보이는 입술을 감출 수 없을 정도였다. 눈은 날카로우나 따사로워 보였고, 높은 코와 뾰족한 턱은 어딘지 목사와 같은 인상을 주었다. 그 인상은 입고 있는 평범한 검은 옷과 검은 중절모로 보다 더 강조되었다. 아무리 보아도 목사 같았다. 성격은 더할 나위 없이 양심적이고 근면하며, 상상력은 없었으나, 굳건한 정신의 소유자였다. 그의 아버지 대에는 아랫사람을 고용하는 데 늘 신문광고를 내는 것이 습관이 되어, 그 광고에는 반드시 '근엄하고 충실하며 정직한 가족'이라는 문구를 넣었었는데, 과연 그 말대로였다. 그러나 그는 그런 숨막히는 가정환경에서 자라면서 타고난 두 가지 장점을 잃지 않고 지녀 왔다.

하나는 한없는 애정을 품은 마음이며 또 하나는 유머하고는 인연이 없으나 꾸밈없이 기뻐하는 명랑한 기질이었다. 그가 한 시대 전에 태어나 성직자로서의 교육을 받았다면 아마 추기경까지 될 수 있었을 것이다. 그러나 실제로 그는 런던 인도주의 종교협회의 덕망있는 회원으로, 본래는 은행가였으며 자식이 없는 홀아비이다. 검소하고 결코 불행하지 않은 지금 생활의 대부분은 독서와 박물관 다니는 데에 전념하고 있었다. 그때그때, 착실히 쌓아올린 깊은 지식은 기묘하게 관념 없는 부문에 이르고 있어 그 덕분에 대학 교수라든가, 박물관장이라든가, 독실하게 학문을 연구하는 학자로 보였으며 조용히 격리된 사회의 일원으로 인정받고 있었다. 그런 사회에서 베풀어지는 화기애애하고 조용한 만찬회에 나가면 그는 본래 지닌 독특한 개성을 충분히 발휘했다. 그는 몽테뉴를 애독하고 있었다.

베란다 작은 식탁에서 카플스 노인이 아침 식사를 막 마치려고 할 때 대형 승용차 한 대가 호텔의 찻길로 들어왔다.

"누군가?"

노인은 웨이터에게 물었다.

"지배인입니다. 정거장에 손님을 모시러 갔다오는 거겠죠."

젊은 웨이터는 마음에 없는 답변을 했다. 차가 닿자 손님을 맞는 웨이터가 달려나갔다. 키가 크고 다부져 보이지 않는 몸집의, 그보다 젊은 사나이가 차에서 내려 베란다로 올라오더니 모자를 의자 위에 집어던졌다. 그 순간, 카플스 노인의 입에서 기쁜 환성이 터져나왔다. 새로 온 손님은 돈키호테를 연상케 하는 뼈가 앙상한 얼굴에 호감 가는 미소를 띠고 있었다. 거친 트위드 양복이며, 머리며, 짧은 수염이며 모든 것이 단정치 못했다.

"아니, 카플스 씨가 아닙니까? 놀라운 일인데요."

그 사나이는 이렇게 외치며 카플스 노인이 일어날 틈도 주지 않고 위에서 손을 내밀어 악수를 했다. 그리고 마치 발작이라도 일으킨 듯이 마구 지껄여 댔다.

"오늘은 정말 운이 좋군. 이것으로 한 시간 안에 두 번이나 좋은 일이 생겼으니. 그런데 어떻습니까? 건강은 좋으신가요? 어째서 이런 곳에 계십니까? 왜 그렇게 먹다 남은 아침상을 앞에 놓고 멍하니 앉아 있습니까? 과거의 추억을 회상하며 그 참혹한 마지막을 슬퍼하고 있는 건가요? 아니, 어쨌든 당신을 만나게 되어 정말 반갑습니다!"

노인은 얼굴이 온통 주름투성이가 되어 웃었다.

"그러지 않아도 자네를 만날 줄 알았어. 여전히 펄펄한 모양이군. 자, 이야기는 나중에 천천히 하기로 하고, 아침은 아직 먹지 않았겠지? 여기서 먹으면 어떨까?"

"네, 양껏 먹겠습니다! 마음에 드는 이야기를 들으며, 재회의 기쁨에 하염없이 눈물을 흘리면서요. 그러기 전에 손을 좀 씻고 오겠으니, 그 지그프리트 같은 젊은 웨이터에게 식탁 준비를 시켜 주시지 않겠습니까. 곧 돌아오겠습니다."

그가 호텔 안쪽으로 모습을 감춘 뒤 카플스 노인은 잠시 생각에 잠겨 있다가 마침내 자리에서 일어나 전화를 걸러 웨이터 대기실로 갔다. 돌아와 보니 트렌트는 이미 자리에 앉아 차를 따르고, 나온 요리를 무엇부터 먼저 먹을까 하는 듯한 어린아이 같은 관심으로 눈을 반짝이며 식탁을 둘러보고 있었다.

"오늘은 하루 종일 뛰어다녀야 할 테니까, 보나마나 밤까지 식사를 할 수 없을 거에요. 제가 왜 여기에 왔는지 짐작은 가시겠죠?"

트렌트는 마음이 들뜬 듯이 이상하게 지껄여 댔다. 아마 버릇인 모양이었다.

"알고 말고, 살인 기사를 쓰러 온 거지?"

카플스 씨는 대답했다.

트렌트는 넙치 요리를 집어먹으며 말했다.

"이것 참, 기분나쁘게도 말씀하시는군요. 제가 이곳에 온 것은, 피의 복수를 하고 범인을 찾아내 사회의 대의명분을 바로잡기 위해서라고 말해 주셨으면 하는데요. 그런 것이 저의 일이랍니다. 요구에 따라 아무 데고 찾아가지요. 그런데 이번에는 꽤 재수가 좋습니다. 잠깐만 기다리세요. 우리 천천히 이야기하도록 하죠."

트렌트는 서둘러 차려진 음식을 먹기 시작했다. 카플스 씨는 그것을 즐거운 듯이 바라보고 있었다.

이윽고 트렌트는 이야기를 계속했다.

"이 호텔 지배인의 눈은 좀 알아 줄 만해요. 저를 알고 있더군요. 제가 손댔던 사건을 저보다도 더 잘 알고 있는 데는 놀랐습니다. 어제 저녁 〈레코드〉 신문사에서 제가 이곳에 온다는 것을 전보로 알려 둔 모양인데, 오늘 아침 7시에 역에 도착해 보니 그 사람이 건초더미 같은 큰 차로 데리러 나왔더군요. 제가 온다는 말을 듣고 좋아서 어쩔 줄을 몰랐다는군요. 소문이란 참으로 무서워요."

그는 커피를 한 잔 마셨다.

"제 얼굴을 보자마자 만일 시체가 보고 싶다면 편의를 보아 주겠다는 거예요. 지배인은 머리가 잘 도는 사람입니다. 시체는 아직도 마을의 스타크 박사의 수술실에 발견되었을 때 상태대로 보관되어 있다는 것도 알고 있었습니다. 그래서 오늘 아침 시체를 해부한다고 하며 일부러 차를 그쪽으로 돌려 주어서 저는 가까스로 시간에 대어 갈 수 있었어요. 게다가 가는 길에 여러 가지로 사건의 정보를 들려 주어 그곳에 도착했을 때는 사건을 다 알 수 있었습니다. 이런 호텔의 지배인쯤 되면 의사하고도 연줄이 닿는 모양이에요. 박사는 아무 말 않고 나를 들여보내 주었고, 경비하는 경관도 자기에 대한 말을 신문에 쓰지 말아 달라고 당부했을 뿐입니다."

카플스 씨는 사건에 대해 자신의 의견을 말했다.

"나는 시체가 그리로 옮겨지기 전에 봤네. 이렇다 할 별다른 점은 없었지만, 다만 눈을 맞았는데 얼굴이 조금도 상하지 않은 점이 좀 마음에 걸리더군. 그리고 양쪽 손목이 벗겨져 멍이 든 것처럼 되어 있었는데…… 자네의 숙련된 눈으로 보았으니 뭐 단서가 될 만한 것을 발견했을지도 모르겠군."

"분명히 얼마쯤 발견은 했습니다. 그러나 단서가 될는지는 아직 모릅니다. 다만 약간 이상하다고 생각될 정도의 것입니다. 이를테면 그 손목말입니다. 그 손목의 상처와 멍이 당신 눈에 보였다는 것이 약간 문제가 되는 것입니다. 당신은 이곳에 온 뒤 맨더슨을 만난 일이 있으시죠?"

"그야 있지."

카플스 씨는 말했다.

"그때 그 손목을 보셨습니까?"

카플스 씨는 고개를 갸웃거렸다.

"아니 못 보았네. 응, 그렇게 말하니 생각나는군. 맨더슨과 여기서 만났을 때는 소맷부리가 뻣뻣한 와이셔츠를 입고 있어 그 소맷부리가 윗옷 소매 밖으로 삐져나와 손등을 가리고 있었던 것 같군."

"그는 언제나 그런 와이셔츠를 입고 있었던 모양이에요. 지배인이 그렇게 말하더군요. 그래서 저는 지배인에게 당신이 모르고 있는 점을 한 가지 가르쳐 주었습니다. 그것은 시체가 입고 있던 와이셔츠 소맷부리가 윗옷 소매 속으로 걷어올려져 있어 보이지 않았다는 점입니다. 마치 급하게 윗옷을 입고 와이셔츠 소맷부리를 잡아 당기지 않았을 때와 같은 상태에 있었기 때문에 당신 눈에도 그의 손목이 보인 것입니다."

"옳거니. 그러면 그것은 역시 일단 단서가 되는 게 아닐까. 맨더슨은 일어나서 급하게 옷을 입었다고 생각해 볼 수 있네."

카플스 씨는 조용한 어조로 말했다.

"그것은 그렇습니다만, 그러나 과연 실제로 그랬는지가 문제죠. 지배인도 당신과 똑같은 말을 하고 있었습니다만. 맨더슨은 상당한 멋쟁이였습니다. 따라서 그는 집안이 다 잠든 뒤에 일어나 마당으로 나갔을 때는 웬일인지는 모르지만 꽤 당황하고 있었던 모양이라는 거예요. 그리고 지배인은 구두를 보더니 '아니, 구두를 신은 모습이 이상하군요. 맨더슨 씨는 이렇게 아무렇게나 끈을 매는 사람이 아닙니다. 언제나 단정하게 매고 있었어요' 하고 말해 줬어요. 분명 상당히 서두르고 있었다고 생각할 수밖에 없을 정도로 끈을 아무렇게나 매었더군요. 그러자 지배인은 또 '틀니를 침실에 두고 왔다는데, 그것도 상당히 당황하고 있었던 증거가 되지 않겠습니까' 하고 말해 줬어요. 저는 그렇게 볼 수도 있을 거라고 일단 동의는 했지만, 이렇게도 말했죠. '만일 그가 그렇게 당황했다면 머리를 이렇게 곱게 갈라빗은 것은 어쩐 일일까요? 자, 보시다시피 정성껏 빗지 않았습니까? 게다가 아랫바지는 제대로 다 입었고, 와이셔츠의 단추도 끼고, 칼라와 커프스 단추도 달았으며, 양말대님까지 매지 않았겠어요. 조끼 주머니에는 회중시계며 시곗줄이 들어 있고 윗옷 주머니에는 돈과 열쇠와 그밖에 평상시 필요한 것이 다 들어 있어요. 이것은 도대체 어떻게 된 것이라고 생각하시오?'라고요. 지배인은 고개를 갸우뚱하고 있었습니다. 설명을 할 수 없는 거예요. 카플스 씨, 당신께선 설명할 수 있겠습니까?"

카플스 씨는 잠시 생각을 한 다음 말했다.

"옷을 대강 입은 뒤 갑자기 당황한 것은 아닐까? 구두며 윗옷은 맨 나중에 신고 입게 되는 것이니까."

"하지만 그 틀니는 그렇게 말할 수 없어요. 틀니를 쓰고 있는 사람에게 물어 보면 알 수 있지요. 게다가 그는 단정한 사람이었는데, 일어난 채 세수도 안 했단 말입니다. 이런 점으로 미루어보아 역시 그는 처음부터 당황하고 있었다고 말할 수 있을 것 같습니다. 또 한 가지 있어요. 그것은 한쪽 조끼 주머니에는 시계를 넣기 위해 안쪽 가장자리에 스웨이드 가죽을 대었는데, 그는 그 시계를 반대쪽 주머니에 넣었더군요. 이런 일은 습관이 되어 있기 때문에 여간해서 잘못 넣는 법이 없을 겁니다. 맨더슨은 몹시 당황해 있었다고 생각할 수도 있고, 반대로 냉정했다고 생각할 수도 있습니다. 어쨌든 이 문제는 잠시 이대로 놔둡시다. 그보다 우선 현장을 조사해야 합니다. 맨더슨 집안 사람들의 협력을 얻을 수 있으면 좋겠는데요."

트렌트는 또 열심히 식사를 했다.

카플스 씨는 호의에 찬 미소를 던졌다.

"그런 일이라면 나한테 맡겨 두게. 잘 말해 줄테니."

트렌트는 깜짝 놀라 얼굴을 쳐들었다. 카플스 씨는 말을 계속했다.

"아까 나는 자네가 오려니 기다리고 있었다고 했었지? 그 이유는 바로 이걸세. 실은 맨더슨 부인이 내 조카라네."

"네!"

트렌트가 들고 있던 나이프와 포크가 큰 소리를 내며 접시 위에 떨어졌다.

"카플스 씨, 놀리지 마십시오."

"아냐. 놀리는 게 아닐세. 진담이야. 그녀의 아버지는 존 피터 도메크라는 사람으로 죽은 내 아내의 오빠야. 자네한테는 아직 내 조카 이야기며 조카가 결혼했을 당시의 일을 말한 일이 없었지? 아닐세, 솔직히 말해 그것은 생각하기만 해도 몸서리쳐지는 이야기라, 되도록 아무에게도 말하지 않으려 한다네. 그건 그렇다 치고, 아까 내가 말하려던 것은 어젯밤 내가 맨더슨네 집에 갔을 때의 이야기야. 저기 보이는 저 집이지. 자네도 이곳으로 오느라고 차로 그 집 앞을 지나왔을 것이네만."

카플스 노인은 3백 야드쯤 떨어져 있는 곳에, 포플러 사이로 보이는 빨간 지붕을 가리켰다. 눈 앞에 내려다보이는 마을에서 멀리 떨어져 있고, 근처에는 그 집 하나밖에 없었다.

"네, 분명히 지나왔습니다. 비숍스브리지에서 이곳으로 오는 길에,

차 안에서 지배인이 그 집에 대한 이야기를 상세히 말해 주었습니다. 다른 이야기가 나왔던 김에."

"자네 이야기나 활약에 대해선 이 고장에 사는 다른 사람들도 다 알고 있다네."

카플스 씨는 말을 계속했다.

"아까 하던 이야기인데, 내가 어젯밤에 그 집에 갔더니, 맨더슨의 두 비서 중 버너 군이 경찰은 믿을 수 없으니까 〈레코드〉 신문사가 자네를 파견해 주었으면 좋겠다는 말을 하고 있더군. 그도 자네가 손을 댔던 사건을 한 두어 가지 알고 있었으며 굉장히 칭찬을 하고 있었네. 그리고 나서 내가 조카 메이벨에게 그 이야기를 했더니 그녀도 마음이 내키는 모양이야. 메이벨은 생각 외로 꿋꿋하다네. 본래 마음이 강한 여자니까. 그녀도 그 애빈처 사건 때 자네가 쓴 기사를 읽은 일이 있었대요. 그녀는 이 사건이 신문에 발표되는 것을 두려워하며, 어떻게든지 신문기자를 멀리해 달라고 나에게 부탁을 하고 있다네. 그 기분은 자네도 알겠지? 그렇다고 뭐 신문기자 그 자체를 싫어하는 것은 아니야. 그러나 그녀는 탐정으로서의 자네 수완을 높이 평가하고 있으며, 또 사건의 해결을 고의로 방해하거나 할 생각은 없다는 걸세. 그러기에 나는, 자네는 나와 특별히 친한 친구이며 남의 기분을 상하게 하는 일이 없는 아주 예의바른 사람이라고 조카에게 잘 말해 두었지. 조카도 만일 자네가 파견되어 오면 가능한 한 협력을 하겠다고 말했네."

트랜트는 식탁 너머로 몸을 내밀고, 잠자코 카플스 씨의 손을 잡았다. 카플스 씨는 이야기가 착착 진행되자 기분이 좋아 다시 계속했다.

"실은 지금 자네가 이곳에 온 것을 전화로 그녀에게 알려 줬네. 기뻐하더군. 마음대로 조사하라는 거야. 집 안이고 뜰이고 마음대로 출입해도 좋다고 전해 달래요. 그러나 그녀 자신은 경찰의 조사로 완전히 지쳐 지금 방에서 쉬고 있으니 만나는 일은 삼가해 줬으면 하더군. 만나도 별로 도움 될 만한 이야기도 할 수 없으며 비서와 집사 마틴——이 사람은 상당히 영리한 사람이야——그 두 사람에게 물으면 자네가 알고 싶은 일은 다 들을 수 있을 거라고 말하더군."

트렌트는 미간을 찌푸리고 생각해가며 가까스로 식사를 마쳤다. 그리고 천천히 파이프에 담배를 담고 베란다 난간에 걸터앉았다.

"카플스 씨 당신은 이 사건에 대해 뭔가 알고 있으면서 저한테 말하고 싶지 않은 일이 있는 게 아닙니까?"

카플스 씨는 정신이 든 듯 허리를 들썩이며 놀라움에 찬 눈으로 트렌트를 쳐다보았다.

"그게 무슨 뜻인가?"

"맨더슨 부부에 대해서 말입니다. 아시겠어요? 저는 이 사건에서 처음부터 이상하다고 느낀 일이 한 가지 있어요. 말할까요? 그것은 한 남자가 갑자기 누구의 손에 의해 살해되었는데, 아무도 슬퍼하는 사람이 없다는 겁니다. 아무리 좋게 말해도 그게 현실입니다. 이 호텔 지배인도 몇 년 동안 여름이면 낯을 익혀 잘 아는 사람일 텐데 전혀 안면도 없는 사람이 살해되었을 때와 같은 말투였고, 당신 역시 몹시 냉담합니다. 그리고 당신 앞에서 이런 말을 하는 것은 실례가 될지 모릅니다만, 부인 역시 그래요. 남편이 죽으면 좀더 슬퍼하고 이성을 잃기 쉽다는 말을 들었습니다. 뭔가 사정이 있다고 생각됩니다만…… 저의 잘못된 추측일까요? 맨더슨은 어딘가 색다른 사람이었어요. 저도 한 번 배를 함께 탔던 일이 있습니다. 별로 이야기를 나눈 일은 없어서 외면적인 것만을 알고 있지만, 참으로 싫은 느낌을 주는 사람이었어요. 그런 일이 의외로 이 사건에 관계있는 것이 아닐까 하는 생각이 듭니다. 그래서 굳이 물어 본 거죠."

카플스 씨는 물끄러미 바다를 쳐다보고, 성긴 수염을 만지작거리며 한동안 생각에 잠겨 있더니 마침내 조용히 트렌트 쪽으로 얼굴을 돌렸다.

"자네와 나 사이니까 솔직히 말해도 상관없다고 생각되네만, 사실 맨더슨을 좋아하는 사람은 이 세상에 한 사람도 없었던 게 아닐까. 가까운 사람일수록 그를 싫어했던 것 같아."

"어째서요?"

트렌트는 다그쳐 물었다.

"글쎄, 왜 그러냐고 물으면 누구나 좀 설명하기 곤란하겠지. 나 자신이 느낀 바로는 그는 동정심이란 전혀 없는 사람이었다고 말할 수 있을 걸세. 외모로는 그렇게 불쾌한 느낌을 주는 사람은 아니었네. 태도가 거만한 것도 아니고 심술궂은 것도 아니었어. 오히려 유쾌한 사람이라고 해도 좋을 정도야.

그러나 그 사람은 일단 자기가 결정한 일, 계획한 일을 수행하기 위해서나 세상을 자기가 생각한 대로 움직이려는 의지를 관철시키기 위해서는 어떤 사람을 희생시켜도 태연한 사람이었어. 어쩌면 그것은 지나친 생각일지도 모르지만, 통틀어 보아 지나친 생각이라고만은 할 수 없는 점도 있었던 것은 확실해. 그런 점으로 보아 나는 메이벨이 불쌍해서 견딜 수가 없었네.

그녀는 참으로 불행했지. 트렌트 군, 나는 자네보다 나이가 배는 더 위일세. 하지만 자네가 같은 또래의 친구처럼 툭 터놓고 교제해 줘서 고맙게 생각하고 있네만, 그러나 나는 이제 늙은이야. 그 덕분에 여러 사람으로부터 결혼 생활의 괴로움을 들을 기회가 많았던 셈이지. 그러나 내 조카와 그 남편만큼 심한 부부 관계는 아직 들어 본 일이 없다네. 그 조카는 내가 갓난아기 때부터 귀여워하던 아이야. 그래서 그 아이 일이라면 잘 알고 있지. 나는 여간해서 알고 있다는 말을 쓰지 않네만, 그녀에 대해서만은 자신있게 그렇게 말할 수 있네. 메이벨은 성품이 좋고 몸가짐이 단정한 여자일세. 다른 재능은 덮어 두고라도, 그것만으로도 어떤 남자든 아내로 삼고 싶어할 그런 여자야. 그런데 맨더슨은 꽤 오래 전부터 그녀를 못살게 굴어 온 거야."

"어떻게 못살게 굴었단 말입니까?"

트렌트는 카플스가 숨을 돌릴 틈도 없이 물었다.

"나도 메이벨에게 그것을 물어 보았지. 그러자 그녀의 대답은 그가 뭔가 원한을 품고 있어 그것을 언제까지나 잊어버리지 않는 것 같다는 거야. 자기 스스로가 두 사람 사이에 담을 쌓고 서먹서먹한 태도를 취하며 까닭도 말하지 않고 은근히 그녀를 괴롭히고 있었던 모양이야.

어떻게 해서 그렇게 되었는지, 그 이면에 어떤 사정이 있는지 난 아무것도 모르네. 메이벨은 그에게 그런 대우를 받을 만한 기억은 전혀 없다고 말할 뿐 아무 말도 않는 거야. 어쩌면 그녀는 맨더슨의 마음속을 알고 있었는지도 모르지만 어쨌든 자존심이 강한 여자니까. 아무튼 그런 상태가 몇 달 동안 계속되었던 모양이야. 그래서 마침내 메이벨은 1주일 전에 나에게 편지를 보냈더군.

나는 그녀의 단 하나밖에 없는 친척일세. 어머니는 메이벨이 아직 어렸을 때 죽었고, 그 뒤 아버지 존 피터가 죽고부터는 메이벨이 결혼할 때까지, 그러니까 5년 전까지 사실상 내가 부모 대신 뒤를 돌봐 주었지. 그 편지에 의논할 일이 있으니 곧 와 달라고 씌어 있기에 이렇게 온 걸세. 내가 이곳에 있는 것도 실은 그 때문이라네."

카플스 노인은 이야기를 멈추고 두세 차례 차로 목을 축였다. 트렌트는 파이프를 피워 물고 더운 6월의 풍경을 바라보았다.

이윽고 카플스 씨는 다시 말을 계속했다.

"나는 그 화이트게이블즈에는 가고 싶은 마음이 없었네. 자네는 내가 현 사회의 경제 기구나 노사관계에 대해 어떤 의견을 가지고 있는지 잘 알고 있으리라 생각하고 또 맨더슨이 여러 곳의 쟁의와 합병사건으로 자신의 어마어마한 자본력을 휘둘러 어떤 악랄한 짓을 했는가도 알고 있으리라 생각하네. 3년 전 펜실베니아의 탄광 쟁의만 생각 해도 충분할 걸세. 나는 개인적인 감정에서 그를 나쁘게 말하는 것이 아니라, 그 사람은 사회에 대해 잔학한 범죄를 되풀이한, 증오해야 할 죄인이네. 말하자면 사회의 적이지. 그래서 나는 그 집에 가지 않고, 이 호텔에서 조카를 만나 아까 말한 것과 같은 사정을 들은 것일세.

조카는 걱정과 굴욕감을 밖으로 나타내지 않으려고 애쓰다 보니 완전히 녹초가 되어 버렸네. 그리고 어떻게 하면 좋겠느냐고 묻기에, 나는 왜 맨더슨이 그런 태도를 취하나 직접 본인에게 물어 보면 될 것 아니냐고 말했으나, 그녀는 그러기는 싫으니 남편의 태도가 달라졌다는 것을 모르는 것처럼 하고 있겠다는 거야. 그런 이유를 남편에게 묻는 일 자체가 뭔가 비굴한 느낌이 들었던 모양이야. 정말이지 이처럼 외고집을 부려 서로가 오해를 더해 가는 일이 세상에는 많은 모양이야."

카플스 씨는 한숨을 크게 쉬었다.

"부인은 그를 사랑하고 있었습니까?"

트렌트는 갑자기 물었다.

카플스 씨는 갑작스러운 질문에 난처하여 눈을 내리깔았다.

"아니, 그를 사랑하는 마음이 아직 어느 정도는 남아 있었던가요?"

트렌트는 다시 물었다.

카플스 씨는 숟가락을 만지작거리며 천천히 대답했다.

"굳이 말한다면 남아 있지 않았겠지. 그러나 오해해서는 안 되네. 그녀는 무슨 일이 있어도 그의 아내인 한 그런 말은 아무에게도 하지 않을 성격이네. 아마 자기 자신에 대해서도 그것을 인정하지 않을 걸세. 게다가 맨더슨은 최근에 와서 그렇게 까닭모를 심술궂은 태도를 취하고는 있었지만, 그전까지는 꽤 친절하고 너그러운 사람이었던 모양이니까."

"그런데 아까 했던 이야기입니다만, 부인은 맨더슨에게 그의 행동에 대해 설명을 요구하기를 싫어했다고 그러셨죠?"

"그렇네. 도메크 집안 사람들은 자존심을 상하게 하는 일은 절대로 하지 않는다는 것을 나는 오랜 세월 경험으로 잘 알고 있으니까 그 이상은 더 말하지 않겠네. 그러나 여러 가지 생각 끝에 다음날 맨더슨이 호텔 앞을 지나갈 때, 그를 불러세워 잠깐 할 말이 있다면서 이곳으로 데리고 왔지. 조카가 결혼한 뒤 나는 전혀 편지 왕래를 하지 않았지만 물론 그는 나를 기억하고 있었네. 나는 곧 솔직하게 말을 꺼냈어. 메이벨이 나에게 그런 문제를 말한 것에 대한 잘잘못은 그만두고 어쨌든 그녀가 지금 그 일로 괴로워하고 있는 것은 사실이니까, 무슨 이유로 그녀를 괴롭히고 있나 그 까닭을 알고 싶다고 물어 본 거야."

"그는 뭐라고 대답했습니까?"

트렌트는 바깥 경치를 쳐다보며 남몰래 미소를 지었다.

이 온후한 노인이 그 괴물 같은 맨더슨을 추궁하는 광경을 웃음을 머금고 생각해 본 것이다.

"헛수고야. 전혀 상대를 해주지 않는 거야."

이렇게 말하는 카플스는 슬픈 듯 미간이 어두워졌다.

"전혀 반응이 없었어. 지금도 그때 답변을 정확하게 기억하고 있네. 이런 것이었지.

'카플스 씨, 이것은 당신에게서 나올 말이 아닙니다. 제 아내는 자기 일을 스스로 해결할 수 있을 테니까요. 최근에 와서 다른 여러 가지 사실과 함께 그런 일을 알았습니다.' 그렇게 태연하게 말하는 거야. 그 사람은 어떤 경우에나 자제심을 잃지 않는다는 평판이었지. 그러나 눈만은 강렬하게 빛나고 있어, 마음이 약한 사람이라면 그 눈을 보기만 해도 소름이 끼쳤을 거야. 어쨌든 나는 그의 마지막 말과, 그것을 말할 때의 어조를 어떻게 흉내낼 수는 없지만, 어딘가 독기 서린 말투였으며 그 말을 들으니 나도 모르게 화가 치밀더군."

그러나 카플스 씨는 담담하게 말했다.

"나는 조카가 가엾어서 못 견디겠어. 그 아이는 우리 집에서 내 자식이나 다름없이 자랐으니까. 죽은 아내가 어렸을 때부터 집에 데려다 키웠다네. 그러기에 메이벨이 비난을 받자, 그 자리의 흥분된 분위기 탓도 있었겠지만 웬일인지 죽은 아내의 욕을 듣는 것 같은 기분이 들어 어찌할 바를 몰랐던 거야."

"그래서 상대방에게 따지고 덤볐다는 말이군요? 그것이 도대체 무슨 뜻이냐고 정색을 하고 물었단 말이겠지요?"

"그렇지, 그랬더니 그는 이마에 푸른 힘줄을 세우며 나를 흘끔 노려보더군. 소름이 끼쳤어. 그러더니 그는 묘하게 조용한 말투로 '좀 지나치게 깊이 들어갔는지도 모릅니다'라고 말하고는 휭하니 나가려고 하는 거야."

"지나치게 깊이 들어갔다니? 당신이 그렇게 물은 것을 말하는 건가요?"

트렌트는 알 수 없다는 듯 물었다.

"말만으로 판단하면 그렇게 받아 들일 수 있겠지만, 문제는 그 말투일세. 묘하게 그늘 속에 숨은 듯한, 뭔가 심술궂은 일을 꾀하고 있는 어조였네. 부끄러운 이야기네만, 나는 나도 모르게 화가 머리 끝까지 치밀었네."

카플스 씨는 다소 기분나쁜 듯이 말했다.

"그리고 바보 같은 말을 퍼부은 거야. 아내도 견딜 수 없는 학대를 받았을 경우 어느 정도 자유로운 행동을 몇 가지 취할 수 있다는 점은 법률로 허용된 일이라고 항변하고, 그의 사회적인 행동을 몇 가지 들추어 내어 전혀 말도 안 되는 비난을 퍼붓고, 자네와 같은 사람은 빨리 죽는 편이 세상을 위해서도 좋은 일이라고 말했다네. 그런 천박한 말을 이 베란다에 있던 몇 사람의 손님 앞에서 해버린 거야. 그 사람들에게도 똑똑이 들릴 정도로 큰 소리로 말했네. 완전히 흥분했던 거지. 그러나 마음이 후련해질 때까지 퍼부어 대고, '바보 같은 말을 했구나' 하는 생각이 들어 방으로 들어가려니까 그 사람들이 나를 흘금흘금 쳐다보더군. 정말 낯뜨거운 짓을 한 거야."

카플스 씨는 한숨을 쉬고 의자 등에 몸을 기대었다.

"그래, 맨더슨은 그 말에 대해 아무 말도 안했습니까?"

"음, 한 마디도. 태연히 앉아 나를 쳐다보며 듣고 있을 뿐이었어. 그리고 내가 말을 마치자 가볍게 쓴웃음을 지은 뒤 그대로 유연히 문을 나가 화이트게이블즈로 돌아가 버렸네."

"그게 언제 있었던 일입니까?"

"일요일 아침이었네."

"그럼, 그 뒤로 그가 살아 있는 동안에는 맨더슨을 만나지 않으셨겠군요?"

"그렇지. 아니, 만났다고 할 수 있을까. 단 한 번, 그날 늦게 골프장에서 그를 보았으나 나는 말을 붙이지 않았지. 그리고 그 다음

날 아침에 그는 벌써 시체가 되어 버린 거야."

두 사람은 한동안 아무 말 없이 각자 생각에 잠겼다. 해수욕을 하던 손님 일행이 밖에서 우르르 몰려들어와 두 사람이 앉은 테이블 근처에 자리를 잡고 시끄럽게 떠들기 시작했다. 웨이터가 다가왔다. 카플스 씨는 일어서서 트렌트의 팔을 잡고, 호텔 옆 길쭉한 론 테니스 코트로 데리고 나갔다. 두 사람은 한참 동안 천천히 코트를 왔다갔다 하다가 마침내 카플스 씨가 입을 열었다.

"이런 이야기를 한 것도 나로선 어떤 특별한 이유가 있기 때문일세."

"알고 있습니다."

트렌트는 정성껏 파이프에 담배를 채운 다음 불을 붙여 잠깐 빨더니 신중히 말했다.

"어디 그 이유를 알아맞춰 볼까요?"

카플스 씨의 긴장된 얼굴이 한순간 묘하게 풀렸다. 그러나 아무 말도 하지 않았다.

트렌트는 생각을 해 가며 말을 하기 시작했다.

"맨더슨 부부 사이에는 단순한 말다툼 이상의 것이 있었던 것을 제가 알아 낼지도 모른다, 그보다 알아 낼 것이라고 당신이 생각했습니다. 그리고 제가 풍부한 상상력을 발휘하여 맨더슨 부인이 이 범행에 어떤 관계를 가지고 있다고 생각할까봐 당신은 걱정이 된 거예요. 그래서 제가 터무니없는 생각을 하지 않도록 사정을 정확하게 알려 주고 겸해서 맨더슨 부인에 대한 당신 자신의 의견을 저에게 인정시키려고 한 것입니다. 저는 당신의 판단력이 뛰어나다는 것을 알고 있으며 당신의 의견이라면 그대로 인정할 테니까요. 대강 이런 것이 아닐까요?"

카플스 씨는 트렌트의 팔을 잡고 진지하게 말했다.

"바로 자네 말이 맞네. 모든 것을 정직하게 말하지. 나는 맨더슨이 죽은 것을 진심으로 기뻐하고 있다네. 그 사람은 경제사회에도 해로운 사람이고, 가정적으로는 내가 자식처럼 귀여워하던 메이벨의 일생을 망쳐 놓을 뻔한 자일세. 그러나 그 때문에 '메이벨이 혐의를 받지나 않을까' 하는 생각을 하면 안타깝기 짝이 없네. 아무리 일시적이라도 그녀의 섬세하고 선량한 마음이 난폭한 경찰들 때문에 상처를 입게 되는 일을 볼 수 없었던 것일세. 그녀는 그렇게 취급당하는 것을 견뎌 낼 수 없을 걸세. 틀림없이 씻을 수 없는 상처를 입겠지. 보통 여자라면, 26살이나 되었으니까 그 정도의 시련은 견딜 수 있겠지. 고등 교육을 받아 어떤 고난을 겪어도 낙담하지 않는 강인성을 몸에 지닌 여자도 있다는 것을 알고 있네. 그런 현대의 일반 여성을 나쁘다든가 여자답지 못하다고 말하는 것은 아니지만, 그러나 메이벨은 그런 여자는 아니야. 그녀는 어렸을 때부터 함께 놀던 이웃 여자아이들과는 좀 다른 데가 있었지. 머리가 뛰어나고 덕성이 있고 취미와 감각도 세련되었다네. 그러나 그것이 그대로의 형태로 발휘되는 것이 아니라……."

카플스 씨는 두 손을 흔들어 허둥대는 듯한 몸짓을 했다.

"그것이 고상함이라든가, 우아함이라든가 하는 모든 것이 조심스럽게 말하는 부인의 미덕과 섞여 있는 거야. 어떤 의미에서는 아직 어린애일지도 몰라. 자네는 내 아내를 모르겠지만, 메이벨은 죽은 내 아내와 참 많이 닮았다네. 마치 친자식같이 느껴진다네."

트렌트는 정중하게 고개를 숙였다. 그리고 천천히 걸어서 코트 끝까지 왔을 때 조용히 물었다.

"그녀는 왜 그런 남자와 결혼했습니까?"

"몰라."

카플스 씨는 간단히 대답했다.

"역시 그 사람의 어딘가에 끌렸던 모양이죠?"

트렌트는 자신이 추측하여 물었다. 카플스 씨는 어깨를 움츠렸다.

"여자란 다소 차이는 있지만 자기 주위에서 가장 성공한 남자에게 마음이 끌리기 마련이라네. 그러나 좀 이해하기 힘든 일이네만, 메이벨처럼 사랑을 바칠 상대를 가진 일이 없었던 처녀의 마음은 의외로 그렇게 강인하고 멋대로 구는 남자에게 끌리는 모양이야. 특히 남자가 어떻게든지 그 처녀를 손아귀에 넣으려고 본격적으로 덤벼드는 경우에는. 더구나 세계적으로 이름이 알려진 남자가 달려들면 아마 조금도 저항하지 못하고 그대로 빠져드는 것 같아. 물론 메이벨은 그가 재계의 일인자라는 것을 들어서 알고 있었지만 그녀는 그때까지 예술과 문학에 관계된 사람하고만 교제하고 있었으므로 재계의 일인자라는 인물이 어떤 비인간적인 냉혈한인가를 전혀 몰랐던 모양이야.

내가 두 사람의 교제가 깊어졌다는 사실을 처음으로 들었을 때는 이미 늦었더군. 나도 쓸데없이 잔소리를 해봤자 소용없다는 것을 알고 잠자코 있었지. 메이벨은 이미 미성년도 아니고 맨더슨 역시 세상 사람들의 눈으로 보면 이렇다고 반대할 만한 결함이 있는 사람도 아니었으니까.

맨더슨의 막대한 재산은 어느 여자에게나 대단한 매력이었을 거야. 메이벨은 1년에 수백 파운드의 수입이 있었네. 그런 상태가 무일푼의 경우보다 몇백만 파운드라는 재산의 값어치를 이해하기 쉽게 만들었는지도 모른다는 생각이 들기도 하지. 그러나 이것은 다 내 나름대로의 억측에 지나지 않네.

어쨌든 내가 알기만도 수십 명의 청년으로부터 받은 구혼을 다 거절해 온 것만은 사실일세. 그렇다고 그녀가 45살의 그 남자를 정말 사랑했다고는 도저히 믿어지지 않을뿐더러 믿고 싶지도 않아.

그러나 그녀가 스스로 자진해서 그와 결혼하고 싶어했던 것만은 확실하네. 왜 그럴 마음이 생겼느냐고 물어도 모른다고 대답할 수밖에 없겠지만."

트렌트는 고개를 끄덕이고 몇 발자국 걸은 다음, 문득 팔목시계를 들여다보았다.

"당신 이야기에 팔려 볼일을 잊고 있었습니다. 오늘 아침엔 늑장을 피우고 있을 수 없어요. 이제부터 곧 화이트게이블즈로 가서 점심 때까지 그 근처를 조사할 생각입니다. 그때 또 만날까요. 뭔가 급한 용건이 생기지 않는 한, 그때쯤이면 저도 좀 시간이 날테니까, 그때까지 발견된 일을 당신과 함께 말해 볼까 합니다만."

"나는 오늘 아침엔 산책을 할 참일세. 그리고 골프장 근처에 있는 스리탄이란 식당에서 점심을 할 예정인데, 상관없다면 거기서 만나기로 하세. 화이트게이블즈에서 4분의 1마일쯤 더 간 곳에 있는 큰길 옆 집이야. 바로 여기서 보이는 저 집일세. 두 나무 사이로 지붕이 보이는 집 말이야. 간단한 요리밖에 못하지만 꽤 잘 한다네."

"저는 맥주만 마시게 해주면 군소리는 않습니다. 그리고 빵과 치즈면 그만이에요. 오오, 신이여, 불길한 사치의 병에서 우리의 간소한 생활을 지켜 주소서! 그럼 이따 뵙겠습니다."

트렌트는 부지런히 베란다로 돌아가 모자를 집더니 카플스 씨를 향해 흔들어 보이더니 호텔을 나갔다.

카플스 씨는 잔디밭 위, 접었다 폈다 할 수 있는 의자에 앉아 두 손을 머리 뒤로 깍지 끼고 맑은 하늘을 올려다보며, 조용히 중얼거렸다.

"좋은 사람이야. 그리고 굉장히 머리가 좋아. 아, 모든 것이 어떻게 해서 이렇게 이상하게 되어 버렸을까!"

허공에 뜬 수갑

화가이며, 화가의 아들인 필립 트렌트는 이미 이십대부터 영국 화단에 상당히 이름이 알려져 있었다. 그가 그린 그림도 잘 팔렸다. 독창적인 표현력을 소유한 뛰어난 재능을 지녔으며, 더구나 왕성한 창작 의욕으로 끊임없이 노력해서 성공을 가져왔다고 할 수 있겠지만, 그 뒤에는 역시 일류였던 아버지의 명성이 큰 힘이 되었다는 사실도 빼놓을 수 없을 것이다.

유명한 아버지를 가졌으므로 보통 가난한 화가처럼 이름을 높이기 위해 안달을 하지 않아도 되었던 것이다. 그러나 그가 성공할 수 있었던 가장 큰 원인은 사람의 마음을 꾸밈없이 자연스레 사로잡는 인간적인 매력에 있었다.

활기와 생기가 있고 유머가 풍부하며 쾌활한 정신의 소유자는 어느 시대에나 인기가 있는 법이다. 더구나 트렌트는 이해와 동정심이 많았으므로 단순한 인기 이상의 것을 한몸에 모을 수 있었다. 그는 남의 마음속을 환히 꿰뚫어보는 눈을 갖고 있었지만, 결코 그것을 겉으로 나타내지 않고 혼자서만 즐겨 남에게 불쾌감을 주지 않았다. 흥을 돋구려고 재치 있는 말을 할 때나 일에 온 정력을 쏟고 있을 때에도 그의 밝은 마음을 나타내는 명랑한 표정이 얼굴에서 사라지는 법이 없었다. 미술이나 미술사에 조예가 깊은 것과는 별도로 그의 교양은 여러 방면에 걸쳐 뛰어났으며, 특히 시에 대해 각별한 애정을 품고 있었다. 32살이 된 지금도 모험과 웃음의 세대를 벗어나지 않았다.

그러나 그 본업보다 백 배나 그를 유명하게 만든 것은 어떤 우스운 사건에서였다. 어느 날 별 생각 없이 신문을 펴보니 영국에선 대단히 화제를 모은 범죄 사건 기사가 지면의 거의 반을 차지하고 있었다. 그것은 열차 내 살인 사건으로 매우 아리송했다. 용의자는 두 사람 붙잡혀 있었다.

그때까지 범죄 같은 데는 그다지 흥미를 느끼지 않았던 트렌트도, 친구들이 열심히 이야기하는 데 이끌려 우연히 여러 신문에 쓰인 사건의 기사를 읽게 되었다. 그러다 보니 어찌나 재미있던지 그 사건의 사실에 파고들어 상상력을 동원하기 시작했다. 그로서는 첫 경험이었다. 예술적인 영감이 떠올랐을 때라든가 개인적인 모험을 시도했을 때만 느끼는 그런 흥분에 사로잡혔다. 그리고 그는 하루 종일 걸려서 쓴 긴 투서를 〈레코드〉 신문사로 보냈다. 특별히 〈레코드〉 신문사를 택한 것은 그 신문이 가장 상세한 정보를 실었기 때문이었다. 그는 이 투서로 포가 '마리 로제 살해 사건'에 대해서 한 것과 같은 일을 한 셈이었다. 신문의 기사만을 자료로 하여 언뜻 보기에 하찮은 일로 생각되었던 사실에 중대한 뜻이 있음을 지적하고 증거를 들어 용의자로 붙잡힌 두 사람은 무죄이고, 증인이 되었던 남자가 진범이라고 단정했다.

제임스 모로이 경은 그것을 읽고 그 훌륭한 추리력에 감탄하여 표제를 크게 붙여 전문을 신문에 실었다. 그리고 그날 석간 〈선〉에는 그가 지적한 범인이 체포되고 범행을 자백한 사실이 보도되었다.

제임스 경은 런던의 구석구석까지 다 알고 있었으므로 트렌트를 찾아내는 데는 힘들일 필요가 없었다. 그 뒤 두 사람은 금방 친해졌다. 상대방으로 하여금 나이 차이를 잊게 하고 친근감을 주는 비결을 선천적으로 타고난 트렌트의 특별한 재능이 큰 힘이 되었다는 것도 빼놓을 수는 없을 것이다.

그는 신문사 지하실에서 큰 윤전기를 보고 새로운 창작 의욕이 생겨 그곳에 이젤을 가지고 왔다. 제임스 경은 트렌트가 '하인리히 크라이식의 기계풍경'이라 부르는 그 그림을 한 번 보자마자 그 자리에서 사고 말았다.

그리고 몇 달 뒤 '인크레 괴사건'으로 알려진 사건이 일어났다. 제임스 경은 트렌트를 호화스런 만찬회에 초대하여 만찬이 끝난 뒤 이 청년 화가가 놀라 기절할 정도의 막대한 보수를 약속하고 〈레코드〉 신문사의 임시 기자로 이 사건을 담당해 달라고 부탁했다.

"자네라면 할 수 있어. 문장력이 있고 사람을 다루는 법도 알고 있으니까. 기자에게 필요한 전문 지식쯤은 내가 30분이면 다 가르쳐 줄 수 있네. 그것으로 충분해. 자네 정도의 상상력과 냉정한 판단력이 있으면 반드시 성공할 걸세. 이 사건을 해결하면 정말 통쾌할 거야."

트렌트는 그 사건이 재미있을 것 같았다. 잠시 담배를 피우며 얼굴을 찡그리고 있었다. 그는 자기가 그 익숙지 못한 일에 두려움을 느끼고 있다는 것을 알고 있었다. 그러나 공포심에 대해 반발하는 것이 평소의 습성이었던 그는 결국 그 요구를 받아들였다.

트렌트는 그 사건을 보기좋게 해결하고 다시 경찰 측을 앞질러 세상의 갈채를 받았다. 그러나 사건이 해결되자 그는 그 일에서 손을 떼고 다시 그림을 그렸다. 언론에 대해서는 아무런 매력도 느끼지 않았다. 예술을 이해하는 제임스도 높은 급료로 그를 유혹하는 일은 되도록 피했다.

그러나 트렌트가 영국 국내나 해외에서 일어난 어려운 사건에 참여해줄 것을 부탁받는 횟수는 30건도 훨씬 넘었다. 트렌트는 때로는 본업이 바빠 거절한 일도 있고, 때로는 진상을 발견하는 데 남에게 뒤떨어진 일도 있었다. 어쨌든 이렇게 〈레코드〉 신문사와 특수한 관계를 가져오다 보니 그는 영국에서도 가장 유명한 인물이 되고 만 것이다. 그러나 이름은 알려졌어도 세상 사람들은 그의 정체를 거의 모르고 있었다. 그는 자기 일에 대해서는 절대로 침묵을 지켜주도록 모로이 신문에 부탁을 해놓았다. 다른 신문이 제임스 경의 부하인 사람을 선전할 리는 없었기 때문이다.

'맨더슨 사건은 뜻밖에도 간단히 해결될지도 모른다.'

트렌트는 가파르지 않은 비탈길을 따라 화이트게이블즈로 걸어가며 혼자서 중얼거렸다. 카플스 씨는 현명한 노인이지만 조카의 일이고 보면 공정한 판단을 내릴 수는 없을 것이다. 그러나 호텔 지배인도 부인의 모습뿐 아니라 특히 그 인품을 칭찬하고 있던 것만은 사실이다. 지배인은 시인도 아니고 소설가도 아니지만 그래도 그 설명을 듣고 보니 부인의 이미지가 생생히 떠올랐다.

"그 부인의 목소리를 들으면 이 근처 갓난아이들이 다 방긋이 웃을 정도랍니다. 아니, 어른도 마찬가지죠. 말스턴에선 어서 여름이 되어 그 부인이 오기를 목을 길게 늘이고 기다리고 있답니다. 그 사람은 그저 막연히 친절한 아무 보잘것없는 여자와는 다릅니다. 뭐랄까요, 인품에 뼈대가 있는 것 같아요. 아시겠어요. 결단력이라할까요, 용기라고 할까요, 확고한 데가 있어 보이는 사람입니다. 이번 사건에서 부인을 동정하지 않는 사람은 없을 것입니다. 오히려 행복하게 된 것일지도 모른다고 생각하는 사람도 없지는 않을 겁니다. "

지배인은 이렇게 말했다. 트렌트는 빨리 맨더슨 부인을 만나 보고 싶었다.

넓은 잔디와 나무가 들어선 저쪽으로 흐릿한 붉은 벽돌의 이층집이 보였다. 그 정면에는 화이트게이블즈라는 이름이 말하듯 커다란 한 쌍의 박공이 있었다. 오늘 아침 차로 지나치며 흘끔 쳐다보았을 뿐이었다. 지금 보니 현대식 건물로 한 10년 전에 지은 것 같았다.

널따란 뜰은 손질이 잘 되어 있었다. 영국의 시골에 있는 유복한 사람의 집은 아무리 작아도 조용한 분위기에 싸여 있기 마련이지만, 이 저택도 그런 분위기가 감돌고 있었다. 이 집 앞면에는 길 건너로 아름다운 목초지가 완만한 경사를 이루며 벼랑가에 이르기까지 퍼져 있고, 뒤에는 숲이 넓은 계곡을 건너 먼 황무지까지 뻗쳐 있었다. 어둡고 무서운 범죄가 일어났다고는 생각할 수 없는 장소였다. 집은 정연하게 서 있고 고용인들도 훈련이 잘 되어 있어 우아한 생활 모습을 엿볼 수 있었다. 그런데 그 타는 듯한 하얀 큰길과 뜰을 지나 생울타리 근처에 있는 광 옆에서 판벽에 기대듯 쓰러져 있던 시체가 발견된 것이다.

트렌트는 찻길에 들어서 뜰의 오솔길 쪽으로 구부러져 좀 떨어진 창고 앞을 지나쳐 갔다. 40야드쯤 가니 길은 갑자기 집에서 멀어지는 방향으로 구부러져 나무들 속으로 뻗쳐 있었다. 이윽고 그 길은 마당가에서 꺾여 저택을 둘러싸고 있는 생울타리 끝에 있는 작은 흰 문에 닿았다. 이 문은 정원사가 용건을 물어 볼 때 출입하는 문이었다. 자물쇠는 잠겨 있지 않았다. 그곳에서 또 오솔길이 집 뒤쪽으로 뻗쳐 있어 생울타리와 키가 큰 석남화나무 사이로 빠져 나갔다. 그 석남화나무가 들어선 곳을 뚫고 나가니 좁은 길이 나왔다. 그 길을 따라가자 집 정면을 향한 나무 숲 속에 서 있는 산뜻한 창고 바로 앞으로 나왔다.

시체는 집에서는 그늘이 져 보이지 않는 쪽 판벽에 기대어 있었다. 만약 하녀가 일찍 일어나 창 밖을 내다보았다 하더라도 창고 같은 데 신경을 쓸 리도 없겠고, 기껏해야 주인처럼 부자가 되면 어떤 기분이 들까, 하는 생각밖에 하지 않았을 거라고 트렌트는 생각했다.

그는 창고에 다가가 조심스럽게 그 둘레를 살펴보고 안에도 들어가 보았다. 그러나 시체가 있던 근처의 풀이 짓밟혀 있을 뿐, 별다른 흔적을 찾아볼 수 없었다. 풀 위에 쭈그리고 앉아 그 근처에 혹시 떨어진 것이 없나 하고 자세히 둘러보았으나, 아무것도 없었다.

그러고 있는데 정면 현관문이 닫히는 소리가 들리기에 그는 조사를 중단했다. 뜰 안에 들어온 뒤 처음으로 이 집에서 듣는 소리였다. 트렌트는 쭈그리고 있던 긴 다리를 펴고 찻길이 있는 쪽으로 나갔다. 한 남자가 현관에서 나와 급하게 큰 정문을 향해 걸어나가고 있었다. 그는 자갈 밟는 소리가 뒤에서 들려오자 신경질적으로 돌아서서 트렌트를 물끄러미 바라보았다. 언뜻 보기에 그 남자의 얼굴은 말이 아니었다. 무섭게 여윈데다 창백하기까지 했다. 그러나 자세히 보니 젊은 사람이었다. 그 여윈 눈은 극도의 긴장으로 인한 피로를 보여 주고 있었지만, 눈 가장자리에는 주름 하나 없었다. 두 사람은 서로 다가섰다. 다가서면서 트렌트는 그 청년의 넓은 어깨며 보기에도 강인해 보이는 체격에 눈이 휘둥그래졌다. 피로로 탄력을 잃긴 했지만 그 걸음걸이, 단정한 얼굴, 짧게 깎은 윤기나는 금발, 트렌트에게 말을 붙여 왔을 때의 그 목소리에서 독특한 교육을 받은 영향을 생생히 엿볼 수 있었다.

'아하, 이 사람은 옥스퍼드 출신이군.'

트렌트는 속으로 그렇게 생각했다.

"트렌트 씨죠?"

젊은이는 상냥하게 말을 걸어 왔다.

"기다리고 있었습니다. 카플스 씨가 호텔에서 전화로 알려 주셨습니다. 저는 머로우라고 합니다."

"맨더슨 씨의 비서 되시는 분이군요?"

트렌트는 그 머로우라는 청년에게 호감을 느꼈다. 청년은 육체적으로는 피로해 있었지만 그 나이 또래의 이런 계층 청년이 지니는 미덕이라 할 수 있는 청순한 생활과 내면적인 건강함을 풍기고 있었다. 그러나 그 피로한 눈에는 트렌트의 살피는 듯한 시선에 도전해 오는 듯한 그 무엇이 숨겨져 있었다. 그것은 눈에 보이지 않는 것에 사색의 눈길을 돌리는 습관에서 그렇게 된 모양이라고 트렌트는 해석했다. 꿈꾸는 눈이라기에는 너무 지적이고 당황함이 없는 결의에 찬 눈이었다. 트렌트는 언젠가 어디서 본 일이 있는 눈매라고 생각했다.

"이번 사건으로 모두들 혼이 나셨겠습니다. 매우 놀라셨죠?"

"네, 좀 지쳤습니다."

청년은 피곤한 듯이 대답했다.

"어쨌든 일요일 밤부터 어제까지 꼬박 차로 달린 데다 어젯밤 이 사건을 들은 뒤로는 거의 한잠도 자지 못했으니까요. 다른 사람도 자지 못했으리라 생각은 됩니다만. 저는 이제부터 검시 사문회(檢屍査問會)의 협의가 있어 의사를 찾아가는 길입니다. 사문회는 내일 있게 되겠죠. 어서 들어가셔서 비서 버너를 만나 주십시오. 당신을 기다리고 있습니다. 여러 가지 설명도 할 것이고 여기저기 안내도 해줄 겁니다. 그도 저와 마찬가지로 비서 일을 보고 있는 미국인인데, 무척 좋은 사람입니다. 여러 가지로 도와 줄 것입니다. 그런데 경감이 한 분 와 계십니다. 마치라는 런던 경시청의 경감님입니다. 어제 이곳에 왔지요."

트렌트는 깜짝 놀라 소리쳤다.

"마치가요? 그는 나의 옛친구입니다. 도대체 어떻게 그리 빨리 이곳에 왔을까요?"

"글쎄요, 모르겠습니다. 어제 내가 새잔프턴에서 돌아왔을 때는 이미 여러 가지를 묻기도 하고 조사를 하기도 했습니다. 지금 서재에 있습니다. 저쪽 끝 프랑스식 창문이 열려 있는 방이 서재입니다. 그곳에 가서서 말씀을 나누시면 어떨까요?"

"그렇게 하지요."

트렌트는 말했다. 머로우는 가볍게 인사를 하고 사라져 갔다. 찻길로 둘러싸인 무성한 잔디가 그 위를 걸어가는 트렌트의 발자국 소리를 삼켜 버렸다. 그리고 몇 분 뒤에 트렌트는 그 집 남쪽 끝에 있는 프랑스식 창문으로 슬쩍 방안을 들여다보며 대단히 넓은 등과 앞으로 숙인 희끗희끗한 짧은 머리의 뒤통수에 대고 미소를 던지고 있었다. 방안에 있는 사나이는 테이블 위에 펼쳐 놓은 많은 서류에 몸을 구부리고 있었다.

"또 선수를 빼앗겼군."

트렌트가 나직이 중얼거렸다. 그 소리를 듣고 놀란 마치 경감이 재빨리 돌아다보았다.

"참, 나는 어렸을 때부터 어째서 늘 일의 우선권을 빼앗기는지 모르겠단 말이야? 이번에야말로 경시청을 앞질러 온 줄 알았는데, 경시청의 괴물이 하나 벌써 와 있다니!"

경감은 히죽이 웃으며 창가로 왔다.

"자네가 올 줄 알았네, 트렌트 군. 자네가 좋아할 것 같은 사건이니까."

"그처럼 내 취미를 소중히 해준다면 싫어하는 경쟁 상대를 보내지 말았어야 할 게 아닌가. 게다가 자네는 나보다 훨씬 먼저 시작했으니 말일세. 됐네, 할 수 없지, 뭐."

트렌트는 안으로 들어가 방안을 두리번거리며 살펴보았다.

"어떻게 이렇게 빨리 올 수 있었지? 자네가 재빠른 것은 전부터 알고는 있었지만……. 하룻밤에 천 리를 달리는 말도 못 당할 만한 자네니까. 그러나 어젯밤에 이곳에 와서 한차례 일을 마쳤다니 아무래도 그건 너무 빨라. 경시청에선 최근 극비리에 항공 부대라도 만들었나? 아니면 마술을 부렸나? 어쨌든 여기에 대해서는 내무 장관으로부터 일단 설명이 있어야 할 것 같군."

"그 이유는 아주 간단하지."

마치 경감은 직업이 직업이니만큼 굴곡 없는 어조로 말했다.

"아내와 함께 우연히 하르베에 와 있었다네. 이곳에서 12마일 가량 떨어진 해안도시지. 그곳 경찰이 이 사건을 듣자 곧 나에게 알려줬기 때문에 나는 과장에게 전화를 걸어 이 사건을 맡게 되었네. 그래서 어제 저녁 자동차로 이곳에 와서 일을 시작한 거야."

"그 이야기를 듣고 생각난 것이네만, 부인은 안녕하신가?"

트렌트는 다른 곳으로 주의를 돌렸다.

"고맙네, 잘 있다네. 곧잘 자네 말을 하곤 하지. 자네가 우리 아이와 놀아 주던 이야기며…… 그러나 미안하네만 억지로 쓸데없는 이야기를 할 필요는 없네. 방안을 보고 싶으면 사양말고 보게. 자네 식은 이제 잘 알고 있어. 그럴듯하게 교섭을 해서 그 부인으로부터 이 저택 안은 어디나 마음대로 조사해도 좋다는 승낙을 받았겠지?"

"맞아, 이번에도 또 자네를 앞지를 생각으로, 애빈처 사건에선 선수를 빼앗겼으니까 그 은혜를 갚을 작정일세. 그러나 만일 자네가 지금 여기서 사교 솜씨를 발휘할 작정이 아니라면 슬슬 겉치레 말은 빼고 일에 대한 이야기를 시작해 보세."

트렌트는 책상 옆으로 다가가 그 위에 있는 서류로 눈을 옮기며 서랍을 열고 재빨리 그 속을 들여다보았다.

"벌써 정리가 다 되었군. 경감, 그럼 또 게임을 시작해 볼까."

트렌트는 지금까지 여러 사건에서 몇 번인가 마치 경감과 얼굴을 마주 대한 일이 있었다. 마치는 경시청 수사과에서도 가장 기민한 실력자로, 빈틈 없고 사귐성 있는 노련한 경감이었다. 또 그는 무척 대담한 사나이로, 난폭한 범죄자를 다루어 공을 세운 빛나는 경력의 소유자이기도 했다. 더구나 체격은 경감 중에서도 두드러지게 크고 그와 마찬가지로 남달리 인정미도 두터웠다.

트렌트와 그는 서로 막연히 공감을 느끼는 점이 있어 처음부터 호의를 가지고 색다른 우정을 맺고 있었다. 트렌트는 그와의 친분을 자기 경력에 넣는 것을 자랑으로 느끼기까지 했다. 경감은 아무에게도 말하지 않는 속마음도 트렌트에게만은 소탈하게 털어놓고 어떤 사건에서나 둘이 토론하여 서로 생각이 미치지 못했던 부분을 일깨워 나갔다.

물론 거기에도 자연히 한도가 있고 규칙이 있었다. 경찰이 아니면 손에 넣을 수 없는 그런 정보는 트렌트도 절대로 신문에 발표하지 않겠다는 양해가 이루어져 있었다. 또 사건 해결의 뚜렷한 증거가 될 만한 사실을 발견하거나 생각해 냈을 경우에는 서로 직업의 명예와 위신을 걸고 그것을 상대방에게 비밀로 해 둘 권리를 인정한다는 약속이 되어 있었다.

이것은 트렌트가 탐정의 스포츠맨십이라 부르며 제안한 것인데, 본래 내기를 좋아하고 더구나 예리한 두뇌의 소유자와 겨루어 손해볼 리가 없는 마치 경감은 쌍수를 들고 이 '게임'에 찬성했다. 신문사와 경찰의 명예를 건 이 경쟁은 어떤 때는 경감의 오랜 세월 동안 쌓아 온 경험과 수사법이 승리를 거둘 때도 있고, 어떤 때는 트렌트의 민첩한 두뇌와 왕성한 상상력이 모든 눈속임을 꿰뚫어보고 뚜렷한 증거를 잡아내는 본능적인 재능으로 개가를 올리기도 했다.

따라서 경감은 트렌트의 마지막 말에 기꺼이 응했다. 이래서 두 사람은 프랑스식 창문의 양쪽에 기대어 서서 조용히 가라앉아 흐릿해 보이는 장려한 여름 경치를 앞에 놓고 사건을 검토했다.

트렌트는 얇은 수첩을 꺼내 이야기를 하며 방 안의 약도를 슬쩍슬쩍 그리기 시작했다. 이런 경우에 약도를 그리는 것이 그의 습관이 되어 있었던 것이다. 별다른 목적도 없이 다만 막연히 그리는 수가 많았지만, 그 습관이 뜻하지 않을 때 도움이 되곤 했다.

서재는 이 집 끝에 있는 크고 밝은 방으로, 양쪽에 큰 창문이 있었다. 한가운데 큰 테이블이 있고 프랑스식 창으로 들어와 왼쪽 벽 가에 접었다 폈다 할 수 있는 뚜껑 달린 책상이 있었다. 그리고 왼쪽 벽 안쪽에 문이 있고, 그 반대쪽 벽면에 칸막이가 달린 큰 창문이 있으며, 그 칸막이가 하나하나가 여는 창문으로 되어 있었다. 문보다 더 안쪽에 훌륭한 조각을 한 삼각 칸막이 장이 놓여 있고, 정면 난로 옆벽의 움푹 들어간 곳에도 칸막이 장이 하나 있었다. 온통 책이 빽빽히 꽂힌 벽 좁은 공간에 봄을 느끼게 하는 판화가 몇 장 걸려 있었다. 트렌트는 나중에 그것을 천천히 감상해야겠다고 마음 속으로 생각했다.

책은 헌책 시장에서 한꺼번에 몰아 산 모양으로 아주 어울리지 않게 꽂혀 있었고 한 번도 읽은 적이 없는 것 같았다. 장정이 화려한 호화판뿐이었는데, 그렇게 책이 늘어선 모양은 위대한 영국 작가와 수필가, 역사가, 시인들이 베개를 나란히 하고 전사한 것처럼 보였다. 그밖에 칸막이장이나 테이블과 똑같이 옛날 식 조각을 한 오크 나무로 된 의자 몇 개와 근대식 팔걸이의자가 하나, 그리고 책상 앞에 사무용 회전의자가 놓여 있었다.

방은 대단히 돈을 많이 들여 치장한 것처럼 보였으나 어딘가 썰렁한 느낌이 들었다. 들어 나를 수 있는 물건은 테이블 위에 있는 크고 아름다운 청자 화분과 난로, 선반 위에 놓인 시계와 잎담배 상자, 그리고 책상 위에 있는 탁상 전화기 정도였다.

"시체는 봤나?"

경감이 물었다. 트렌트는 고개를 끄덕였다.

"시체가 있던 장소도 둘러보았네."

"이 사건은 내가 본 첫인상으로 미루어 보아 아무래도 골치 아픈 사건인 것 같아."

경감은 말을 하기 시작했다.

"하르베에서 들었을 때는 흔히 있는 강도살인 사건으로——하기는 이 근처에서는 그다지 흔히 있는 일도 아니지만——범인은 부랑자 같은 건달패려니 생각했는데, 조사하자마자 곧 묘한 일을 알게 되었네. 그것은 아마 자네도 이미 알아차렸으리라 생각되네만, 우선 첫째로 피해자는 자기 집 울타리 안에서, 그것도 집 바로 가까이에서 살해된 점이야. 그리고 강도가 들어온 흔적이 전혀 없네. 시체에서도 없어진 게 하나도 없고. 그러므로 이것만 보면 틀림없이 자살이라고 생각할 수 있을 것 같아.

그리고 또 있네. 모든 사람의 이야기를 듣고 보니 맨더슨은 약한 달 전부터 정신 상태가 좀 이상했던 모양이야. 자네도 알고 있겠지만 그와 부인의 사이는 그다지 원만하지 못했던 모양이야. 부인에 대한 태도가 달라진 것은 꽤 오래 전부터 하인들의 눈에 띄기도 했는데, 요 1주일 동안은 특히 심해져서 부인에게 말도 안 했던 모양이야. 그 때문인지, 아니면 그밖에 다른 까닭이 있었는지는 모르지만, 어쨌든 그는 다른 사람이라도 된 것처럼 침울해져 말을 안했다네. 부인의 시중을 들던 하녀들은 금방이라도 무슨 일이 일어날 것 같은 기분이 들었었다고 말하더군. 실제로 무언가가 있었다고 나중에 곧잘 그런 말을 하는 법이지만. 어쨌든 그들은 그렇게 말하고 있네. 따라서 이상과 같은 일로 자살설이 나오게 되는데, 어떤가, 뭔가 자살이 아니라는 이유가 있나, 트렌트?"

트렌트는 창 문턱에 걸터앉아 두 무릎을 끌어안고 그 말에 대답했다.

"내가 조사한 바로는 모든 사실이 자살설을 부정하는 것뿐이었네. 우선 흉기가 발견되지 않은 일일세. 잘 찾아보았네만 시체가 있던 장소에 적어도 그가 내던져 손이 닿을 수 있는 범위 안에는 권총 같은 것이 떨어져 있지 않았네. 둘째는 손목의 상처야. 할퀸 지 얼마 안 된 듯한 상처와 멍, 그것은 누구와 격투를 벌였을 때 생긴 상처라고 생각할 수밖에 없겠지. 셋째는 자기 눈을 쏘아 자살했다는 말은 아직 들어 본 일이 없네. 그리고 호텔 지배인에게 들은 이야기지만, 그것은 이 사건에서 가장 기괴한 사실일세. 맨더슨은 밖으로 나가기 전에 완전히 옷차림을 갖추는 사람인데 틀니를 잊어버리고 끼지 않았다는 거야. 자기 시체가 발견되었을 때 보기 흉하지 않도록 옷차림을 단정히 한 다음 자살하는 사람이 틀니를 잊어버리고 끼지 않는다는 일이 있을 수 있겠나?"

"자네가 끝으로 한 말은 나도 알아차리지 못했던 일일세. 분명히 뭔가 뜻이 있군. 그러나 다른 점은 나도 알고 있었으므로 자살이라는 생각은 하지 않았네. 그래서 오늘 아침에 집 안을 조사하다 보면 뭔가 좋은 생각이 떠오르려니 하고 살펴보고 있네만, 자네도 보나마나 같은 생각이었겠지?"

"그렇네. 이 사건은 아무래도 머리를 써서 생각해 내는 일이 중요한 핵심이 될 것 같네. 자, 마치, 힘써 보세. 기운을 내서 모든 의문과 맞부딪쳐 보는 거야. 우선 이 집 사람들을 모조리 의심해 보기로 할까. 내가 누구를 의심하고 있나 일러 주지. 물론 맨더슨 부인이 수상하네. 그리고 비서인데, 그들도 둘 다 수상해. 비서가 둘이 있는 모양인데, 그들도 수상하다고 생각하네. 집사도 그렇고 부인 시중을 드는 하녀도 수상해. 다른 하인들도 다. 특히 구두 닦는 소년도 수상하네. 그런데 하인은 몇 명이나 있나? 물론 몇십 명이 있어도 나는 문제없네만. 모조리 의심해 볼 준비는 다 되어 있으니까. 그러나 참고 삼아 들려주지 않겠나?"

"참 재미있는 말을 하는군. 좋겠지, 수사의 제1단계로서는 분명히 무난한 방침이니까, 서로가 다. 그러나 나는 어젯밤부터 오늘 아침에 걸쳐 이 집사람들은 다 조사해서 지금은 적어도 그 중 몇 사람을 머리에서 쫓아 낼 단계에 이르렀네. 자네도 빨리 조사해서 자네 나름대로의 결론을 내려 주게. 그런데 이 집 고용인들은 집사, 부인 시중을 드는 하녀, 요리사, 그밖에 하녀가 셋, 그 중 한 사람은 젊은 처녀일세. 그리고 운전기사가 한 사람 있는데, 그는 손목이 삐어서 이곳에는 없네. 소년은 한 사람도 없네."

"정원사는? 가장 의심스러운 데는 정원사란 괴인물이 등장하지 않는가. 분장실에 숨겨 둘 작정인가? 게임은 정정당당히 하세. 자, 정원사를 등장시키게. 그렇지 않으면 규칙 위반으로 규약위원회에 제소하겠네."

"아니야, 특별히 정원사는 두지 않고 마을 사람이 1주일에 두 번씩 다니며 일을 봐 주었다는군. 그 사람하고도 이야기를 나누어 보았지. 지난 주 화요일에 온 것이 마지막이고 그 뒤로는 얼굴을 내밀지 않았더군."

"그건 점점 더 수상하군."

트렌트는 말했다.

"그리고 이 집 자체의 문제인데, 우선 이 방을 좀 살펴봐야겠네.

맨더슨은 대개 이 방에 있었던 모양이니까. 그리고 그 사람의 침실은 특히 자세히 조사해 봐야겠네. 그러나 우리는 지금 이 방에 있으니까 우선 여기서부터 시작해야겠군. 아무래도 자네 역시 같은 수사단계에 있는 모양이니까. 침실은 조사가 끝났나?"

경감은 고개를 끄덕였다.

"맨더슨의 침실과 부인의 침실은 조사가 끝났어. 그다지 참고할 만한 것은 없는 것 같더군. 맨더슨의 침실은 아주 간소하여 텅 비어 있었네. 단서가 될 만한 것은 전혀 없었네. 적어도 내 눈에는 띄지 않았어. 맨더슨은 되도록 간소한 생활을 하고 있었던 모양이야. 자기 시중을 드는 하인은 한 번도 고용한 일이 없었다는군. 그 방은 옷이나 구두가 놓여 있지 않으면 독방으로 볼 수밖에 없을 걸세. 가보면 알 거야. 단서가 될 만한 것은 전혀 없었네. 나는 아무데도 손을 대지 않았으니까 그대로 있을 걸세. 그저께 밤 몇 시인가 맨더슨이 그 방에서 나왔을 때 그대로야. 그 침실 문으로 통할 수 있는 맨더슨 부인의 침실은, 분명히 독방 같지 않더군. 부인은 방을 아름답게 꾸미기를 좋아하는 모양이야. 그러나 부인은 시체가 발견된 날 아침 그 방에서 도망쳐 버렸다네. 살해된 남편의 방과 통하는 방에서는 잘 수 없다고 하녀에게 말하고, 부인의 기분으로야 당연한 일이겠지. 그래서 그녀는 지금 비어 있는 한 침실에 말하자면 외박하고 있는 셈이지."

트렌트는 수첩에 뭐라고 적어 넣으며 혼자 중얼거리더니 경감에게 말했다.

"마치, 자네는 맨더슨 부인을 지목하고 있나? 아니면, 그렇지 않은가? 과연 경감다운 그 시치미 뚝 뗀 말투로 미루어 보아 대강은 짐작이 가네만. 나도 부인을 만나 둘 걸 그랬군. 자네는 그녀에게 불리한 사실을 쥐고 있으면서 그것을 내가 눈치채지 못하도록 하기 위해서인지, 아니면 그녀에게 혐의가 없다는 확증을 쥐고 있으면서도 내가 부인에게 매달려 시간을 낭비하는 꼴을 잠자코 보고 있을 속셈인지 둘 중 하나 같군."

"어느 쪽이건 규칙 위반은 아닐세. 드디어 게임도 재미있어지는걸."

그는 한층 더 소리를 높여 말했다.

"그럼 침실은 뒤로 미루고, 어떤가, 이 방은?"

"집안 사람들은 이곳을 서재라고 부르고 있는데, 맨더슨은 글을 쓰는 일이나 그 밖의 일은 언제나 이곳에서 했던 모양일세. 집에 있을 때는 대개 이곳에 있었다는군. 부인과의 사이가 멀어진 뒤부터는 밤에도 혼자 지내고 있었는데, 외출하지 않는 밤에는 늘 이곳에 있었던 것 같아. 하인들은 살아 있는 그의 모습을 이 방에서 마지막으로 본 모양이야."

트렌트는 일어서서 또 책상 위에 놓인 서류를 들여다보았다.

"대부분이 사무적인 용건으로 온 편지와 문서일세."

마치 경감이 말했다.

"보고서라든가 회사의 설립 취지라든가 그런 것뿐일세. 개인적인 편지도 좀 있지만 보기에 문제가 될 만한 것은 없는 것 같아. 버너라고 하는 미국인 비서와 함께 오늘 아침 그 책상을 다 조사해 보았네. 버너라는 비서는 어딘지 좀 이상한 사람이더군. 그는 맨더슨에게 협박장이 온 것으로 생각하고 이 사건도 거기서 비롯되었다는 거야. 그러나 그런 흔적은 전혀 없었네. 한 장 한 장 자세히 조사해 보았거든. 다만 꼭 한 가지 이상한 점을 발견했네. 그것은 상당히 액수가 많은 돈다발과 장미 모양 다이아몬드가 들어 있는 작은 자루 2개가 책상 서랍 속에 들어 있는 점일세. 그것은 내가 버너 군에게 지시하여 안전한 장소에 보관케 했네. 들리는 애기에 의하면 맨더슨은 최근 다이아몬드의 예상 매입을 하기 시작했던 모양이야. 비서의 말로는 그런 모험은 처음이라는데, 하기 시작하니 재미가 있어 꽤 열을 올리고 있었다네."

"그 비서들은 어떤가? 나는 아까 저 앞에서 머로우라는 비서를 만났는데, 독특한 눈초리를 지니고 있었지만 꽤 미남이더군. 틀림없는 영국인이야. 또 한 사람은 미국인이지? 맨더슨은 어쩔 속셈으로 영국인 비서를 고용하고 있었을까?"

"그 사정은 머로우 군에게서 들었네. 미국인은 맨더슨의 한 팔이 되어 잠시도 그의 곁을 떠나지 않고 사업관계의 일을 맡아 본 모양이야. 머로우 군은 맨더슨의 금융사업에는 전혀 관계하지 않았으며 그 방면의 일은 전혀 몰랐다고 하더군. 그가 맡은 일은 맨더슨의 말을 돌보고, 모터보트며 요트를 관리하거나 사냥 준비를 하는 등의 여러 가지였던 모양이야. 그러니까 돈 쓰는 담당이지. 또 한 사람은 사무를 맡았는데 그것만으로도 힘에 겨웠던 모양이야. 그러니까 머로우 군이 영국인이라는 것은 요컨대 영국인 비서를 두는 것이 맨더슨의 도락이었다고 할 수 있겠지. 머로우 군을 쓰기 전에도 몇 사람인가 고용한 일이 있다네."

"그의 취미도 알아볼 만하군."

트렌트는 말했다.

"그러나 당대 최고 대부호의 놀이 시중을 드는 일도 멋있을 거야. 특히 맨더슨의 놀이는 아주 풍류적이었다니까. 그리고 보면 머로우 군도 착실할 뿐, 복잡한 일에는 적합하지 않은 인상을 받았네. 이야기는 되돌아가서……."

트렌트는 수첩을 들여다보았다.

"아까 자네는 하인들은 살아 있는 그를 여기서 본 것이 마지막이었다고 했지? 그러니까 그것은……."

"그는 잠자리에 들기 바로 직전에 부인과 이야기를 했어. 그러나 하인들 중에서 마지막으로 그를 본 것은 집사인 마틴이었네. 나는 어젯밤 그 집사로부터 직접 들었네. 그는 그 이야기를 하는 것이 즐거운 모양이더군. 이번 사건으로 이 집 하인들은 뭔가 축제 같은 기분이 드는 모양이야."

트렌트는 쨍쨍 내리쬐는 햇볕 아래 비스듬히 열어 놓은 창문으로 밖을 내다보며 한동안 생각에 잠겨 있더니 마침내 이렇게 물었다.

"그 사람의 이야기를 다시 한 번 들어 볼 생각은 없나?"

그 대답 대신 마치 경감은 벨을 눌렀다. 잠시 뒤 수염을 깨끗이 깎은 몹시 여윈 중년 남자가 벨 소리를 듣고 나타났다. 그는 참으로 우아한 하인의 예의범절이 몸에 배어 있었다.

경감이 설명했다.

"여기 계신 트렌트 씨는 맨더슨 부인으로부터 저택 안을 조사해도 좋다는 허락을 받고 온 분인데, 당신 이야기를 들었으면 해서 부른 거요."

마틴은 공손하게 절을 했다. 그는 트렌트를 신사로 대우하기로 마음먹었다. 트렌트가 과연 그가 생각하는 신사라는 데에 모든 면에서 해당되는지 어떤지는 시간이 흐르면 저절로 알게 될 것이다.

"선생님이 이 집 안에 들어서시는 것을 뵈었습니다."

마틴은 겸손한 어조로 말했다. 한 마디 한 마디 생각해 가며 말하고 있는 것 같았다.

"선생님께 되도록 협조해 드리라는 분부가 있었습니다. 일요일 밤에 있었던 일을 말씀드리면 되는 겁니까?"

"그렇소. 말해 주시오."

트렌트는 정중하게 말했다. 마틴의 모습이 아주 익살스러워 웃음이 나올 것만 같았으나 그는 터져나오는 웃음을 온 힘을 다해 누르며 태연한 체했다.

"제가 맨더슨 어른의 모습을 마지막으로 뵌 것은…… "

트렌트는 마틴의 이야기를 조용히 막았다.

"아니, 그것은 나중에 말해 주시오. 그날 밤 당신이 몇 번이나 그를 보았는지 모르겠지만 그것을 다 이야기해 주시오. 저녁 식사가 끝난 뒤부터 말해도 됩니다. 되도록 상세히 생각해봐 주시오. "

"저녁 식사 뒤에 있었던 일 말이죠? 네, 그 날은 저녁 식사가 끝난 뒤 맨더슨 어른께서는 머로우 씨와 과수원 오솔길을 산책하며 이야기를 하고 계셨습니다. 상세히 말씀드리면 두 분은 꽤 중요한 이야기를 하고 계신 것 같았습니다. 왜냐하면 함께 뒷문으로 돌아왔을 때 주인 어른의 말투가 여느 때와는 아주 달랐기 때문입니다. 저는 지금도 뚜렷이 기억하고 있습니다만, 주인 어른은 이렇게 말씀하셨습니다. '만일 해리스가 그곳에 있다면 한시를 다툴 테니까 곧 출발해 주게. 그리고 아무에게도 말해선 안 되네.' 그러자 머로우 씨는 이렇게 대답했습니다. '네, 알았습니다. 옷만 갈아입으면 되니까 곧 준비가 됩니다.' 대충 이런 말을 했습니다. 제가 식당에 있을 때 두 분이 방문 옆으로 지나가서 말소리가 잘 들렸습니다. 그리고 머로우 씨는 이층 자기 방으로 갔고 주인 어른은 이 방으로 들어와 저를 부르셨습니다. 곧 이 방으로 들어오니 주인 어른은 편지를 몇 통 주시면서 내일 아침 우체부에게 부탁하라고 말씀하신 다음, '이제부터 달밤에 드라이브나 하자고 머로우가 말하니, 자네는 자지 말고 기다리고 있게' 하고 말씀하셨습니다. "

"그거 참, 이상하군. "

트렌트가 중얼거렸다.

"네, 저도 이상하다고 생각했습니다. 그러나 '아무에게도 말하면 안 되네'라고 주인 어른이 머로우 씨에게 말씀하시던 일이 생각나

달밤에 드라이브 간다는 것은 틀림없이 뭔가 숨기고 계신 거라고 생각했습니다."

"그것이 몇 시쯤이었습니까?"

"10시쯤이었다고 생각합니다. 그리고 주인 어른은 머로우 씨가 차를 현관으로 돌리기를 기다리고 있었습니다. 그리고 무엇이 생각난 듯 부인이 계신 응접실로 가신 겁니다."

"당신은 그것을 이상하다고 생각지 않으셨습니까?"

마틴은 상대방을 경멸하는 듯한 표정을 띠었으나 어느 정도 친숙한 어조로 말했다.

"그런 질문에도 대답해야 한다면 할 수 없지요. 말씀드리겠습니다. 올해 이쪽으로 오시고 나서 주인 어른이 그 방에 들어가는 것을 본 적은 한 번도 없었습니다. 밤에는 서재에서 지내기를 좋아하셨습니다. 그날 밤도 고작 몇 분 동안밖에 부인이 있는 곳에 계시지 않았습니다. 그리고 곧 머로우 씨와 함께 나가셨습니다."

"나가는 것을 보았나요?"

"네, 비숍스브리지 쪽으로 가셨습니다."

"그 뒤로도 당신은 맨더슨 씨의 모습을 보았던가요?"

"네, 한 시간쯤 지난 뒤 이 서재에서 만났습니다. 11시 15분경이었다고 생각됩니다. 11시 교회 종소리가 들리고 나서 얼마 안 되었을 때니까요. 저는 꽤 귀가 밝은 편이라서……."

"맨더슨 씨는 벨을 울려 당신을 불렀겠군요? 그렇죠? 그래, 당신이 이곳에 온 뒤 어떤 일이 있었습니까?"

"맨더슨 어른은 그 칸막이 장에 놓여 있는 위스키 병과 소다수와 잔을 손수……."

트렌트는 손을 들어 상대방의 이야기를 막았다.

"그 부분이 중요하니까 자세히 설명해 주었으면 하는데요. 맨더슨 씨는 술을 많이 마시는 편이었나요? 아니, 나는 단순한 호기심에서 실례되는 말을 묻고 있는 것은 아닙니다. 어쩌면 이 사건의 단서가 될지도 모르기 때문입니다."

"네, 잘 알았습니다."

마틴은 정중하게 대답했다.

"이미 경감님께도 말씀드린 일이니까 기꺼이 설명하겠습니다. 맨더슨 어른은 그만한 신분으로 생각하면 매우 검소한 분이었습니다. 저는 거의 4년 가까이나 모시고 있었습니다만, 저녁 식사 때 포도주를 한두 잔 마시고, 때로는 점심 식사 때 약간과 잠자리에 드시기 전에 가끔 위스키 소다수를 마시는 외에는 알코올을 입에 대는 것을 한 번도 본 일이 없습니다. 주무시기 전의 위스키도 결코 습관이 된 것 같지는 않았습니다. 제가 아침에 와 보면 잔에 소다수만 조금 남아 있는 일이 가끔 있었습니다. 위스키를 넣어 마시는 일도 어쩌다 있었던 모양인데, 그것도 많이 넣는 일은 절대로 없었습니다. 음료수에 대해서는 그다지 까다롭지 않으셔서, 제가 전에 일했던 집에선 미네랄을 쓰고 있었고 저도 그것을 좋아해 맨더슨 어른께도 권해 보았더니, 보통 소다수도 좋다고 말씀하셨습니다. 맨더슨 어른은 필요 이상으로 시중 드는 일을 몹시 싫어하셨으므로 늘 마시는 것은 장 안에 넣어 두었습니다. 저녁 식사 뒤에는 부르시지 않으면 이 방에는 오지 않기로 되어 있었습니다. 그리고 부르셨을 때라도 빨리 일을 마치고 곧 물러가지 않으면 못마땅해 하셨습니다. 제가 무엇을 여쭤 보러 오거나 하는 일은 절대로 금물이었습니다. 어쨌든 맨더슨 어른은 놀라울 정도로 검소한 취미를 가진 분이었습니다."

"그러니까 11시 15분쯤에 벨을 울려 당신을 부른 셈인데, 그때 맨더슨 씨가 무슨 말을 했는지 정확하게 기억하고 있소?"

"거의 정확하게 말씀드릴 수 있다고 생각합니다. 그렇게 많은 말씀을 하신 것은 아니었으니까요. 우선 버너 씨가 자느냐고 물었습니다. 그래서 저는 꽤 오래 전에 이층으로 올라갔다고 대답했습니다. 그러자 이번에는 오늘밤에 중요한 전화가 걸려 올 테니까 누군가 일어나 있어야 하는데, 머로우 씨는 급한 볼일로 새잔프턴에 차를 몰고 갔으니 자네가 일어나 있다가 전화가 걸려 오거든 그것을 메모해 달라고 하시며 일부러 주인 어른을 깨우러 오지 말라고 했습니다. 그리고 또 소다수의 새 사이펀을 가져오라고 말씀하셨습니다. 그뿐이었다고 생각합니다."

"주인의 모습은 여느 때와 전혀 달라진 데가 없었나요?"

"네, 별로 달라진 것 같지 않았습니다. 제가 이 방에 왔을 때 맨더슨 어른은 책상 앞에 앉은 채 수화기를 들고 있었습니다. 아마 저쪽에서 나오기를 기다리고 있었던 것 같아요. 그런 모습이었습니다. 저에게 용건을 말할 때는 상대방과 이야기를 하고 계셨습니다."

"무슨 말을 했는지 기억하고 있습니까?"

"글쎄요, 거의 기억이 안 납니다. 누군가가 어느 호텔에 있다는 것이어서…… 저는 전혀 관심이 없는 일인데다가 사이펀을 테이블 위에 놓고 물러날 때까지 잠깐 동안밖에 방에 있지 않아서…… 다만 제가 문을 닫으려고 했을 때 '그는 분명히 호텔에는 없는 모양이로군.' 하는 말을 하고 계셨습니다."

"그러니까 그것이 마지막 본 것이고 마지막 들은 말이 된 셈이군요?"

"아뇨, 그리고 잠시 뒤 11시 반쯤에 제가 식당 문을 활짝 열어 놓은 채 지루함을 달래느라고 책을 읽고 있었을 때 맨더슨 어른이 이층으로 올라가는 발자국 소리가 들려왔습니다. 그것이 마지막입니다. 저는 그리고 곧 서재의 창문을 닫고 현관을 잠갔습니다. 그 뒤로는 아무 소리도 들리지 않았습니다."

트렌트는 잠시 생각한 다음 시험해 보는 듯한 투로 물었다.

"당신은 전화가 걸려 오기를 기다리고 있는 동안 졸거나 하지는 않았겠죠?"

"네, 전혀 그런 일은 없었습니다. 저는 언제나 그 시간에는 눈이 새록해져 잠이 안 옵니다. 저는 잠을 쉽게 이루지 못하는 편이라서 …… 바다 근처에서는 더욱 그렇습니다. 잠자리에 들어간 뒤에도 대개 12시 지나서까지 책을 읽고 있습니다."

"그래, 전화는 걸려 왔나요?"

"아뇨."

"걸려 오지 않았어요? 그래요…… 당신은 요즈음처럼 더운 날 밤에는 창문을 열어 놓은 채 자겠죠?"

"매일 밤 닫고 자지는 않습니다."

트렌트는 수첩에 마지막 메모를 적은 다음 무엇인가 알아내려는 듯이 모든 것을 둘러보았다. 그리고 성큼 일어나 고개를 숙이고 방안을 돌아다니더니 마침내 마틴 앞에서 발을 멈췄다.

"모든 것이 앞뒤가 들어맞고 아무 데도 이상한 점이 없는 것 같은데, 세밀한 점을 몇 가지만 뚜렷이 해 두고자 합니다. 당신은 자기 전에 이 서재의 창문을 닫으러 왔다고 했지요? 어느 창문이었나요?"

"저 프랑스식 창문입니다. 하루 종일 열려 있었습니다. 정면 창문은 여간해서 열지 않습니다."

"커튼은 어떻소? 밖에서 들여다보았을 경우에 방안이 보입니까?"

"그쪽 마당으로 돌아오면 문제없이 들여다보일 겁니다. 더울 때 커튼을 치지 않으니까요. 맨더슨 어른은 밤중에 곧잘 그 창가에 앉아 담배를 피우며 캄캄한 밖을 내다보고 계셨습니다. 그러나 볼일이 있는 분이라면 그런 곳으로 주인 어른을 들여다보거나 하지는 않겠지요."

"그야 그렇겠죠. 그럼 또 한 가지 묻겠는데, 아까 당신은 꽤 귀가 밝은 편이라고 하셨지요. 맨더슨 씨가 저녁 식사 후에 산책길에서 뜰로 돌아왔을 때도 말소리를 다 들을 수 있을 정도니까요. 그가 드라이브를 하고 돌아왔을 때 발자국 소리나 무슨 소리가 들리지 않았습니까?"

마틴은 한동안 말없이 생각하고 있었다.

"그러고 보니…… 그때는 전혀 발자국 소리가 없었습니다. 이 방 벨이 울려서야 비로소 맨더슨 어른이 돌아오셨다는 것을 알았으니까요. 현관으로 들어오셨다면 발자국 소리가 들렸을 것입니다. 그러니까 맨더슨 어른은 틀림없이 그 프랑스식 창문으로 들어오신 것 같습니다."

마틴은 그렇게 말한 뒤 또 한동안 생각한 다음 말했다.

"여느 때는 현관으로 들어와 모자와 외투를 홀에 걸고 서재로 들어가시는데, 아마 전화를 급하게 거실 일이 있었던 모양입니다. 그래서 곧장 잔디밭을 지나 이쪽으로 오셔서 프랑스식 창문으로 들어오신 거라고 생각합니다. 중요한 일이 있을 때는 그런 일도 할 수 있는 분이니까요. 그러고 보니 그때는 모자도 벗지 않으셨고 외투도 테이블 끝에 던져 놓았습니다. 그리고 바쁘실 때는 늘 그렇습니다만, 저에게 용건을 말하는 데도 또렷한 말투였습니다. 아주 급하게, 위세가 좋다고 할까요, 그런 분이었습니다."

"그래요! 그러니까 그는 몹시 바빠 보였다는 말이군요? 그러나 당신은 아까 여느 때나 다름없었다고 그러지 않았습니까?"

마틴의 얼굴에 우울한 미소가 스쳐갔다.

"실례합니다만, 그렇게 말씀하시는 것은 맨더슨 어른을 잘 모르시기 때문입니다. 그런 일은 여느 때와 다르다고 말할 수 있는 일이 못 됩니다. 저도 거기에 익숙해지기까지는 꽤 많은 시간이 걸렸습니다. 맨더슨 어른은 조용히 앉아 담배를 피우시든가 아니면 정신 없이 활동하시든가 둘 중 하나입니다. 그리고 일단 활동을 시작하시게 되면 무엇을 쓰고 말하고 전보를 치고……그야말로 보고 있는 사람이 눈이 핑핑 돌 정도로 바쁘게 움직이시는 분입니다. 때로는 그것이 한 시간 이상 계속될 때도 있습니다. 그러니까 전화를 급히 거는 일쯤은 별로 달라진 일이 아니라고 말씀드린 겁니다."

트렌트는 경감을 돌아다보았다. 경감은 짐작이 간다는 듯한 그 눈길에 답하여 트렌트가 하는 질문의 요점을 잘 알았다는 것을 표시하기 위해 처음으로 질문을 했다.

"그럼, 당신은 그가 전화를 걸고 있는 동안 창문을 활짝 열어 놓은 채, 그리고 테이블에는 마실 것을 놓아둔 채 방을 나갔다는 말인가요?"

"그렇습니다."

경감에게서 질문을 받았을 때 미묘한 변화를 보인 마틴의 태도가 트렌트의 예민한 마음을 순간 놀라게 했다. 그러나 큰 사나이의 다음 질문이 곧 그의 마음을 본 궤도로 돌아오게 했다.

"술에 대한 것인데…… 당신은 주인이 자기 전에 위스키를 마시지 않는다고 그랬지요? 그 날 밤은 어땠소?"

"뭐라고 말씀드릴 수가 없습니다. 하녀가 다음날 아침 여느 때처럼 이 방을 치우고 잔을 씻어 버린 게 아닌가 합니다. 그 날 밤, 위스키가 병에 가득 들어 있었던 것만은 분명합니다. 저는 며칠 전에 병에 가득히 채워 놓았고 또 새 사이펀을 가지고 왔을 때도 여느 때의 습관으로 위스키가 보기 흉할 정도로 줄지 않았나 확인하기 위해 그 병을 잠깐 보았던 기억이 있습니다."

경감은 방구석 높은 장 앞으로 가서 유리병을 꺼내어 마틴 앞 테이블 위에 놓고 조용히 물었다.

"그때는 이렇게 많이 줄지 않았겠지요? 내가 오늘 아침에 보았을 때도 이 상태였는데."

그 병에는 술이 반 이상이나 줄어 있었다.

냉정하기만 했던 마틴의 태도가 그때 비로소 동요되었다. 그는 당황하여 병을 눈 높이까지 들어올려 본 다음 어이없는 얼굴로 두 사람을 번갈아 쳐다보며 말했다.

"일요일 밤에 내가 마지막으로 그 병을 보았을 때는 이렇지 않았는데…… 어째서 반 이상이나 줄었을까요?"

"이집 사람이 마신 것은 아니겠죠?"

"그런 일은 절대로 없습니다!"

마틴은 딱 잘라 대답한 다음 당황하여 다시 말을 고쳐 했다.

"실례했습니다. 전혀 꿈에도 생각할 수 없는 일이라서…… 맨더슨 어른을 모신 뒤로 이런 일이 있기는 이번이 처음입니다. 하녀들은 절대로 이런 것에 손대는 일이 없습니다. 제가 보증합니다. 그리고 저 또한 혹시 마시고 싶으면 저쪽에 얼마든지 있으니까요."

마틴은 다시 병을 들고 아무 뜻도 없이 속을 비쳐보았다. 경감은 마치 명공이 자기 작품을 바라보듯 만족스러운 표정으로 그 모습을 쳐다보았다.

트렌트는 수첩을 꺼내어 새 페이지에 무엇인가 써넣고 연필로 그것을 두드리며 생각하더니 마침내 얼굴을 번쩍 쳐들었다.

"그날 밤 맨더슨 씨는 저녁 식사 때 여느 때의 옷차림을 하고 있었나요?"

"네, 그렇습니다. 드레스 자켓을 입고 계셨습니다. 주인은 그것을 턱시도라 부르고 있었지요. 집에서 저녁을 드실 때는 늘 그 옷을 입으셨습니다."

"당신이 마지막으로 보았을 때도 역시 그 옷차림을 하고 있었던가요?"

"윗옷은 갈아입고 계셨습니다. 저녁 식사가 끝나고 서재에 들어가면 늘 헌 사냥복으로 갈아입으시는 습관이 있습니다. 그것은 색이 밝은 능직 윗옷으로, 영국인의 취미로 보면 약간 화려한 것이었습니다. 제가 마지막으로 보았을 때는 그 옷을 입고 계셨습니다. 그 윗옷은 보통 때는 이 장 안에 걸어 둡니다."

마틴은 그렇게 말하며 장문을 열었다.

"보시다시피 낚시도구도 함께 들어 있습니다. 이곳에 윗옷을 걸어 놓고 일부러 이층으로 갈아입으러 가지 않아도 되게끔 하신 겁니다."

"저녁 식사 때 입은 턱시도도 벗어서 이 장 속에 걸어 두겠군요?"

"네, 하녀가 아침에 그것을 이층으로 가지고 가도록 되어 있습니다."

"아침에요……"

트렌트는 천천히 되뇌이며 말했다.

"아침 이야기가 나온 김에 그 날 아침 있었던 일을 알고 있는 한 정확하게 말해 주실까요. 10시쯤 시체가 발견될 때까지 주인이 없어진 것을 아무도 몰랐다는 것은 사실인가요?"

"그렇습니다. 맨더슨 어른은 아침에 불러서 깨우게 하거나 무엇을 갖다 달라고 하는 일이 절대로 없었습니다. 부인하고는 다른 침실에서 주무시며 대개 8시쯤이면 일어나십니다. 그리고 곧 욕실에 들어가 9시 좀 되기 전에 내려오십니다. 그러나 9시 10시까지 주무실 때도 있습니다.

　부인은 언제나 7시에 하녀가 차를 가지고 깨우러 갑니다. 어제 아침에는 여느 때처럼 8시에 부인 방에서 아침을 드셨습니다. 그 시각이면 맨더슨 어른은 언제나 주무시고 있으므로 어제도 그런 줄만 알고 있었지요. 그런데 에반스가 그 무서운 사건을 알리러 뛰어 들어 온 것입니다."

"그래요. 그럼 또 한 가지 묻겠는데, 당신은 아까 자기 전에 현관을 잠갔다고 하셨죠? 그래, 문단속은 그렇게밖에 하지 않았습니까?"

"바깥 현관문은 분명히 제가 잠갔습니다. 이 근처에선 그 이상의 것은 필요치 않지만 저는 그래도 혹시나 하는 생각에 뒤쪽 문도 두 군데나 잠갔고 그밖에 아래층 창문도 돌아보고 문단속을 확인했습니다. 어제 아침 일어나 보았을 때도 그대로 잠겨 있었습니다."

"그대로 잠겨 있었단 말이죠? 그럼 끝으로 한 가지만 더 묻겠습니다. 시체가 발견되었을 때의 옷차림은 그 날 맨더슨 씨가 입고 있어도 조금도 이상하지 않는 옷차림이었던가요?"

마틴은 턱을 쓰다듬었다.

"그리고 보니 생각나는데, 실은 그 시체를 본 순간 저는 몹시 뜻밖이라는 생각이 들었습니다. 어디가 이상한지 처음에는 확실히 몰랐습니다만 자세히 보니 알 수 있었습니다. 바로 칼라예요. 야회복을 입을 때만 쓰는 칼라를 달고 계셨습니다. 그리고 또 가슴이 넓은 와이셔츠며 그밖에 모든 것은 전날 밤 입고 있던 것을 그대로 입고 계셨습니다. 다만 윗옷과 조끼, 바지, 갈색 구두, 파란 넥타이 등은 바뀌어 있었습니다만, 그 옷차림은 맨더슨 어른이 고르실 듯싶은 것이었습니다. 그러나 그 밖의 것은 좀 이상한 것 같았습니다. 맨더슨 어른이 와이셔츠와 그 밖의 것을 꺼내 입을 시간이 아까워 아무리 손 가까이 있는 것을 입었다 하더라도 그런 것을 입었다는 것은 전에 없던 일입니다. 다른 일로 미루어 보아도 역시 맨더슨 어른은 아침에 일어났을 때 꽤 서두르셨던 모양입니다."

"물론 그렇겠죠, 정말 수고하셨습니다. 물어 보고 싶은 것은 이제 다 물어 본 것 같습니다. 덕분에 여러 가지가 확실해졌습니다. 나중에 또 뭔가 물어 볼 일이 있을지 모르니까 너무 먼 곳에 가시지 않도록 부탁드립니다."

"네, 알았습니다."

마틴은 머리를 숙이고 조용히 나갔다.

트렌트는 팔걸이의자에 몸을 내던지듯 주저앉아 한숨을 크게 쉬었다.

"마틴이란 사나이는 참으로 대단한 인물이군. 정말이지 연극을 보는 것보다 훨씬 더 재미있는 사람이야. 저런 인물은 여간해서 드물걸. 그리고 사람이 정직해. 마틴에게는 악의라곤 조금도 없네. 마치 경감, 저런 사람을 의심하는 것은 큰 잘못일세."

마치 경감은 깜짝 놀라서 말했다.

"나는 그를 의심하고 있다는 말은 한 마디도 한 기억이 없네. 만일 그가 나에게 의심을 받고 있다고 생각했다면 그런 이야기는 안 했을 걸세."

"물론, 그 사람은 의심받고 있다는 생각은 하고 있지 않지. 그는 훌륭한 사람이야, 참으로. 위대한 예술가지만, 그다지 육감이 좋은 편은 아닌 모양이야. 자네가 그 완전무결한 큰 인물 마틴을 의심하고 있으리라고는 꿈에도 생각지 않는 모양이니 말일세.

그러나 나는 다 알고 있지. 이보게, 마치 경감, 나는 경관의 심리에 대해 특수한 연구를 해 왔네. 이 방면의 연구는 거의 대수롭지 않게 보아넘기고 있지만, 하고 보니 범죄자의 심리보다 훨씬 더 재미있더군. 훨씬 더 복잡해. 내가 마틴에게 질문하고 있는 동안 자네의 눈에는 수갑이 어른거리고 있었고 소리를 내지 않았지만 입 매는 이런 무서운 말을 중얼거리고 있었다는 것을 알 수 있다네. '직무상 미리 말해 두지만, 자네가 하고 있는 말은 다 적어 두었다 가 수사의 증거로 쓸 것이다.'라고 말일세. 다른 사람 같으면 자네 태도에 속았을지도 모르지만, 나를 속이지는 못하네."

마치 경감은 유쾌한 듯이 웃었다. 트렌트의 농담 섞인 말은 감탄할 만한 것은 못 되었지만, 어쨌든 그것을 자기에 대한 존경의 표시로 해석한 것이다. 또 사실이 그랬다.

"자네 말이 맞네. 정곡을 찔렸으니 별수 없군. 솔직히 말해서 나는 그 사람에게 혐의를 두고 있었네. 확실한 증거를 잡은 것은 아니지 만 알다시피 이런 범죄에는 흔히 하인이 관계되고 있으니까. 게다 가 눈에 띄게 침착한 그 자의 태도가 수상했어. 윌리엄 러셀 경의 집사를 기억하고 있겠지? 왜 주인이 잠든 사이에 들어가 죽인 다 음 아침이 되자 시치미 뚝 떼고 또 주인 침실에 블라인드를 열러 갔던 그 사람 말이야. 이 집 하녀는 한 사람도 남김없이 조사해 보 았으나 의심스러운 사람은 하나도 없었네. 그러나 마틴은 그렇게 간단히 혐의가 없다고 단정할 수 없네. 첫째, 그의 태도가 못마땅 해. 뭔가 숨기고 있는 거야. 이제 곧 실토를 시키고 말아야지."

"그만두는 게 좋을걸. 너무 예언자다운 말을 했다가는 창피 당하기 쉽지. 자, 이야기를 돌려 사실에 대해 이야기하세. 마틴이 우리에 게 한 말에 대해 자네는 뭔가 반증을 잡고 있나?"

"지금 상태로는 아무것도 없네. 마틴은 맨더슨이 머로우와 함께 드 라이브를 하고 돌아왔을 때 이 방 창문으로 들어왔을 것이라고 말 했는데, 그것은 사실인 것 같아. 다음날 아침 이방을 청소한 하녀 에게 물었더니 융단 둘레에 깔아 놓은 러그 위에 자갈을 밟았던 발자국이 창문 앞쪽으로 나 있었다고 했으며, 창문 밖 자갈 위에 발자국이 하나 나 있었으니까.”

경감은 주머니에서 접자를 꺼내어 그것으로 발자국을 가리켰다.

“그날 맨더슨이 신고 있던 에나멜 구두와 치수가 딱 들어맞네. 그 구두는 침실 창가 선반 위에 놓여 있네. 에나멜 구두는 한 켤레밖에 없으니까 가보면 곧 알 수 있을 걸세. 다음날 아침 그것을 닦은 하녀가 나한테 가르쳐 주었다네.”

트렌트는 허리를 굽혀 그 희미한 발자국을 주의해서 들여다보았다.

“좋아! 자네는 착착 성과를 거두고 있는 모양이군. 참 훌륭하이. 그 위스키 건은 정말 멋있었네. ‘앙코르!’ 하고 소리치고 싶었을 정도였네. 그 점에 대해선 나도 잘 생각해 봐야 할 것 같아.”

“자네니까 벌써 그것은 설명이 되어 있으리라고 생각했는데……아직 수사를 시작한 지 얼마 안 되어 좀 빠른 것 같긴 하지만, 이런 추리는 어떨까? 계획적인 절도범으로 보는 거야. 범인은 두 사람쯤이며 마틴이 그자들에게 매수되었다고 보세. 물론 그자들은 은식기가 있는 곳이며 응접실과 그 밖의 방에 있는 자질구레한 물건에 대해선 다 알고 있는 걸세. 놈들이 뜰에서 집 안을 살피고 있는데 맨더슨이 침실로 올라갔지. 마틴은 창문을 닫으러 오는 척하고 문을 걸지 않은 채 방을 나갔네. 놈들은 마틴이 12시 반에 잠이 들 때까지 기다렸다가 서재로 들어가 우선 그 위스키를 맛본 걸세. 그러나 그때 맨더슨은 잠이 들지 않았네. 그리고 그 두 사람이 창문을 열 때라든가, 어쩌다 소리를 냈다고 치세. 맨더슨은 그 소리를 듣고 도둑이 아닌가 생각하고 알아보기 위해 살짝 일어나 놈들이 일을 시작하려는 곳으로 불쑥 내려왔네. 두 놈은 허둥지둥 도망치고 맨더슨은 그 뒤를 쫓아가 창고 근처에서 한 놈을 붙잡아 격투를 벌였네. 그러자 그 중 한 놈이 발끈 화가 나 자기 목에 새끼줄이 걸릴 일을 해 버렸다는 추리는 어떤가? 어디 이 의견에 반박해 보겠나?"

"좋아, 자네 스스로도 별로 확신하고 있지 않는 모양이고, 부탁이라면 할 수 없는 일이니 내 해봄세. 첫째로 자네가 말하는 도둑이 들어온 흔적이 전혀 남아 있지 않네. 그리고 창문은 다음날 아침에도 다 닫혀 있었다고 마틴이 말하고 있네. 하기야 마틴의 증언만으로는 신빙성이 없다고 말할 수도 있지만. 다음으로 집안 사람들은 아무도 서재 안에서 벌어진 시끄러운 소리를 들은 사람이 없으며 맨더슨이 집 안이나 밖에서 외친 소리도 들은 사람이 없네. 또 맨더슨은 바로 가까운 곳에 자고 있던 버너나 마틴에게 전혀 아무 말도 하지 않고 아래층으로 내려갔네. 한 집안의 주인이 밤중에 도둑을 붙잡기 위해 일어나서 속옷이며 와이셔츠, 칼라, 넥타이, 바지, 조끼, 윗옷, 양말까지 신고 고급 구두에 머리를 매만지며 회중시계까지 지니는 등 아주 정성껏 모양을 낸 다음 유유히 나간다는 말을 자네는 들은 적이 있나? 아무리 뭐라한다 해도 너무 정성껏 차려입었어. 틀니만은 잊어버린 모양이지만. 그 밖의 것은 다 갖추어 입었으니까."

경감은 큰손을 맞잡고 윗몸을 구부린 다음 얼마 동안 생각하고 있더니 이윽고 조용히 입을 열었다.

"음, 그런 가설은 아무 소용이 없군. 그가 왜 하필이면 자고 있는 틈에 일어나 옷을 갖춰입고 자기 집이 보이는 장소에서 더구나 아침 10시에는 완전히 차가워져 굳어 있을 정도로 빠른 시간에 살해되었느냐 하는 문제를 풀려면 앞으로 한바탕 고생을 해야 될 것 같군."

트렌트는 고개를 내저었다.

"시체가 굳었다는 말이 나왔는데, 그것을 바탕으로 하여 판단한다는 것은 위험하기 짝이 없는 일일세. 전문가에게 이야기를 들은 적이 있는데, 시체의 체온 저하와 사후경직에 대해 케케묵은 생각을 했기 때문에 죄없는 사람을 교수대로 보내거나 보내려던 사례가 상당히 많은 것 같아. 스터크 박사도 그런 생각을 가지고 있는 게 아닐까.

일반적으로 오래된 개업의는 대개 그렇단 말일세. 내일 있을 사문회에서 그는 틀림없이 바보 같은 말을 할걸세. 그건 내일 아침 해가 동쪽에서 뜬다는 사실보다도 확실한 일일 테니 두고 보게. 그를 만나 보니 그런 생각이 들더군.

시체의 냉각도와 경직의 정도로 보아 죽은 지 몇 시간이 경과되었다고 추정한다는 말을 잘난 체하고 말할 것 아닌가. 박사가 학생 시절에도 시대에 뒤떨어졌던 교과서 같은 것을 목을 길게 빼고 들여다보는 모습이 눈에 보이는 것 같군.

마치, 자네의 지금까지 경력을 아주 망치는 굉장한 것을 가르쳐 줄까. 시체의 냉각을 빠르게 하거나 늦추는 원인이 몇 가지 있네. 지금 문제가 되고 있는 시체는 창고 그늘 아래 볕이 들지 않고 더구나 이슬이 내린 풀숲 속에 있었네. 또 시체의 경직이란 점에 대해서도 만일 맨더슨이 격투 중에 또는 돌발적인 흥분 상태에서 움직이고 있을 때 살해되었다면 순간적으로 굳어 버렸을지도 모르는 걸세. 특히 맨더슨처럼 머리에 맞았을 경우에는 그런 예가 많이 있지. 또 그와는 반대로 8시간이나 10시간쯤 지난 뒤에야 겨우 굳기 시작하는 경우도 있지. 요컨대 지금은 사후경직 따위를 근거로 하여 범인을 찾아 낼 수 없다는 걸세.

경감, 자네에겐 아주 재미나는 제안이라고 생각하네만, 글쎄 우리가 말할 수 있는 것은 만일 세상 사람들이 일어나서 일을 시작할 시간이 지나서 맨더슨이 살해되었다면 그 소리가 들렸을 것이고 틀림없이 누군가가 목격했을 거라고 말할 수 있는 정도일세. 어쨌든 일단은 사람들이 잠을 깨었을 시간에 살해된 것은 아니라는 가정 아래 추리를 해 나갈 수밖에 없겠지.

사람들이 잠이 깨었을 시간에 사람을 총으로 죽인다는 것은 이 근처에선 좀처럼 생각할 수 없는 일이니까. 그러니 그 시간을 오전 6시 반이라고 하세. 맨더슨이 침실로 간 것이 밤 11시였지. 그러나 마틴은 12시 반까지 일어나 있었네. 만약 마틴이 눕자 곧 잠이 들었다면 범행 시간으로는 약 6시간의 여유가 있는 셈일세. 너무 긴 시간인 것 같군.

그러나 범행이 몇 시에 저질러졌건 언제나 아침잠이 많은 맨더슨이 왜 9시 반 내지 그 이전에 일어나 옷을 다 갖춰 입고 밖으로 나갔는지, 밖으로 나가는 소리를 왜 못 들었는지, 그 이유를 알아보고자 하네. 그는 아주 조심스럽게 행동한 모양이야. 고양이처럼 살짝 발소리를 죽이고 걸었을 걸세. 알겠나? 이상하지 않은가. 참으로 기묘하군. 기묘하기 짝이 없네."

"그렇군."

경감이 동의했다.

트렌트는 일어나서 말했다.

"그럼, 이제부터 나는 침실을 보고 올 테니 그동안 자네는 여기서 생각해 보게. 어쩌면 내가 이층을 살피고 있는 동안에 갑자기 좋은 생각이 떠올라 단번에 이 수수께끼가 풀릴지도 모를 테니까."

트렌트는 문 앞에서 갑자기 홱 돌아서더니 느닷없이 화난 목소리로 소리쳤다.

"그처럼 옷차림을 단정히 갖추어 입은 사람이 왜 틀니는 잊어버리고 끼지 않았을까…… 만일 자네가 그 까닭을 설명할 수 있다면 그 때는 곧 나를 가까운 정신병원에 집어넣게. 갑자기 미쳤다고."

탐색

마음 한구석에서 움직이고 있던 그 무엇이 어떤 기회에 우연히 의식 표면으로 얼굴을 내밀어 행운이 찾아왔음을 알려 줄 때가 우리 생애에는 몇 번 있는 법이다. 틀림없이 순조롭게 잘 되어 가리라는 뭐라 말로 표현하기 어려운 확신이 파도처럼 마음 속으로 밀려올 때의 기분은 누구나 알고 있으리라 생각한다. 그것은 비운에 맥을 못추고 쓰러지게 된 인간의 광기어린 신념이 아니며, 또 낙천가의 신들린 듯한 망상도 아니다. 히스가 우거진 벌판에서 갑자기 새가 날아오르듯, 구하지 않아도 마음에 떠오르는 성공이 다가온다는 확신이다. 새벽녘에 일어났을 때 오늘의 전투는 우리에게 유리할 것이라는 예감이 드는 장군도 있을 것이다. 골프장에 선 골퍼가 오늘의 롱 퍼트가 반드시 결정된다는 확신을 갖는 수도 있을 것이다. 트렌트는 서재 바로 앞의 계단을 올라가면서 역시 그와 같은 성공의 예감이 들었다.

갖가지 억측과 의심스러운 마음이 뒤섞여 그의 마음 속을 오가고, 중요한 뜻을 지닌다고 생각되는 사실을 몇 가지 남몰래 찾아볼 수도 있었지만, 그런 것은 아직 납득이 갈 만한 설명을 할 수 없었다. 그러나 그는 계단을 올라가며 사건 해결의 광명이 찾아 올 듯한 확신 같은 것을 느끼고 있었다.

융단이 깔린 넓은 복도를 밝히는 높은 창문이 있고, 복도 양쪽에 침실이 늘어서 있었다. 그 복도는 이 집을 세로질러 그보다 좀 좁은 복도에 맞닿아 있었다. 하인들의 침실은 그 좁은 복도 쪽에 있었는데 마틴의 방만은 별도로 계단 중간 작은 층계 쪽을 향해 문이 나 있었다. 트렌트는 그 앞을 지나칠 때 잠깐 안을 들여다보았다. 깨끗하긴 하나 흔히 볼 수 있는 네모반듯한 작은 방이었다. 거기서부터 몸을 벽에 기대며 살짝 올라가 보았으나 그래도 나무 계단은 꽤 큰 소리를 내며 삐걱댔다.

맨더슨의 침실은 맨 앞 오른쪽 방이라는 것을 알고 있었으므로 트렌트는 곧장 문 쪽으로 향했다. 문의 고리쇠나 열쇠구멍을 조사해 보았으나 별 이상은 없었다. 그는 돌아서서 방을 둘러보았다.

작은 방이었지만 묘하게 텅 빈 느낌이 들었다. 재력가의 옷차림에 쓰이는 물건들도 매우 간소했다. 방안은 뜰에서 시체가 발견되었던 아침 상태 그대로였다. 시트는 마구 흩어져 있고 담요가 좁은 나무 침대 위에 아무렇게나 나뒹굴고 있었으며, 그 위에 새하얀 햇빛이 창문으로 스며들어왔다. 그 빛은 머리맡에 놓인 조잡한 작은 테이블 위에 놓인, 야트막한 유리그릇 속에 잠겨 있는 틀니의 금니 부분에 닿아 눈부시게 반사되었다. 그 작은 테이블에는 쇠촛대가 놓여 있었다. 골풀로 시트를 씌운 의자가 2개 있고, 그 중 한 의자에 옷을 아무렇게나 벗어 던져 놓았다. 화장대 대신으로 쓰고 있는 장 위에 놓인 갖가지 화장품은, 당황해서 쓴 것처럼 정신없이 흩어져 있었다. 트렌트는 그것을 살피는 듯한 눈초리로 둘러보았다. 이 방 주인은 수염도 깎지 않고, 세수도 하지 않았다는 것을 알았다. 그는 또 유리그릇 안의 틀니를 손가락 끝으로 뒤적이고, 그 불가해한 물건을 눈살을 찌푸리며 들여다보았다.

온통 햇살이 스며들어 있는 이 작은 방의 텅 빈 듯한 느낌과 너저분함이 트렌트에게 뭔가 기분 나쁜 느낌을 들게 했다. 공포에 찬 눈으로 아내가 자고 있는 방으로 통하는 문 쪽을 줄곧 쳐다보며 새벽녘 훤한 어둠 속에서 소리 없이 외출 준비를 서두르고 있는 여읜 남자의 얼굴이 환상처럼 트렌트의 눈앞에 떠올랐다. 몸을 부르르 떨고 마음을 가다듬은 다음 침대 양쪽 벽에 박은 두 개의 높은 장을 열어 보았다. 안에는 옷이 들어 있었다. 그 종류가 다양한 것으로 보아 그 옷만은 이 방 주인의 얼마 안 되는 사치의 한 면을 알게 해 주었다.

맨더슨은 구두에도 돈을 많이 들여 가지각색으로 갖추어 놓았다. 나무로 만든 골을 대어 정성껏 손질한 수많은 구두가 창가의 낮은 두 단 선반 위에 가지런히 놓여 있었다. 반장화는 한 켤레도 없었다. 구두를 보는 눈이 있는 트렌트는 이 다양하게 수집한 구두에 감탄하여 눈을 크게 떴다. 맨더슨은 모양이 좋은 작은 발이 자랑이었던 모양이다. 모두 한결같이 갸름하고 끝이 둥근 구두뿐이었다. 같은 구두 모양으로 만든 것 같았다.

그리고 윗단에서 에나멜 구두를 한 켤레를 발견하고 트렌트는 눈을 가늘게 떴다. 마치 경감이 그 구두가 있는 위치를 일러 주었으므로 맨더슨이 살해되기 전날 밤에 신고 있던 구두라는 것을 곧 알 수 있었다. 꽤 오래 신은 것 같았으나 극히 최근에 닦은 모양이었다. 그 구두의 갑피 부분에 뭔가 트렌트의 주의를 끄는 것이 있었다. 그는 그곳에 얼굴을 가까이 대고 이맛살을 찌푸리고 들여다본 다음 다른 구두와 비교해 보았다. 그리고 구두를 집어서 바닥과 갑피를 잇대어 꿰맨 솔기 부분을 살펴보았다. 어느 결에 그의 입에서는 가볍고 또렷한 휘파람 소리가 새어나오기 시작했다. 만일 그곳에 마치 경감이 있었다면 그 휘파람 소리가 무엇을 뜻하는 것인지 깨달았을 것이다.

자제하는 습관이 있는 사람은 내면의 흥분을 겉으로 나타내지 않으려고 뭔가 무의식적인 행동을 취하는 법이다. 그러므로 그 버릇을 알고 있는 사람이 보면 곧 그것이 무슨 뜻인지 알아차리는 경우가 있다. 유력한 단서를 잡으면 반드시 어떤 아름다운 선율의 곡을 가볍게 휘파람으로 부는 트렌트의 버릇을 마치 경감은 전부터 알고 있었다. 특히 그 곡이 멘델스존의 E장조 〈무언가(無言歌)〉의 제1주제라는 것까지는 몰랐지만.

트렌트는 구두를 뒤집어 줄자로 치수를 잰 다음, 한동안 그 구두바닥을 들여다보았다. 양쪽 구두가 다 뒤축과 발바닥 경계에 황토가 조금 묻어 있었다. 그는 구두를 마룻바닥 위에 놓고, 뒷짐을 지고 창가로 가더니 휘파람을 불며 멍하니 바깥 경치를 내다보았다. 마침내 뭔가 갑자기 생각난 것이 있었는지 가벼운 외침 소리가 그의 입 밖으로 튀어나왔다. 그러자 그는 서둘러 신발장 앞으로 되돌아가 그곳에 놓여 있는 구두를 한 켤레씩 조심스레 집어들고 재빠르게 조사하기 시작했다.

그 일이 끝나자 이번에는 의자에 걸어 놓았던 옷을 하나하나 집어들고 조사한 다음, 옷장 속에 든 옷을 뒤적거리며 살펴보았다. 그러고 나니 화장대 위에 흩어져 있는 물건들이 새삼 그의 관심을 끌었다. 그는 그것을 다시 한 번 살펴보고 빈 의자에 걸터앉아 두 손으로 머리 뒤를 누르고, 융단 위를 멍하니 내려다보며 한동안 우두커니 앉아 있었다. 그러더니 마침내 자리에서 일어나 맨더슨 부인의 침실로 통하는 문을 열고 안으로 들어갔다.

그 큰방이 부인의 개인 방으로서의 영예를 급작스럽게 박탈당했다는 것은 한눈에 곧 알 수 있었다. 부인용 화장대 위에 있던 것은 모두 없어지고 침대나 의자, 작은 테이블 위에도 옷이며, 모자, 구두, 핸드백 종류까지 전혀 눈에 띄지 않았다. 장갑, 베일, 손수건, 리본

같은 자질구레한 물건들이 여기저기 흩어져 있어야 부인의 방다운 분위기를 자아내기 마련인데, 이곳에는 그런 물건의 그림자도 남아 있지 않았다. 마치 손님이 들어 있지 않은 손님용 침실과 같은 느낌이었다. 그러나 가구며 방 장식 하나하나에는 인습에 구애받지 않은 점과, 특히 빈틈없이 꼼꼼한 취미가 엿보였다. 불행한 결혼 생활을 하고 있는 부인이 혼자 외롭게 꿈을 꾸고 생각에 잠기며 살아 온 이 방의 훌륭한 배색과 양식을 보고 화가 트렌트는 적어도 부인은 예술적 소질이 풍부한 여성임이 틀림없다는 생각을 했다. 아직 보지 못한 여성에 대한 흥미가 갑자기 솟아올랐다. 그러나 그녀가 지니고 있던 남모를 괴로움을 생각하고, 바쁘게 그의 가슴속을 오가며 차츰 확실한 동기를 갖기 시작했던 그녀의 행동을 생각하니 트렌트의 얼굴은 어느 사이 어두워졌다.

트렌트는 방안으로 들어가 정면 벽 한가운데 있는 높은 프랑스식 창으로 다가가 그 문을 열고 쇠난간을 두른 작은 발코니로 나갔다. 아래를 내려다보니 집 바깥벽을 따라 기다란 화단이 있고 그 끝에서부터 넓은 잔디밭이 저만큼까지 계속되어 있었다. 그 끝은 갑자기 낮아져 과수원으로 연결되고 있었다. 또 하나의 창문은 서재의 프랑스식 창문 바로 위에 있으며, 이 창문은 아래위로 밀어 여닫는 환기를 위한 보통 창문이었다. 그리고 방구석에 다른 문이 있어 복도로 통하고 있었다. 아침에는 이 문을 통해 하녀가 안으로 들어오고 부인도 이 문으로 나가는 모양이었다.

트렌트는 침대에 걸터앉아 수첩을 꺼내 이 방과 옆 침실의 평면도를 스케치했다. 침대는 옆방으로 통하는 문과 아래위로 밀어 여닫는 창문 중간의 구석에 놓여 있는데, 머리는 맨더슨의 침실 벽 쪽으로 두게 되어 있었다. 그는 한동안 베개를 쳐다보다가 조용히 침대에 몸을 눕히고 열어놓은 문으로 옆방을 들여다보았다.

이 관찰이 끝나자 그는 다시 몸을 일으켜 아까 스케치한 평면도의 침대 양쪽에 테이블 보를 덮은 작은 테이블을 그려 넣었다. 문에서 먼 쪽에 있는 테이블 위에는 구리로 만든 우아한 전기 스탠드가 놓여 있고, 코드 끝은 벽 소켓에 연결되어 있었다. 그는 그것을 꼼꼼히 조사한 다음, 방안의 다른 전등 스위치도 살펴 보았다. 그것은 보통 어느 집에서나 볼 수 있듯이 문 바로 옆 벽에 있으며, 침대에 앉아서는 손이 닿지 않았다. 그는 일어서서 전등마다 고장이 없다는 것을 확인하자 만족스러운 모습으로 다시 맨더슨의 침실로 돌아가 벨을 울렸다.

이윽고 집사가 나타나 무표정한 자세로 문 앞에 섰다. 트렌트는 곧 말을 했다.

"또 한 번 도와 주셔야겠습니다. 맨더슨 부인의 시중을 드는 하녀를 만나 말을 나누었으면 하는데, 좀 도와주지 않겠습니까?"

"네, 알겠습니다."

"어떤 여자인가요? 머리가 좋은 편인가요?"

"프랑스인입니다."

마틴은 짤막하게 대답한 다음 잠깐 사이를 두더니 덧붙여 말했다.

"이 집에 온 지는 오래 되지 않았습니다만, 굳이 제가 받은 인상을 말씀드리자면 젊지만 세상일을 어느 정도 알고 있는 여자 같았습니다."

"그래요, 말하기 시작하면 막을 수 없다는 말이군요? 상관없겠지요, 좀 물어 볼 것이 있습니다."

"곧 이리로 보내 드리죠."

집사가 나가자 트렌트는 뒷짐을 지고 좁은 방안을 서성거렸다. 생각보다 빨리 검은 옷을 입은 산뜻한 옷차림의 자그마한 여자가 나타났다.

부인의 시중을 드는 이 하녀는 아까 트렌트가 잔디밭을 지나 프랑스식 창을 통해 서재로 들어가는 것을 커다란 갈색 눈으로 창가에서 쳐다보고 그것이 유명한 트렌트임을 알자, 어떻게든지 '이 대탐정에게 불려갔으면' 하고 기다리고 있던 참이었다(그는 이미 이 집 하인들 사이에서 화젯거리가 되어 있었다). 무엇보다도 그녀는 트렌트 앞에서 마음껏 이야기하고 싶었다. 그렇게라도 하지 않으면 그녀의 신경이 견뎌 낼 수 없을 것 같았다. 그러나 그녀의 열변도 하인들 사이에서는 그다지 환영받지 못했고, 마치 경감 앞에서는 그 관료적인 태도에 압도되어 바짝 긴장이 되었다. 그러나 트렌트는 경관다운 데가 없는 것같이 느껴졌고, 멀리서 바라보니 몹시 사귀기 쉬운 사람으로 보였다.

방안에 들어온 순간, 그녀는 처음부터 좋은 인상을 줄 작정이면 서툰 태도를 보이는 것은 불리하다는 생각이 본능적으로 들었다. 그래서 아주 상냥하고 얌전한 태도로 말했다.

"저에게 할 말씀이 있으시다고요?"

그리고 상대방의 이야기를 재촉하듯이 덧붙여 말했다.

"세레스띠느라고 합니다."

트렌트는 극히 사무적인 침착한 어조로 말했다.

"그것은 알고 있어요. 그런데 한 가지 물어 볼 것이 있는데, 세레스띠느 양, 어제 아침 7시에 아가씨가 부인 방에 차를 가지고 들어왔을 때, 이 두 침실 사이에 문은 열려 있었나요?"

"오우, 예스!"

세레스띠느는 갑자기 신바람이 나서 그녀가 애용하는 영어로 대답했다.

"그 문은 여느 때처럼 열려 있었습니다. 그래서 저는 그것을 여느 때처럼 닫아 두었어요. 그러나 거기에는 약간 설명이 필요할 것 같습니다. 들어 보세요. 제가 저쪽 문이 있는 부인 방으로, 저 죄송

하지만 그리로 가 주시지 않으시겠어요. 그러는 편이 알기 쉬울 것 같습니다."

그녀는 성큼성큼 문 쪽으로 가 트렌트의 팔을 잡고 자기보다 먼저 그를 부인 침실로 밀어 넣었다.

"아시겠어요, 저는 언제나 이곳으로 이렇게 차를 들고 들어옵니다. 그리고 침대 쪽으로 걸어갑니다. 그러면 이 문은 침대 옆까지 가기 전에 제 오른손에 닿도록 열려 있어요. 그러나 아시리라 믿습니다만, 저에게는 맨더슨 어른의 방안은 아무것도 보이지 않습니다. 문은 그 침대 쪽을 향해 열려 있으므로 이쪽으로 돌아서 다가가는 저에게는 문에 가려서 보이지 않습니다. 그러니까 저는 저쪽 방안을 들여다보지 않고 이대로 문을 닫습니다. 그렇게 하도록 분부를 받고 있습니다. 어제 아침도 여느 때처럼 그렇게 했습니다. 옆방은 전혀 보지 않았습니다. 부인은 마치 천사처럼 쌔근쌔근 주무시고 계셨습니다. 아무것도 모르고. 그래서 저는 문을 닫고 차 쟁반을 놓은 다음 커튼을 젖히고 화장도구를 가지런히 해놓고는 물러 나왔습니다. 그게 다예요!"

세레스띠느는 한숨을 돌리고 두 손을 과장되게 벌렸다.

트렌트는 그녀의 움직임이나 몸짓을 쳐다보고 차츰 얼굴 표정이 엄숙해져 그녀의 설명을 듣고 있더니 그때야 겨우 고개를 끄덕이며 말했다.

"잘 알았소, 고마워요. 세레스띠느 양. 그러니까 부인은 일어나서 옷을 갈아입고 아침 식사를 하는 동안에도 줄곧 맨더슨 씨가 아직 자고 있는 줄만 알았겠군요?"

"네."

"아무도 맨더슨 씨가 없다는 것을 몰랐었군요? 정말 고마워요."

그는 그렇게 말하고 또 문을 열고 옆방으로 들어갔다.

"천만에요."

세레스띠느는 작은 쪽 방을 빠져나가며 말했다.

"맨더슨 주인을 죽인 범인을 제발 빨리 붙잡아 주세요, 하지만 저는 주인 어른을 그다지 가엾다고 생각지 않아요!"

그녀는 복도로 나가는 문의 손잡이를 잡고 공연히 커다랗게 소리쳤다. 확실히 들을 수 있을 정도로 이를 부드득 갈고는 거무스름한 작은 얼굴을 붉혔다. 그리고 영어를 그만두고 프랑스말로 말하기 시작했다.

"그래요, 조금도 가엾지 않아요! 그보다 부인이…… 그렇게 아름답고 착하신 부인이 불쌍해요! 주인 어른은 정말 너무한 분이예요! 화난 얼굴로 기분 나쁜 말만 하시고…… 아, 끔찍해요! 그 주인 어른을 생각만 해도 정신이 이상해질 것만 같아요! 저런 사람은 죽어 버리면 좋겠다는 생각을 얼마나 했는지 몰라요! 솔직한 이야기지만."

"쓸데없는 말은 하지 말아요, 세레스띠느 양!"

트렌트가 프랑스말로 주의를 주었다. 세레스띠느의 열변으로 갑자기 학생 시절의 추억이 되살아난 것이다.

"뭘 그렇게 떠들어대요? 좀 경솔하군. 그런 일은 아무 말 않고 가슴속에 담아 두는 법이야. 첫째로 상식에서 벗어난 일이니까. 그런 말이 아래층에 있는 경감님 귀에라도 들어가 봐요, 큰일납니다. 자, 공연히 주먹을 휘두르는 일은 삼가는 것이 좋소, 부딪치는 날이면 다쳐요."

트렌트는 세레스띠느가 그의 엄숙한 눈빛에 찔끔하여 좀 진정한 것을 보자 부드럽게 미소를 지으며 덧붙여 말했다.

"맨더슨 씨가 죽어서 가장 좋아하는 사람은 바로 아가씨인 것 같군. 맨더슨 씨는 아무래도 아가씨에겐 그다지 마음을 써 주지 않았던 모양이지 ? ”

“마음을 써주기는커녕 쳐다보지도 않았어요. ”

“그건 너무했군. 아가씨는 차 나르는 일을 하기엔 아까운 사람이
오. 아마도 당신은 천국을 동경한 적 없는 붉고 고요하며 생기 없
는 혹성 밑에서 태어났는지도 모르겠군, 세레스띠느 양. 자, 나는
아직 할 일이 있으니까 이것으로 실례하겠소, 마드모아젤. 분명히
당신은 미인이오 ! 봉주르 ! ”

세레스띠느는 예기치 않은 치사의 말을 들은 것 같은 기분이 들어
깜짝 놀라는 순간에 마음의 평정을 되찾아 어깨 너머로 눈을 반짝이
며 흰 이를 보이며 미소를 던진 다음, 문을 열고 재빨리 방에서 나가
버렸다.

트렌트는 작은 침실 안에 혼자만 남게 되자 한시름 놓은 듯 가슴을
쓸어내리고 세레스띠느의 나랏말로 두어 마디 심한 말을 퍼부은 다음
가까스로 마음을 가다듬어 일을 시작했다.

그는 아까 살펴본 문제의 구두를 집어다 의자 위에 놓고, 다른 의
자에 앉았다. 그리고 주머니 속에 손을 넣은 채, 그 무언의 증인을
들여다보았다. 가끔 그의 입술에서 알아들을 수 없을 정도로 작은 휘
파람 소리가 흘러나왔다. 방안은 조용했다. 활짝 열린 창문으로, 뜰
에 있는 나무 끝에서 지저귀는 새소리가 가끔씩 들려 왔다. 때때로
창틀 근처에 우거진 담쟁이덩굴 잎이 산들바람에 흔들려 사각사각 스
치는 소리를 내고 있었다. 그러나 방안에 있는 사나이는 꼼짝도 않고
앉아 점점 우울해지는 어두운 얼굴로 생각에 잠겨 있었다.

트렌트는 그렇게 30분쯤 계속 앉아 있었다. 이윽고 그는 천천히 일
어서더니 구두를 조심스럽게 제자리에 갖다 놓고 계단 앞으로 나왔
다. 복도 반대쪽에 침실이 두 개 나란히 자리하고 있었다. 트렌트는
정면에 있는 방문을 열고 안으로 들어갔다. 방안은 아무리 좋게 봐

주어도 정돈한 일이 없는 것 같은 어수선한 방이었다. 한쪽 구석에 지팡이와 낚싯대가 정신없이 세워져 있는가 하면, 다른 구석에는 책이 산더미처럼 쌓여 있었다. 화장대며 난로 선반 위에는 파이프와 칼, 연필, 열쇠, 골프 공, 낡은 편지, 사진, 작은 상자, 통조림통, 빈 병 등 갖가지 물건이 어지럽게 널려 있었다. 여기는 하녀도 손을 대지 못한 모양이었다. 벽에는 동판화 2장과 수채화가 몇 장 걸려 있었다. 또한 옷장 끝에는 액자에 넣은 목판화가 몇 장 걸려 있었다. 창 밑에는 단화며 반장화가 즐비하게 놓여 있었다. 트렌트는 곧장 그곳으로 가 그 구두들을 자세히 조사하고 또 가볍게 휘파람을 불며 줄자를 꺼내어 치수를 재었다. 그 일이 끝나자 그는 침대 끝에 걸터앉아 우울한 표정으로 방안을 둘러보았다.

난로 선반 위에 있는 사진이 그의 눈을 끌었다. 그는 허리를 펴고 승마복 차림으로 찍은 머로우와 맨더슨의 사진을 자세히 쳐다보았다. 그밖에 알프스의 유명한 높은 산봉우리를 찍은 사진 두 장이 있었다. 그리고 또 세 청년을 찍은 색이 바랜 사진도 있었다. 그 중 한 사람은 트렌트가 아까 만났던 푸른 눈의 여윈 청년이었다. 16세기 병사로 분장하여 남루한 군복을 입고 있었다. 또 한 장은 어딘가 머로우와 비슷한 당당해 보이는 노부인의 초상화였다. 트렌트는 난로 선반 위에 뚜껑이 열린 채 놓여 있는 상자 속에서 되는 대로 궐련을 한 개비 꺼내어 불을 붙인 다음 물끄러미 사진을 들여다보았다. 그리고 그의 눈은 담배 상자 바로 옆에 놓인 납작한 가죽 상자 쪽으로 쏠렸다. 그 상자는 쉽게 열렸다. 안에는 정교한 소형 권총이 있고 탄환도 20발 가까이나 낱개로 들어 있었다. 권총 개머리판에는 J.M.이라는 이니셜이 새겨져 있었다.

그때 계단을 올라오는 발자국 소리가 들렸다. 트렌트가 권총을 빼어 총구멍을 들여다보고 있는데 열린 문으로 마치 경감이 모습을 나타냈다.

"실은 이상한 일이 있네."

이렇게 말을 하다 말고 마치 경감은 트렌트가 권총을 만지고 있는 것을 보자 갑자기 말을 끊고 총명해 보이는 눈을 아주 크게 떴다.

"누구 권총인가?"

세상 이야기라도 하듯, 경감은 물었다.

"물론 이 방에서 자고 있는 사람의 권총이지. 머로우 군의 것일세."

트렌트도 가볍게 말하고 이니셜을 가리켜 보였다.

"난로 선반 위에 있던 것일세. 자그마한 권총이군. 마지막으로 쓰고 난 다음 정성껏 손질을 해놓은 모양이야. 나는 권총에 대해서는 문외한이라 잘은 모르지만."

마치 경감은 트렌트가 내민 권총을 받아들었다.

"나는 이래봬도 꽤 상세히 아네. 자네도 알고 있겠지만 그 방면에서는 전문가로 통하고 있지. 그러나 대단치 않은 것은 전문가가 아니라도 알 수 있네."

그는 권총을 난로 선반 위 상자에 넣은 다음, 총알을 한 발 꺼내어 커다란 그의 손바닥에 올려놓더니 윗옷 주머니에서 뭔가 조그만 것을 꺼내어 그 옆에 나란히 놓았다. 끝이 조금 찌그러지고 긁힌 듯한 몇 가닥 오래되지 않은 상처가 있는 납으로 된 총알이었다.

"그것이 바로 그 총알인가?"

트렌트는 경감의 손을 들여다보았다.

"맞아. 이것이 두개골 뒤에 박혀 있었네. 스타크 박사가 약 한 시간 전에 뽑아서 이 고장 경관을 시켜 보내 주었네. 이 반짝이는 상처는 뺄 때 사용한 도구에 긁혀 생긴 것이고 다른 것은 총신을 빠져나올 때의 상처일세, 이와 똑같은 총신을."

경감은 문제의 권총을 쿡쿡 찔렀다.

"모양도 구경도 아주 똑같은 것이군. 총알에 이런 상처를 내는 권총은 이런 종류의 것 말고는 없네."

상자에 든 권총을 사이에 두고 트렌트와 경감은 한순간 얼굴을 마주보았다. 트렌트가 먼저 말을 꺼냈다.

"이 사건은 정말 앞뒤가 맞지 않는 일 뿐이야. 이게 미친 짓이지, 제정신이라고 할 수가 있나. 그러니까 이제 어떻게 된 것인가 하면, 우선 맨더슨이 머로우를 차로 새잔프턴에 심부름 보냈네. 그리고 머로우는 사실 그곳에 갔다가 시체가 발견되고 나서 몇 시간이나 지났을 때, 어젯밤 늦게서야 이곳으로 돌아왔네. 이것만은 의심할 여지가 없겠지."

"지금으로 보아선 우선 의심할 여지가 없네."

경감은 '지금으로 보아선'에 어느 정도 힘을 주어 대답했다.

트렌트는 말을 계속했다.

"그런데 지금 여기 손질이 잘 된 권총이 나와 자네를 이렇게 믿게끔 하고 있네. 머로우는 새잔프턴에 가지 않았다. 그 날 밤으로 되돌아왔다. 그는 어떤 방법으로 부인과 그 밖의 사람들에게 들키지 않도록 맨더슨만을 일으켜 옷을 갖춰 입게 한 다음 뜰로 데리고 나갔다. 그는 그때 그 자리에서 이 증거물이 된 권총으로 맨더슨을 살해했다. 그는 앞서 말한 권총을 정성껏 손질하여, 다시 집으로 들어와 아무도 깨우지 않고 이 방으로 온 다음 권총을 상자에 넣어 일부러 경관 눈에 띄기 쉬운 장소에 두었다. 그리고는 그 길로 집을 빠져나와 그 날 하루 종일 모습을 감추고 있었다. 그 뒤 큰 차를 타고, 사건에 대해서는 아무것도 모르는 체하고 돌아왔다…… 그 시간은 몇 시였나?"

"오후 9시 조금 넘었을 때였네."

경감은 그렇게 대답하고 까다로운 얼굴로 트렌트를 쳐다보며 말했다.

"이 권총을 발견했을 때 우선 느낀 것은 그런 정도겠지. 꽤 대담한 추리이긴 하지만. 그러나 만일 그것이 첫 발에서 좌절되지 않으면 아주 훌륭한 추리라 할 수 있네. 그러나 사실은 유감스럽게도 살인이 이루어졌을 때 머로우는 50마일인가 백 마일 밖에 있었네. 그는 정말 새잔프턴에 간 것일세."

"어떻게 그것을 알 수 있나?"

"어젯밤 본인을 심문하여 그 이야기를 다 적어 두었네. 그는 월요일 오전 6시 반경 새잔프턴에 도착했다고 말했다네."

트렌트는 화가 나는 듯 소리쳤다.

"여보게, 적당히 해 두게! 그가 어떤 이야기를 하건 그게 문제가 아닐세. 내가 알고 싶은 것은 그가 새잔프턴에 간 일을 어떻게 자네가 알고 있느냐 하는 것일세."

경감은 쿡쿡 웃었다.

"자네를 속이려 했던 거야. 숨길 필요도 없으니 이야기하지. 나는 어제 여기 와서 맨더슨 부인과 하인들로부터 대충 이야기를 듣자 곧 우체국을 찾아가 새잔프턴 경찰서에 문의를 했네. 왜 그랬느냐면, 맨더슨은 예정을 바꿔 머로우를 새잔프턴으로 심부름을 보내어 내일 배편으로 프랑스로 건너가게 된 어떤 사람으로부터 중요한 정보를 받아 오도록 했다고 자기 전에 부인에게 말했다는 거야. 이 이야기는 대강 사실이라고 생각했으나, 이집 사람 중 머로우만이 내 손이 닿지 않는 장소에 있었네. 그는 어젯밤 늦게서야 가까스로 차로 돌아왔어. 그래서 일을 착수하기 전에 일단 새잔프턴에 문의해 보려고 전보를 친 것일세. 오늘 아침 일찍 회답이 왔더군."

그는 트렌트에게 전보용지를 내주었다. 트렌트는 그것을 들여다보았다.

지정인물은 지정한 차로 오는 아침 6시 30분 이곳 뱃퍼드 호텔에 도착. 머로우라는 이름으로 기록. 차를 호텔 차고에 넣은 담당자에게 맨더슨 소유의 자동차라고 이름. 목욕 뒤 아침을 먹고 외출. 그 뒤 부두에 나가 정박 중인 아플 행 정기선의 승객 해리스에 대해 문의하고 배가 정오에 출항하기까지 몇 번이고 같은 문의를 되풀이했음. 그 뒤 또 호텔에 나타나 오후 1시 15분쯤 점심을 먹고 차로 출발했음. 선박 회사의 보고에 의하면 지난 주 해리스라는 이름으로 예약을 받았는데, 해리스는 배를 타지 않았다고 함. 바크 경감.

"간결하게 요점을 적었네."

마치 경감은 트렌트가 전보를 두 번이나 읽은 뒤 그에게 되돌려 주기를 기다렸다가 그렇게 말했다.

"머로우의 이야기와 딱 들어맞더군. 그는 어쩌면 해리스가 늦게 올지도 모른다는 생각에 배가 떠난 뒤에도 30분 가량 부두를 서성거리며 기다렸다가 호텔로 돌아가 점심을 먹은 뒤 돌아오기로 마음을 정했다고 하더군. 더구나 맨더슨 앞으로 전보까지 쳤네. '해리스, 배를 타지 않음. 돌아감. 머로우'라고 말이야. 그 전보는 어제 오후 이곳에 닿아 맨더슨 앞으로 온 다른 편지와 함께 놓여 있었네. 그는 차를 꽤 급하게 몰고 온 듯 이곳에 도착했을 때는 기진맥진 되어 있었네. 그리고 마틴에게서 맨더슨이 죽었다는 소식을 듣자 하마터면 기절할 뻔했다네. 그것도 그렇고, 오랜 시간 잠을 못 잔 탓인지 어젯밤 나와 만났을 때는 완전히 녹초가 돼 있었네. 그래도 이야기의 줄거리는 들어맞더군."

트렌트는 권총을 들고, 한동안 아무 생각 없이 탄창을 빙빙 돌리고 있더니 마침내 권총을 상자 속에 넣었다.

"머로우가 이것을 방안에 아무렇게나 내버려 둔 것이 맨더슨에겐 아주 운이 나쁜 일이 된 셈일세. 이것이 누군가의 눈에 띄게 되면 좀 유혹을 느끼게 될 테니까."

마치 경감은 고개를 내저었다.

"자네도 잘 생각해 보면 그런 권총은 대단한 단서가 안 된다는 것을 알 걸세. 이런 모양의 권총은 영국에 꽤 널리 보급되어 있네. 미국에서 건너온 것인데, 요즈음에는 호신용이건 나쁜 일을 꾀하기 위해서건 권총을 사는 사람 거의 모두가 이런 모양의 권총을 택하고 있지. 성능이 좋고 바지 주머니 속에 손쉽게 넣고 다닐 수 있으니까. 악의를 품고 있는 사람은 물론 착하게 사는 보통 사람들까지도 포함해서 이 권총을 가지고 있는 사람은 몇천이 넘을 거야. 이를테면 맨더슨도 이것을 가지고 있었네. 아주 똑같은 것을. 아래층 책상 윗서랍에 들어 있더군, 지금은 내 외투 주머니 속에 들어 있지만."

경감이 예사롭게 말했다.

"뭐라고? 그럼 그 사실을 일부러 나한테 숨기고 있었나?"

"그런 셈이지. 그러나 자네도 한 자루 발견했으니까 그것으로 됐지 뭔가. 또 한 자루의 권총에 대해서도 안 거나 마찬가지니까. 어느 것이고 우리에게 도움이 될 것 같진 않네, 이 집에 있는 것은."

경감은 갑자기 말을 끊고 깜짝 놀라 뒤를 돌아다보았다. 조금 열려 있던 문이 조용히 열리더니 문 앞에 한 남자의 모습이 나타났다. 남자의 시선이 뚜껑이 열린 상자에 든 권총으로부터 트렌트와 경감의 얼굴로 옮겨갔다. 그 남자가 방안으로 들어올 때까지 발자국 소리를 전혀 못 들었던 두 사람은 수상쩍은 얼굴로 동시에 그 남자의 기다란 발치로 시선을 옮겼다. 그 발은 고무창을 댄 테니스화를 신고 있었다.

"버너 씨군요." 트렌트가 말을 건넸다.

버너의 등장

"칼빈 C 버너입니다. 잘 부탁합니다."

문 앞에 서 있던 남자는 입에 물고 있던 불이 붙지 않은 잎담배를 손에 들고 약간 거북해하며 자기 이름을 말했다. 그가 지금까지 만난 영국인은 대개 처음 보는 사람에게는 사귀기 힘든 인상을 주고 지나치게 점잔을 빼는 사람들이었는데, 트렌트가 소탈하게 말을 걸어오자, 그는 좀 허둥대며 말을 이었다.

"선생님이 트렌트 씨군요? 선생님에 대한 이야기는 바로 얼마 전에 맨더슨 부인에게서 들었습니다. 경감님, 안녕히 주무셨습니까?"

마치 경감은 그 미국인다운 인사에 가볍게 고개를 끄덕여 답례에 대신했다.

"지금 제 방으로 가려고 이층으로 올라가다가 이 방에서 말소리가 들리길래 누군가 하고 잠깐 들여다본 것입니다."

버너는 여윈 몸집의 키가 작은 청년으로 수염을 깨끗이 깎았다. 살집이 없고 뼈대가 튀어나오긴 했지만, 여성적인 얼굴의 청년으로 살결이 희고 눈은 검고 커서 이지적인 느낌이 들었다. 곱슬거리는 검은 머리를 한가운데서 갈라 빗었다. 언제나 잎담배를 물고 있는 그의 입술은, 그것을 물고 있지 않을 때에도 살짝 벌어져, 계속 뭔가를 열망하고 있는 것 같은 묘한 표정을 짓고 있었다. 그러나 잎담배를 피우든가 씹을 때면 그 표정은 삽시간에 사라져, 극도로 냉정하고 총명한 미국인 본래의 모습으로 바뀌었다.

그는 코네티컷 주에서 태어나 대학을 나온 뒤 곧 증권업자의 가게에서 근무했다. 그 가게는 맨더슨과 거래가 있었고, 그가 그 일을 담당하고 있었기 때문에, 마침내 맨더슨의 눈에 띈 것이다. '거인'은 한동안 그의 일솜씨를 지켜보다가 자기 비서로 채용하고 싶다고 말했다. 버너는 전형적인 사무가로 믿을 수 있는 인물이었다. 선견지명이 있어 일이 능률적이고 정확했다. 그 정도의 사람이라면 그밖에도 많이 있었지만, 맨더슨이 특히 그를 택한 것은 그가 더없이 기민하고, 입이 무거우며 더구나 주식 시장의 움직임을 민감하게 파악하는 본능적인 육감을 갖추고 있었기 때문이었다.

트렌트와 그 미국인은 서로 냉정한 눈으로 상대방을 관찰하고 있었다. 아무래도 두 사람이 다 그 관찰 결과에 만족한 듯했다. 트렌트는 상냥하게 말했다.

"지금 설명을 듣고 있는 중입니다만, 내가 발견한 이 권총은 맨더슨 씨를 쏜 것인지도 모릅니다. 그러나 경감님의 이야기로는 그다지 단서가 될 것 같지도 않다는군요. 미국에서는 이런 형의 권총이 꽤 요긴하게 쓰여 지금은 상당히 보급되어 있는 모양이지요."

버너는 뼈만 있는 손을 뻗어 상자에 들어 있던 권총을 집어들고 익숙하게 그것을 만지작거리며 대답했다.

"그렇습니다. 경감님이 말씀하신 대로입니다. 우리 나라에서는 이것을 '리틀 아서'라 부르고 있습니다만, 지금 이 순간에 이것과 똑같은 권총을 바지 주머니 속에 넣고 다니는 사람은 몇만 명이 될 것입니다. 저에겐 좀 너무 가벼운 것 같아요."

버너는 그렇게 말하고 윗옷 주머니에서 특이한 모양의 권총을 한 자루 꺼냈다.

"한번 잡아 보세요, 트렌트 씨. 총알이 들어 있습니다. 그런데 이리틀 아서 말인데요, 이것은 머로우 군이 올해 이곳에 오기 조금 전에 주인 어른의 권유로 할 수 없이 산 것입니다. 20세기에 권총을 가지고 있지 않다니 그런 바보 같은 일이 어디 있느냐고 꾸중을 듣자 머로우 군은 당황해서 가게 사람이 내놓은 것을 그대로 사버린 모양이에요. 저한테는 한 마디 의논도 없이…… 이것도 좋은 권총임에 틀림없지만."

버너는 그렇게 말하더니 한쪽 눈을 감고 조준 상태를 들여다보았다.

"머로우 군은 처음엔 서툴더니 요 한 달 동안 저한테 배우며 연습을 많이 해서 지금은 꽤 실력이 늘었어요. 그러나 그는 아직도 이것을 가지고 다니는 습관이 몸에 배지 않은 모양입니다. 저는 바지를 입는 거나 마찬가지로 조금도 거북한 줄을 모르겠는데요…… 벌써 몇 년 동안을 꼭 지니고 다녔습니다. 줄곧 맨더슨 씨를 노리고 있는 자가 있는 것 같은 기분이 들었기 때문입니다. 그러나 기어이……."

버너는 비통한 표정으로 말을 맺었다.

"제가 곁에 없을 때 당한 셈입니다. 그런데 저는 이제부터 비숍스 브리지에 갈 일이 있어서, 이만 실례하겠습니다. 이렇게 되니 할 일이 많습니다. 지금부터 산더미 같은 전보를 쳐야 합니다."

"나도 나가야겠군요. 스리탄이라는 가게에서 사람을 만날 약속이 있습니다."

트렌트가 말했다.

버너가 상냥하게 같이 갈 것을 권했다.

"그럼 제 차를 같이 타고 가시죠. 그 가게 앞으로 지나갈 테니까요. 경감님도 같은 방향인가요? 아, 아니시라고요. 그럼 트렌트 씨, 함께 갑시다. 운전기사가 다쳐서 쉬고 있기 때문에 세차하는 일 말고는 다 제가 직접 해야 됩니다. ……죄송합니다만 차를 꺼낼 때 좀 도와 주시지 않겠습니까?"

버너는 신중한 어조로 계속해서 말하며 트렌트를 안내하여 아래층으로 내려가더니 집안을 빠져나와 뒤쪽 차고로 갔다. 차고는 한낮의 햇볕을 피하여 집에서 좀 떨어진 서늘한 나무 그늘에 있었다. 버너는 서둘러 차를 꺼낼 생각은 않고 트렌트에게 잎담배를 권하고 그가 그것을 받자 그제야 자기 잎담배에 불을 붙였다. 그리고 차 발판에 걸터앉아 여윈 손을 맞잡아 무릎 위에 놓고, 트렌트에게 날카로운 눈을 돌리더니 조금 있다가 버너는 말을 건넸다.

"트렌트 씨, 선생님께 참고가 될 만한 것이 몇 가지 있습니다. 저는 선생님의 지금까지의 활약상을 잘 알고 있습니다. 그리고 이것은 제가 잘못 본 것인지도 모릅니다만, 그 경감님은 아무래도 둔한 것 같아요. 물론 저는 그가 지혜를 짜서 저에게도 물어 보는 일은 무슨 질문이고 성의껏 대답할 작정입니다. 사실 그렇게 대답해 주었습니다. 그러나 질문하지 않는 일까지 이쪽에서 자진하여 말할 생각은 없습니다. 아시겠지요, 이 기분을?"

트렌트는 고개를 끄덕였다.

"이 나라의 경관을 대하면 대부분의 사람이 그런 느낌을 받는 것 같아요. 아마 관리 냄새가 나는 태도 탓이겠죠. 그러나 마치 경감은 당신이 생각하고 있는 그런 사람이 아닙니다. 유럽에서도 그만큼 노련한 형사는 여간해서 없어요. 머리는 그리 예민하지 않지만,

아주 견실합니다. 그것은 경험이 말을 하는 겁니다."

"경험이 도움이 될 것 같습니까?"

버너는 항의하듯 말했다.

"이 사건은 그렇게 흔한 사건이 아닙니다, 트렌트 씨. 그 이유를 하나만 말씀드릴까요. 사실 주인 어른은 전부터 자기 신변에 위험이 닥쳐온 것을 다 알고 있었던 모양입니다. 또 한 가지 이유로서, 주인 어른은 그 위험에서 벗어나지 못하리라 생각하고 각오를 했었다는 일입니다."

트렌트는 발판에 걸터앉아 있는 버너 앞으로 나무상자를 끌어당겨 놓고 그 위에 걸터앉았다.

"그건 지나치는 말로만 들을 수 없군요. 어디 한 번 들려주십시오."

"실은 요 몇 주일 전부터 주인 어른의 태도가 싹 달라진 겁니다. 선생님도 들으셨으리라 생각됩니다만, 분명히 주인 어른은 자제력이 강한 분이었습니다. 실업계에서 그만큼 냉정하고 똑똑한 사람은 없을 겁니다. 그분의 냉정함은 정말 대단한 것이었지요. 그런 예가 없으리라고 생각됩니다. 더욱이 저는 누구보다도 맨더슨이라는 사람을 잘 알고 있다고 생각합니다. 그분이 일생을 바쳐 힘쓴 일을 함께 해 왔으니까요. 가엾은 분이지만…… 부인보다도 제가 훨씬 잘 알고 있으리라고 생각합니다. 머로우 군보다도 더 잘 알고 있을 겁니다. 그는 주인 어른이 자기 사무실에서 큰일에 열중해 있는 것을 본 적이 없으니까요. 주인 어른의 친구 중에도 저만큼 그분을 알고 있는 사람은 없을 겁니다."

"그에게 친구가 있었습니까?"

트렌트가 말참견을 했다.

버너는 트렌트를 날카롭게 쳐다보았다.

"벌써 누구한테서 들으셨군요. 글쎄요. 정확히 말하면 친구는 없었다고 할 수 있겠죠. 알고 지내는 유력 인사는 많이 있었습니다. 그는 매일처럼 얼굴을 맞대고 있던 사람들과 함께 요트며 사냥을 하러 나가기도 했습니다. 그러나 흉금을 털어놓고 말할 수 있는 친구는 한 사람도 없었던 것 같습니다. 그런데 이야기가 앞으로 돌아갑니다만, 몇 달 전부터 주인 어른은 전혀 다른 사람처럼 변해 버렸습니다. 아주 침울해져서 마치 어쩔 수 없는 불행한 문제가 생겨 자나깨나 그 일로 고민하고 있는 것 같았습니다. 그런 상태가 죽 계속되고 있었습니다. 사무실에서도 집에서도 언제나 마음의 부담을 짊어지고 있는 것 같았습니다. 그러나 2, 3주일 전까지만 해도 자제심만은 잃지 않았습니다만, 끝내는 그것마저도 의심스럽게 되었습니다. 트렌트 씨, 아시겠습니까?"

버너는 트렌트의 무릎에 손을 얹었다.

"이것을 알고 있는 사람은 저밖에 없습니다. 주인 어른은 다른 사람들에게는 그냥 까다롭고 기분 나쁜 얼굴을 보이고 있을 뿐이었지만, 사무실이라든가 그밖에 저와 둘이서 일을 하고 있는 장소에서 뭔가 조금이라도 마음에 거슬리는 일이 있으면 무서운 기세로 화를 내곤 했습니다. 이 서재에서도 뭔가 못마땅한 내용의 편지를 읽었을 때는 마치 인디언처럼 화를 내며 손 가까이 있는 것을 닥치는 대로 마룻바닥에 집어던지고, 그 편지를 쓴 사람을 당장 이리로 데리고 오라든가 혼을 내줘야 한다든가 하며 악을 쓰고 펄펄 뛰는 것을 보면 차마 보기에도 딱할 지경이었습니다. 인간이란 그렇게 변하는 것인지요. 정말 놀랐습니다. 그리고 이런 일도 있었어요. 돌아가시기 1주일 전부터 일은 내버려 둔 채 조금도 손을 대려고 하지 않았습니다. 그런 일은 제가 아는 바로는 처음 있는 일이었어요. 편지가 오거나 전보가 와도 회답을 줄 생각을 하지 않는 겁니다. 그것이 모두 중요한 용건들이라 미국에서는 큰 소동이 일어났던 모양인데, 일체 회답을 내지 않았어요. 저는 주인 어른의 걱정거리가 무엇이건, 그로 인해 신경이 예민해진 거려니 하고 의사에게 한번 진찰을 받아 보라고 권했습니다. 그랬더니 오히려 미친놈이라고 저한테 소리지르지 뭡니까. 그러나 그분의 이런 면을 알고 있던 것은 저뿐입니다. 이를테면 이 집 서재에서 지금 말한 것처럼 야단치고 있을 때 부인이 들어왔다면 그분은 순간적으로 냉정해지는 것입니다."

"그래, 당신은 그 원인을 뭔가 비밀스러운 걱정거리, 즉 누군가가 목숨을 노리고 있다는 공포 때문이라고 생각한다는 말이군요?"

버너는 잠자코 고개를 끄덕였다.

"그러니까 정신에 이상이 생겼다, 이를테면 지나친 긴장에 의한 신경쇠약이 온 것이라고 당신은 생각했다는 말이군요? 당신의 이야기를 듣고 있으니까 나도 그런 생각이 드는군요. 게다가 미국의 대실업가는 흔히 그런 증상을 일으키는 경우가 있는 모양이죠? 신문을 읽어보면 아무래도 그런 인상을 받게 됩니다."

버너는 우겨대며 반발했다.

"신문 같은 건 엉터리에요. 믿어서는 안 됩니다. 그야 갑자기 거액의 돈이 굴러 들어온 사람들 중에는 이상해지는 사람도 있겠죠. 그러나 맨더슨 어른만큼 거물이 아니더라도 일단 이름이 알려진 대실업가 중에서 정신이 이상해진 사람의 이야기를 들은 일이 있습니까? 그런 예는 절대로 없습니다. 그야 인간은 누구나 미친 듯한 면이 있다고는 합니다만……."

버너는 다시 생각을 하더니 덧붙여 말했다.

"그러나 그것과 진짜 미친 것과는 다르죠. 기벽이라고 할까요. 고양이가 싫다든가, 저의 경우라면 생선요리를 보면 소름이 끼치는,

뭐 그런 것이겠죠."

"맨더슨 씨의 버릇은?"

"주인 어른은 버릇이 많았습니다. 대개 돈이 많은 사람은 그다지 시끄럽게 구는 법이 없습니다만, 맨더슨 어른은 필요 이상 화려한 것이라든가 사치를 극도로 싫어했습니다. 그분은 값비싼 소지품이나 장식품을 일체 사용하지 않았습니다. 자기 주변의 잔일을 남에게 시키는 것도 싫어했기 때문에 하인은 특별히 불렀을 때 말고는 옆에서 어른거리지도 못했습니다. 그러나 옷에 대해서는 누구 못지 않게 신경을 썼지요. 구두에 대해서도 그랬습니다. 그분은 어이가 없을 정도로 구두에 돈을 들였습니다. 그러나 자기 시중드는 하인은 절대로 고용하지 않았지요. 남이 만지는 것을 싫어했던 것입니다. 수염을 남에게 깎게 하는 일은 단 한 번도 없었습니다."

"그 말은 나도 들었어요. 어째서 그렇게 되었을까요?"

버너는 천천히 대답했다.

"역시 맨더슨 어른의 사고방식이 그렇게 시킨 거겠지요. 지나치게 의심이 많고 질투심이 강한 성격이었습니다. 그분의 아버지와 할아버지 역시 같은 성격의 소유자였다고 합니다. 마치 뼈다귀를 문 개가 다른 개들이 노리고 있는 것 같은 기분이 들어 계속 경계하고 있는거나 마찬가지죠. 혹시나 이발사가 자기 목줄기를 끊지나 않나 하고 진심으로 걱정한 것은 아니지만, 그런 가능성이 있다고 생각만 해도 걱정하기 시작하는 성격이었습니다.

사업상으로도 그랬습니다. 늘 누군가가 자기가 물고 있는 뼈다귀를 노리고 있다고 생각하고 있었습니다. 사실 늘 그렇다고 할 수는 없지만, 곧잘 그런 꼴을 당해 왔으니까요. 그래서 결국 주인 어른은 실업계에서 가장 신중하고 비밀에 철저한 책략가가 된 것입니다. 또 그 덕분에 그만한 성공을 거두게 되었다고는 할 수 있겠지요.

그러나 미친 것 같았다는 말은 아닙니다, 트렌트 씨. 절대로 그런 일은 없었습니다. 살해되기 전에 좀 정신이 이상하지 않았느냐고 묻는다면, 저는 이렇게 대답하겠습니다. 그분은 다만 걱정거리 때문에 머리를 너무 써서 다소 신경쇠약의 기미가 있었던 데 불과하다고요."

트렌트는 담배를 피우며 생각에 잠겨 있었다. 버너가 맨더슨 부부의 불화에 대해 어느 정도 알고 있을까 속으로 수상하게 여기고 있었던 것이다. 결국 그는 우선 사실을 알아보기로 했다.

"부인과의 사이가 그다지 원만하지 못했다는 말을 잠깐 들었는데요."

"그렇습니다."

버너는 수긍했다.

"그러나 그런 일로 맨더슨이 자포자기했다고 생각하시는 겁니까? 천만의 말씀입니다! 그는 그런 걱정거리로 낙담하는 사람이 아닙니다. 그런 사람하고는 그릇이 다릅니다."

트렌트는 반신반의하며 상대방의 눈을 들여다보았다. 그러나 빈틈없고 생기에 넘친 그 눈 속에는 더러움이 없는 순수한 빛밖에 없었다. 이 청년은 부부 사이의 불화 따위는 아무리 심각하다 해도 큰 인물에게는 그다지 고민거리가 되지 않는다고 생각하는 모양이었다.

"그런데 두 분 사이가 좋지 않았던 것은 도대체 무엇이 원인이었을까요?"

트렌트가 예사롭게 물었다.

"글쎄요. 모르겠습니다."

버너는 무뚝뚝하게 대답하더니 조용히 잎담배를 피웠다.

"머로우 군하고도 그 일에 대해 여러 차례 이야기를 해봤지만 전혀 짐작이 안 가는 거에요, 전……. "

버너는 몸을 앞으로 내밀며 목소리를 낮췄다. "부인에게 아이가 없기 때문에 낙담이 되어 고민하는 게 아닌가 했습니다. 그러나 머로우 군의 이야기를 들어 보면 낙담하고 있는 쪽은 오히려 부인인 모양이에요. 머로우 군은 부인의 시중을 드는 프랑스인 하녀에게서 들은 것을 근거로 하여 말하는 것이니까 아마 그가 하는 말이 옳으리라고 봅니다. "

트렌트는 갑자기 얼굴을 들고 그를 쳐다보았다.

"세레스띠느 말이죠? "

그렇게 말하며 그는 이런 것을 생각하고 있었다.

'옳거니. 그 하녀가 나한테 말하려고 했던 것이 바로 그 이야기였군! '

버너는 트렌트의 눈의 움직임을 보고 오해를 했다.

"저는 중상모략을 할 작정으로 말한 것은 아닙니다, 트렌트 씨, 머로우 군은 그런 사람이 아닙니다. 그는 프랑스 말을 잘해서 프랑스인이나 다름없이 말할 수 있으니까 세레스띠느가 그에게 호의를 갖고 늘 그를 붙잡고 이야기상대로 삼고 있는 겁니다. 그런 점이 영국인 하녀와 프랑스인 하녀의 다른 점입니다. 그녀가 하녀이건 아니건……. "

버너는 열심히 설명했다.

"여자가 남자를 붙잡고 그런 화제를 꺼내다니, 좀 뭣한 생각이 듭니다만…… 정말이지 프랑스인이란 이해할 수가 없어요. "

트렌트는 그렇게 말하고 고개를 내저었다.

"그런데 아까 한 이야기인데, 맨더슨 씨는 최근 누가 자기 목숨을 노리고 있다는 공포에 사로잡혀 살아 왔다고 그랬었지요? 그의 목숨을 위협하고 있던 자는 도대체 누구입니까? 나로서는 전혀 짐작이 안 가는데요. "

"공포라고 하면 지나친 말인지도 모르겠군요."

비서는 신중히 생각하며 대답했다.

"불안, 또는 걱정이라는 편이 맞는 말 같습니다. 어쨌든 주인 어른은 그렇게 간단히 겁을 먹는 사람은 아니었습니다. 게다가 미리 경계하는 일을 싫어해서 일부러 그렇게 하기를 피하고 있었습니다. 오히려 빨리 결판을 내고 싶어하는 눈치도 보이는 것 같았습니다. 제가 잘못 본 게 아니라면 말입니다. 어쨌든 밤에 서재 창가에서 어둠을 내다보며 앉아 있곤 했으니까요. 흰 와이셔츠를 입고 일부러 겨냥을 맞추기 쉽게 하고 있었어요. 그런데 누가 그분의 목숨을 노리고 있느냐 하는 것이 문제가 됩니다만……"

버너는 살며시 쓴웃음을 지었다.

"선생님은 미국에서 사신 일이 없는 것 같습니다. 예를 들면, 펜실베이니아의 탄광 쟁의에서는 처자를 거느린 3만의 노동자가 굶어 죽느냐, 맨더슨 어른의 조건을 받아들이느냐 하는 갈림길에 서게 되었던 겁니다. 그자들은 모두 기회만 있으면 그분의 배에 바람구멍을 뚫으려고 노리고 있습니다. 미국에서도 가장 요란스런 자들이 그 3만 명입니다. 그런 자들 중에는 노리는 자를 몇 년이고 따라다니다 상대방이 어떤 원한을 샀는지 잊어버렸을 무렵에야 죽여 버리는, 집념이 강한 자도 있습니다.

10년 전에 뉴저지 주에서 받은 원한을 풀기 위해 아이오와 주 광산에서 다이너마이트를 터뜨린 자도 있습니다. 상대가 그런 자들이고 보면 대서양을 건너왔다고 해서 마음 편히 있을 수도 없습니다. 주인 어른은 자기에게 원한을 품은 위험한 패거리들이 온 미국에 우글거리고 있다는 것을 잘 알고 있었습니다. 그리고 그 중 몇 사람이 이미 주인 어른을 죽이기로 마음먹고 노리기 시작했다는 사실을 무슨 방법으로인지 알고 있었던 것 같습니다. 그러나, 그것으로는 풀리지 않아요. 주인 어른은 왜 그런 식으로 일부러 위험 속에 몸을 내던지는 짓을 했을까요? 왜 거기서 벗어나려 하지 않고 어제 아침에는 일부러 뜰로 나가 총알을 맞고 말았을까요."

버너가 이야기를 마치자 두 사람은 양미간을 찌푸리며 한동안 말없이 앉아 있었다. 두 사람의 잎담배에서 파르스름한 연기가 솟아올랐다. 이윽고 트렌트는 일어섰다.

"당신의 가설은 극히 참신하고 앞뒤가 들어맞는 이야기라 생각됩니다. 다만 그것이 사실과 합치하느냐가 문제군요. 내가 신문에 어떻게 발표하느냐에 대한 말을 할 수는 없지만, 이것만은 말해 두지요. 이 사건은 계획적인 범죄이며 더구나 아주 보기 드문 교묘한 범죄라는 것을. 정말 고맙습니다. 언제고 또 천천히 이야기하기로 합시다."

그는 시계를 보았다.

"내 친구는 나를 기다리느라고 지쳤겠습니다. 이제 가 볼까요."

"2시군요."

버너도 자기 시계를 보고 발판에서 일어섰다.

"우리 나라 뉴욕에서는 지금이 아침 10시입니다. 선생님은 월 거리를 모르시죠, 트렌트 씨? 틀림없이 지금쯤은 지옥으로 변했을 겁니다. 우리가 그 광경을 보지 않은 게 정말 다행입니다."

상복 입은 여인

.

　바다는 상쾌한 미풍이 부는 벼랑가에 희게 부서지고 있었다. 태양은 조각구름이 흩어져 있는 하늘에 빛나고 지상에는 싱그러운 햇살이 넘쳐흐르고 있었다. 잠을 이루기에 괴로웠던 하룻밤을 지낸 트렌트는 8시가 되기 전에 길을 물어 해안의 바위에 둘러싸인 후미로 내려가 맑은 물 속으로 뛰어들었다. 그리고 큰 회색 바위 사이를 헤엄쳐 약간 파도가 거친 앞바다로 나간 다음, 연안의 조류를 거슬러 한동안 헤엄을 치고 나자 기분 좋은 피로와 상쾌한 기분에 잠겨 한적한 후미로 돌아왔다. 그리고 10분 뒤 그는 또 벼랑을 기어올라가며 자기가 손대고 있는 사건에 대한 숨막힐 듯한 혐오감이 일시적이나마 깨끗이 사라진 듯한 기분으로 이제부터 할 오전 중의 계획을 생각하고 있었다.

　오늘은 트렌트가 이곳에 온 지 이틀째 되는 날로 검시 사문회가 있는 날이었다. 비숍스브리지로 가는 길거리에서 바다와 헤어진 뒤 사건의 수사는 그다지 진척이 없었다. 어제 오후는 카플스 씨와 함께 그 식당을 나와 시내까지 걸어가 약방에서 물건을 좀 산 뒤 사진관에 들러 잠깐 사진사와 이야기를 나누고 발신료가 붙은 전보를 친 다음 전화국에 문의를 했다. 그동안 트렌트는 카플스 씨에게 사건에 대해서 그다지 이야기를 하지 않았다. 노인도 별로 듣고 싶어하지 않았으므로 그는 지금까지의 조사 결과며 앞으로 방침 등에 대해서는 한 마디도 하지 않았다. 비숍스브리지에서 돌아오자 트렌트는 〈레코드〉 신문사로 제법 긴 기사를 써서 그 원고를 그 신문의 지방 지국으로 보내 지국원의 손으로 본사로 송고하게 했다. 그 후 카플스 씨와 함께 저녁을 먹고 베란다에 나와서 혼자 생각을 하며 그 밤을 보냈다.

이렇게 마음에 맞지 않은 사건을 담당한 것은 생전 처음이고, 또 이렇게까지 몰두한 사건도 드물었다. 트렌트는 지금 벼랑을 기어올라가며 혼자 그런 생각을 하고 있었다. 상쾌한 아침 금빛 햇살 속에서 생각하면 생각할수록 이 사건은 사악하고 도전적으로 보였다. 어젯밤 갖가지 의혹과 이미 밝혀 낸 사실이 사건 해결을 위해 부심하고 있는 그의 머리 속을 휘젓고 돌아다녀 몇 시간이고 잠 못 이루게 했다. 그리고 오늘 아침 이 산뜻한 빛과 공기 속에서 엄격할 만큼 맑은 바다에 몸과 마음을 깨끗이 씻고 나니, 그는 이 사건이 얼마나 몹쓸 범죄인지 진상이 뚜렷해져 오는 가운데, 충분히 추측할 수 있는 범인의 동기에 대해서도 혐오감이 커져만 갔다. 그러나 그 반면 그의 수사 의욕은 다시 솟았고 수사 감각도 예리해졌다. 이젠 주저할 이유가 아무것도 없었다. 마음에 거리낌을 느낄 필요도 전혀 없었다. 순조롭게 가면 오늘 안에 수사가 끝날 것이었다. 그는 오전 중에 마쳐야 할 일이 있었다. 또 그다지 큰 기대를 걸고 있던 것은 아니지만, 말하자면 일종의 탐색을 해보는 마음으로 어제 친 전보의 회답을 목을 길게 빼고 기다리고 있었다.

호텔로 돌아가는 길은 벼랑 위를 따라 조금 돌아갔다. 트렌트는 아까 해변가에서 눈여겨보아 두었던 벼랑이 멀리 무너져 내려간 지점까지 오자 벼랑가로 가서 아래를 내려다보았다. 바다의 정경 중에서도 가장 우아하고 아름다운 물의 움직임, 거친 바다에 부딪쳐 부서지는 파도의 변화를 바라보고 싶었다. 그러나 바다는 전혀 보이지 않았다. 그의 발 밑 몇 피트 아래에는 넓은 바위가 튀어나와 있었다. 그것은 큰 방만한 넓이를 지닌 평지로 거친 표면에 잎이 빳빳해 보이는 풀이 우거졌고 삼면이 험한 벼랑으로 둘러싸여 있었다. 이 바위의 현기증이 날 것 같은 낭떠러지를 이루는 끝 부분에 한 부인이 앉아 있었다. 두 팔로 무릎을 끌어안은 듯한 자세로 바다로 나아가는 기선의 연기가 나부끼는 쪽을 꿈꾸는 듯한 표정으로 물끄러미 바라보고 있었다.

화가의 시각으로 살아가는 것을 배워온 트렌트의 눈에는 그 부인의 모습이 아직 본 일이 없을 정도로 아름다운 한 폭의 그림으로 보였다. 영국 남부의 여자답게 투명하고 흰 얼굴이 산들바람에 스쳐 그 볼이 발그레하게 물들어 있었다. 그가 있는 쪽으로 보이고 있는 단정한 옆얼굴에는 어두운 그림자라곤 전혀 찾아볼 수 없었다. 다만 검은 눈썹 가에 어딘가 모르게 엄격한 표정이 감돌고 있었으나, 입매의 둥근 선이 기묘할 만큼 그녀를 부드럽게 보이게 해주었다. 여자의 눈썹에 대한 아름다움을 찬양한 시에 공감을 느끼느냐 반발을 느끼느냐는 결국 그 눈썹이 아름다우냐 아니냐에 따라 결정될 것이라고 트렌트는 마음 속으로 생각했다. 콧대는 곧게 뻗어 아주 아름다웠는데, 조금만 더 길었다면 이상할 뻔한 위험성을 교묘하게 피하고 있었다. 코 모양에 대해 비판적인 사람이라면 끝이 약간 위를 향한 듯한 코에 매력을 느낀 것을 이상하게 생각할 것이다. 모자는 벗어서 옆 풀밭 위에 놓았고 생기에 찬 미풍이 탐스러운 검은머리에 불어와 이마에 늘어져 있는 리본을 뒤로 날리고 목덜미에 묶은 숱 많은 머리털을 몹시 나부끼게 하고 있었다. 무두질한 가죽구두로부터 벗어 던진 모자에 이르기까지 모두 검은 빛이었고, 가라앉은 검은 빛이 드러난 목 언저리까지 덮고 있었다. 그녀가 몸에 지니고 있는 것은 모두가 우아하고 세련되어 보였다. 청춘의 꿈과 섬세한 마음을 가진 처녀처럼 보였으나, 오랜 역사가 필요한 멋진 옷맵시의 기술을 성숙한 여성에게서나 볼 수 있을 만큼 충분히 몸에 배어 있는 사실 또한 명백했다. 그리고 그녀는 지금 두 무릎을 끌어안고 우아한 곡선을 그리고 있는 자기 몸의 아름다움에 더할 수 없는 기쁨을 남몰래 품고 있는 것처럼도 보였다. 옷차림은 프랑스식을 좋아하는 것 같았고 이렇게 거친 풀밭 위에 앉아 있으니 몹시 근대적인 여성처럼 느껴졌다. 다시 그 얼굴을 보니 그것은 늘 봄의 태양과 바람과 바다와 함께 생활해 온 발랄한 여자로 느끼게 하는 환희에 가득차 있었다. 그것은 영국 여성으로선 드문 일이며, 더구나 미국 여자라고는 도저히 생각할 수 없을 정도로 순수하고 생기에 넘쳐 있었으며 무의식적인 자신에 찬 여자의 모습이었다.

그 검은 옷의 부인을 보고 순간 깜짝 놀라서 발을 멈춘 트렌트는 곧 그 여자의 머리 위 벼랑길을 걸어가며 마음 속에 새겨진 그 인상을 되새겨보기 시작했다. 어떤 경우에나 트렌트의 날카로운 눈과 예민한 두뇌는 반응이 둔한 사람으로선 믿을 수 없을 만큼 빠르게 대상을 포착하고 그 세부까지 한순간에 다 알아 버리고 마는 것이다. 그의 말에 의하면 물건을 잘 들여다봐야만 안다는 것은 장님이라는 증거였다. 지금 그의 미적 감각은 눈을 뜨고 환성을 지르며 이지적인 힘을 배로 증가하고 있었다. 지금 이 순간 그의 기억 속 화면에는 평생 사라지지 않는 영상이 뚜렷이 그려진 것이다.

트렌트가 소리도 없이 풀밭 위를 지나가려고 했을 때 그 부인은 아직도 생각에 잠긴 채 갑자기 몸을 움직였다. 무릎을 끌어안고 있던 긴 두 손을 풀고 고양이처럼 우아한 몸놀림으로 온 몸을 쭉 편 다음 천천히 목을 젖히면서 마치 아침의 찬란함과 상쾌함을 다 들이마시려는 듯 손가락을 펴고 두 팔을 높이 쳐들었다. 그것은 틀림없이 어떤 뜻을 지닌 몸짓이었다. 자유의 기쁨을 나타내는 몸짓이었다. 생존하는 일, 소유하는 일, 전진하는 일, 그리고 또 향락하는 일을 결의한 영혼의 의지를 나타내는 움직임이었다.

이리하여 그는 지나가다 그녀를 흘끔 보았을 뿐 그냥 지나쳤으며, 다시 돌아보려고 하지는 않았다. 그 여자가 누구라는 것을 순간적으로 알았기 때문이었다. 눈앞에 갑자기 검은 커튼이 드리워져 아침의 상쾌함을 가린 것 같은 기분이 들었다.

호텔에서 아침 식사를 하며 카플스 씨는 트렌트가 거의 말을 하지 않으려는 것을 알아차렸다. 트렌트는 어젯밤 잠을 자지 못한 탓이라고 변명을 했다. 한편 카플스 씨는 새처럼 정신 없이 이야기했다. 오늘의 사문회가 어떻게 진행되리라는 예상이 그에게 그처럼 활기를 불어넣어 준 모양이었다. 대단히 오랜 전통을 지니고 전에는 중요한 역할을 한 검시 사문 제도의 역사를 재미있게 트렌트에게 설명하고, 법규나 판례 등의 제약을 받지 않은 그 제도가 얼마나 자유롭고 찬양할 만한 것인가를 역설했다. 그리고 오늘 오전 중에 이 사문회에 붙여질 사건을 화제로 삼았다.

"어젯밤 저녁 식사가 끝난 뒤 나는 저 집에 가서 버너 청년을 만났는데 그때 그는 이번 사건에 대해 재미있는 가설을 들려주었네. 아주 훌륭한 청년이더군. 그 청년은 가끔 뜻이 확실치 않은 말도 했지만 그 나이 또래 청년치고는 찾아보기 힘들 정도로 꽤나 세상을 날카롭게 보고 있는 것 같더군. 맨더슨이 측근 비서로 발탁한 이유도 수긍이 갈만해. 맨더슨이 죽었기 때문에 생긴 사업상의 혼란을 여기 있으면서도 전보로 본국과 연락을 취해 충분히 수습할 자신이 있는 모양이야. 말투가 그렇던걸. 게다가 모든 면에 밝은 청년이야. 메이벨을 위해 내가 어떻게 나와야 하나, 유언장이 효력을 발

생활 때까지 메이벨이 어떤 조치를 강구해야 하나 하는 문제에 대해서도 참으로 현명한 조언을 해주었네. 이 사건을 그가 노동자의 복수라고 말했지만 그런 어리석은 일이 어디 있느냐고 덮어놓고 부정할 마음이 들지는 않았네. 자세히 물으니까 노동조합의 반감을 산 유력 인사가 여러 가지 수법으로 습격을 받아 그 중에는 목숨을 잃은 사람도 적지 않다는 것을 예를 들어 말해 주었어. 정말 무서운 시대야. 사회의 물질적인 요소와 정신적인 요소와의 불균형이 커져서 그것이 현대만큼 사회 조직의 기초를 밑바닥부터 뒤흔들고 있는 시대는 역사상 아직 없었을 거야. 그리고 내가 곰곰이 생각해 보는 일이지만, 그런 점에서 미국만큼 앞날이 어두운 나라는 또 없을 걸세."

트렌트는 적당히 얼버무려 말했다.

"미국은 배금주의 못지 않게 청교도 의식이 강한 나라라고 생각하고 있었는데요."

카플스 씨는 자기로서는 있는 재주를 다해 유머를 섞어 가며 말했다.

"자네의 말이 이른바 청교도 정신이라는 것을 칭찬하고 있는 건 아니라고 생각하네만, 어떤가? 대개 청교도 정신이라는 말 자체가 부정확하고 한편으로 치우친 용어야. 설명할 것까지도 없이 청교도라는 건 영국 국교의 교의나 의식에 불만을 품고 거기에 반항하여 개혁하려던 일파를 가리켜 부른 명칭이지만…… 그러나 자네의 관찰력은 역시 상당하네. 분명히 자네가 말한 대로야. 그 좋은 예가 맨더슨 자신일세. 그는 결벽이라든가 금욕 자체와 같은 덕성의 화신 같은 사람이었던 모양이니까. 아니 내가 말하는 사회의 도덕적 요소에는 그밖에 더 귀중한 것이 많이 포함되어 있네. 더구나 한정된 능력밖에 없는 우리 인간은 과학의 진보에 따라 초래되는 기계

문명의 복잡함에 현혹될수록 우리 내부에 있는 보다 숭고한 목표를 달성하려는 의욕이 반대로 점점 흐려져 가는 거야. 경작기계의 발달은 추수감사절의 기쁨을 빼앗아 갔고, 기계에 의한 여행은 옛 주막의 좋은 점을 없애 버렸네. 그 밖의 예를 들면 한이 없겠지. 그런데 이런 나의 의견은……."

카플스 씨는 토스트에 버터를 바르며 말을 이었다.

"나와 마찬가지로 인생 전반의 문제를 골똘히 생각하고 있는 사람들 대부분이 잘못되어 있다고 말하지만, 그러나 나는 내 말이 옳다고 확신하고 있네."

트렌트는 테이블에서 일어나며 말했다.

"그것은 경구로 표현할 필요가 있겠군요. 이를테면 '카톨릭교 절대 반대'라든가, '외국인에게도 과세하라'든가, 간단한 문구로 요약할 수 있다면 그야말로 목숨을 내던지고 그 운동에 참가하는 자가 우르르 모여들 겁니다. 그런데…… 당신은 사문회에 가기 전에 화이트게이블즈 별장에 들르실 거죠? 슬슬 떠나시지 않으면 늦습니다. 저도 그쪽에 좀 볼일이 있으니까 함께 가시죠. 잠깐만 기다려 주세요. 사진기를 가지고 오겠습니다."

"그렇게 하게."

카플스 씨는 대답했다.

그리고 조금 뒤에 두 사람은 차차 더위가 더해 가는 아침의 문 밖으로 나갔다. 화이트게이블즈 별장의 지붕이 짙은 녹색나무들과는 대조적으로 흐릿한 붉은 천처럼 보였다. 그것은 답답하고 불길한 생각에 괴로워하고 있는 음울한 트렌트의 기분을 반영하고 있는 것처럼 보였다. 트렌트는 오늘 아침에 보았던 그 눈부실 정도로 아름다운 모습으로 생기에 찬 부인에게 치명적인 일격을 가하는 일을 피할 수 없다 하더라도, 그 자신의 손으로 그 일을 하고 싶지는 않았다. 어머니에게서 받은 교육의 영향으로 엄격한 기사도 정신이 아직도 그의 마음에는 남아 있었다. 그러나 지금의 경우는 아름다운 것을 부수고 싶지 않다는 예술가다운 반발도 신사적인 엄격성에서 오는 반발과 마찬가지로 강했다. 그러나 그렇다고 해서 이대로 수사를 중단해도 될 것인가? 사건의 성격상 범인을 체포하지 않고 놓아둔다는 것은 참기 힘든 고통이었다. 이런 사건은 다른 예가 없다. 더구나 그 진상을 파악하고 있는 사람은 자기밖에 없다고 그는 확신하고 있었다. 그래서 어쨌든 오늘은 적어도 자기 확신이 망상에 불과했는지 그 여부를 확인하기로 결심했다. 후회하는 것은 그 필요성이 있다는 것이 확실해진 뒤로 미루고, 그때까지는 눈을 감고 있기로 했다. 그럴 필요가 있는지 어떤지는 아무래도 아침나절이면 알게 될 것이다.

문으로 들어가니 현관 앞에서 이야기를 하고 있는 머로우와 버너의 모습이 눈에 띄었다. 그리고 베란다 그늘에 상복차림의 부인이 한 사람 서 있었다. 그녀는 다가오는 두 사람의 모습을 보자 천천히 잔디밭으로 내려와 다가오고 있었다. 트렌트가 상상했던 대로 그녀는 상체를 쭉 펴고 균형이 잡힌 가벼운 발걸음으로 걸었다. 카플스 씨가 소개하자 그녀는 금빛 반점이 있는 갈색 눈을 부드럽게 트렌트 쪽으로 보내며 인사했다. 슬픔의 가면을 쓴 그녀의 창백한 얼굴에는, 벼랑가에서 후광처럼 머리 위에 빛나고 있던 그 환희의 빛은 흔적도 없이 사라지고 없었다. 그녀는 일상적인 인사말을 낮고 억양 없는 목소리로 말했다. 그리고 카플스 씨와 잠시 이야기를 나눈 뒤 또 트렌트 쪽으로 눈길을 옮겼다.

"성공을 빌겠어요. 자신은 있으시겠죠?"

그녀는 관심 있게 물었다.

트렌트는 그 말이 그녀의 입에서 새어나온 순간 확실히 마음 속으로 결정을 했다.

"자신은 있습니다. 조사가 끝나면 일단 부인을 만나 이야기를 해볼까 합니다. 아마 공표하기 전에 부인께 의논할 필요가 있을 테니까요."

부인은 약간 당황하는 듯한 모습이었다. 그 눈에 슬픈 빛이 스쳤다.

"만일 필요가 있으시다면 기꺼이 듣겠습니다."

트렌트는 다음 말을 입밖에 내려다 망설였다. 부인이 이미 경감에게 했던 말을 트렌트 앞에서 또 되풀이하는 것을, 또한 질문 자체를 피하고 싶어했었다는 사실이 문득 생각났기 때문이었다. 트렌트는 가능하면 좀더 부인의 목소리를 듣고 얼굴을 바라보고 싶었다. 게다가 그가 말하려던 것은 실제로 그의 머리를 괴롭히고 있던 문제다. 그것은 아주 기묘한 일로, 아무리 생각해도 이치에 맞지 않는 일이며 거기서 또 다른 기묘한 문제로까지 발전하고 있었다. 그러나 그것을 부인에게 물어보면 한 마디로 해답을 줄 것 같은 기분이 들었다. 부인 말고는 아무에게도 설명할 수 없을 것 같았다. 트렌트는 용기를 내어 말을 붙였다.

"댁의 집안을 마음대로 조사하게 해주시고 그밖에 여러 가지로 편의를 봐 주셔서 정말 고맙게 생각하고 있습니다. 친절하게 대해 주신 김에 몇 가지 질문을 더 받아 주셨으면 하는데, 어떻겠습니까? 부인이 대답하기 싫어할 질문은 아니라고 생각합니다만……."

부인은 내키지 않는 듯 트렌트 쪽을 쳐다보았다.

"대답하기 싫어하다니, 그런 비상식적인 짓은 하지 않아요. 어서 말씀해 보세요."

트렌트는 조급하게 물었다.

"간단한 문제입니다. 주인께서 최근 런던의 은행에서 많은 액수의 현금을 찾아다 댁에 두었다는 사실을 알고 있습니다. 그 돈은 지금

이쪽에 보관되어 있습니다. 그 일에 대해서 왜 그런 일을 하셨는지 짐작이 안 가십니까?"

부인은 놀라서 눈을 크게 떴다.

"저는 상상도 못해본 일이에요. 그런 이야기는 정말 처음 듣습니다. 지금 듣고 깜짝 놀랐습니다."

"왜 깜짝 놀라셨습니까?"

"주인은 전혀 현금을 가지고 있지 않은 줄만 알고 있었습니다. 그 일요일 밤 마침 드라이브를 떠나기 직전에 주인은 제가 있는 객실로 찾아왔습니다. 웬일인지 초조한 모습으로 저에게 지폐도 좋고 금화도 좋으니 가지고 있으면 내일까지 빌려 달라고 하는 거예요. 저는 그 말을 듣고 깜짝 놀랐습니다. 왜냐하면 주인은 돈을 가지고 있지 않거나 하는 일이 한 번도 없었거든요. 언제나 1백 파운드 가량의 돈은 지갑에 넣어 가지고 있었어요. 그러나 어쨌든 저는 잠가 둔 제 책상을 열고 가지고 있던 돈을 다 주인에게 주었습니다. 30 파운드 가까이 있었어요."

"그 돈이 왜 필요한 이유는 말하지 않았군요?"

"네, 이유는 전혀 말하지 않았습니다. 다만 그것을 주머니에 넣은 다음 머로우가 가자고 해서 달밤에 드라이브를 갔다 오겠다, 그러면 잠이 잘 올지도 모른다고 말했습니다. 아시고 계시겠지만, 주인은 요즘 잠이 오지 않아 괴로워하고 있었습니다. 그리고 곧 머로우 씨와 함께 나간 것입니다. 저는 일요일 밤에 돈이 필요하다니 이상하다고 생각했습니다만, 그런 일은 곧 잊어버리고 말았습니다. 지금 당신이 묻는 바람에 비로소 생각이 난 것입니다."

"정말 묘한 이야기로군요."

트렌트는 먼 곳을 바라보며 말했다. 그러자 카플스 씨가 부인과 사문회의 협의에 관한 이야기를 시작했으므로 트렌트는 두 사람 곁을 떠나 천천히 잔디밭 위를 걷고 있는 머로우 쪽으로 다가갔다. 머로우는 트렌트가 말을 걸자 깜짝 놀란 모습으로 이제부터 있을 사문회 이야기를 화제로 삼았다. 아직 피로가 풀리지 않아 마음이 안정되지 못한 모양이었으나, 그래도 이 고장 경찰의 거만함과 스터크 박사의 과장된 태도 등을 차분히 유머를 섞어 가며 이야기했다. 그러나 트렌트가 이번 사건으로 화제를 옮기자 머로우의 태도는 점점 진지해졌다.

트렌트가 버너의 의견을 꺼내자 그는 거기에 대해 이렇게 말했다.

"버너 군의 의견은 저도 들었습니다만, 아무래도 찬성할 수 없어요. 그의 주장으로는 설명할 수 없는 사실이 여러 가지 있으니까요. 저 역시 꽤 오랫동안 미국에 산 일이 있으니까 연극 같은 비밀 복수라는 것도 있을 수 있다는 것쯤은 잘 알고 있습니다. 저쪽에서 노동운동을 하고 있는 일부 사람들은 분명히 그런 일을 저지를 수도 있습니다. 또 그런 비밀스런 행동을 미국인은 좋아하며, 하는 방법도 그럴싸합니다. 마크 트웨인의 《허클베리 핀의 모험》이라는 소설을 알고 계십니까?"

"내 이름을 알고 있는 것이나 다름없이 잘 알고 있지요."

"저는 그 위대한 미국 소설 속에서 가장 미국적인 점은 톰 소여가 흑인 소년 짐을 구해 내기 위해 대단히 어렵고도 낭만적인 계획을 생각해 내어, 며칠이 걸려 그것을 실행하려고 고심하는 점이라고 생각합니다. 그것은 하는 방법에 따라서는 겨우 20분이면 간단히 해결할 수 있는 문제인데도 그것을 여러 가지로 비비꼬는 점이 재미있어요. 그들은 비밀결사라든가 동료들을 모아들인다든가 그런 것을 좋아합니다. 어느 대학 클럽에나 저마다 회원만이 통하는 비밀 신호와 악수 방법이 있습니다. 정치 방면에선 유명한 노우 낫싱 당(미국당의 당원 중에서 미국 태생이 아닌 자의 관리직 취임을 막기 위해 모였던 1853~1856년경의 不知主義 당원. 남이 물으면 I know nothing, 즉 모른다고 대답한 데서 이렇게 불렸다)의 운동이 있고 거기에 그 3K단(미국의 비밀결사)이 있습니다. 그리고 유타 주에는 브리검영(1801~1877 미국 모르몬교의 지도자)이라는 극단주의자가 있어 서푼짜리 소설을 무색하게 하는 광포함을 발휘한 일도 있습니다. 유타 주를 개척한 모르몬교도는 모두 순수한 양키인데, 그들이 어떤 짓을 했는지는 선생도 잘 알고 계시겠죠. 다 미국인 기질의 표시입니다. 미국인은 그것을 재미있어하고 있습니다만, 저는 오히려 중대한 문제라고 생각합니다."

"그런 기질이 범죄라든가 나쁜 버릇이라든가 또는 단순한 사치와 결부된 경우에도 분명히 두려운 결과를 초래할 가능성은 있지요. 그러나 내 생각으로 문명사회에 반항하여 인생을 재미있고 활기 있는 것으로 하려는 의지에는 남몰래 존경심을 가집니다. 그런데 아까 그 문제로 돌아가서 물어 볼 말이 있는데요, 맨더슨 씨는 과연 버너 군이 믿고 있는 것 같은 위협을 느끼고 있었을까요? 이를테면 당신을 한밤중에 급하게 새잔프턴으로 보낸 일 등은 좀 이상하다고 생각합니다만……."

"밤중이라 해도 아직 10시 무렵이었습니다. 특히 비록 한밤중에 깨었다 하더라도 저는 그다지 놀라지 않았을 거예요. 그는 제가 지금 말한 예에 딱 들어맞는 그런 인물이었으니까요. 맨더슨은 연극 같은 것을 좋아하는 미국인다운 취미를 다분히 지니고 있었지요. 불의의 습격을 가하거나 자기 목적을 이루기 위해서는 모든 반대를 무릅쓰고서 무턱대고 밀고 나가기로 유명한 사람이지만, 그는 그런 평판이 있는 것을 오히려 자랑스럽게 여기고 있었습니다. 해리스라는 사람으로부터 정보를 받아야 할 일을 갑자기 생각해 내고……."

"그 해리스란 어떤 사람입니까?"

트렌트는 중간에서 질문을 했다.

"그것은 아무도 모릅니다. 버너 군도 그런 사람은 이름도 본 일이 없고 무슨 볼일이 있었는지 상상도 할 수 없다고 하더군요. 제가 알고 있는 것이라고는 지난 주일 여러 가지 볼일로 런던에 갔을 때 맨더슨 씨로부터 부탁을 받아 조지 해리스라는 사람을 위해 월요일에 출항하는 배의 일등 선실을 예약해 둔 일뿐입니다. 그 날 밤 맨더슨 씨는 갑자기 해리스 씨로부터 무슨 정보를 받아야 할 것이 생각난 모양인데, 그 정보는 전보로는 안 될 비밀정보였던 모양이죠. 게다가 이미 기차는 없는 시간이라서 아시다시피 제가 차를 몰고 가게 된 것입니다."

트렌트는 슬쩍 주위를 둘러보고 곁에 아무도 없는 것을 확인한 뒤, 진지한 얼굴을 하고 머로우 쪽으로 고개를 돌린 다음 목소리를 낮추어 말했다.

"아마 당신은 모르리라고 생각합니다만 한 가지 사실을 일러 드리죠. 실은 당신과 맨더슨 씨가 드라이브를 떠나기 전에 과수원을 걸으며 나눈 대화의 마지막 부분을 마틴이 들었어요. 그 사람의 말에 의하면 맨더슨 씨는 '만일 해리스가 그곳에 있다면 한시를 다툴 테니까 곧 출발해 주게.'라고 말했답니다. 이보시오, 머로우 씨, 당신은 내가 무엇 때문에 이곳에 와 있는지 알고 있겠죠? 물론 당신에게 이런 말을 물어 보아도 언짢아하지 말았으면 합니다만…… 당신은 지금 말한 것 같은 마틴의 증언이 있어도 계속 무엇 때문에 해리스를 만나는지 모른다고 말하겠습니까?"

머로우는 고개를 저었다.

"정말 모릅니다. 저는 골을 잘 내는 편도 아니며, 게다가 선생이 그런 질문을 하시는 것은 지극히 당연하다고 생각합니다. 그때의 대화 내용은 이미 경감님에게 모두 말했습니다만, 조금도 숨김이 없습니다. 무엇 때문에 해리스를 만나는지 지금 일러줄 수 없다고 맨더슨 씨는 분명히 말했습니다. 아무래도 좋으니 어쨌든 해리스를 찾아내어, 그 일은 어떻게 되었느냐고 물으면 알 테니 그가 전하는 말이나 편지를 받아 가지고 돌아오라는 명령이었습니다. 그리고 어쩌면 해리스는 모습을 나타내지 않을지도 모르지만, '만일 그곳에 있으면 한시도 지체할 수 없다'라는 뜻입니다. 그러니 저도 그 이상의 것은 아무것도 모릅니다."

"그 이야기를 한 것은 맨더슨 씨가 부인을 만나 당신이 가자고 해서 달밤에 드라이브를 간다는 말을 하기 전이죠. 도대체 그는 왜 그런 거짓말을 하여 당신에게 일을 시킨 것을 숨기려고 했을까요?"

청년은 어쩔 수 없다는 몸짓을 했다.

"왠지는…… 저도 모릅니다."

트렌트는 땅바닥을 물끄러미 쳐다보며 혼잣말처럼 중얼거렸다.

"왜 그것을 부인에게 숨겼을까?"

"그리고 마틴에게서 들은 이야기지만, 그 역시 같은 이야기를 들었다더군요."

머로우는 냉정한 어조로 덧붙여 말했다.

트렌트는 이 화제를 끊으려는 듯 갑자기 고개를 내저었다. 그리고 안주머니에서 지갑을 꺼내더니 안에서 작은 종이쪽지를 2장 빼내어 머로우에게 내밀었다.

"이걸 좀 봐주시오. 전에 어디서 본 일이 없습니까? 어디 있었는지 기억 안 납니까?"

머로우는 두 손에 한 장씩 종이쪽지를 들고 의아한 얼굴로 그것을 들여다보았다.

"금년의 소형 일기장을 칼이나 가위로 잘라 낸 것 같군요. 10월이라……."

머로우는 그렇게 말하며 종이쪽지를 뒤집어 보았다.

"아무것도 씌어 있지 않은데…… 제가 아는 한 이 집 사람은 아무도 이런 일기장을 가지고 있지 않다고 생각합니다만, 이것이 어떻게 되었습니까?"

트렌트는 애매한 투로 대답했다.

"아니, 뭐, 별 관계가 없는 것인지도 모릅니다. 당신은 모르더라도 틀림없이 누군가 이 집 사람이 가지고 있었을 겁니다. 아니, 모르는 것이 당연하지요. 만일 당신이 알고 있다면 오히려 내가 깜짝 놀랄 겁니다."

그때 맨더슨 부인이 두 사람 쪽으로 다가왔으므로 트렌트는 이야기를 끊었다.

"이제 슬슬 가 봐야겠다고 고모부 님께서 말씀하시는데요."

부인이 말을 했다. 카플스 씨도 다가와서 말했다.

"나는 버너 군과 함께 가려고 하네. 되도록 빨리 처리해야 할 일이 있어서야. 메이벨, 너는 이 두 분과 함께 가겠니? 뭣하면 거기서 만나기로 하자."

트렌트는 맨더슨 부인 쪽을 돌아다보며 말했다.

"저는 실례하겠습니다. 사실 제가 오늘 아침 이곳을 찾아온 것은 좀 마음에 짚이는 게 있어서 다시 한 번 이쪽을 조사해 보고 싶었기 때문입니다. 그러므로 사문회에 가게 될지는 아직 모르겠습니다."

부인은 솔직한 눈초리로 그를 보았다.

"네, 좋으실 대로 하세요. 우리는 모두 당신에게 기대를 걸고 있답니다. 그럼, 머로우 씨, 잠깐만 기다려 줘요. 준비를 하고 나오겠어요."

부인은 집 안으로 들어갔다.

카플스 씨와 버너는 벌써 문을 향해 걸어가고 있었다.

트렌트는 눈을 들여다보듯 하며 낮은 목소리로 말했다.

"훌륭한 부인이군요, 저분은."

"선생께선 부인을 아직 잘 모르니까 그렇게 말씀하시지만, 훌륭한 정도가 아닙니다, 저 부인은."

트렌트는 거기에 대해 아무 말도 하지 않고, 초원 저쪽으로 보이는 바다를 물끄러미 바라보고 있었다. 사방이 조용한데, 그때 징을 박은 무거운 구두 발자국 소리가 급하게 이쪽으로 다가오고 있었다. 손에 오렌지색 봉투를 들고 있었다. 그것이 전보라는 것을 먼 발치에서도 곧 알 수 있었다. 트렌트는 소년이 아까 문으로 걸어나간 두 사람 옆을 지나쳐 이쪽으로 오는 것을 무관심한 눈초리로 바라보더니, 머로우를 돌아다보고 말했다.

"참, 별다른 뜻이 있는 건 아니지만, 당신은 옥스퍼드 대학 출신이죠?"

"그렇습니다. 어떻게 그런 것을?"

"아니, 제 짐작이 들어맞았나 확인해 보고 싶었던 겁니다. 옥스퍼드 출신은 대개 보면 곧 알 수 있으니까요."

"그럴 테죠, 우리 두 사람은 어딘가 특징이 있는 것 같군요. 저는 비록 선생이 화가라는 말을 듣지 않았더라도 보는 순간 그것을 알 수 있었으리라고 생각합니다."

"어째서지요? 머리가 길어서 그런가요?"

"아뇨, 그렇지 않습니다. 다만 선생이 물건이나 사람을 볼 때의 눈초리가 제가 알고 있는 화가들의 눈초리와 비슷하기 때문입니다. 세밀한 부분까지 시선이 골고루 미칠 수 있게 쳐다봅니다. 본다기보다 음미하는 것처럼……."

그때 웨이터가 숨을 헐떡이며 뛰어와서 트렌트에게 말했다.

"전보입니다. 지금 막 배달되었습니다."

트렌트는 머로우에게 양해를 구하고 그 자리에서 봉한 것을 뜯었다. 전보 내용을 읽기 시작하는 순간 그의 눈은 기쁜 듯이 반짝였다. 머로우의 여윈 얼굴에도 덩달아 미소가 떠올랐다.

"무엇인가 좋은 소식이 있는 모양이군요?"

그는 혼잣말처럼 중얼거렸다. 트렌트는 흘끔 상대방을 쳐다보았으나 머로우는 그 눈초리에서 아무것도 알아차릴 수가 없었다. 그 말에 트렌트가 대답했다.

"소식이 아닙니다. 나의 조그마한 상상이 또 한 가지 들어맞았을 뿐이에요."

검시 사문회

오늘의 검시관은 지방 하급 변호사로서의 생애 중에서, 오늘이라는 명예로운 하루만을 세상의 눈과 귀를 한몸에 모으고 있다는 것을 충분히 의식하고, 하루만의 덧없는 고위직에 어울리게 행동하려고 굳게 결심하고 있었다. 그는 명랑한 성격을 지닌 대범한 인물로 자기가 하는 일의 극적인 면에 강한 관심을 갖고 있었다. 그리고 맨더슨의 괴사건이 자기 관할구역에서 일어났다는 뉴스를 들었을 때 이제 영국 안에서 가장 운이 좋은 검시관이 될 수 있으리라고 좋아했다. 그는 사실을 정리하고 매듭짓는 일에 있어서는 경탄할 만한 능력을 지니고 있었는데 감동적인 용어를 많이 써 가며 말했으므로, 배심원은 그의 뜻대로 움직이고 때로는 증거의 법률적인 해석이 애매한 경우에도 적당히 얼버무릴 수 있었다.

사문회장으로는 최근 무도장이나 음악회장으로 사용할 예정으로 증축된 호텔의 기다란 방이 배정되었다. 물론 가구류는 놓여 있지 않았다. 앞자리에는 각 신문사 기자들이 자리를 잡고, 증언을 할 예정인 사람들은 검시관의 책상 옆쪽에 늘어서 있으며 반대쪽에는 머리가 번쩍번쩍 빛나는 배심원들이 배를 쑥 내밀고 거만하게 두 줄로 앉아 있었다. 그 이외는 모두 방청객으로 여러 층의 사람들이 잔뜩 몰려들어 조용히 장중한 개정 선언에 귀를 기울이고 있었다. 그런 자리에 익숙한 신문기자들이 소곤대는 소리가 조그맣게 들릴 뿐이었다. 그 중에는 트렌트의 얼굴을 알고 있는 사람도 있어 다른 기자에게 그가 아직 모습을 보이고 있지 않은 사실을 알리기도 했다.

이윽고 맨더슨 부인이 첫 증인으로 불려나와 피해자 확인이 이루어졌다. 검시관은 피해자의 건강상태와 여러 경우 등에 대해 질문한 뒤 그녀가 마지막으로 남편을 보았을 때의 상황에 대해 설명을 요구했다. 슬픔에 싸인 상복차림의 맨더슨 부인에 대해서는 누구나 동정을 하고 있었으며, 검시관 역시 부인이 증언을 마칠 때까지 동정적인 태도를 보이고 있었다.

부인은 증언을 시작하기 전에 얼굴을 덮었던 두꺼운 베일을 걷었다. 그 극도로 창백한 얼굴과 조금도 침착성을 잃지 않는 태도가 묘한 인상을 주었다. 그것은 냉혹한 인상은 아니었다. 그녀에게서 처음 받는 인상은 흥미 있는 여성이라는 것이었다. 애매한 느낌은 전혀 없었다. 어쨌든 그녀의 강인한 성격이 슬픔을 견디어 내고 감정의 동요를 애써 억누르고 있다는 사실만은 누가 봐도 곧 알 수 있었다. 증언 중에 한두 번 손수건으로 눈시울을 누르고 있었으나 그녀의 목소리는 나직하면서도 끝까지 또렷또렷했다.

부인은 다음과 같이 증언했다.

일요일 밤 남편은 여느 때와 다름없는 시간에 침실로 들어왔다. 남편이 침실로 쓰고 있던 방은 실은 부인의 침실에 딸린 화장실이며, 이 방 사이에는 문이 하나 있는데 밤에는 언제나 그 문을 열어 놓고 있다. 또 양쪽 방에는 저마다 복도로 통하는 문이 있고, 남편은 침실 장식을 아주 간소하게 하기를 좋아했으며 작은 방에서 자는 것을 좋아했다. 그녀는 남편이 이층에 올라왔을 때 깨어 있진 않았지만 남편의 침실에 불이 켜지자 여느 때처럼 눈을 반쯤 뜨고 남편에게 말을 붙였다. 꾸벅꾸벅 졸고 있었으므로 그때 무슨 말을 했는지는 잘 모르겠으나, 남편이 달밤에 드라이브를 하러 갔었다는 일이 생각나서 드라이브는 재미있었느냐고 묻고 지금 몇 시쯤 되었냐고 물어 본 것같이 생각된다. 왜 시간을 물었느냐, 남편이 늦게 돌아올 줄 알았는데 그녀는 그때 얼마 안 잔 것 같은 느낌이 들었기 때문이다. 남편이 11시 반이라고 대답하고, 이어 드라이브 가는 것을 그만두고 돌아왔다고 말했다.

"왜 그만두었는지 그 이유를 말했습니까?"

검시관이 물었다.

"네, 분명히 말했습니다. 그때 남편이 한 말을 뚜렷이 기억하고 있습니다. 왜냐하면……."

부인은 당황한 듯한 모습으로 갑자기 이야기를 끊었다.

"왜 그랬습니까?"

검시관이 부드럽게 물었다.

"왜냐하면 남편은 여느 때 일에 관계된 이야기를 저에게 그다지 하지 않았기 때문입니다."

부인은 약간 반발하듯 턱을 내밀고 말했다.

"남편은 그런 이야기는 저에게 흥미가 없으려니 생각하고서 되도록 피했던 것입니다. 그런데 그날 밤만은 내일 배로 파리에 가는 사람에게서 어떤 중요한 정보를 받기 위해 머로우 씨를 새잔프턴으로 보냈다고 하기에 저는 좀 뜻밖이라는 생각이 들었습니다. 그는 사고만 없으면 머로우 씨는 간단히 용건을 마칠 수 있을 것이라고 말했습니다. 그리고 중간까지 함께 차를 타고 갔다가 1마일 가량 앞에서 내려 걸어 돌아왔더니 아주 기분이 좋다고 했습니다."

"그밖에 다른 말은 없었습니까?"

"아니오, 제가 들은 말은 그뿐이라고 생각합니다. 몹시 졸려서 곧 가물가물 잠이 들기 시작하여, 그 뒤로는 남편이 불을 껐던 일을 어슴푸레 기억하고 있을 뿐입니다. 남편을 본 것은 그것이 마지막이었습니다."

"그래, 그 뒤로는 아무 소리도 듣지 못했군요?"

"네, 다음날 아침 7시에 하녀가 차를 가지고 올 때까지 한 번도 잠을 깨지 않았습니다. 하녀는 여느 때처럼 남편의 침실로 통하는 문을 닫았으나 저는 남편이 아직 옆방에서 자고 있는 줄만 알고 있었습니다. 남편은 늦잠이 많아 아침 늦게까지 자고 있을 때가 가끔 있었습니다. 저는 저의 거실에서 아침 식사를 했습니다. 그리고 11시쯤 되어 남편의 시체가 발견되었다는 사실을 알게 된 것입니다."

부인은 조용히 고개를 숙이고 검시관의 입에서 신문이 끝났다는 말이 나오기를 기다렸다. 그러나 신문은 또 계속되었다.

"맨더슨 부인."

검시관의 목소리가 동정적이긴 했으나, 다소 굳은 의지가 엿보였다.

"이런 신문은 비통한 처지에 놓여 있는 부인에겐 견디기 어려운 고통을 주는 것이 될지도 모르지만, 직무상 어쩔 수 없이 묻겠습니다. 돌아가신 남편과 부인 사이엔 얼마 전부터 애정과 신뢰가 없었다는데, 그 말이 사실입니까? 즉 두 분 사이가 원만하지 못했다는 것이 사실입니까?"

부인은 또 자세를 고치며 질문한 사람의 얼굴을 똑바로 쳐다보았다. 볼이 갑자기 붉어졌다.

"만일 그런 것을 물어 볼 필요가 있으시다면 저도 오해를 막기 위해 대답하겠습니다."

그녀는 냉정한 어조로 말했다.

"몇 달 전부터 저에 대한 남편의 태도가 갑자기 변해서 저는 굉장히 불안해하고 슬퍼하고 있었습니다. 남편은 무엇인가 털어놓지 못하고 숨기는 일이 있는 것 같은 태도를 보인 것입니다. 전처럼 얼굴을 마주 대하는 일이 여간해서 없었으며, 되도록 혼자 있기를 원하는 것 같은 눈치였습니다. 왜 그렇게 변했는지 저로선 짐작도 못했습니다. 저는 그것을 어떻게든지 개선해 보려고 여러 모로 애를 썼습니다. 자존심이 허락하는 한 온갖 방법을 다 써 본 셈입니다. 그러나 우리 사이엔 뭔가 석연치 않은 감정이 있다는 느낌뿐이지, 저로선 전혀 짐작이 안 갔고 남편은 거기에 대해 한 마디도 말을 하지 않아서 어쩔 방법이 없었습니다. 억지로 그 까닭을 묻는다는 것은 제 완고한 자존심이 허락치 않았습니다. 어쨌든 저로서는 되도록 전과 다름없는 태도로 남편을 대하고 있으면 결국 나아지겠지, 하는 생각만을 가지고 살아 왔습니다. 그러나 이제는 남편이 왜 그렇게 변했는지 알아볼 도리가 없게 되었습니다."

부인의 목소리는 끝부분에선 참기 어려운 듯 떨렸다. 그리고 말이 끝나자 베일을 내리고 조용히 자세를 바르게 했다.

배심원 중 한 사람이 약간 주저하는 듯한 모습을 보이더니 질문을 했다.

"그러니까 두 분께선 흔히 말하는 말다툼도 전혀 하지 않았군요?"

"하지 않았습니다."

부인의 대답에는 아무런 감정도 섞여 있지 않았다. 그러나 맨더슨 부인 같은 사람이 그런 행동을 할 가능성이 있다고 생각한 그 얕은 소견의 질문은 부인으로부터 따끔한 한마디 반격을 당했다는 인상을 모든 사람에게 준 것 같았다.

검시관은 맨더슨 씨가 괴로워하고 있었다고 생각될 만한 것으로 그

밖에 생각나는 일이 없느냐고 부인에게 물었다. 부인은 아무것도 짐작되는 점이 없다고 대답했다.

검시관은 이것으로 부인에 대한 신문을 마치겠다고 말하자 그녀는 베일을 내린 채 출구 쪽으로 사라져 갔다. 방에 있는 사람들의 눈이 일제히 부인의 모습을 쫓았으나, 검시관이 다음 증인 마틴을 불러냈으므로 곧 그쪽으로 시선을 옮겼다.

트렌트가 문 앞에 나타나 사람들을 헤치고 이 큰방에 들어온 것은 그때였다. 그러나 그는 마틴 쪽을 보고 있지 않았다. 그가 지켜보고 있는 것은 방청인들이 비켜준 통로를 통해 부지런히 자기 쪽으로 걸어오는 여성의 균형 잡힌 모습이었다. 그의 눈은 어두웠다. 그리고 가볍게 머리를 숙이고 부인에게 길을 비켜 주었을 때 그 눈은 놀란 듯 휘둥그렇게 커졌다. 부인이 낮은 소리로 그의 이름을 부른 것이다. 트렌트는 부인의 뒤를 따라 몇 발자국 복도 쪽으로 나갔다.

"부탁합니다."

부인이 갑자기 약하디약하게 갈피를 못 잡는 어조로 그에게 말을 붙여 왔다.

"집으로 가는 길까지 팔을 좀 잡아 주셨으면 합니다. 문 앞에서 고모부님을 찾았으나 어디 계신지 못 찾겠고, 웬일인지 갑자기 현기증이 나서…… 바깥 공기를 쐬면 괜찮을 것 같아요. 자, 트렌트씨, 빨리! 전 한시라도 빨리 이곳에서 나가고 싶어요!"

트렌트는 좀 쉬었다 돌아가라고 권했으나 그녀는 듣지 않았다.

"아뇨, 어떻게 해서든지 돌아가겠어요."

트렌트의 팔을 잡고 있던 부인의 손이 마치 그 나약한 힘으로 그를 끌어내기라도 하듯 한순간 힘주어 잡았다. 그러나 그녀는 곧 또 힘없이 그의 팔에 기대어 고개를 숙인 채 호텔을 나와, 떡갈나무 그늘이 진 화이트게이블즈 별장을 향해 천천히 걷기 시작했다.

트렌트는 잠자코 걸었다. 그의 마음은 몹시 어지럽게 흩어져 "바보! 이 바보야!"하는 소리에 맞춰 미친 듯이 날뛰었다. 이 사건에 대해 그만이 알고 있는 사실, 추측, 의혹 등이 일시에 몰려들어와 그의 머리 속을 휘젓고 돌아다녔다. 그러나 팔에 기대어 있는 부인의 손에서 느껴지는 감촉만은 그의 의식에서 한순간도 사라지지 않고 말할 수 없는 환희에 젖게 했으며, 한편 그것이 또 그를 화나게 하고 곤혹스럽게 했다. 집에 닿아 부인이 거실 긴 의자에 깊숙이 앉은 모습을 보았을 때도 겉으로는 세상의 관례에 따라 부드럽게 위로하는 듯한 태도를 보였으나, 그 가면 밑에서는 심하게 스스로를 욕하고 있었다. 부인은 베일을 걷어올리고 눈에 깊은 감사의 빛을 띠며 침착하게 고맙다는 인사를 했다. 이제 기분도 꽤 좋아졌고 차를 한 잔 마시면 완전히 기운이 회복될 거라고 말했다. 그리고 중요한 때 데리고 나오게 되어 미안하다고 사과했다. 그렇게 침착성을 잃었던 일을 부끄럽게 여기고 있는 모양이었다. 침착하게 증언할 자신이 있었는데, 끝으로 그런 질문을 받을 줄은 생각도 못했다고 말했다. 그리고 트렌트가 늦게서야 갔다는 것을 듣자 그녀는 마음이 놓이는 듯 안심하고 말했다.

"당신이 듣지 않으셔서 다행이에요. 그러나 물론 신문에서 읽으시겠죠. 저는 그런 말을 듣고 정말 몸이 오그라드는 것 같은 느낌이었어요. 추태를 보이지 않으려고 애썼기 때문에 오히려 그런 꼴을 보이게 된 겁니다. 게다가 입구에서 모두 흘끔흘끔 쳐다보지 뭐예요. 당신이 저의 무례한 부탁을 들어 주셨기 때문에 정말 살았어요. 다시 고맙다는 인사를 드립니다. 그러나 저는 당신이 도와 주실 것 같은 기분이 들었어요."

부인은 다소 피곤한 듯한 미소를 지으면서 알 수 없는 묘한 이야기를 맺었다. 트렌트는 자기 손이 부인의 차가운 손가락 감촉이 주는 아쉬움에 아직도 떨리고 있음을 느끼며 그녀 곁을 떠났다.

하인들과 시체를 발견한 사람의 증언은 보도진에게 어떤 새로운 재료도 제공하지 못했다. 이 고장 경찰 측의 진술도 이런 종류 사건의 검시 사문회의 단계에선 항상 그렇지만 여전히 이렇다하게 두드러진 점도 없이 요령부득의 상태로 끝났다. 그러나 버너의 증언은 그날 사문회에서 일대 물의를 불러일으켜, 피해자 아내의 입에서 새어나온 가정적인 분쟁에 대한 일반의 관심을 완전히 일소해 버렸으므로 버너는 크게 면목을 세웠다.

그는 트렌트에게 한 말을 법정에서도 했다. 기자들은 이 미국 청년의 진술을 한 마디도 빠뜨리지 않고 적어 영국과 미국의 주요한 신문에 거의 그대로 게재하였다.

검시관은 끝으로 배심원들을 향해 부인의 증언으로 보면 자살의 가능성도 생각할 수 없는 것은 아니라고 말했지만, 다음날의 세론은 그런 자살설 등은 전혀 문제삼고 있지 않았다. 검시관 자신도 지적한 일이지만, 여러 가지 증거로 생각해 보아 자살설이 성립할 여지는 전혀 없었던 것이다. 검시관은 시체 근처에 권총이 없었던 점을 강조했다.

"말할 것도 없이 그 점이 극히 중요합니다. 여러분이 판단해야 할 문제의 핵심은 거기에 있다고 말해도 과언이 아닐 것입니다. 여러분은 시체를 보셨고 검시관의 증언도 지금 막 들으셨습니다만, 여기서 여러분의 기억을 새로이 하는 뜻에서 이 점에 대한 본관의 메모를 읽어드릴까 합니다. 의학상의 전문적인 설명은 다 생략하고 스터크 박사의 증언 속에서 그 부분만을 말씀드리기로 하지요.

시체는 발견 당시 6시간 내지 8시간 경과되고 있었다. 사인은 총탄에 의한 상해이고, 그 총탄은 왼쪽 눈으로 들어가 그 왼눈을 꿰뚫고 뇌수를 부순 다음 뇌저(腦低)에 이르고 있었다. 그 상처로 보아 스스로의 손으로 입힌 상처라는 가설은 성립될 수 없다. 총구를 눈에 대고 쏜 흔적도 없고 아주 가까운 거리에서 쏜 흔적도 없으며 더구나 눈에서 상당한 거리를 두고 본인의 손으로 쏜다는 일은 사실상 불가능하다고 생각되기 때문이다. 또 시체의 상태로 판단하여 죽기 직전 격투가 벌어졌느냐의 여부는 확실히 판정하기가 힘들었다. 박사는 발견되었을 그대로의 상태에서 시체를 보았는데, 그때의 시체는 총에 맞았을 때만 볼 수 있는 자세로 쓰러져 있었다. 그러나 손목과 팔꿈치 아랫부분의 찰과상과 멍은 극히 최근의 것으로 박사의 의견에 의하면 폭행을 받았을 때의 상처라고 판정된다.

이상이 박사의 감정 요지입니다.

이 점에 관련하여 버너 씨의 증언은 상당히 중대한 뜻이 있으며 매우 주목할 만한 일이라고 생각합니다. 미국에선 피해자와 같은 지위에 있는 인물이 일반적으로 이 증인에 의해 진술된 것과 같은 위험에 처해 있다는 사실을 듣고 놀란 분도 있을 것입니다. 또는 미국 산업계에선 노동자의 불만이 아직 영국에선 생각할 수 없을 정도로 심한 단계에 이르고 있다는 사실을 이미 알고 계신 분도 있을 것입니다. 본관은 이 점에 대해 증인들에게 상당히 자세하게 신문했습니다. 그러나 본관은 사인에 관한 버너씨 개인의 추측이 그대로 여러분의 찬동을 얻는 것이 당연하다고 말하는 것은 아닙니다. 그 점 오해가 없도록 부탁드립니다. 그러나 버너 씨의 증언에 의해 여러분의 머리를 복잡하게 할 문제가 두 가지 생긴 셈입니다. 그 하나는 피해자가 과연 어느 정도의 협박을 받고 있었나, 즉 보통 사람 이상의 살해의 위험을 겪고 있었다고 말할 수 있는가 하는 문제이며 또 하나는 앞서의 증인이 말했듯이 최근 피해자의 태도가 급변한 점에서 피해자가 죽기 전 며칠 동안은 심한 불안에 떨고 있었다고 판단하는 것은 과연 올바른 일인가 하는 문제입니다. 이런 문제에 대해선 다른 증언도 고려해 결론을 내리도록 여러분의 신중한 고찰을 바라는 바입니다. "

이상과 같이 검시관은 버너의 견해를 가장 올바른 것으로 본다는 자기 소신을 확실히 피력한 다음 배심원에게 평결을 요구한 것이다.

지문의 발견

"들어오세요."

트렌트는 노크 소리에 대답했다.

카플스 씨는 트렌트가 쓰고 있는 호텔 거실로 들어왔다. 사문회 배심원들이 평의를 위해 물러나는 일 없이 그 자리에서, 혼자 또는 둘 이상의 범인에 의한 살인 사건이라는 예상대로의 평결을 내리던 날 저녁이었다. 트렌트는 흘끔 올려다보았을 뿐, 곧 다시 테이블 위의 에나멜 사진 접시를 창으로 스며드는 햇빛 속에서 천천히 움직이며 열심히 관찰하기 시작했다. 그의 얼굴빛은 몹시 창백했고 몸놀림 또한 초조해 보였다.

"소파에 앉으세요"

트렌트는 앉기를 권하며 말을 이었다.

"여기 있는 의자는 다 스페인의 종교재판소가 폐지되었을 때 불하받은 것을 통틀어 사들인 겁니다. 응, 이건 깨끗이 찍혔는걸."

그는 원판을 햇빛에 비쳐 고개를 숙이고 면밀히 점검하면서 말을 계속했다.

"이제 물에 깨끗이 씻었으니 이것을 말리기로 하고, 테이블 위를 치워야겠군."

트렌트가 테이블 위에 널려 있는 물통과 접시, 상자와 병 등을 급히 치우기 시작하자 카플스 씨는 그 물건들을 이것저것 집어들고 신기하다는 듯 눈을 반짝이며 쳐다보고 있었다.

카플스 씨가 어떤 병 뚜껑을 열고 냄새를 맡고 있는 것을 보고 트렌트는 설명해 주었다.

"그것은 정착액 제거제라는 것입니다. 급히 원판을 처리할 때 사용하면 편리하지요. 그러나 그것을 마셔 볼 생각은 없어요. 그건 분명히 정착액을 제거해주지만, 사람을 제거해 주느냐 아니냐를 스스로 시험해 보긴 싫으니까요."

트렌트는 흩어져 있던 도구들을 난로 선반 위에 쌓아올리고 카플스 씨 앞에 있는 테이블 앞에 가서 앉았다.

"호텔 거실이 좋은 점은 정신이 산만해져 일을 할 수 없을 정도로 심하게 꾸며놓지 않았다는 점입니다. 호텔 거실이란 한가롭게 쉴 수 있는 장소가 아니니까요. 당신은 이 방이 처음이신가요? 저는 이런 방에 수백 번이나 묵었습니다. 벌써 몇 년 전부터 영국 곳곳에서 이런 방의 신세를 지고 있답니다. 만일 어딘가 벽촌의 시골 호텔에서 이것과 다른 이상한 거실에 들게 된다면 틀림없이 당황할 것입니다. 이 테이블보를 보세요. 제가 해리파크스에 머물렀을 때 엎지른 잉크 자국이 여기 묻어 있습니다. 그 융단에 뚫린 구멍은 제가 입스위치 호텔에서 태운 자국입니다. 그 〈무언(無言)의 동정〉이라는 그림에는 지금 유리가 끼워져 있지만, 실로 방베리 호텔에서 제가 구두를 집어던져 유리를 깬 일이 있는 물건입니다. 저의 걸작은 모두 방에서 만들어진 것입니다. 이를테면 오늘 오후도 사문회가 끝난 뒤 지금까지 훌륭한 원판 몇 장을 완성했습니다. 아래층에 조그마한 암실이 있지요."

이런 말을 하는 것은 트렌트가 자신이 하고 있는 일로 흥분해 있다는 증거임을 알고 있는 카플스 씨는, 도대체 무엇을 조사하고 있을까 의아해하며 말했다.

"사문회라 하면, 참 오늘 아침에는 메이벨이 많은 신세를 졌다면서, 고맙네. 실은 그 인사를 하러 온 것일세. 설마 메이벨이 증언대를 내려선 뒤 기분이 언짢아질 줄은 생각지도 않았지. 아주 침착하게 대답을 했고 사실 무섭도록 자제력이 있는 여자니까. 그래서 메이벨의 일은 자신에게 맡기고 나는 증인의 증언을 들어 두는 게 중요할 것 같아서 끝까지 듣고 있었던 거지. 그러나 자네가 돌봐 주게 되어 다행이었네. 메이벨도 아주 고마워하고 있더군. 이제 완전히 회복된 모양이야."

트렌트는 두 손을 주머니 속에 집어넣은 채 양미간을 찌푸리며 듣고 있었다. 거기에 대해서는 아무 대답도 하지 않다가 그는 한참 뒤에야 입을 열었다.

"실은 당신이 이 방에 들어왔을 때 저는 아주 재미있는 일을 하고 있던 중이었습니다. 보여 드릴까요. 좀 수준 높은 수사 방법입니다. 지금쯤은 마치 경감도 틀림없이 이것과 똑같은 실험을 하고 있을 겁니다. 하고 있지 않으면 정말 좋겠는데."

트렌트가 테이블에서 일어나 침실로 들어갔다. 조금 뒤에 여러 가지 물건을 화판 위에 얹어 가지고 돌아와 그 물건들을 테이블 위에 늘어놓으면서 말했다.

"우선 이런 물건들을 당신에게 소개해 둘 필요가 있습니다. 여기 큰 상아 페이퍼 나이프를 놓습니다. 일기장에서 오려낸 종이가 두 장 있습니다. 저의 일기장입니다. 이 병 속에는 틀니가 들어 있습니다. 그리고 잘 닦은 호두 나무 상자, 이 물건의 일부는 밤까지 화이트게이블즈 별장 침실에 도로 살짝 갖다 놓아야 합니다. 모두들 사문회에 가 있는 동안 승낙 없이 빌려온 것이므로, 본인이 그것을 알게 되면 좋은 얼굴을 하지 않을 테니까요. 그리고 이 위에 또 하나 남아 있는데, 손을 대지 말고 이것이 무엇인지 어디 한번 맞춰 보십시오."

카플스 씨는 흥미로운 듯 그것을 들여다보았다.

"보통 유리그릇이 아닌가. 핑거볼 같은데. 별로 이상한 데도 없는 것 같구먼."

카플스 씨는 자세히 들여다보았다. 트렌트는 설명했다.

"제가 보기에도 이상한 데가 없는 것처럼 보입니다. 그것이 바로 재미있는 점입니다. 그럼 이 작은 병을 들고 마개를 빼 보세요. 안에 들어 있는 가루가 무엇이라고 생각하십니까? 당신도 전에는 그것을 꽤 많이 마셨을 겁니다. 어렸을 때 흔히 말하길 그레이 파우더라는 가루로, 성분은 수은과 백아(白亞)입니다. 이것이 실은 훌륭한 역할을 하는 겁니다. 그 가루를 뿌려 보세요. 네, 그렇게요. 잘 뿌리시는군요! 에드워드 헨리 경도 그렇게 가루를 잘 뿌릴 수 있었는지 의심스러울 정도입니다. 전에도 해보신 적이 있는 게 아닙니까, 카플스 씨? 손놀림이 익숙하신걸."

"아니, 천만에."

카플스 씨가 엎질러진 가루를 병에 담는 것을 보며 진지한 표정으로 말했다.

"뭘 하고 있는지 도무지 모르겠는데, 이렇게 해서 무엇을 조사하는 건가?"

"이 그릇에 가루가 묻은 부분을 낙타털 붓으로 살짝 텁니다. 자 보세요. 아까는 아무것도 없었는데 이번에는 뭐가 보이죠?"

카플스 씨는 또 그것을 들여다보았다.

"야아, 이것 봐라! 큰 손가락 자국이 두 개나 있잖나. 아까는 아무것도 묻어 있는 것 같지 않았는데……."

"명탐정 호크쇼(톰 테라의 작품 《가석방된 사람》에 나오는 인물)식으로 좀 솜씨를 부려 본 거죠. 어디 한 번 강의해 드릴까요. 유리그릇을 손으로 들면 직접 육안으로는 보이지 않지만 그곳에는 반드시 손가락 자국이 묻죠. 그리고 그것은 며칠 내지 몇 달 동안 지워지지 않고 남아 있습니다. 지문이 남는 셈이지요. 그러므로 이 그릇은 최근 누군가가 꽤 습기찬 손으로 만졌다는 결론이 나옵니다."

그는 유리그릇에 다시 한 번 가루를 뿌렸다.

"이쪽에는 엄지손가락의 지문이 있습니다. 어느 것이나 다 뚜렷한 지문뿐입니다."

트렌트는 보통 어조로 말하고 있었지만, 그 흐릿한 회색 지문을 보며 몹시 흥분하고 있다는 것을 카플스 씨도 뚜렷이 느낄 수 있었다.

"이것은 아마 둘째손가락일 겁니다. 당신처럼 박학하신 분에겐 이제 새삼 설명할 필요까지는 없다고 생각합니다만, 이 지문은 좌우 대칭적인 삼각주 모양을 이룬 단일 소용돌이형입니다. 이쪽은 가운뎃손가락으로 단순 고리형인데, 개재선(介在線)은 하나고 제선(蹄線)이 15개나 있습니다. 어떻게 15개가 있다는 것을 알고 있느냐 하면, 사실은 아까 이와 같은 지문이 두 개 이 원판에 찍혀 있는 것을 조사해 두었지요. 자, 이겁니다!"

트렌트는 한 장의 원판을 들어 저녁 햇빛에 비춰 보고 연필 끝으로 가리키며 설명했다.

"어떻습니까, 같은 지문이죠? 여기 융기선(隆起線)의 분기점이 있습니다만 그쪽 지문도 같은 형태를 이루고 있습니다. 그리고 중심 가까운 부분에 작은 상처가 있는데 이것도 일치되고 있습니다.

이처럼 그 그릇의 지문과 이 원판에 찍힌 지문하고는 같은 융기선의 특징이 많이 인정되므로 전문가에게 부탁하면 이 두 개의 지문이 동일 인물의 것임을 확실히 증명해 줄 것입니다."

카플스 씨는 눈을 동그랗게 뜨고 열심히 물었다.

"이 지문의 사진을 자네는 도대체 어디서 찍어 왔나? 동일 인물이라는 것을 알게 되면 도대체 어떻게 되는 건가?"

"이 지문은 맨더슨 부인의 침실 정면의 창문 왼쪽 유리창에 묻어 있던 것입니다. 차마 유리를 빼 가지고 올 수도 없고 해서 뒤에 검은 종이를 대고 사진으로 찍어 왔지요. 이 유리그릇은 맨더슨의 방에 있던 것으로 그는 밤에 이곳에 틀니를 넣어 두었습니다. 이것은 가지고 올 수 있기에 잠깐 빌어 왔지요."

"그러나 그것이 메이벨의 지문은 아니겠지?"

"그야 물론이죠!"

트렌트는 똑똑히 대답했다.

"아마 맨더슨 부인의 지문보다 배는 클 거예요."

"그러면 그녀 남편의 것인가?"

"그런지도 모르죠. 과연 그런가 그렇지 않은가는 이제부터 조사해 봅시다. 잘 나오리라고 생각됩니다만……."

트렌트는 가볍게 휘파람을 불며 긴장된 얼굴로 새까만 가루가 든 작달막한 병의 마개를 열었다.

"이것은 램프의 검댕입니다. 이 종이쪽지를 1초나 2초 동안 가지고 있으면, 이제 문제의 지문을 당신에게 보여 줄 것입니다."

트렌트는 일기장에서 오려 낸 종이쪽지를 핀셋으로 집어 카플스 씨에게 보였다. 종이쪽지에는 아무런 자국도 없었다. 트렌트는 그 표면에 검은 가루를 뿌리고 다시 뒤집어 뒷면에도 가루를 뿌렸다. 그러자 유리그릇과 원판에서 본 것과 똑같은 지문이 검게 도드라져 보였다.

카플스 씨는 그릇을 들고 양쪽 지문을 비교해 보았다. 그 곳에도 카플스 씨가 들고 있는 유리그릇의 엄지손가락 지문과 똑같은 검은 지문이 나타나 있었다.

"역시 동일 인물의 것이었군요."

트렌트는 이렇게 말하고 슬쩍 웃었다.

"이런 줄 알았어요…… 이제 알았습니다."

그는 창가로 가서 밖을 내다보았다.

"이제 알았습니다."

나직한 목소리로 스스로에게 타이르듯 되뇌었다. 씁쓸한 어조였다. 카플스 씨는 무슨 영문인지 몰라 멍하니 트렌트의 뒷모습을 지켜보고 있었다.

이윽고 카플스 씨는 눈 딱 감고 말을 했다.

"나는 전혀 알 수 없는 일인데…… 지문 이야기는 나도 지금까지 꽤 많이 들은 일이 있네. 그리고 경찰에서 그것을 어떻게 조사하는지 실지로 보고 싶다는 생각도 했었지. 분명히 재미있기는 한데, 이 사진에서 맨더슨의 지문이 도대체 무슨……"

트렌트는 갑자기 돌아서서 테이블 쪽으로 걸어가며 카플스 씨의 말을 막았다.

"유감스럽습니다만, 카플스 씨, 적어도 당분간은 사건 일체 이야기를 당신에게 말할 수 없게 되었습니다. 저는 처음 이 사건을 맡게 되었을 때는 모든 것을 당신에게 말하고 의논하며 해결해 나갈 작정이었는데 당분간은 안 되겠습니다. 그렇다고 해서 제가 결코 당신을 믿을 수 없는 사람으로 생각하는 것은 아닙니다. 그 점 오해하지 마십시오. 지금은 다만 이것만 말씀드리죠. 저는 만일 저 이외의 사람이 알게 되면 대단히 가슴아픈 결과를 빚어 낼 수 있는 사실을 발견한 것입니다."

그는 어둡고 굳은 얼굴로 상대방을 쳐다보며 테이블을 두드렸다.

"저는 지금 아주 괴로운 처지에 놓여 있습니다. 지금까지 저는 제 예상이 빗나가 주었으면 좋겠다는 생각만을 해 왔습니다. 아니, 지금도 아직 이 사실에 입각한 저의 추리가 잘못되지 않았나 하고 실낱같은 희망을 걸고 있습니다만…… 그것을 확인하는 길은 하나밖에 없습니다. 거기에는 용기가 필요합니다."

트렌트는 카플스 씨의 어이없어하는 얼굴을 보고 싱긋 웃었다.

"이제 이런 비극적인 이야기는 그만둡시다. 아무래도 그 때가 오면 당신에게 말할 테니까요. 아 참, 이 가루 놀이는 아직 반도 끝나지 않았습니다."

트렌트는 아까 말했던 의자를 끌어당겨 테이블 앞에 앉아 상아 나이프의 너비가 넓은 부분을 조사하기 시작했다. 카플스 씨는 놀랍다는 표정을 숨기며 아주 흥미로운 듯이 몸을 내밀어 트렌트에게 램프의 검댕이 든 병을 건네 주었다.

부호의 아내

맨더슨 부인은 화이트게이블즈 별장 거실 창가에 서서 안개비로 흐려지는 밖의 경치를 바라보고 있었다. 6월의 날씨로는 이상할 만큼 갑자기 흐려지는 날씨였다. 음울한 해면에서 흰 연기 같은 안개가 일어 언덕으로 불어오고 있었다. 온통 회색으로 뒤덮인 하늘에서는 가랑비가 때때로 유리창에 부딪쳐 절망적이라고 할 수 있을 정도로 쓸쓸한 소리를 내고 있었다. 부인은 슬픔에 잠긴 얼굴로 어둡고 차가운 창문 밖 경치를 내다보았다. 남편을 잃고 인생의 목표를 잃은 고독한 여자로선 참을 수 없을 만큼 음울한 날이었다.

문득 노크 소리를 들은 부인은 "들어오세요" 하고 대답하고 자세를 바르게 했다. 이 세상의 번잡스러움에 지쳐 방심 상태에 있었다는 것을 알아차리면 그녀는 언제나 그런 식으로 깜짝 놀라며 몸을 도사리는 것이었다. 하녀가 트렌트가 찾아왔음을 알렸다. 그리고 이렇게 아침 일찍 찾아와서 대단히 미안하지만 급하게 서둘러야 할 중대한 용건이 있어 꼭 만났으면 좋겠다는 트렌트의 말을 전했다. 맨더슨 부인은 방으로 모시라 이르고 거울에 비친 약간 파리한 얼굴을 들여다보고 가볍게 이맛살을 찌푸리며 목을 흔든 다음 방으로 들어온 트렌트 쪽을 돌아다보았다.

부인은 트렌트를 보자마자 그 모습이 여느 때와는 다르다는 것을 알았다. 잠이 부족한 탓으로 얼굴이 피곤해 보일 뿐 아니라 늘 명랑하게 웃던 미소 대신 지금까지 보인 일 없는 차가운 표정을 띠고 있었다. 부인은 불길한 그 무엇을 느꼈다.

트렌트는 그녀가 내민 손을 잡고 악수를 마치자 바로 이야기를 꺼냈다.

"곧 용건을 말씀드릴까 합니다. 저는 12시에 비숍스브리지를 떠나는 기차를 타려고 하는데, 이 용건만은 꼭 처리를 하지 않고는 돌아갈 수 없습니다. 이것은 당신에게만 관계되는 문제인데 저는 어젯밤 늦게까지 일을 하고, 그리고는 이 문제를 생각하며 밤을 새웠습니다. 그리고 이제야 가까스로 어떻게 할지 결심이 섰기에 이곳으로 찾아온 것입니다."

부인은 그를 위로하듯 말했다.

"굉장히 피로해 보이시군요. 어서 앉으세요. 이쪽 의자가 편합니다. 그래 하실 말씀이란 물론 당신이 신문사에서 의뢰받은 이번 사건에 대한 일이겠죠? 제가 대답할 수 있는 일이라면 무엇이든 사양마시고 물어 보세요. 당신이 이 일을 하는 데 필요 이상 저를 괴로운 입장으로 몰아넣는 일을 하지 않을 분이라는 것은 충분히 알고 있습니다. 당신이 꼭 저를 만나 이야기하고 싶은 일이 있다면 정말 그럴 필요가 있어서 그렇다는 것도 잘 알고 있습니다."

"고맙습니다."

트렌트는 신중히 말을 골라가며 천천히 말했다.

"저는 필요 이상으로 부인을 궁지로 몰아넣어야 할 처지에 놓이고 말았습니다. 그것이 여기서 끝나는 일이면 좋겠습니다만. 부인이 저의 질문에 바르게 대답해 주시느냐 그렇지 않으냐 하는 것은 부인의 자유입니다. 그러나 제 명예를 걸고 말씀드립니다만 실은 남편의 죽음에 대해 저는 다른 사람은 아무도 모르는 사실을, 아니 앞으로도 알아차리지 못할 것으로 생각되는 중대한 사실만을 물어보려고 합니다. 그 밖의 일은 아무것도 묻지 않겠습니다. 제가 발견한 사실은——이것은 실제로 증명이 끝난 확정적인 사실이나 다름없다고 저 자신은 믿고 있습니다만——어쨌든 부인께서 이 사실을 들으신다면 몹시 놀라시리라고 생각합니다. 아니, 놀라는 일만으로 끝나지 않을지도 모릅니다. 만일 놀라는 일만으로 끝나지 않는다는 사실을 똑똑히 저에게 납득시켜 준다면, 그때는 저도 이 원고를 묵살해 버리겠습니다.”

트렌트는 그렇게 말하고 옆에 있는 작은 테이블 위에 긴 봉투를 놓았다.

“그리고 이 속에 씌어 있는 것은 일체 활자화하지 않겠습니다. 분명히 말씀드리면 이 원고는 〈레코드〉 신문사의 편집장에게 보낸 저의 개인적인 편지와 〈레코드〉지에 싣기 위한 긴 기사로 나뉘어져 있습니다. 물론 부인은 저의 질문에 대답하지 않아도 상관없습니다. 그럴 경우에는 저는 직책상 이것을 가지고 런던으로 돌아가서 편집장에게 보고하고 모든 것을 그의 재량에 맡겨야 합니다. 저로서는 이것을 발표함으로써 생길 수 있는 결과를 상상하는 것만으로도 원고를 파기하는 일을 허용할 수 없는 것입니다. 그러나 그 상상이 사실임을 부인께서 저에게 납득시켜 주신다면——부인이 아니고서는 저를 납득시켜 줄 사람은 없으니까요——그렇게 하면 신사로서 또는…….”

트렌트는 잠깐 주저한 뒤 다시 말을 이었다.

“또는 부인의 행복을 원하는 한 사람으로서 저에게 남겨진 길은 하나밖에 없습니다. 저는 이 기사를 발표하지 않겠습니다. 어떤 면으로는 경찰에 대한 협조도 거절할 겁니다. 저의 이야기를 알아 들으셨어요?"

트렌트는 신중하고 냉담한 태도로 한 가닥 불안을 안고 물었다. 손을 앞으로 맞잡고 팔을 뒤로 젖히는 듯한 태도로 앉아, 차갑게 그를 쳐다보고 있는 부인의 창백한 얼굴이, 그를 완전히 무시하듯 눈썹 하나 까딱하지 않았기 때문이다. 그것은 어제 사문회에서 보였던 태도와 똑같은 것이었다.

"잘 알았습니다."

맨더슨 부인은 나직한 목소리로 대답하고 깊이 숨을 들여 마신 다음 말을 이었다.

"당신이 발견했다는 사실이 얼마나 무서운 것인지 또 당신이 어떤 결과를 상상하고 계신지 모르겠습니다만, 그 일로 일부러 와 주신 친절에 대해서는 정말 고맙게 생각합니다. 그것도 당신이 명예를 중히 여기는 분이라고 생각하기 때문입니다. 그럼, 그 이야기를 들어 보기로 하죠."

"아니, 제가 말할 수는 없습니다. 이것은 비록 부인께는 비밀이 아니라 하더라도 저를 고용한 신문사로서는 중요한 비밀입니다. 그러므로 우선 당신의 이야기를 들은 다음, 만일 부인을 위해 비밀로 해둘 필요가 있다는 것을 알게 되면 그때에는 이 원고를 당신에게 드리겠습니다. 읽어 본 다음 찢어 버려도 상관없습니다. 솔직히 말씀드려서……"

트렌트는 갑자기 그의 천성이기도 한 열성적인 어조로 돌아가 말을 하기 시작했다.

"저는 이처럼 비밀스러운 이야기를 하는 것을 몹시 싫어합니다. 그러나 이런 비밀을 만든 것은 제가 아닙니다. 저는 이런 괴로운 생각을 해보기는 생전 처음입니다. 게다가 부인은 저를 탐정으로 여겨 주시지 않기 때문에 더욱 괴롭습니다. 그럼 우선 묻고 싶은 말을 물어 보기로 하지요."

트렌트는 애써 다시 명탐정의 어조로 돌아갔다.

"부인께선 사문회에서 남편의 태도가 몇 달 전부터 갑자기 변해 의심 많고 탁 터놓지 않는 태도를 취하게 된 이유를 전혀 알 수 없다고 증언했는데, 그것은 사실인가요?"

맨더슨 부인의 검은 눈썹이 치켜 올라가며 눈이 불꽃처럼 타올랐다. 부인은 갑자기 의자에서 일어섰다. 동시에 트렌트도 일어나서 테이블 위에 놓인 봉투를 재빨리 집어들었다. 그 태도는 분명히 두 사람의 회견이 이것으로 끝났다는 것을 말하고 있었다. 그러나 맨더슨 부인은 손을 들어 그를 말렸다. 볼이 붉게 물들고 숨이 고르지 못했다.

"트렌트 씨, 당신은 자신이 무엇을 묻고 있는지 알고 계십니까? 당신은 제가 위증을 한 게 아니냐고 묻고 있는 겁니다."

"그렇습니다."

트렌트는 천연스럽게 대답하고 잠깐 있다 다시 말을 꺼냈다.

"제가 고상한 옛날 이야기를 듣기 위해 일부러 이곳에 온 것이 아님을 부인도 충분히 알고 계실 겁니다. 훌륭한 인간은 선서를 한 이상 어떤 사정이 있어도 사실을 숨기는 일이 없다는 것을 요컨대 고상한 옛날 이야기에 불과하다고 말하고 있는 것입니다."

트렌트는 마치 쫓겨나기를 기다리고 있는 듯한 모습으로 서 있었다. 그러나 그녀는 잠자코 있다가 조용히 창가로 걸어갔을 뿐이었다. 트렌트는 바르르 떨리는 그녀의 어깨가 진정될 때까지 그 뒷모습을 비참한 기분으로 바라보고 있었다. 이윽고 부인은 얼굴을 외면한 채 음울한 창 밖 경치를 바라보며 또렷한 어조로 말하기 시작했다.

"트렌트 씨, 당신은 묘하게도 남에게 신뢰감을 갖게 하는 사람이에요. 당신이라면 남에게 알리고 싶지 않은 일이나 입에 오르내리게 하고 싶지 않은 일까지도 안심하고 말할 수 있을 것 같은 기분이 듭니다. 게다가 저는 잘 모릅니다만, 당신이 그렇게까지 말씀하시는 것을 보면 틀림없이 뭔가 중대한 이유가 있기 때문일 것입니다. 그리고 당신이 지금 물어 보신 일에 있는 그대로 대답하면 분명히 다소나마 정의를 지키는 데 도움이 되리라고 생각합니다. 그러나 그 사실을 이해하려면 오래 전의 사정과 경위를 알 필요가 있다고 생각합니다. 우리가 결혼한 내력도. 우리들의 결혼은 굳이 제 입으로 말할 필요도 없이 모두가 아시고 있는 그대로며, 그다지 행복한 것은 아니었습니다. 그때 저는 20살이었습니다. 그의 힘과 용기와 강한 신념에 마음이 끌렸던 것입니다. 그때까지 힘센 남성이라고는 그 사람밖에 몰랐습니다.

그러나 결혼하고 얼마 안 되어 그는 저보다도 일을 더 사랑하고 있다는 것을 알게 되었습니다. 그와 동시에 저 자신이 스스로를 속이고 일부러 거기에 대해 눈을 감고 있었다는 것을 알게 되었습니다. 영국 안의 어느 여성도 꿈조차 꿀 수 없을 정도로 많은 돈을 마음대로 쓸 수 있다는 얕은 타산에 마음이 움직였다는 사실을 가까스로 알게 된 것입니다. 그리고 5년 동안 저는 그런 저 자신을 경멸해 왔습니다.

저를 대했던 남편의 마음은, 지금 여기서 말씀드릴 수는 없습니다만, 어쨌든 제가 말씀드리고 싶은 것은 남편이 마음속으로 저를 사교계에서 크게 성공할 수 있는 여자라고 늘 믿고 있던 일입니다. 제가 기꺼이 사교계에 나가서 인기를 모아 그의 신용을 높여 주리라고 믿고 있었던 겁니다. 이 신념만은 다른 꿈이 환멸로 끝나 버린 뒤까지 남편의 마음에 남아 있었습니다. 저는 남편의 야심의 일부였던 것입니다.

그러므로 제가 사교계에서 성공을 거둘 수 없었던 것은 남편을 몹시 실망시켰습니다. 그만큼 노련하고 교활한 그였으니 입밖에는 내지 않았어도 틀림없이 속으로는 알고 있었을 것입니다. 저보다 20살이나 위이며 큰 사업상의 책임을 짊어지고 인생의 전부를 사업에 바치고 다른 것은 돌보지 않았던 사람이니까, 저처럼 음악과 독서 같은 비실용적인 사상으로 자라 혼자 즐기기를 좋아하는 여자를 아내로 삼으면 불행을 초래하리라는 것쯤은 몰랐을 리가 없었을 텐데, 그래도 그는 실제로 저를 그 사회적 지위에 알맞고 충분히 그의 명성을 떨쳐 줄 아내라고 진심으로 믿고 있었던 것입니다. 그러나 저는 그런 일을 할 수 있는 여자는 아니었습니다.”

맨더슨 부인은 지금까지 트렌트에게 보인 일이 없는 열정에 찬 어조로 말했다. 말이 넘쳐흐르듯 그녀의 입을 통해 쏟아져 나왔다. 지난 며칠 동안 충격과 자제로 인해 마음속에 쌓였던 것이 한꺼번에 터져 나오는 것 같았다. 그녀는 창가를 떠나 트렌트 쪽으로 얼굴을 돌렸다. 얼굴은 붉게 물들고 눈은 생기 있게 빛났으며, 두 손은 오랫동안 가슴속에 쌓여 있던 울분을 토해 내려고 애쓰고 있는 것처럼 힘주는 듯한 움직임을 보였다.

“사교계의 사람들이란 정말 알 수 없는 사람들이에요, 저 같은 여자가 그런 사람들 사이에 끼게 되면 어떻게 되는지 상상할 수 있으십니까? 제가 자란 세계에선 모두가 언제나 창조적인 일에 열중하고 있었습니다. 거기에 자부심을 느끼고 저마다 자기의 천직으로 예술적인 일에 투신하여 이상과 신념을 지니고 그것으로 논쟁을 해 가며 살아가는 사람들뿐이었습니다. 그 중에는 부자도 있고 몹시 가난한 사람도 있었습니다. 저는 그런 세계에서 갑자기 다른 세계로 뛰어든 것입니다. 그 세계에서 살기 위해선 굉장히 부자라야만 했습니다. 돈만을 문제로 삼았고 돈 이외의 것은 아무것도 생각하지 않는 세계입니다. 막대한 부를 이룩한 사람들이 일에 지쳤을 때나 여가가 생겼을 때 열중하는 것은 기껏해야 스포츠뿐입니다. 일할 필요가 없는 사람들은 일을 해야 하는 사람들보다 훨씬 지루하고 더구나 몹시 질이 나쁜 법입니다. 그리고 여자들은 겉치장을 하는 일이나 어리석은 오락이나 난잡한 놀이에 정신을 잃고 있습니다. 그런 생활이 얼마나 싫은 것인지 이해가 가십니까? 물론 그 중에는 고상하고 좋은 취미를 가진 사람도 있기는 합니다만, 그러나 그런 사람들도 결국은 환경에 물들고 돈에 파묻혀 마찬가지로 진창에 빠져 버립니다. 공허하고 텅 빈 세계입니다. 이렇게 말하고 보니 좀 과장되었는지 모르겠군요. 사실 친구들도 생겼고 조금은 즐겁게 지냈던 때도 있었으니까요. 그러나 한 마디로 말해서 공허했습니다. 뉴욕과 런던의 사교 시즌은 생각만 해도 몸서리쳐집니다. 게다가 우리 집에서 베푸는 여러 가지 파티며 요트 놀이며 그 밖의 모임에 모이는 사람은 다 같은 사람들뿐이며 공허한 사람들입니다.

그런데 남편은 그런 것을 조금도 몰랐습니다. 그 자신의 생활은 결코 공허하지 않았으니까요. 그는 사교계에서 생활하고 있던 게 아니며, 또 사교계 안에 있을 때에도 그의 마음은 사업상의 계획이며 어려운 문제로 가득 차 있었습니다. 저의 기분을 알아 줄 생각도 안 했고 저도 그런 말은 한 마디도 하지 않았습니다. 알리고 싶은 마음이 들지 않았던 것입니다. 그런 말을 하는 건 너무 제멋대로 구는 것처럼 느껴졌기 때문이지요.

저는 어떻게든지 그의 지위와 재산에 걸맞는 아내가 되도록 노력해야겠다고 생각했습니다. 그러나 제가 할 수 있는 일은 사교적인 재능이 있는 아내라는 남편의 이상을 만족시키기 위해 무조건 노력하는 일뿐이었습니다. 저는 노력했습니다. 최선을 다했지요. 그러나 아무리 노력해도 점점 그것이 곤란해질 뿐이었습니다. 어떻게 저 같은 여자가 사교계의 인기인이 될 수 있겠습니까. 허우적대면 허우적댈수록 비참한 실패자로서 스스로를 보여 줄 뿐이었습니다.

그러나 저는 그래도 노력을 계속했습니다. 가끔 남몰래 집을 빠져나가 휴식을 취했으나, 웬일인지 계약을 어긴 듯한 마음이 들어 가책을 받았습니다. 계약이라는 말은 싫긴 했었지만 그러나 사실이었습니다. 여행 한번 할 여유가 없는 학창 시절에 친구와 단둘이 이탈리아를 여행한 일도 있습니다. 되도록 경비를 아껴 가며 단둘이서만 놀러 다녔는데, 몹시 즐거웠던 여행으로 기억하고 있습니다. 또 한동안 런던에 머물며 어렸을 때 알던 조용한 생활을 하고 있는 이들과 지낸 일도 있습니다. 극장표 하나를 사는 데도 쩔쩔매고 싼 양장점을 서로 일러 주고 하던 지난날과 똑같은 생활을 즐기곤 했습니다만, 그럴 때도 역시 양심에 가책을 받았습니다. 비슷한 경험이 그밖에도 여러 차례 있었습니다만 결국 그때가 저에게는 결혼 뒤 가장 즐거웠던 때입니다. 그리고 그 밖의 생활은 그런 옛친구들의 격려로 겨우 버티고 살아온 상태였습니다. 그러나 제가 전과 같은 생활을 하고 싶어한다는 것을 알게 되면 마음이 상할까봐 남편에겐 아무 말도 하지 않았지요.

저는 온 힘을 다 기울여 애를 써왔습니다만, 마침내 남편이 그 일을 눈치채게 되었습니다. 무슨 일이나 조금만 눈치가 달라져도 곧 알아차리는 사람이었으니까요. 저를 사교계의 일인자로 만들려는 그의 꿈을 제가 실현할 가망성이 없다는 것은 정신만 차리고 보면 언제고 곧 알 수 있었을 텐데, 그는 그것을 제 탓이 아니라 운이 나빴기 때문이라고만 생각했던 모양입니다. 그러나 제가 겉으로는 즐거운 것처럼 행동하고 있지만 속으로는 사교 생활을 즐기고 있지 않다는 것을 알게 되자, 갑자기 남편은 모든 것을 알아차린 것입니다. 사치와 화려함, 막대한 돈 속에서 사는 사람들, 아니 그보다 그런 것에 파묻혀 있는 사람들이 싫어서 그런 생활 자체까지도 혐오하게 된 것을 그는 알아버린 것입니다.

작년 일이었습니다. 언제 어떤 계기로 알아차렸는지 저로서는 알 수 없습니다. 아마 여자들 중 누군가가 남편에게 알려주었을 것입니다. 다른 사람들은 대강 알고 있었으니까요. 남편은 직접 저를 보고 말하지 않았습니다. 처음에는 전과 같은 태도로 저를 대하려고 노력했던 모양입니다. 그러나 그런 노력이 언제까지나 계속될 리가 없었습니다. 두 사람 사이에는 점점 차가운 금이 갔습니다. 서로가 모르는 사람처럼 서먹서먹한 태도를 취하게 되었습니다. 이렇게 되기 전 우리 사이는, 뭐랄까요, 지적인 인연으로 연결되어 있었다고나 할까요, 요컨대 소탈하게 이야기를 나눴고 아무런 꾸밈도 없이 동의하거나 반대하여 그것으로 심각한 결과를 초래하지는 않았습니다. 아시겠어요? 그런데 그 인연마저도 마침내 끊어지고 만 것입니다. 저는 동거를 계속하는 유일한 이유까지도 점점 흐려져 가는 기분이 들었는데, 그것이 마침내 사라져 버린 것입니다. 남편이 세상을 떠나기 몇 달 전부터 우리는 그런 상태에 있었습니다."

부인은 그렇게 말을 맺고 긴장되었던 마음이 한꺼번에 풀리는지 창가 소파 구석에 몸을 묻었다.

한동안 두 사람은 잠자코 있었다. 트렌트는 머릿속으로 착잡한 인상을 급히 정리하기 위해 애쓰고 있었다. 맨더슨 부인의 솔직한 이야기에 놀라고 그 열의에 찬 웅변 솜씨에 압도되고 말았다. 충동에 못이겨 자신의 모든 것을 드러내어 말하는 그 생기넘치는 태도에서 격정에 차서 행동하는 이 여성의 참된 모습을 보는 것 같았다. 그는 이미 몽상과 적나라한 감동에 몸을 맡긴 이 여자의 참된 모습을 우연히 엿보았던 것이다. 그 어느 모습이나 여느 때 세상에 내보이던 창백한 얼굴의 자제력으로 가득찬 위엄 있는 부인의 모습과는 딴판이었다. 트렌트는 그 놀라움과 함께 그녀가 지닌 수수께끼의 정체에 대해 공포 비슷한 감정을 느꼈다. 그 흥분은 그의 눈 속에 거의 불멸의 한 형태를 취해 뚜렷이 아로새겨졌다. 트렌트의 마음은 당면 문제에 집중되었을 텐데 분별 없는 상념이 계속 마음 속에 떠올랐다. 그녀의 훌륭한 점은 다만 아름다워서만이 아니라 그것이 정열적인 성격과 결부된 점에 있다고 생각했다. 영국에선 미인은 다 냉담하며 정열적인 여성은 그 아름다움까지 태워 버리는 것 같았다. 트렌트가 아무리 아름다운 미인에게서도 이 부인으로부터 느낄 수 있는 매력을 느끼지 못했던 이유는 그 점에 있었다. 특히 여성의 재주와 지혜의 움직임이 문제가 되면 역시 빛이 흐린 것보다는 밝은 쪽으로 마음이 끌렸다. 표면의 램프를 도외시하면.

'그건 조금 의문인데.'

그의 이성은 이렇게 소리쳤다.

'뭘, 나는 그 여성에게 두 손을 든 것뿐이다.'

다시 본능이 대답했다.

그러자 다시 깊숙이 들어앉은 본능이 고함을 질렀다.

'그만둬!'

트렌트는 무리하게 자기의 마음을 부인의 이야기 쪽으로 향하게 했다. 그리고 그것을 검토하다 보니 갑자기 누를 수 없는 확신이 솟아오르는 것을 느꼈다. 분명히 부인의 이야기는 대단히 훌륭했지만 그러나 그것으로 끝낼 수 없을 것이다.

"아무래도 저는 당신이 이야기하려고 하지 않았던 일이며, 또 제가 들을 생각도 하지 않았던 일까지 당신에게 말하게끔 강요한 셈이

되어 버린 것 같습니다."

트렌트는 천천히 말했다.

"그러나 또 한가지 눈 딱 감고 물어 봐야 할 것이 있습니다. 이것은 가장 중요한 점입니다만……."

그는 마치 차가운 물에 뛰어들 때처럼 몸이 오그라드는 것을 느꼈다.

"맨더슨 부인, 당신을 대하는 남편의 태도가 변한 것은 정말 존 머로우와 아무런 관계도 없는 일입니까?"

트렌트가 두려워하던 일이 마침내 사실로 나타났다.

"어머!"

부인은 견딜 수 없는 괴로움에 찬 소리를 지르며 두 손을 벌려 트렌트에게 애원하듯 그 손을 내밀었다. 그리고 불타오르듯 붉어진 얼굴을 그 손으로 가리며 한쪽 쿠션 위로 몸을 던지고 얼굴을 묻었다. 왕관처럼 풍성한 검은머리와 그의 마음을 쥐어뜯는 것같이 흐느껴 바르르 떨리는 상반신과 비탄에 못 이겨 아무렇게나 안쪽으로 구부린 다리만이 힘없이 트렌트의 눈에 비쳤다. 높은 탑이 와르르 무너져 내리듯 그녀는 완전히 기운을 잃고 절망적인 모습으로 흐느껴 울고 있었다.

트렌트는 파리해진 얼굴로 조용히 일어서서 반사적으로 그 봉투를 반짝거리도록 닦은 작은 테이블 한복판에 놓은 다음 방을 나가 소리 없이 문을 닫았다. 그리고 몇 분 뒤에는 화이트게이블즈 별장을 뒤에 두고 비를 맞으며 터벅터벅 걸어가고 있었다. 갈 곳도 없이 걸었다. 아무것도 보이지 않았다. 굴욕에 찬 그녀의 모습을 눈앞에서 보았을 때 격하게 치솟아 오르는 충동적인 감정을 억누르려는 비통한 노력으로 영혼이 뒤흔들렸다. 지금이라도 뛰어들어가서 부인의 발치에 몸을 던지고 용서를 구하며 할 수 있는 말을 다 늘어놓고 싶었다. 무슨 말을 늘어놓을 작정인지 자신도 알 수가 없었지만, 그것이 아까부터 목에 걸려 있는 것만은 알고 있었다. 자존심이고 뭐고 다 내던져 버리고 싶었다. 차라리 죽은 남편의 장례도 아직 끝나지 않은, 더구나 따로 애인이 있는 여자에게 당황한 얼빠진 남자가 어리석은 설득의 말을 늘어놓아서 그녀에게 슬픔을 잊게 할 정도의 혐오감을 갖게 한다면 이런 광기어린 마음의 고통에서 벗어나게 될지도 모른다고 절망적으로 생각하기도 했다.

부인의 눈물이 지닌 알 수 없는 마력은 트렌트가 마음속으로 무섭게 억누르고 있던 감정의 불꽃을 활활 타오르게 한 것이다. 뭐라 해도 필립 트렌트는 아직 젊었다. 마음은 나이보다도 한층 더 젊었다.

더구나 늘 날카로운 감수성을 민감하게 갈고 닦고 화산과 같은 정열을 간직해 온 생활은 우리가 청년 시절이면 누구나 한 번은 경험하는 만남에서 조건적으로 불리했다. '그것들은 대개 내 경우처럼 덕성과 의지력을 시험하는 것으로 끝나고 마는거지.'

트렌트는 씁쓸하게 속으로 중얼거렸다.

숨긴 기사

모로이 경

당신이 신문사에 계시지 않을 경우를 생각하여 이 편지를 씁니다. 동봉한 원고에 있듯이 저는 맨더슨 살해의 범인을 찾아냈습니다. 이것으로 저의 일은 끝난 셈입니다. 이것을 어떻게 다루느냐 하는 문제는 당신의 재량에 맡깁니다.

제가 이하의 원고에서 확신을 갖고 지적한 범인은 지금 아무런 혐의도 받지 않고 있는 인물이므로, 그가 체포되기 전에는 이것을 발표할 생각이 없습니다. 또 체포된 뒤에도 그에게 유죄 판결이 내려지기 전에 발표하는 것은 불법이라고 생각합니다, 판결 뒤에 발표하는 것은 자유이며 또한 그 전에라도 원고에 나타난 사실을 어떤 형태로 적당히 사용하는 일은 상관없겠지요. 그 점은 당신에게 맡깁니다. 가능하면 그러기 전에 수고스럽겠지만 런던 경시청에 연락하여 원고를 보여 주시지 않겠습니까?

어쨌든 맨더슨 사건에 관한 저의 일은 이것으로 끝났습니다. 이제 와서 생각해 보니 이런 사건은 처음부터 맡지 말았어야 좋았을 걸 하는 생각이 듭니다. 그럼, 원고를 읽어보십시오.

6월 16일 말스턴에서

P 트렌트

맨더슨 사건에 대해 내가 〈레코드〉지에 보낸 이 세 번째 보고는 마지막이 될 것이다. 지금 펜을 들고 있는 나의 마음 속은 모순된 감정으로 소용돌이치고 있다. 나는 지금 분명히 무거운 짐을 내려놓은 듯 홀가분한 기분을 느끼고 있다. 나는 앞서 두 번의 보고에서 정의를 위해 부득이 내가 발견한 사실을 감추고 있었다. 만일 그것을 신문에 발표하면 어떤 인물에게 경계심을 일으켜 도주하게 할 우려가 있었다. 그는 드물게 용기 있고 임기응변에 능한 인물이었기 때문이다. 그러나 마침내 그런 사실을 발표할 때가 왔다.

그러나 나는 마음이 홀가분함을 느끼는 반면, 이 나쁜 꾀로 이루어진 사건의 진상을 밝혀야 하니, 말할 수 없이 마음이 무겁다. 나는 이 범죄 자체의 수수께끼는 해결되었다고 확신하고 있으나, 그 뒤에 숨은 동기에는 구역질이 날 정도로 추악한 것이 느껴져서 참으로 뒷맛이 개운치 않다.

화요일 아침 일찍 현지에 도착한 나는 곧 제1보를 보내어 시체가 발견된 경위와 시체의 상태와 또 이 사건의 불가해한 성격을 설명했고, 현지 당국의 견해를 몇 가지 들었으며, 또 피해자의 가정 사정도 알렸고, 살해되기 전날 밤의 행동까지도 꽤 자세히 말했다. 또 나는 이 사건에 반드시 깊은 관계가 있다고 생각지 않았지만 일단 흥미 있는 사실로 맨더슨의 서재에 있었던 위스키 병에 대해서도 보고했다. 즉 그의 죽음에 즈음하여 하인이 그것을 보았을 때에 비해, 평소 맨더슨이 잠자리에 들기 전에 마시는 양보다 훨씬 많은 양의 위스키가 없어졌던 것이다. 그 다음날 잠시 사문회가 열렸으나, 법정경과에 대한 상세한 보고는 본사 다른 특파원에게 의뢰하였고 나는 그 개요만을 통신하는 데서 그쳤다. 그리고 그 달 중에 나는 다시 이렇게 펜을 들고 있는 것이다. 나는 이미 조사를 마치고 맨더슨 살해 범인이라고 단정해야 할 인물을 지금 이 자리에서 지적하려 하고 있다.

맨더슨이 평소보다 훨씬 빨리 일어나 결국 살해당하게 된 사실은 이 사건의 최대 수수께끼라 할 수 있지만, 지금은 그 문제를 잠시 뒤로 미루기로 하고 우선 관련된 두 가지 작은 의문에 대해 생각해 보기로 하자. 신문기사를 읽은 많은 사람들은 이미 알고 있겠지만 이것은 사건을 조사하기 시작한 처음부터 나의 주의를 끈 사실이다. 첫째는 시체가 발견된 장소가 집에서 30야드밖에 떨어져 있지 않았는데, 집안 사람들은 밤중에 아무런 소리도 못 들었고 외치는 소리도 못 들었다는 것이다. 맨더슨은 재갈을 물린 것도 아니고 손목의 상처는 꽤 저항했던 흔적임을 말하고 있으며, 더구나 적어도 한 발의 총탄이 쏘아진 것이다(적어도 한 발의 총탄이라 한 이유는 격투 중에 권총으로 사람을 쏘아 죽일 경우 흔히 처음 쏘는 총탄은 실패하기 마련이기 때문이다). 이 집의 집사 마틴은 잠귀가 밝은 편인데다 귀가 몹시 밝으며, 더구나 그날 밤은 시체가 발견된 장소로 향한 자신의 침실 창문을 열어 놓은 채 잤다는 사실을 알았을 때 이 사실의 수수께끼는 점점 아리송해질 뿐이었다.

다음으로 처음부터 나의 주의를 끈 두 번째 사실은 맨더슨이 틀니를 침대 옆에 두고 나갔다는 것이다. 그는 일어나자마자 곧 옷을 갈아입고 넥타이며 회중시계에 이르기까지 완전히 옷을 갖추어 입었는데, 몇 년 동안 매일 사용하고 있던 위턱 전체에 가까운 틀니만은 끼지 않고 나간 일이다. 그것은 그가 몹시 서둘렀기 때문에 잊어버렸다고는 도저히 생각할 수 없다. 만일 그가 허둥대고 있었다면 틀니 이외의 것도 다 잊어버리기 쉽기 때문이다. 여러 해 동안 틀니를 사용하고 있는 사람이라면 누구나 아침에 일어날 때 곧 끼는 것이 틀니 사용자의 제2의 천성이라는 의견에는 군말 없이 찬성할 것이다. 틀니를 끼지 않으면 얼굴 모습이 제대로 틀이 잡히지 않는 것은 물론 음식을 먹을 수 없을 뿐더러 말도 할 수 없는 것이다.

그러나 이 두 가지 기괴한 사실은 처음에는 아무런 단서도 되지 않았다. 그 속에 뭔가 비밀이 감추어져 있으리라고 생각되는 데서 그쳤던 것이다. 오히려 맨더슨이 누구에게 왜 어떤 방법으로 살해되었느냐 하는 수수께끼를 더욱 풀기 어렵게 만들었을 뿐이다.

이상 말한 것을 전제로 하여 이제부터 나는 조사를 시작한 다음 몇 시간 뒤에 발견한 사실을 말하려고 한다. 그 발견으로 나는 극히 교묘하게 위장한 범행을 알아내게 된 것이다.

맨더슨의 침실 내부는 이미 보고한 그대로다. 가구는 매우 간소하며 수많은 옷과 구두가 그와 기묘한 대조를 보이고 있다. 또 그 곳에서 부인의 침실로 통하는 문이 있다는 것도 이미 말했다. 나는 경감이 일러 준 대로 단으로 늘어놓은 많은 구두 속에서 맨더슨이 죽기 전에 신고 있던 에나멜 구두가 선반 윗단에 있는 것을 발견했다. 그러기 전에 나는 선반에 놓인 구두를 다 보아 두었다. 특별히 거기서 단서를 얻을 수 있으려니 생각하고 보아 둔 것이 아니라, 단순히 내가 구두에 대해 취미와 지식을 가지고 있었기 때문이었다. 그곳에 있는 구두는 다 일류 제화공의 손으로 만들어진 것이었다. 그런데 그 에나멜 구두를 자세히 조사해보고 곧 그 구두에서만 볼 수 있는 어떤 이상한 점을 알아차렸다. 끈이 달린 아주 가벼운 정장용 단화로, 바닥은 아주 얇으며 발끝의 가죽은 붙어 있지 않았다. 다른 구두와 마찬가지로 아주 잘 만든 것이었다. 또 꽤 오래 신은 구두였지만 잘 닦아서 다른 구두와 마찬가지로 구두 골을 넣어 두었기 때문에 모양도 전혀 일그러지지 않았다. 나의 눈을 끈 것은 걸을 때마다 구부러져 주름이 생기는 구두 등 앞부분에 난 몇 개의 갈라진 금이었다. 구두 끈을 꿰는 두 개의 가죽이 갑피에 잇대어 꿰매져 있는 그 부분이 조금 갈라져 있었던 것이다. 그곳은 이런 종류의 구두로는 가장 힘이 주어지는 부분으로 특히 정성껏 꿰매게 마련인데, 문제의 구두는 양쪽 다 꿰맨 솔기가 끊어져 그 밑의 가죽이 상해 있었다. 그러나 갈라진 금은 아주 사소한 것이어서 구두를 벗으면 그 금이 가려져 보이지 않으므로, 구두에 상당히 관심이 있는 사람이 아니고서는 알아볼 수 없을 것이다. 그러나 그보다 더 주의해서 보지 않으면 눈에 띄지 않는 것이지만, 구두바닥과 갑피의 솔기에도 강한 힘이 주어진 흔적이 있는 것이다. 좌우 양쪽을 다 자세히 보면 발끝과 바깥쪽 부분의 이음솔기가 특히 상해 있었다.

이 사실이 뜻하는 것은 한 가지밖에 없다. 누군가 이 구두보다 발이 큰 사람이 이것을 신은 것이다.

그런데 맨더슨은 항상 구두에 신경을 써서 손질을 잘했고 또 갸름하고 작은 발을 자랑으로 삼아 왔으리라는 것은 한 번 보기만 해도 명백한 사실이었다. 다른 구두를 다 조사해 보았으나 이처럼 갈라진 금이 생긴 구두는 한 켤레도 없었다. 큰 발로 억지로 신은 것 같은 흔적은 전혀 찾아볼 수 없었다. 분명히 맨더슨이 아닌 다른 누군가가 그 에나멜 구두를 신은 것이다. 더구나 극히 최근에. 왜냐하면 갈라진 금은 생긴 지 얼마 안 된 것이었다.

맨더슨이 죽은 뒤에 누가 이 신을 신었을 가능성은 있을 수 없다. 내가 구두를 조사한 것은 시체가 발견된 지 불과 26시간 뒤이며, 그동안에 누군가가 그 구두를 신을 필요가 있었다고는 도저히 생각할 수 없다. 또 맨더슨의 생전에 누군가가 이 구두를 빌려 신어서 상하게 했으리라는 생각에도 무리가 있다. 그렇게 많은 구두를 가지고 있으니까 망가진 구두를 다시는 신으려 하지 않을 것이다. 어쨌든 이 구두를 신을 가능성이 있는 인물은 그렇게 많지 않으며, 우선 생각할 수 있는 것은 집사와 두 비서뿐이다. 그러나 나는 이런 가능성을 충분히 검토했다고는 말하지 않는다. 무리하게 살피려 하지 않고 스스로의 생각이 움직이는 대로 내버려두는 것이 나의 지론이며 항상 그것이 상책이라고 생각하고 있다. 나는 말스턴에 도착한 뒤 이 일을 꽤 상세하게 조사하여 그런 사실이 내 머리 속에 꽉 차 있었다. 이윽고 그것이 마치 악귀에게 꾀임을 당한 듯 갑자기 활동을 시작할 때가 찾아왔다.

표현이 약간 공상적으로 흘렀으나 좀더 단적으로 말하면, 맡은 일 내지는 취미 삼아 하는 일로 뭔가 곤란한 문제에 직면했을 때 누구나 경험하는 흔해 빠진 심리에 불과하다. 우연한 기회나 또는 노력의 결과 그 문제를 푸는 열쇠가 되는 사실에 일단 맞부딪치게 되면, 이리저리 흩어진 지금까지의 생각이 그 사실을 중심으로 우르르 모여들어 새로운 관련을 갖고 정리되는 수가 있다. 그 결과 그 중요한 열쇠가 되는 사실의 뜻이 아직 잘 납득이 가기 전에 지금까지의 생각이 갑자기 일목요연하게 정리되어 버리는 것이다. 지금의 경우로 말하면 맨더슨 이외의 인물이 이 구두를 신었다는 생각이 아직 정리되기 전에 한때 이 상념이 갑자기 나의 두뇌 속에 솟아오른 것이다. 맨더슨은 평소 잠자리에 들기 전에 많은 양의 위스키를 마신 일이 없었다. 시체가 발견되었을 때 그가 단정치 못한 옷차림을 하고 있었다는 것은 평소 그답지 못한 일이며, 커프스가 소매 속으로 기어 들어갔고 구두 끈도 제대로 매어져 있지 않았다. 또 일어난 뒤 세수를 하지 않은 일이며 전날 밤에 입었던 야회복용 와이셔츠와 칼라 속옷 따위를 그대로 입고 있던 일도 그답지 않은 일이었다. 회중시계를 가장자리에 가죽을 댄 조끼주머니 속에 넣지 않고 반대쪽 주머니에 넣은 일도 이상하다. 이런 점은 다 나의 첫 보고서에서 말한 점이다. 그러나 시체를 조사했을 때 이런 사실의 뜻을 알아차린 사람은 나 자신을 포함해 아무도 없었다. 또 당시의 가정적인 상황으로 보아 맨더슨이 자기 행동을 부인에게 말했다는 것은 참으로 이상하게 생각되었다. 특히 갑자기 잠자리에 들기 전에 부인에게 말을 하는 일은 전혀 없었던 것이다. 그리고 또 맨더슨이 침실에 틀니를 두고 나간 일은 참으로 이상하다고 하지 않으면 안 된다.

어제 아침에 조사한 일을 생각하다 보니 이상과 같은 생각이 갑자기 솟아올라 한꺼번에 내 두뇌 속으로 밀려든 것이다. 거기에 쓰인 시간은 독자가 지금 이 설명을 읽는 데 든 시간보다 훨씬 짧았다. 내가 구두를 들고 뒤집어 보며 문제의 그 점을 확인할 수 있는 동안에 일어난 일인 것이다. 그러나 그 날 밤 집 안에서 있었던 것은 맨더슨이 아니었다는 결정적인 생각이 불쑥 떠올랐을 때, 나는 그 생각이 정말 어리석은 듯한 느낌이 들었다. 저녁 식사를 마치고 머로우와 함께 출발한 것은 분명히 맨더슨이었다. 집안 사람들이 바로 옆에서 보고 있었으니까 틀림없는 일이다. 그러나 10시에 돌아온 것은 과연 맨더슨이었을까? 이 의문도 꽤 바보스러운 느낌이 들었으나 나는 한마디로 그것을 무시해 버릴 생각은 없었다. 마치 여명의 환한 빛이 대지를 가득 채우듯 한 줄기 흐릿한 광명이 나의 마음 속에 스며드는 듯했다. 그리고 얼마 안 있어 아침해가 솟아오르는 것 같았다. 나는 머리 속에 떠오른 여러 가지 문제점들을 하나하나 다시 생각했다. 이 맨더슨으로 변장한 인물이 왜 맨더슨답지 않은 그런 행동을 취해야만 했는지 그 이유를 알아내려고 애를 썼다.

맨더슨의 볼 좁은 구두를 그 사람이 억지로 신은 동기에 대해서는 그다지 오래 생각할 필요가 없었다. 경찰을 반드시 발자국을 조사할 테니까 그것을 반대로 이용하면 자기의 발자국을 남기지 않고 더구나 맨더슨의 발자국으로 알게끔 할 수 있는 점에 착안한 것이다. 만일 나의 추리가 들어맞았다고 한다면 그 사람은 맨더슨이 그 날 밤 집으로 돌아온 것처럼 보이게 하기 위한 계획을 실행한 것이다. 물론 발자국에 그 계획이 성공이냐 실패냐를 전부 건 것이 아니라 그것은 계획의 일부에 지나지 않았던 것이다. 그는 맨더슨의 구두 그 자체를 집 안에 남겨 둬야겠다고 생각하고 그대로 행동에 옮겼다. 그 구두를 맨더슨이 언제나 그랬듯이 침실문 밖에 놓아 둔 것이다. 하녀는 아침 늦게 시체가 발견된 뒤 그곳에 있던 구두를 닦고 그것을 구두 선반 위에 갖다 두었다는 것이다.

이 새로운 관점으로 볼 때 틀니를 두고 나왔다는 이 사건에서 가장 기괴한 수수께끼가 그 자리에서 풀렸다. 틀니라는 것은 얼마든지 그 사용자의 입에서 빼낼 수 있는 것이니까. 즉 그 사람은 구두를 집 안으로 가지고 돌아간 것과 같은 목적에서 그 틀니를 맨더슨의 방에 갖다 놓고 맨더슨이 집에 돌아와 자기 침실에서 잔 것처럼 꾸민 것이다. 이렇게 생각하니 필연적으로 다음 결론이 나온다. 맨더슨은 가짜 맨더슨이 집에 돌아오기 전에 죽은 것이다. 이것을 증명할 사실은 그 밖에도 또 있다.

이를테면 옷이다. 나는 그래서 옷에 대해 검토하기로 했다. 나의 추측이 옳다면 맨더슨의 구두를 신은 미지의 인물은 맨더슨의 바지와 조끼, 사냥 때 입은 윗옷도 벗겨서 입었을 것이다. 그런 옷이 서재에 있는 것을 나는 이 눈으로 보았다. 그리고 마틴은 서재에서 전화를 걸고 있던 그 인물의 윗옷을 보았다. 그것이 맨더슨의 옷이라는 것을 누가 보나 곧 알 수 있는 윗옷이었다. 그러고 보면 이 뚜렷한 특징이 있는 윗옷이 그 인물의 계획에서 가장 중요한 역할을 했던 것은 아주 명백한 일이다. 마틴이 보면 맨더슨이라고 생각하리라는 것을 그는 계산에 넣은 것이다.

여기서 나는 문득 전에 지나쳐 보았던 사항이 생각났다. 그 날 밤 집에 있었던 것은 맨더슨이라고 생각하고 있었기 때문에 나뿐 아니라 아마 누구든 알아차리지 못했겠지만, 마틴도 맨더슨 부인도 그 인물의 얼굴을 전혀 보지 않았던 것이다.

검시 사문회에서 맨더슨 부인의 증언을 나는 〈레코드〉지의 속기사에게 의뢰하여 모두 적어 두게 했는데, 그 증언을 토대로 판단하면 부인은 그 인물을 전혀 보지 않았던 것이다. 보려고 했어도 아마 보이지 않았을 것이다. 이유는 다음에 설명하겠다. 어쨌든 부인은 절반은 자는 상태에서 그 인물과 말은 나눈 데 불과하다. 한 시간 전에 아직 살아 있던 남편과 나눈 대화를 계속했을 뿐이다. 또 마틴 역시 서재로 들어갔을 때 그 인물은 전화기를 끌어안듯 숙인 자세로 앉아 있었으므로 그 등밖에 보지 못했을 것이다. 더구나 그 인물은 모자를, 맨더슨의 챙 넓은 모자를 쓰고 있었던 것이다! 뒤에서 본 머리와 목 언저리의 특징은 그 모자로 가려졌을 것이다. 이 미지의 남자의 체격이 맨더슨과 거의 같았다면 윗옷과 모자와 사람 흉내를 내는 능력 외에는 아무런 위장도 필요치 않았으리라.

나는 그 남자의 냉정함과 재빠름에 대해 잠시 생각했다. 그는 분명 흉내를 꽤 잘 내고 더구나 침착하고 과감하게 행동하면 이 계획은 참으로 안전하고 쉬우리라는 것을 알게 되었을 것이다.

여기서 또 한동안 내가 맨더슨의 침실에 앉아 문제의 구두를 바라보며 이 사건의 수수께끼를 풀려고 생각했던 일로 이야기를 되돌리자. 현관으로 들어가지 않고 서재의 창문으로 들어간 이유는 이미 독자들도 알았을 것이다. 현관으로 들어가면 귀가 밝은 마틴이 그 소리를 듣고 홀 안쪽에 있는 식당에서 나올 것이 뻔하니까 얼굴을 마주 대하기 되기 때문이다.

다음으로 위스키 문제가 있다. 그때까지 나는 이것을 그다지 중요시하지 않았다. 집안 식구가 침실에 7, 8명이나 되면 때로는 위스키가 이상하게 줄어드는 일도 있을 것이다. 그러나 그 날 밤에만 그런 일이 있었다는 것은 이상하다고 생각하지 않을 수 없었다. 마틴도 이 사실에는 깜짝 놀랐었다. 지금 생각해 보면 그 사실도 이렇게 설명할 수 있다. 즉 그 사람은 사람을 죽이고 시체에서 옷을 벗겨 앞서 말했듯이 그런 아슬아슬한 재주를 부려야 했으므로, 아무리 담력이 센 남자라도 위스키 병이 눈에 띄었다면 마치 지옥에서 하느님을 만난 듯이 뛰어들었을 것이다. 틀림없이 그는 마틴을 부르기 전에 한 잔 마시고 손쉽게 마틴을 속인 뒤 또 한 잔 마신 모양이다.

그러나 그는 그것을 지나치게 먹어서는 안 된다는 것을 알고 있었다. 가장 곤란한 일이 기다리고 있었던 것이다. 이유야 어쨌든 그에게는 분명히 가장 중요한 일이었다. 맨더슨의 침실에 들어가 맨더슨이 그곳에서 잔 것처럼 증거를 만들어 두는 일이다. 이 모험은 그다지 위험성은 크지 않지만 상당한 용기와 침착성을 필요로 한다. 문이 반쯤 열린 옆방에서 자고 있는 부인이 잠을 깨어 잘못하면 그를 알아볼지도 모르기 때문이다. 물론 침대에 누워 있을 때는 맨더슨의 머리맡에 있는 장밖에 보이지 않았다. 더구나 그 남자는 가정 사정에 밝았으므로 그 시간이면 부인이 대개 잠들어 있다는 것을 알고 있었던 것이다. 또 맨더슨 부부 사이가 서먹하게 된 뒤로도 부부는 그것을 남이 알까봐 신경을 썼으며, 침실도 전과 다름없이 옆방을 쓰고 있었으나 집안 사람들은 모두 부부의 불화를 알고 있었으므로 그 남자는 비록 부인이 무슨 소리를 들었다 하더라도 남편이 돌아온 줄 알고 모르는 체 자고 있겠지 하는 기대도 했을지 모른다.

이래서 나는 다시 추리를 밀고 나아가, 그 미지의 사나이가 침실에 들어가 일을 착수하려는 모습을 상상해 보았다. 그리고 무엇보다도 두려웠을 옆방에서 흘러나오는 잠에 취한 목소리를 들었을 때, 얼마나 깜짝 놀랐을까에 대해 생각하니 나 자신도 숨이 막히는 것 같았다.

맨더슨 부인은 검시 사문회에서 그때 실제로 무슨 말을 했는지 확실히 생각이 나지 않는다고 증언했다. 부인은 그 사람을 자기 남편으로 생각하고 있었으므로 드라이브는 재미있었느냐고 물었던 것 같다고 대답하고 있다. 그때 이 미지의 사나이는 어떻게 했을까? 나는 그 점이 아주 중요하다고 생각한다. 그는 아마도 깜짝 놀라 화장대 앞에 서서 얼어붙을 것 같은 심장의 고동을 느끼며 맨더슨의 목소리를 흉내내어 부인의 질문에 대답했을 뿐만 아니라, 거기에 이끌려 다른 변명까지 해 버렸다. 갑자기 생각이 났으므로 머로우를 새잔프턴에 차로 심부름을 보냈다고 말했다. 다음날 아침 배를 타고 파리로 날아가는 사람에게서 중요한 정보를 얻기 위해 심부름을 보냈다는 설명까지 덧붙였던 것이다. 오랫동안 자기 부인에게 여간해서 말도 하지 않았던 맨더슨이. 더구나 부인에겐 아무런 흥미도 없는 일에 대해 그런 세밀한 설명을 한 것은 웬일일까? 왜 머로우에 대해서 상세히 설명을 했을까?

추론이 너무 길어졌으므로 이제 다음과 같이 명확한 말로 단정을 내리기로 한다. 즉 맨더슨은 차가 출발한 10시 전후에서 11시경 사이에 사살된 것이다. 그 장소는 권총 소리가 들리지 않은 것으로 보아 집에서 상당히 떨어진 지점일 것이다. 시체는 창고 옆까지 끌어다 놓고 옷을 벗긴 채 그곳에 내버려두었던 것이다. 11시 전후에 맨더슨의 구두와 모자, 윗옷을 입은 맨더슨이 아닌 남자는 뜰 쪽으로 난 창문을 통해 서재로 들어갔다. 그 남자는 맨더슨의 검은 바지며 조끼, 드라이브용 외투며 맨더슨의 입에서 빼낸 틀니며 그를 죽이는데 사용한 흉기 등을 가지고 들어갔다. 그 남자는 그런 물건을 감춘 다음 벨을 눌러 집사를 부르고 모자를 쓴 채 문 쪽으로 등을 보이고 전화를 향해 앉았다. 마틴이 방에 있는 동안 그 남자는 전화를 걸고 있었다.

그 남자는 이층에 올라가 살짝 머로우 방으로 들어가 범행에 사용한 권총을, 머로우의 권총을 먼저 있던 대로 난로 선반 위의 상자에 넣었다. 그리고 그 사람은 맨더슨의 방으로 가 문 밖에 그 구두를 벗어 놓고 맨더슨의 신사복과 구두를 의자에 내던진 다음 머리맡 그릇에 틀니를 넣고, 방안에 있던 맨더슨의 신사복과 구두와 타이를 골라냈다.

여기서 그 사람의 행동에 대한 설명을 중단하고 한 문제의 해명을 시작해 보려고 한다. 거기에 대한 해답의 준비는 이미 충분히 갖추어져 있을 것이다.

도대체 맨더슨을 가장한 인물은 누구일까?

이 인물에 대해서 알아 낸 사항, 또는 확실하다고 추정되는 사항에 입각하여 나는 다음과 같은 5가지 결론을 이끌어냈다.

1 그는 피해자와 친밀한 관계에 있다. 마틴의 눈앞에서 취한 행동이나 맨더슨 부인에게 하던 말투도 전혀 거슬리는 점이 없었다.
2 그는 맨더슨과 거의 비슷한 체격을 지녔다. 특히 키와 어깨 너비가 비슷하다. 모자로 머리를 가리고 풍성한 윗옷을 갈아입고 돌아앉을 경우에는 키와 어깨 너비가 그 사람의 특징을 가장 잘 나타내는 것이다. 그러나 그는 발은 맨더슨보다 약간 컸다.
3 그는 남의 흉내를 곧잘 내고 연기력도 보통 솜씨가 아니다. 아마 무대 경험도 약간쯤 있을 것이다.
4 그는 맨더슨의 집안 실정을 자세히 알고 있다.
5 그는 맨더슨이 일요일 한밤중이 지나서까지 살아서 집 안에 있었다는 사실을 다른 사람에게 믿게 해야 할 필요에 쫓기고 있다.

이상과 같은 점은 다 확정적이든가 아니면 그와 흡사한 것으로 나는 판단한다. 나로선 그 이상의 것은 모른다. 그러나 이것만 알면 충분하다.

다음으로 내가 존 머로우 씨에 대한 본인에게서 직접 듣거나 또는 다른 정보에 의해 얻은 사실 중 지금까지 말한 각 항목에 해당되는 것을 번호순으로 적어 보자.

1 그는 거의 4년 동안 맨더슨의 비서 노릇을 했고 몹시 친밀한 관계에 있었다.

2 이 두 사람은 키가 거의 비슷하다. 약 5피트 11인치 정도. 체격은 건장하고 어깨너비는 넓다. 맨더슨도 탄탄한 체격이었지만 머로우는 20살쯤 아래로 몸통 둘레는 맨더슨보다 약간 가늘다. 머로우의 구두는(나는 그의 구두를 여러 켤레 조사했다) 맨더슨 구두보다 구두 가게 치수로 말하면 한 사이즈 가량 크고 볼도 넓다.

3 나는 이 사건을 조사하기 시작하던 날 오후 이미 말한 것과 같은 결과를 얻은 뒤 옥스퍼드 대학의 연구생으로 연극에 흥미를 가지고 있는 친구에게 다음과 같은 전보를 쳤다.

'약 10년 전 옥스퍼드 대학에 재학하고 있던 머로우의 연극 방면의 경력을 극비리에 곧 알려 주기 바람.'

나의 친구는 다음날 아침, 즉 사문회가 있던 날 아침 다음과 같은 회답을 보내왔다. '머로우는 3년 동안 옥스퍼드 대학 연극 연구회 회원으로 회장을 지낸 일도 있었다. 바돌프(셰익스피어 작 《헨리 4세》《윈저의 명랑한 아낙네들》에 등장한 인물), 크레온(《그페리크루즈》에 등장한 인물), 머큐쇼(《로미오와 줄리엣》에 등장한 인물) 등의 연기를 했다. 품성, 흉내내기 모두 우수. 파티에서 인기가 있었으며 순진한 풍자적인 일화를 지닌 자.'

이 회답은 참으로 귀중한 자료를 나에게 제공해 주었는데, 내가 그런 내용의 전보를 치게 된 동기는 머로우의 방 난로 선반 위에 '폴스태프(《헨리 4세》 및 《윈저의 명랑한 아낙네들》에 등장한 인물)의 세 종자(從者)'의 사진을 발견했기 때문이다. 세 사람 중 한 사람은 머로우 자신이고, 그 사진에는 《윈저의 명랑한 아낙네들》 가운데 한 구절이 씌어져 있으며, 옥스퍼드 사진관 이름도 인쇄되어 있었다.

4 머로우는 맨더슨의 비서가 된 뒤 줄곧 한 가족으로 살아 왔다. 하인들을 빼고 그만큼 맨더슨 부부의 가정 생활을 자세히 알 기회가 주어진 사람은 없다.

5 머로우가 월요일 아침 6시 반에 새잔프턴의 어느 호텔에 닿은 것을 나는 확인하고 있다. 그는 그때부터 맨더슨에게 의뢰 받은 용건을 착수했는데, 그 용건이란 그 자신의 이야기와 가짜 맨더슨이 침실에서 맨더슨 부인에게 말한 이야기의 내용을 통해서만 알 수 있다. 그는 거기서 말스턴으로 돌아와 이 살인 사건들을 듣고 기절할 정도로 놀라는 모습을 보였다.

이상이 앞서 말한 결론에 관련한 머로우에 대한 사실이다. 여기서 우리는 마지막에 든 이 다섯 번째의 사실을 앞서 말한 맨더슨에 대한 제5의 결론과 관련시켜 다시 검토해 볼 필요가 있다.

우선 먼저 나는 어떤 중요한 사실에 착안하고 싶다. '그것은 맨더슨이 차로 집을 나가기 전에 그로부터 새잔프턴 운운한 이야기를 들은 사람은 머로우 밖에 없다는 사실이다.' 머로우가 말하는 바에 의하면 새잔프턴에 가는 일은 그들이 출발하기 이전에 은밀히 의논이 된 것으로 되어 있다. 이것은 집사가 언뜻 들은 이야기로 어느 정도 뒷받침되고 있으나, 왜 맨더슨이 머로우와 함께 달밤에 드라이브를 간다고 거짓말을 하고 진짜 의도를 숨겼는지 그 이유를 모르겠다고 대답했다. 나는 이 점을 굳이 문제삼지는 않았다. 왜냐하면 머로우에게는 다음날 아침 6시 반에 새잔프턴에 있었다는 완전한 알리바이가 있었기 때문이다. 따라서 집사 마틴이 잠자리에 든 뒤, 즉 12시 30분 이후에 이루어졌다고 추정되는 살인에 머로우가 관계되어 있으리라고는 아무도 생각하지 않았던 것이다. 그런데 일부러 두 사람에게 공공연히 새잔프턴에 머로우를 보낸 사실을 알린 사람은 드라이브에서 돌아온 위장한 맨더슨이었다. 더구나 그는 일부러 새잔프턴의 호텔에 전화를 걸어 그곳에 심부름을 갔다는 머로우의 이야기를 뒷받침하는 문의를 하였던 것이다. 마틴이 서재에 있을 때 그는 보란듯이 전화를 걸고 있었던 것이다.

여기서 머로우의 알리바이에 대해 다시 한 번 잘 생각해 보자. 만일 맨더슨이 그 날 밤 집으로 돌아와 적어도 12시 반쯤까지 밖에 나가지 않았다면 머로우가 직접 손을 대어 맨더슨을 죽였다는 것은 전혀 생각할 수 없다. 이것은 말스턴과 새잔프턴 간의 거리 문제인데, 만일 머로우가 모든 사람이 알고 있듯이 10시에서 10시 30분 사이에 말스턴을 차로 출발했다면 쉽게 아침 6시 반이면 그 곳에 닿을 수 있을 것이다. 그러나 4기통 15마력의 노던바란드라는 자동차로는 늦어도 12시까지 말스턴을 출발하지 않으면 새잔프턴에 아침 6시 반에 닿는다는 것은 불가능한 일이라고 생각된다. 내가 그 날 맨더슨의 서재 안에서 시도해 본 것처럼 지도를 조사하여 계산해 보면 차 운전에 밝은 사람이라면 그렇게 생각하는데 다른 의견은 없을 것이다. 그런 외견적인 사실에 의해 머로우는 전혀 혐의를 걸 만한 여지가 없는 사람으로 생각되었던 것이다.

그러나 비록 사실은 그런 의견과는 다르다 하더라도, 즉 비록 맨더슨이 11시까지는 살해되었고 그 시간에 머로우가 맨더슨으로 가장하여 화이트게이블즈 별장으로 돌아가 맨더슨의 침실로 들어가 있었다 하더라도 머로우가 다음날 아침 6시 반까지 새잔프턴에 모습을 나타내고 있었다는 사실, 그것을 결부시키기 위해서는 어떻게 생각하면 될까? 결국 머로우가 누구의 눈에도 띄지 않게 살짝 집에서 빠져나와 12시에는 자동차로 출발했어야 할 것이다. 그런데 귀가 밝은 마틴은 12시 30분까지 식당 문을 열어 놓은 채 전화벨이 울리기를 기다리고 있었던 것이다. 마치 계단 밑에서 보초를 서고 있는 거나 다름없었다. 더구나 그 계단은 침실이 있는 이층에서 아래층으로 통하는 유일한 통로이다.

이런 문제와 함께 나의 수사는 최후의 결정적인 단계를 맞이했다. 나는 지금까지 말한 여러 가지 점을 뚜렷이 마음속에 간직하고, 사문회 전날 나머지 시간을 여러 사람과 만나 이야기를 나누고 자신의 추리를 한 장면씩 검토해 가면서 지냈다. 나의 추리가 가지는 약점은 마틴이 12시 반까지 일어나 있었다는 점에 있었다. 그러나 마틴에게 그 시간까지 일어나 있으라고 말한 것은 분명히 머로우가 자신의 알리바이를 꾸미려고 꾀한 계획의 일부가 틀림없으니까 어딘가에 그것을 풀 수 있는 열쇠가 있을 것이라고 생각했다. 만일 그 점을 해명할 수 없다면 나의 가설은 전혀 가치 없는 것이 되어 버린다. 마틴이 자기 방으로 들어가서 잠자리에 들었을 시간에 맨더슨의 침실에 있었던 남자는 벌써 그곳을 빠져나가 새잔프턴으로 향하는 수십 마일 밖의 거리에 있었다는 것을 나는 설명해야만 하는 것이다.

그러나 나는 맨더슨을 가장한 인물이 어떤 방법으로 12시까지 집에서 빠져나갔느냐에 대해서는 이미 어느 정도 핵심적인 추리를 내렸다. 내가 지금까지 말해 온 것을 충분히 이해해 준 독자라면 틀림없이 짐작되는 점이 있으리라 생각한다. 그러나 나는 앞으로 착수하려는 일을 남에게 알리고 싶지 않았다. 만일 그 현장을 누가 보았다면 내가 누구에게 혐의를 두고 있느냐를 곧 알게 될 것이기 때문이다. 그래서 나는 다음날 검시 사문회가 열리는 동안에 하기로 하고 그때까지는 손을 대지 않았다. 사문회는 호텔에서 열리므로 화이트게이블즈 별장은 내 마음대로 조사를 할 수 있을 것이기 때문이다.

사실 그렇게 되었다. 나는 사진기를 가지고 갔었다. 어떤 종류의 증거를 잡기 위해 경찰에서 널리 응용하고 있는, 나 자신도 때때로 응용한 일이 있는 조사 방법을 사용하여 조사하고 있었던 것이다. 그 방법의 설명은 생략하고 그 결과만을 보고하겠다. 나는 맨더슨의 침실에 있는 옷장 오른쪽 맨 윗서랍의 잘 닦여진 표면에서 굉장히 크고 뚜렷한 지문을 두 개 발견하여 그것을 사진기에 담을 수 있었다. 또 꽤 오래 된 다른 사람의 지문에 섞여 맨더슨 부인의 침실 프랑스식 창 유리에 묻어 있던 비교적 작은 같은 지문을 5개 발견했다. 그 프랑스식 창문은 밤에는 언제나 열려 있고 커튼만 치게 되어 있었다. 그리고 맨더슨의 틀니를 넣어 두었던 유리그릇에도 같은 지문이 3개 있었다. 나는 그 유리그릇을 화이트게이블즈 별장으로 가지고 돌아왔다. 단 머로우 침실에서도 적당한 물건을 몇 개 골라 가지고 왔다. 평생 사용하고 있는 화장도구에는 그 주인의 지문이 무수히 묻어 있게 마련이지만, 나는 그 중에서 가장 뚜렷한 지문이 남아 있는 것을 골랐다. 나는 머로우가 나의 눈앞에서 일기장에서 뜯어 낸 종이쪽지에 아무 생각 없이 묻혀준 선명한 지문을 이미 여러 개 가지고 있었다. 그때 나는 그 종이쪽지를 그에게 보이고 본 기억이 없느냐고 물었다. 그는 그것을 받아들고 한동안 들여다보았다. 나중에 검출해 보니 그 종이쪽지에 그의 지문이 뚜렷이 묻어 있었던 것이다.

그 날 저녁 6시까지, 즉 배심원이 한 사람 또는 그 이상의 범인에 의한 살인 사건이라고 판결을 내린 지 2시간이 지났을 무렵에 나는 지문 검출의 일을 마쳤다. 그리고 유리창에 남아 있는 5개의 큰 지문

중 2개와 유리그릇에 묻어 있던 3개의 지문은 머로우의 왼손 지문이며, 유리창에 묻은 나머지 3개의 지문과 옷장 표면에 묻어 있던 2개의 지문은 그의 오른손 지문이라는 판단을 내릴 수 있었다.

그리고 8시쯤 비숍스브리지의 사진사 코바 씨의 가게를 찾아가, 그의 도움을 받아 머로우의 지문을 확대한 사진을 10장 만들었다. 그 사진은 내가 눈치 채이지 않게 그의 눈앞에서 받은 지문과 그의 침실에 있었던 화장용품에 묻어 있던 지문과 지금 말한 것과 같은 경위를 거쳐 얻은 지문이 모두 같은 것임을 확실히 나타내고 있었다. 이보다 더 들어갈 필요가 없을 맨더슨 부인의 침실에도 들어간 것이 증명된 셈이다. 나는 이 보고가 발표될 때 그 지문 사진도 동시에 발표되기를 원하고 있다.

나는 9시에 호텔의 내 방으로 돌아가 이 원고를 쓰기 시작했다. 나의 추리에는 이미 아무런 의문점도 없었다.

끝으로 다음과 같은 추론을 더하여 이 보고를 마치기로 한다. 살인이 이루어진 날 밤에 맨더슨으로 분장한 남자는 맨더슨의 침실로 들어가 조금 전에 마틴에게 말한 것과 같은 말, 머로우는 지금 새잔프턴을 향해 차를 달리고 있다는 것을 맨더슨 부인에게 말했다. 그리고 예정대로 일을 마치자 불을 끄고 옷을 입은 채 침대로 들어가 부인이 다시 잠들기를 초조한 마음으로 기다리고 있었다. 이윽고 그는 기회를 보아 일어나서 맨더슨의 시체에 입힐 옷과 구두 등을 옆구리에 끼고 구두를 벗어든 다음 살그머니 부인의 침실로 들어가 커튼을 젖히고 조금 열려 있던 프랑스식 창문을 손으로 열고는 발코니로 나갔다. 그리고 발코니의 쇠난간을 넘어 거기에 매달렸다. 그때 그의 발은 부드러운 잔디밭에서 몇 피트밖에 떨어져 있지 않았다.

이런 행동을 그는 맨더슨의 침실에 들어간 뒤 30분 안에 해치웠다고 생각된다. 침실로 들어간 것은 마틴의 증언에 의하면 11시 반이었다고 한다.

그 뒤 머로우의 행동은 독자와 경찰 당국의 추리에 맡긴다. 시체는 다음날 아침 옷을 입은 상태로 발견되었다. 꽤 단정치 못한 차림새였지만 머로우는 이보다 이른 6시 반에 차로 새잔프턴에 모습을 나타냈다.

나는 이 원고를 말스턴의 호텔 내 방에서 지금 막 다 썼다. 새벽 4시다. 오늘 정오 기차로 비숍스브리지를 떠나 런던으로 향한 다음 그 길로 이 원고를 신문사에 전할 작정이다. 이 내용이 경시청 수사과에 전해지기를 바란다.

필립 트렌트

고뇌의 나날

맨더슨 사건을 담당한 보수로 보내 주신 수표를 도로 보냅니다.

트렌트는 제임스 모로이 경 앞으로 보내는 편지 첫머리에 그렇게 썼다. 그는 지금 뮌헨에 있었다. 맨더슨 사건에 대해 그다지 개운치 않은 간단한 보고를 〈레코드〉 신문사로 보낸 다음, 뮌헨에 와서 그대로 이 사건에서 손을 뗐다.

제가 당신에게 보낸 보고는 당신이 보낸 금액의 10분의 1만큼의 가치도 없습니다. 저는 이 사건에 대해서는 일체의 보수를 받지 않을 작정입니다. 이런 변덕스러운 생각이 떠오르지 않았다면 사양 없이 받았을지도 모릅니다만…… 왜 그런 생각이 떠오르게 되었는지는 묻지 마십시오. 만일 상관 없으시다면 보내 드린 원고를 보통 고료로 계산하여 어딘가 자선단체에 기부해 주었으면 합니다. 단 약한 자를 못 살게 구는 일을 일삼고 있는 자선단체를 피해 주십시오. 제가 이곳에 온 것은 몇몇 옛친구를 만나고, 생각을 정리하고 싶어서였지만, 현재로서는 무엇이건 마음껏 활동할 수 있는 일을 발견해서 잠시 그 일에 열중하고 싶다는 생각뿐입니다. 그림은 전혀 생각이 없습니다. 울타리 하나 그려질 것 같지 않습니다. 다시 귀사의 특파원직을 할 수 있게 주선해 주시지 않겠습니까? 무언가 통쾌하고 모험적인 일을 발견해 주시면 재미있는 보도를 쓰겠습니다. 그런 일이라면 또 차분히 마음을 가라앉히고 일을 할 수 있을 것 같습니다.

제임스 경은 전보로 곧 쿠아란드와 리보에아로 가 줬으면 좋겠다고 말했다. 그 지방에서 다시 폭동이 일어나 도시와 마을은 온통 그 소동으로 들끓고 있었던 것이나, 트렌트는 2달 동안 운이 트였는가를 시험해 보기 위해서 여기저기 뛰어 돌아다녔다. 그 기간 동안의 운은 여느 때보다 나쁘지는 않았다. 도라기레프 장군이 볼마르 거리에서 8살 난 소녀의 총을 맞고 죽는 현장을 목격한 기자는 그밖에 없었고, 그의 눈으로 불을 놓아 공격하는 것도 보았으며, 사형(私刑), 총살, 교수형도 보았다. 매일 폭동의 어리석음을 보게 되자 그로 인해 그의 마음은 새로운 혐오로 괴로워했다. 몇 날 밤이나 위험 속에서 보냈다. 식음을 전폐하고 지낸 날도 있었다. 그러나 아침저녁으로, 그리워하는 여성의 얼굴이 눈시울에 떠오르지 않는 날이 없었다. 그는 언제 끝날지도 모르는 불타오르는 사모의 강한 정념에 쓸쓸한 자부심마저 느끼고 있었다. 그것은 어떤 현상으로 그에게 흥미를 느끼게 했고 또는 놀라게 했으며 아울러 그를 깨우쳤다. 그로서는 처음 겪는 경험이었다. 전에 읽거나 들었던 남의 경험이 어리석게 느껴질 정도로 강렬한 경험이었다.

32세나 되는 트렌트가 이런 격한 감정을 전혀 모를 리는 없겠지만 거기에 대한 그의 지식은 요컨대, 스스로가 원해서 대가를 지불하고 얻은 것이 아니었다. 쓸쓸한 추억이 있는 것도 아니었다. 이래서 현실적으로 사랑이 깨진 그는 아직도 알 수 없는 수수께끼에 괴로워하고 있었다. 지금까지의 그는 여성이 가지고 있는 어떤 종류의 약점에 대해서는 참으로 단순한 공포심을 느끼며 살아 왔다. 언젠가는 자기 마음 속 어딘가에 잠들어 있는 정열이 눈을 뜨게 될 것이다. 억지로 구하지 않아도 때가 되면 저절로 그 목소리가 들려 오리라는 미지근한 신념 비슷한 것을 가지고 있었다.

그러나 사실 언젠가 그때가 찾아온다 하더라도 그것이 불길한 운명을 지니고 나타나리라고는 꿈에도 생각지 않았었다.

메이벨 맨더슨에 대한 스스로의 감정에 그가 깜짝 놀라고 있는 일이 두 가지 있었다. 그것은 갑자기 무서운 기세로 솟아오르는 그 감정의 광적인 격렬함과, 미칠 지경으로 안타까운 마음이었다. 그는 그때까지 실연의 상처로 일생을 괴로워한다는 것은 아이들의 철없는 짓이라며 일소에 붙이고 있었다. 그러나 이제야 가까스로 그 생각이 잘못이라는 것을 알게 된 것이다. 그것을 아는 괴로움에 몸부림치며 매일매일을 보내고 있었다.

그의 눈에 떠오르는 것은 항상 그녀를 처음 보았을 때의 그 모습이었다. 그 몸짓은 새로운 자유의 환희에 넘쳐 있어, 남편의 죽음이 질곡에서의 해방임을 여실히 말해 주고 있었다. 더구나 그것은 그녀가 사랑하는 남자와의 행복의 차표일지도 모른다는 것이, 그의 마음 속에서 움직이던 의혹을 결정적으로 굳어지게 했다. 언제부터 그런 의혹을 품기 시작했는지는 그 자신도 확실히 알 수 없었으나, 아마 그가 처음으로 머로우를 만났을 때 그 씨앗이 뿌려졌던 모양이었다. 그 청년의 용모와 태도에 더하여, 언뜻 보아 느낄 수 있는 믿음직스러운 고상함을, 마음 속에 정해진 사람이 없는 여자라면 누구나 마음끌리게 하는 매력이 있음을 트렌트는 거의 반사적으로 느꼈다. 더구나 카플스 씨가 그에게 설명해 준 맨더슨 부부의 불화 이야기가 그것과 결부되어 그의 의식 속에 그런 것을 느끼게 했는지도 모른다. 그리고 트렌트가 스스로 납득이 가는 범인의 추정을 마치고 그 동기를 살피기 시작했을 무렵에는 그것은 이미 움직일 수 없는 사실이 되어 그의 눈에 비친 것이다. 동기, 동기! 그는 애써 그 불길한 생각에서 눈을 돌려 다른 동기를 찾아내려고 얼마나 절망적인 노력을 거듭했는지 모른다! 머로우가 자기와 똑같이 열렬한 사랑의 정열에 사로잡혀, 유부녀의 불행에 동정한 나머지 보즈웰(스코틀랜드의 귀족 보즈웰은 왕비 메어리를 동정하여 남편 덩크 왕을 죽이고 그녀와 결혼했다)이 걸은 길을 택했다고는 아무래도 생각하고 싶지 않았다. 그러나 그때의 모든 조사에 비추어 보거나 또 아무리 생각을 되풀이해 봐도 머로우의 범행 동기는 달리 찾아볼 수 없었다. 그 동기와 유혹이 얼마나 격렬한 것이었는가는 트렌트로서 알 도리가 없었다. 그러나 만일 그것이 동기가 되었을 경우에는 어느 정도 양심이 마비되어 대담한 성품을 지닌 사람에게는 틀림없이 무서운 결론에 이르게 될 것이다. 분명히 트렌트가 본 바로는 머로우는 결코 정신이 이상한 사람도 아니며 타고난 악인도 아니었다. 그러나 그렇다고 해서 그가 혐의를 벗어났다는 것은 아니다. 여자를 위한 살인이 결코 드문 범죄는 아니다. 현대의 풍족한 계급의 사람들 사이에서는 충동적으로 행동하는 경향이 약화되었고, 더구나 근대적인 범죄수사 기술에 대한 평가가 높아졌기 때문에 이런 종류의 범죄가 극히 줄어들었음은 사실이지만, 그러나 결코 있을 수 없다는 것은 아니다. 다만 그런 범죄를 계획하고 실행하려면 거기에 적당한 대담성과 지성을 갖추어 그 책략을 강구하는 일에 열중함으로써 양심을 마비시킬 필요가 있을 뿐이다.

메이벨 맨더슨이 남편을 살해할 계획을 낱낱이 다 알고 있었다는 무서운 생각에서 트렌트는 필사적으로 벗어나려 했다. 그것을 부정할 수 있는 근거를 찾기 위해 그는 고통을 참고 모든 노력을 다했다. 살인이 일어났을 때, 그녀가 진상을 다 알고 있었으리라는 것은 의심할 여지가 없었다. 트렌트가 갑자기 노골적으로 머로우에 대한 질문을 했을 때, 그가 보는 앞에서 울음을 터뜨렸던 부인의 그 잊을 수 없는 모습은 부인과 머로우와의 사이에 애정의 연결이 없기를 은근히 바라고 있던 그의 마지막 희망을 무참히 부숴 버렸을 뿐 아니라, 발각을 두려워하고 있다는 것을 명백히 고백하고 있는 것처럼 보였다. 어쨌든 그녀는 그가 남기고 온 수기를 읽고 이미 진상을 알고 있을 것이다. 그 뒤 머로우에게 아무런 혐의도 두지 않았다는 것은 확실한 일이다. 그러고 보면 그녀는 그 수기를 불살라 버렸을 것이다. 그리고 그녀 애인의 생명을 위협하는 비밀을 일체 누설하지 않겠다고 맹세한 트렌트의 말을 그대로 믿고 있을 것이다.

그녀는 남편을 죽일 계획을 알고 있으면서도 잠자코 보고 있었던 것이 아닌가 하는 생각이 트렌트의 마음을 집요하게 괴롭히고 있었다. 그녀는 분명히 뭔가 눈치채고 있었던 것 같다. 모르는 체하고 있었지만, 실제로는 그 계획을 다 알고 있었던 것이 아닐까? 머로우가 부인의 침실을 통해 탈출한 사실을 발견했을 때 트렌트는 비로소 머로우의 범행 동기를 알 것 같은 생각이 들었다. 그때는 아직 부인을 만나지 않았을 때이므로 그는 그 자리에서 부인도 공범이라고 생각했다. 그리고 고양이처럼 애증의 변화가 심한 비정한 여자를 생각해 냈다. 이 범죄의 주역을 능히 해낼 수 있는 어리석고 혼란스러운 여자를 상상했다.

그리고 그는 그녀를 만나 이야기를 나누고 기절할 것같이 파리해진 그녀를 돌봐 주었다. 그리고 그는 그녀를 만나게 된 뒤로 그런 의혹을 품었던 일이 참으로 부끄럽기 짝이 없는 비열한 행위였다는 생각이 들었다. 그는 그녀의 눈을 보고 입매를 보았다. 그녀가 자아내는 분위기에 직접 접촉했다. 트렌트는 그 사람에게서 풍기는 분위기로 악인을 구별할 수 있다고 자부하고 있는 사람 중 하나였다. 그런데 그녀를 눈앞에서 보고 그가 느낀 것은 오히려 그녀가 더할 수 없이 선량한 부인이라는 확신이었다. 그 확신은 그 벼랑 위에서 그녀를 보았을 때의 인상과 조금도 모순된 것이 아니었다. 애정에 굶주리고 아이가 없이 지낸 여러 해의 괴로움과 속박에서 해방된 기쁨에 잠겨 있었다는 사실과 아무런 모순된 점이 없었다. 그녀는 애정에 굶주린 나머지 머로우에게 마음이 쏠렸으리라고 트렌트는 믿었다. 그러나 트렌트는 그녀가 머로우의 무서운 계획을 알았으리라고는 믿을 수 없었다.

그러면서도 트렌트는 아침저녁으로 불길한 의혹에 괴로워하고 있었다. 머로우가 살해된 남자의 침실에서 준비를 갖춘 것은 그녀가 보는 앞에서 한 것과 다름없다는 사실이 다시 머릿속에 떠오르는 것이었다. 머로우가 그 집에서 탈출하는 데 그녀 자신의 침실 창문을 이용한 것도, 도대체 머로우는 그때 신중한 그와 어울리지 않게 그녀에게 일의 진상을 알리는 위험을 저질렀단 말인가? 그녀가 사문회에서 증언했을 때 머로우가 남편 행세를 하였다는 것을 알고 있었던 것 같지는 않았다. 기록을 읽어보면 그녀의 증언에 거짓은 없는 것 같았다. 아니면 그녀는 침대 속에서 가슴을 두근대며, 방안의 발자국 소리가 들리고, 잘 되었다고 속삭여 주기를 기다리고 있었던 것일까? 이 의문은 아무리 씻어 버리려고 해도 씻어 버릴 수가 없었다. 사람의 마음에는 어떤 무서운 가능성이 숨어 있는지 모른다. 그러므로 그처럼 선량하고 정직하고 부드럽게 보이는 그녀의 마음속에 전율하는 잔인성과 기만이 숨겨져 있었다 하더라도 이상할 것은 없지 않은가?

트렌트는 혼자 있게 되면 언제나 이 같은 의혹에 사로잡혔다.

트렌트는 6개월 동안 제임스 경을 위해 보수를 받을 만한 적당한 일을 하고 파리로 돌아와 다시 침착성을 되찾고 일에 착수했다. 전처럼 창작 의욕도 솟아올랐다. 파리에서 시작한 생활은 기대 이상으로 즐거웠다. 교제 상대는 여러 층이었고 프랑스인도 있었다. 영국인과 미국인도 있고, 화가, 시인, 언론인, 경찰, 호텔 지배인, 군인, 변호사, 실업가 등 참으로 다양한 동료들이었다. 남에게 친밀히 관심을 갖는 타고난 능력 탓으로 그는 학생 시절이나 다름없이 영국인에겐 여간해서 주어지지 않는 특전을 받을 수 있었다. 프랑스인의 한 가족으로서 맞아들여지는 보기 드문 경험을 다시 맛보게 되었다. 이른바 젊은 세대에게도 유달리 두터운 믿음으로 맞아들여지고, 그들이 10년 전의 젊은 세대와 마찬가지로 예술과 인생의 비밀을 잡은 것이라고 확신하고 있다는 사실도 알았다. 프랑스인의 가정 사정은 벽지나 가구 종류에 이르기까지 10년 전이나 똑같았지만, 지금의 젊은 세대는 유감스럽게도 그들의 선배들과는 전혀 달랐다. 훨씬 깊이가 없고 미숙하고, 참된 총명함이 결여되어 있었다. 그들이 우주에서 배운 비밀이라 일컫는 것도 옛날의 젊은 세대가 그렇게 일컬었던 것보다 중요성이나 흥미 면에서도 꽤 뒤떨어져 있었다. 트렌트는 그런 자신의 견해를 옳다고 믿고 있었는데, 어느 날 우연히 한 레스토랑에서 전에 그와 동년배의 젊은 세대였던 한 남자의 모습을 옆자리에서 발견했을 때부터 이 확신이 흔들리기 시작했다. 그 옛친구는 지금은 예전의 그 모습을 찾아볼 수 없을 정도로 뚱뚱해지고 여유 있는 생활을 보내고 있는 것 같았는데, 그는 당시 서너 명의 친구가 모여서 만든 '신(新) 파르나스 산의 은자(隱者)'라 일컫는 모임에 가담하고 있었다. 그들 일파는 카페 테이블이나, 그 밖의 은자에게는 어울리지 않는 장소에서 머리를 맞대고 오랜 시간 동안 이야기를 나누곤 했다. 특히 그들로서는 정해진 형식을 타파하는 일을 신조로 삼고 있었기 때문에 아무런 모순된 점이 없었을지도 모른다. 특히 시는 일정한 형식을 벗어나야 한다고 주장하고 있었다. 그런데 이 '신 파르나스 산의 은자'가 지금은 내무성의 고관이 되어 훈장을 받았던 것이다. 그리고 현대 프랑스가 가장 필요로 하고 있는 것은 단호한 탄압 정치라는 의견을 트렌트에게 피력했다. 또 트렌트에게 금시초문이었지만, 그는 이 나라 특수 고위기관에 지불되는 막대한 금액을 정확하게 알고 있었다. 그를 만남으로써 트렌트는 실제로 변한 것은 이 고급 관리가 된 친구와 자기들이지, 젊은 세대는 예나 지금이나 조금도 변하지 않았다는 곰팡내 나는 발견을 새삼스레 하게 된 것이다. 그러나 트렌트 자신이 이렇게 변한 것은 무엇을 잃었기 때문인가를 정확하게 알아내기는 어려운 일이었다. 그것은 발랄한 원기와 같은 단순한 것은 아닌 듯싶었다.

6월 어느 날 아침, 트렌트가 마르띠르 거리 언덕길을 천천히 내려오고 있을 때, 맞은편에서 문득 본 기억이 있는 남자가 이쪽으로 걸어오고 있는 것을 보았다. 그는 얼른 눈을 다른 곳으로 돌렸다. 버너와 얼굴을 마주 대하고 싶지 않았던 것이다. 최근에야 가까스로 그림 제작에 정신을 쏟게 되었고 마음의 옛 상처가 아물기 시작하고 있었던 참이라, 사랑하는 여자를 생각하는 일도 전보다는 줄어들었고, 고통도 어느 정도 누그러졌다. 그 고뇌에 찬 3일 동안의 기억을 이제 다시 되새기고 싶지 않았다.

그러나 길은 외길인데다 좁았고 갑자기 숨을 장소도 없었다. 그는 곧 그 미국인의 눈에 띄고 말았다. 버너의 친근감 있는 자연스러운 태도를 보고 트렌트는 부끄럽게 생각했다. 본디 그는 버너에게 호감을 가지고 있었다. 두 사람은 함께 가벼운 식사를 하며 오랫동안 이야기를 주고받았다. 대화는 거의 버너가 주도했다. 트렌트는 처음에는 잠자코 듣고 있다가 어느 틈에 상대방의 이야기에 끌려 들어가 즐거운 기분으로 가끔 질문도 하고 의견도 말했다. 버너는 이야기상대로 호감을 가질 수 있을 뿐만 아니라, 이야기를 할 때에도 뜻밖의 말들이 잇달아 튀어나와 상당히 재미있었다.

그 이야기에 의하면 버너 씨는 맨더슨 회사의 유럽 총지사장이 되어 파리에 머물고 있으며, 현재의 지위와 장래성에 대해 만족하고 있는 모양으로, 그런 이야기를 꼬박 20분 동안이나 계속했다. 가까스로 그 이야기가 끝나고 트렌트가 1년 가량 영국을 떠나 있었다는 말을 듣자 머로우의 소식을 전하기 시작했다. 머로우는 맨더슨이 죽은 뒤 얼마 안 있어 아버지의 사업을 이어받아 그 사업을 완전히 일으켰으며, 지금은 그 실권을 잡고 활약을 계속하고 있다고 한다. 버너와 머로우는 그 뒤로 줄곧 친교를 맺어 왔고 이번 여름에는 함께 휴가를 보낼 계획을 세우고 있었다. 그는 입에 침이 마르도록 친구의 사업상의 재능을 칭찬했다.

"존 머로우라는 사나이는 선천적으로 머리가 좋은 놈입니다. 거기다 경험만 좀더 쌓으면 가볍게 볼 수 없는 적수가 될 것입니다. 저같은 사람 정도는 가지고 놀 것만 같은 생각이 듭니다."

버너의 이야기가 진행됨에 따라 트렌트는 점점 당황하기 시작했다. 그 사건의 앞뒤 사정에 대한 트렌트의 추측에 뭔가 큰 잘못이 있는 것 같은 생각이 들었기 때문이었다. 중요한 사람의 이름은 전혀 화제에 오르지 않았다. 이야기 끝에 버너는 머로우가 아일랜드 처녀와 약혼했다는 말을 하면서 그 여자의 아름다움을 열심히 칭찬했다.

트렌트는 테이블 밑에서 손에 땀을 쥐었다. 이것이 도대체 어떻게 된 것일까? 그는 아무것도 알 수 없게 되었다. 참다못해 불쑥 부인의 이야기를 물어보았다.

버너도 그다지 상세한 것은 몰랐다. 남편의 사건이 있은 뒤 정리를 하고 그녀는 곧 영국을 떠나 한동안 이탈리아에서 살았던 모양이었다. 그러나 최근에 다시 런던으로 돌아갔으나 메이페어의 집에선 살지 않고, 햄프스테드 부근의 작은 집을 샀고, 또 어딘가 시골 쪽에 또 한 채의 집을 샀다. 사교계에는 거의 얼굴을 나타내지 않는다고 했다.

"막대한 돈이 광속에서 잠든 채 울고 있습니다."

버너의 목소리에 씁쓸한 기분이 담겨 있었다.

"그 부인은 돈을 땔감으로 써도 될 만큼 가지고 있습니다. 그런데 썩힐 정도로 많은 그 돈을 그녀는 그냥 재워 두고만 있지요, 아깝습니다. 맨더슨의 유산을 반 이상이나 받았습니다. 그 정도의 돈을 잘 활용하면 그녀는 얼마든지 유명해질 수 있을 텐데. 미인이고, 그렇게 훌륭한 여자는 본 일이 없어요. 그런데 돈의 사용법만은 전혀 모릅니다."

버너의 이야기는 마치 독백처럼 되고 말았다. 트렌트가 자기만의 생각에 골몰하여 상대방 이야기에 전혀 귀를 기울이려고 하지 않았기 때문이다. 그리고 얼마 안 되어 트렌트는 일이 있다고 양해를 구하고 자리에서 일어났다. 두 사람은 기분 좋게 헤어졌다.

그리고 나서 30분 뒤 트렌트는 자기 아틀리에로 돌아가 부지런히 짐을 꾸렸다. 어떻게 해서 그렇게 되었는가를 알고 싶었던 것이다. 아무래도 그것을 알아내야만 했다. 물론 직접 그녀를 만날 수는 없었다. 마지막으로 만났을 때의 굴욕적인 기억을 다시 그녀의 마음 속에 불러일으키는 일은 견딜 수 없었다. 그녀의 모습을 다시 두 눈으로 보는 일조차 해서는 안 될 것 같았다. 그러나 진상만은 어떻게 해서든지 알 필요가 있다! 카플스 씨는 런던에 있고, 머로우도 그곳에 있을 것이다. 그리고 파리도 차츰 싫증이 나기 시작했다.

트렌트의 가슴속에 그런 생각이 엇갈렸으나, 그 속 깊이에는 그의 마음을 꽉 잡고 놓지 않는, 눈에 보이지 않는 실이 있었다. 아무리 잊으려고 몸부림을 쳐도 그는 거기서 도망쳐 나갈 수가 없었다. 그는 그런 자신을 꾸짖었다. 얼마나 어리석은 짓이냐. 얼마나 무익하고 딱한 어리석음이냐.

24시간 뒤, 임시로 짐을 풀었던 그의 파리 생활은 완전히 뿌리 뽑히고 말았다. 이미 트렌트는 적갈색 바다 저쪽에 빛나는 도버 벼랑의 성벽을 조용히 바라보고 있었다.

그러나 그는 왈칵 몰려든 충동적인 생각을 정리하고, 뚜렷한 방침만 본능적으로 세우고 있었지만, 그것이 첫 단계에서부터 좌절되고 말았다.

그는 우선 카플스 씨를 만나기로 했다. 카플스 씨는 어느 미국인보다 훨씬 자세하게 사정을 알고 있을 것이다. 그런데 막상 찾아가 보니 카플스 씨는 여행을 떠났으며 한 달 뒤에나 돌아온다는 사실을 알게 되었다. 그렇다고 빨리 돌아오게 할 적당한 구실도 없었다. 머로우는 좀더 사정을 알게 될 때까지 만나고 싶지 않았다. 햄프스테드의 맨더슨 부인의 집을 찾아가는 어리석은 짓은 절대로 하지 않겠다고 마음 속으로 다짐하고 있었다. 집을 찾아냈다 하더라도 서슴없이 안으로 들어갈 자신은 없었다. 그 근처를 어정거리다 부인의 눈에라도 띄게 되면 어떻게 할 것인가. 그는 상상만 해도 얼굴이 붉어졌다.

할 수 없이 트렌트는 호텔에 여장을 풀고 아틀리에를 빌렸다. 카플스 노인이 돌아올 때까지 일을 해보려고 했으나 뜻대로 되지 않았다.

그런 상태로 1주일 가량 지났을 때 트렌트는 어떤 생각이 머릿속에 떠올라 곧 용기를 내어 실천에 옮기기로 했다. 부인과 마지막으로 만났을 때 부인은 음악에 취미가 있다는 말을 했었다. 트렌트는 그 날 밤부터 매일 밤 오페라를 관람하러 다녔다. 부인을 볼 수 있을지도 모른다. 또 아무리 이쪽에서 조심한다 하더라도 어쩌면 부인의 눈에 띄게 될지도 모르며, 그때는 서로 모르는 체 할 수도 없을 것이다. 오페라 극장에선 누구나 우연히 만날 수 있는 법이니까.

이래서 그는 매일 밤 혼자서 오페라 극장을 찾아가 극장 입구 근처에 모여드는 사람들을 헤치고 부지런히 안으로 들어갔다. 그리고 부인이 와 있지 않는가를 확인한 다음 나왔다. 이 습관은 그 목적에 어딘지 걸리는 점이 있었지만, 반면 일종의 만족감이 뒤따르고 있었다. 트렌트 자신도 음악을 좋아하기 때문이었다. 음악을 듣고 있는 동안은 평온한 마음에 잠길 수 있었다.

어느 날 밤, 여느 때와 마찬가지로 떠들썩하게 몰려 있는 사람들을 헤치고 재빨리 극장으로 들어가자, 누군가 살짝 그의 소매를 잡아당겼다. 트렌트는 순간 이상한 확신을 느끼며 돌아다보았다.

그녀였다. 슬픔과 불안의 그림자는 흔적도 없이 사라졌으며, 화려한 이브닝드레스를 입고 방긋이 웃고 있는 그녀의 아름다움은 눈부실 정도였다. 트렌트는 말도 나오지 않았다. 그녀도 숨을 헐떡이고 있었다. 트렌트에게 인사를 했을 때 그녀의 눈과 볼에서는 어떤 결의의 빛을 엿볼 수 있었다. 그녀의 말은 짧았다.

"《트리스탄》을 처음부터 듣고 싶어요. 당신도 그렇게 하시죠. 막간에 제가 있는 곳으로 와 주시지 않겠어요?"

그녀는 트렌트에게 좌석 번호를 일러 주었다.

성난 불길

그로부터 두 달 동안은 트렌트의 생활에서 가장 되새기기 싫은 기억으로 가득 찬 시기였다. 맨더슨 부인과는 그동안 여러 차례 만났으나, 그녀는 언제나 트렌트에게 차가운 친근감을 나타내었다. 단순히 오다가다 만난 사람으로 대하는 것도 아니고 그렇다고 해서 친밀감을 더해 가는 것도 아니며, 이도저도 아닌 애매한 태도가 트렌트를 괴롭히고 초조하게 했다. 어느 날 밤, 극장으로 그녀를 만나러 가보니, 뜻밖의 사람이 그녀와 함께 있었다. 웰레스 부인이라는 트렌트가 어렸을 때부터 알고 있는 쾌활하고 유쾌한 노부인이었다. 맨더슨 부인은 이탈리아에서 돌아오자 트렌트가 옛부터 친하게 알고 있던 사람들과 사귀기 시작한 모양이었다. 부인의 말을 빌면 그 사람들이 사는 고장으로 발을 들여놓은 것이 그런 인연이 되었다는 것이다. 트렌트의 친구들 중에서 부인의 집 근처에 살고 있는 몇 사람이 있었기 때문이었다. 극장에선 맨더슨 부인의 자리에서 그답지 않게 완전히 상기되어 얼굴을 붉히며 최근 경험한 바르치크 지방에서의 모험담 등을 건성으로 이야기했다. 그녀 쪽은 똑바로 쳐다보지도 못하고 결국 월

레스 부인만을 상대로 하여 이야기를 하게 되었다. 맨더슨 부인은 입구에서 트렌트를 잡아당겼을 때는 가벼운 흥분의 빛을 나타내더니, 지금은 그런 눈치도 보이지 않고 여행 갔던 이야기며, 런던에 자리를 잡게 된 사정이며 두 사람이 다 아는 친지의 소식 등을 트렌트에게 이야기했다.

트렌트는 두 부인의 뒤에 앉아 오페라의 후반을 감상했으나, 그녀 볼의 일부며, 뒤로 묶은 머리며, 어깨에서 팔에 이르는 선이며, 쿠션 위에 올려놓은 손 등을 쳐다보느라 그 밖의 것은 아무것도 눈에 들어오지 않았다. 그 검은 머리를 보고 있노라니 어느 사이에 그것이, 그를 목숨을 건 모험으로 끌어들이는 아직 아무도 지나지 않는 마(魔)의 숲처럼 보였다. 오페라가 끝났을 때 트렌트는 완전히 의기소침해져 작별 인사도 퉁명스럽게 했다.

그 다음 그녀를 만난 것은 트렌트가 어느 별장에 초대되어 갔을 때였다. 그녀도 손님으로 그곳에 온 것이다. 그때도 그랬고, 그 뒤로도 트렌트는 더할 수 없이 냉정하게 행동하는 그녀의 태도에 맞춰 갔다. 그녀에 대한 당혹과 회한과 사모하는 마음으로 괴로워하며 나날을 보내고 있는 트렌트로선 우선 멋진 교제 솜씨라고 자인하며 잘 처신했다. 그녀의 태도는 그가 보기에는 알 수 없는 수수께끼였다. 그녀는 그 수기를 읽고, 화이트게이블즈 별장에서의 상처를 입힌 일이 없는 남자를 대하듯 상냥하고 스스럼없는 태도를 보일 수 있는 것은 어찌된 일일까.

그녀는 트렌트로 인해 부당히 상처를 입은 일이 있으며, 더구나 그것이 그녀에게 상당한 타격을 주었다는 것을 전혀 나타내지 않았지만, 트렌트는 직관적으로 알고 있었다. 단둘이서만 이야기할 기회는 여간해서 없었지만, 어쩌다 잠깐이라도 둘이 있게 될 때면 트렌트는 그녀가 금방이라도 그 문제를 들고나올 것만 같아 허둥대며 화제를 돌렸다. 그것을 해결할 방법으로는 두 가지가 있었다. 그 한 가지는 지금은 부탁 받은 일이 있어 갑자기 런던을 떠날 수는 없지만 그 일이 끝나고 나면 곧 멀리 도망쳐 버리는 방법이었다. 이런 긴장된 관계를 계속하는 것은 견딜 수 없는 노릇이었다. 그 사건의 진상을 밝혀야겠다는 열의도 식어 버렸다.

자기가 당치도 않은 커다란 실책을 저질러 상황을 잘못 판단하고, 부인의 눈물을 오해하여 남을 중상하는 내용을 써 버린 바보라는 것은 이미 의심할 여지도 없는 일이었으므로, 더 이상 그것을 확인하기 위해 고생할 생각은 없었다. 머로우가 맨더슨을 죽인 동기 따위는 생각해 보려 하지 않았다.

카플스 씨도 드디어 런던으로 돌아왔으나 트렌트는 아무것도 물어 보지 않았다. 전에 카플스 씨가, 그녀는 맨더슨의 아내인 이상 그런 일은 절대로 인정하지 않을 것이라고 강한 어조로 한 말이 지금도 트렌트의 마음에 남아 있었다. 카플스 씨의 말이 옳았다. 블룸즈버리에 있는 큰 무덤 같은 카플스 씨의 집에 초대를 받아 그 곳에서도 그녀를 만났으나 트렌트는 그날 밤 베를린에서 온 어느 고고학자하고만 이야기를 나누었다.

또 하나의 해결책은 그녀와 단둘이 있게 되는 경우를 피하는 방법이었다.

그러나 그로부터 며칠 뒤 꼭 만나서 이야기하고 싶은 일이 있으니 다음날 오후에 찾아와 달라는 부인의 편지를 받았을 때, 그는 그것을 거절하려 들지는 않았다. 이것은 정식으로 낸 도전장이었기 때문이다.

그녀는 형식대로 차를 대접한 뒤 트렌트가 약간 열띤 어조로 말하는 세상 이야기에 가볍게 맞장구를 치고 있었다. 트렌트는 그 모습을 보고, 그녀는 심각한 이야기를 꺼내려다가 중간에 마음이 변했는지도 모른다는 생각이 들어 어느 정도 마음이 놓였다. 아무리 보아도 거북해 하는 눈치가 없었다. 트렌트는 그 순진하게 웃는 얼굴을 보고 브런즈윅의 왕녀를 칭송한 옛말을 생각했다. '영혼을 뒤흔드는 그 입술의 말할 수 없는 매력이여.' 그 오페라가 있던 날 밤 이후 이런 말을 생각한 것은 이번이 처음은 아니었다. 그녀는 여러 골동품 가게를 뒤져 손에 넣은 골동품을 자랑스럽게 트렌트에게 보이며, 그것을 찾아내어 값을 많이 깎아 산 이야기를 재미있게 웃으면서 말했다. 그리고 언젠가 다른 집에서 그녀가 연주한 트렌트가 좋아하는 피아노 곡을 다시 한 번 들려 달라고 부탁하니 그녀는 쾌히 승낙했다.

그녀는 완벽한 기교와 감정을 넣어 훌륭하게 연주했다. 트렌트는 전에 들었을 때나 다름없이 몹시 감동했다. 이윽고 그녀의 연주가 끝나고 마지막 여운이 사라졌을 때 그는 조용히 입을 열었다.

"당신은 선천적으로 타고난 음악가입니다. 그것은 당신의 피아노를 듣기 전부터 알고 있었습니다."

"피아노는 철이 들면서부터 치기 시작했어요. 무엇보다도 큰 즐거움이에요."

그녀는 자연스럽게 말하고 윗몸을 꼬는 듯 일으키며 말을 계속했다.

"어떻게 그런 것을 아시죠? 제가 오페라를 좋아하기 때문에 그러시는 건가요? 오페라를 자주 관람하러 간다고 해서 음악가 소질이 있느냐 없느냐를 알 수는 없겠죠?"

"아니, 그렇지 않습니다."

트렌트는 방금 듣고 난 음악에 여전히 마음을 빼앗긴 채 멍청하게 대답했다.

"당신을 처음 만났을 때 그런 것을 느꼈습니다"

그는 그렇게 말하고 그 뜻을 알아차리자 깜짝 놀라며 몸을 긴장시켰다. 두 사람 사이에 처음으로 과거가 되살아난 것이다.

잠깐 동안 불편한 침묵이 흘렀다. 그녀는 트렌트의 얼굴을 본 다음 당황하여 눈길을 돌렸다. 볼이 붉게 물들고 휘파람을 불 때처럼 입술을 둥글게 다물었다. 그리고 트렌트에게 전에도 본 기억이 있는 도전하는 듯한 몸짓을 어깨로 해보이더니 갑자기 피아노에서 자리를 옮겨 트렌트를 마주보고 앉았다.

"마침 기회가 좋으니 제가 말씀드리고 싶었던 것을 말하겠어요."

그녀는 자신의 구두 끝을 물끄러미 내려다보고 천천히 말하기 시작했다.

"당신을 오늘 이곳에 오시라고 한 것은 이제 더 이상 참을 수 없게 되었기 때문입니다. 그 날 화이트게이블즈에서 헤어진 뒤 당신이 저를 어떻게 생각하시건 그런 것은 신경 쓸 필요가 없다고 스스로에게 타일러 왔습니다. 당신은 그런 말을 남에게 퍼트리고 다니실 분이 아니며, 게다가 그 원고를 두고 가실 때 그런 말을 하셨으니까요. 그래서 저는 언제나 그런 일은 전혀 문제삼을 필요가 없다고 스스로에게 타일러 왔습니다. 그러나 역시 마음에 걸렸습니다. 실제로 큰 문제입니다. 왜냐하면, 당신의 생각은 틀렸기 때문이에요."

그녀는 살짝 눈을 들고 트렌트와 조용히 시선을 마주쳤다. 트렌트는 전혀 무표정한 얼굴로 그 눈을 바라보았다.

"당신이라는 사람을 알게 되면서부터 저는 그때와 같은 생각을 버렸습니다"

그는 말했다.

"고맙습니다."

그렇게 말하자 그녀의 얼굴은 빨갛게 물들었다. 그녀는 장갑을 만지작거리면서 가라앉은 목소리로 말을 계속했다.

"하지만 역시 저는 당신에게게만은 사실을 알려 드리고 싶습니다. 당신을 다시는 만나지 못하리라고 생각했지만, 만일 만날 수 있다면 반드시 이 사실을 당신에게 말씀드리지 않으면 안 되겠다고 생각했었지요. 당신은 아주 이해심이 있는 분이고, 게다가 기혼녀는 젊은 처녀와는 달라 필요할 경우에는 그런 문제에 대해서 주저할 것 없이 말해도 상관없으리라고 생각합니다. 결국 우리는 또 만났습니다. 그러나 막상 만나고 보니 입이 떨어지지 않았습니다. 당신이 말하기 힘들도록 만들었어요."

"왜요?"

"모르겠어요. 그러나, 글쎄요…… 그래요…… 당신이 저에 대해 그렇게 생각한 때가 한 번도 없었던 것 같은 태도를 취하고 계셨기 때문이에요. 저는 이번에 당신을 뵙게 되면 꼭 그때와 같이 무섭고 엄격한 얼굴로 대해 주시려니 생각했습니다. 기억하세요, 그 화이트게이블즈에서 마지막으로 만났을 때의 일을? 그런데 만나 뵙고 보니 당신의 태도는 다른 친구들이나 조금도 다름이 없었어요. 당신이라는 분은 참으로……."

그녀는 약간 주저하는 몸짓을 보이고 나더니 다시 말을 이었다.

"상냥하신 분이에요. 그러므로 오페라 극장에서 처음으로 만났던 날 밤, 당신과 헤어져 집으로 돌아가는 길에 여러 가지 생각을 해봤어요. 저를 다른 사람으로 잘못 아신 건 아닌가 하고요. 얼굴만은 기억하고 계셨을지 모르지만, 틀림없이 어디 사는 누구인지 몰라보신 게 아닌가 했어요."

트렌트는 저도 모르게 소리내어 웃었지만 아무 말도 하지 않았다. 그녀는 원망스러운 듯이 쓸쓸한 미소를 지었다.

"아무튼 그때 당신은 저의 이름을 한 번도 불러 주시지 않았던 것 같아요. 그래서 그렇게 생각을 했던 거예요. 그러나 그 다음 아이

아톤 씨네 별장에서 만났을 때는 제 이름을 제대로 불러 주셨기 때문에 사람을 잘못 보신 것은 아니라는 것을 알았습니다. 그래서 그곳에 있었던 며칠 사이 저는 몇 번이나 용기를 내어 말하려고 했으나, 언제나 망설이다 말할 기회를 놓치곤 했습니다. 그리고 제가 말을 꺼내려고 하면 당신은 일부러 이야기를 피하는 것 같았습니다. 그러셨죠? 안 그랬던가요? 왜 잠자코 계시지요?"

트렌트는 말없이 고개를 끄덕였다.

"왜 그러셨어요?"

그녀가 다그쳐 물었다. 그는 여전히 대답하지 않았다.

"그럼, 제가 말씀드리려던 것을 먼저 말하겠어요. 그러면 왜 당신이 그처럼 말하기를 피했었는지 말씀해 주시겠지요. 정말로 당신이 저에게서 이 이야기가 나올까봐 꺼려하고 계신다는 걸 알고 난 뒤부터 저는 오히려 그 말을 해야겠다는 결심을 굳힌 것입니다. 아무리 당신이 피하신다 해도 그대로 잠자코 있지는 않겠어요. 그 기분을 알아주시리라 생각합니다. 저에게 꺼림칙한 점이 있다면 절대로 그렇게까지 할 리가 있겠어요. 당신은 설마 제가 이 이야기를 꺼낼 용기가 없으리라 믿고 이곳에 오신 것은 아니겠지요? 그럼, 말씀드리겠어요."

맨더슨 부인은 아무런 망설임도 없이 열광적인 어조로 말하기 시작했다. 오랫동안 그녀를 괴롭히고 있던 오해를 한꺼번에 풀기 위해 필사적으로 열을 올리고 있는 모습이 눈에 띄었다. 트렌트는 두 손을 무릎 사이에서 움켜쥐며 여전히 영문을 모르겠다는 표정으로 그녀를 바라보고 있었다.

"당신이 어떤 오해를 하고 계셨던가 이제부터 설명하겠어요. 꼭 믿어 주시리라 생각합니다. 여러 가지 복잡한 사정과 숨겨진 비밀, 견해 차이, 오해 등을 초래할 것 같은 사항을 있는 그대로 말씀드립니다. 미리 말씀드리지만, 저는 당신이 너무 속단하여 결론내린 일을 탓할 생각은 절대로 없습니다. 지금까지 원망스러운 마음을 품은 일도 없습니다. 그 점은 알아주시기 바랍니다. 당신은 저와 남편 사이가 순탄하지 못하다는 것은 알고 계셨죠? 그리고 그런 경우 모든 부부 사이에서 어떤 일이 일어나기 쉬우리라는 것도 알고 계시겠지요? 남편은 마치 제가 나쁜 짓이라도 한 것 같은 태도를 취한 것입니다. 그것을 그런 식으로 설명을 했으니 지금 생각하면 정말 바보 같은 짓이었어요. 실은 그때 제가 한 설명은 제가 그 불길한 사실을 알아차리기 전에 자신을 납득시키기 위해 생각해 낸 것입니다. 제가 사교계의 인기인이 못 되고, 남편이 그 때문에 실망하고 있었다고 말씀드린 것도 사실입니다. 분명히 그런 실망을 하고 있었으니까요. 그러나 당신이 그런 일로 납득하시지 않으리라는 것은 저도 알고 있었습니다. 당신은 제가 오랜 시간에 걸쳐 알아 낸 사실을 그때 다 알고 계셨는걸요. 왜 오랜 시간이 걸렸는가는 하면, 그것은 너무도 어이없는 일이라서 진지하게 생각해 볼 마음이 없었기 때문입니다. 그렇습니다, 당신이 짐작하셨던 것처럼 남편은 머로우 씨를 질투하고 있었습니다.

당신이 그 사실을 알아냈다는 것을 알았을 때, 지금 생각하면 저는 참으로 어리석은 짓을 하고 말았어요. 그러나 저로서는 어쩔 수 없었습니다. 가까스로 굴욕적인 생각에서 벗어났고, 비참한 노력에서도 해방되었으며, 남편의 어리석은 망상으로 그도 죽음과 함께 사라졌다고 생각하고 마음을 놓은 참에 그런 말을 들었으니까요. 트렌트 씨, 확실히 말하자면 당신은 그때 남편의 비서가 제 애인이 아니냐고 물어 본 거나 다름이 없었어요. 제가 왜 그렇게 이성을 잃은 태도를 취했는지를 당신에게 알려 드리기 위해 눈 딱 감고 말씀드립니다만, 당신은 제 모습을 보시고 그것을 일종의 고백이라고 생각하셨지요? 저에게도 뭔가 꺼림칙한 점이 있다고 보신 거죠? 제가 그 범죄에 관계되어 그를 죽이는 일에 동의했다고까지 생각하신 게 아닙니까? 그것이 저로서는 못 견디게 슬펐던 것입니다. 그러나 당신 입장에서 보면 그렇게밖에 생각하실 수 없었는지도 모릅니다. 잘 모르겠지만…….”

그때까지 줄곧 그녀의 얼굴에서 눈을 떼지 않고 바라보고 있던 트렌트는 그 말에 저도 모르게 고개를 숙였다. 그녀가 말을 계속해도 다시는 얼굴을 들려고 하지 않았다.

“어쨌든 제가 그렇게 이성을 잃은 것은 놀라움과 슬픔 때문이었습니다. 그리고 또 한 가지는 기분 나쁜 의심을 받고 괴로워하던 생각이 떠올랐기 때문입니다. 그런데 사방을 둘러보았을 때는 당신은 이미 가 버린 뒤였습니다.”

부인은 일어서서 창가에 있는 책상 서랍을 열쇠로 열고 봉해 있는 긴 봉투를 꺼냈다.

“이것은 당신이 두고 간 봉투입니다. 저는 몇 번이고 되풀이 읽어 보았습니다. 이런 일에 대해서는 굉장히 머리가 예민하시더군요. 저는 누구 못지 않게 그 일에 감탄하고 있습니다.”

그녀는 장난기 가득한 미소를 잠깐 보냈다.

“훌륭하다고 생각해요. 제 일이 씌어 있다는 사실조차 잊고 재미있게 읽었습니다. 이것을 돌려 드리기 전에 한 말씀 고맙다는 인사를 드리겠어요. 한 여인의 명예를 상하지 않도록 하기 위해 자신의 훌륭한 일을 희생하신 당신의 관대함과 신사적인 마음을 진심으로 고맙게 생각하고 있습니다. 만일 모든 것이 당신의 생각대로라면 경찰이 그 사건을 당신의 손에서 넘겨받았을 때 모두 밝혀졌을 것입니다. 당신이 그 같은 조치를 취했을 때의 기분은 저도 잘 알고 있어요. 그러므로 당신에게 의심을 받고 이성을 잃었을 때에도 감사하는 마음만은 잊지 않았었지요. "

그녀는 이 감사하다는 말을 할 때 목소리가 약간 떨리고 눈시울을 적셨으나 트렌트는 그것을 눈치채지 못했다. 그는 우두커니 고개를 숙인 채, 그녀의 이야기를 듣고 있지 않은 것처럼 보이기도 했다. 손바닥을 젖혀 무릎 위에 올려놓은 그의 두 손에 맨더슨 부인은 살짝 봉투를 올려놓았다. 트렌트는 갑자기 행동에서 부드러운 부인의 마음을 전해 받고 트렌트는 문득 얼굴을 들었다.

"당신은 이것을……. "

그가 천천히 말을 꺼내자 부인은 허리를 들며 손으로 막았다.

"잠깐만 기다리세요, 트렌트 씨. 제가 모든 것을 다 말하기 전에는 아무 말도 말고 듣고만 계세요. 이렇게 말하고 있으면 지금까지 마음을 막고 있던 얼음이 스르르 녹아 버리는 것 같아요. 이 무어라 말할 수 없는 기쁜 마음이 사라지기 전에 끝까지 다 말하고 싶은 겁니다. "

그녀는 다시 소파에 앉았다.

"지금부터 말씀드리는 일은 아직 아무도 모르고 있는 사실입니다. 우리 부부 사이가 좋지 않았던 것은 아무리 숨기려 해도 저절로 모든 사람에게 알려졌습니다. 그러나 남편이 무엇을 생각하고 있었는가는 아무도 몰랐을 것입니다. 저를 알고 계신 분이라면 누구고 꿈에도 생각할 수 없는 일이었기 때문입니다. 정말 터무니없고 어리석은 망상이었습니다. 그 사정을 말씀드리자면, 저는 머로우 씨와는 그분이 남편의 비서가 되면서부터 줄곧 친하게 지내 왔습니다. 남편도 머로우 씨만큼 머리가 좋은 사람을 본 일이 없다고 말했으며 분명히 그랬지만, 그러나 저에게는 아직 귀여운 소년과 같은 느낌이 들었습니다. 아시다시피 제가 좀 나이가 위였고 그분은 아직 욕심이 없고 아주 순진한 느낌이 드는 분이라서 더욱 어린아이처럼 보였는지도 모릅니다. 어느 날 남편이 저에게 머로우의 가장 좋은 점은 무엇이라고 생각하느냐고 물어 본 적이 있었습니다. 저는 깊이 생각지 않고 '예의가 바른 점이겠죠' 하고 대답했습니다. 그러자 주인이 웬일인지 몹시 불쾌한 표정을 지어 저는 깜짝 놀랐습니다. 주인은 한동안 잠자코 생각에 잠겨 있더니, 이윽고 '응, 머로우는 신사니까…… 분명히 그래' 하고 외면을 한 채 말했습니다.

그 이야기는 그것으로 끝났습니다만, 그런 뒤 한 1년 전의 일입니다. 그 무렵, 머로우 씨는 어느 미국인 아가씨에게 반해 있었습니다. 저는 전부터 예상하고 있었던 일이므로 별로 놀라지는 않았습니다만, 그 여성이 우리가 알고 있는 사람 중에서도 가장 보잘것없는 여성이었으므로 실망하고 말았습니다. 그녀의 부모는 상당한 부자로, 그녀는 버릇없이 멋대로 자랐으며, 미인인데다가 상당한 교육을 받았고 스포츠를 좋아하는 이른바 여류 선수였는데, 자기 즐거움밖에 생각지 않는 그런 사람이었습니다. 참으로 성질이나 일처리가 반듯하고 야무지지못하며 품위없는 여자였어요. 그녀의 평판은 모두 다 알고 있는 터라 머로우 씨도 그 말을 듣지 않았을 리가 없었을 텐데 그녀에게 홀딱 빠져 있었습니다. 어떻게 해서 머로우 씨를 열중하게끔 했는지는 모르지만 대강 짐작은 갑니다. 물론 그녀는 머로우 씨를 좋아했던 모양이에요.

그러나 그것은 결코 진지한 마음에서가 아니라 다만 머로우 씨를 농락하려고 했던 것입니다. 너무 어이가 없는 이야기라 저는 정말 화가 나더군요. 그래서 어느 날 저는 머로우 씨에게 보트를 타자고 권했습니다. 조지 호수의 별장에 있었을 때의 일이죠. 그때까지는 머로우 씨와 단 둘이 있었던 일은 단 한 번도 없었습니다. 저는 보트를 타고 호수로 나아가 머로우 씨에게 충고를 했어요. 부모의 입장에 서서 걱정해 줄 작정이었습니다.

머로우 씨는 저의 친절한 마음에는 고마워하고 있었지만 충고를 고분고분히 받아들이려 하지는 않았습니다. 제가 앨리스라는 그 여성을 오해하고 있다고 말하는 거였어요. 머로우 씨가 재산을 거의 가지고 있지 않다는 것은 저도 잘 알고 있었으므로 장래의 일도 생각하지 않으면 안 된다고 주의를 주었습니다. 그러자 앨리스의 애정만 있으면 꼭 출세해 보일 테니까 그런 걱정은 필요 없다고 우겨댔습니다. 분명히 그의 재능도 뛰어나고, 이름도 알려져 있으며 사방에 연줄도 있었으므로 덮어놓고 우겨대는 일이라고만은 할 수 없었지만…… 그러나 그 뒤로 곧 정신을 차릴 때가 왔습니다.

이윽고 보트가 호숫가에 닿자, 마중을 나온 남편이 손을 내밀어 저를 내려 주었습니다. 그리고 머로우 씨하고는 뭐라고 농담을 했던 것 같습니다. 머로우 씨에 대한 남편의 태도가 그 뒤로도 전혀 달라지지 않았으므로 저는 저와 머로우 씨와의 사이를 남편이 의심하고 있으리라고는 꿈에도 생각지 않았으며, 그것을 알게 되기까지는 상당한 시일이 걸렸습니다.

그러나 그 날 밤 저를 대하는 그의 태도는 어딘지 서먹서먹했고, 골을 낸 것 같지는 않았지만 웬일인지 뚱해서 말도 제대로 하지 않았습니다. 남편은 그런 의심을 품고 있었으므로 저에겐 냉정한 태도를 취했던 모양이에요. 저녁 식사가 끝난 뒤에도 저에겐 딱 한 번밖에 말을 걸지 않았습니다. 머로우 씨가 켄터키 농장에서 사육하기 위해 산 말 이야기를 했을 때입니다. 그때 남편은 내가 있는 쪽을 쳐다보고서 "머로우는 신사일지도 모르지만 말 거래에 있어선 꽤 악랄하군" 하고 말했어요. 저는 이상한 말을 한다고 생각했지만 그때도 또 그 뒤로 나와 머로우 씨가 단둘이 있는 장면을 남편이 보았을 때도 그가 무엇을 생각하고 있는지 전혀 짐작이 가지 않았습니다.

그리고는 뉴욕 집으로 돌아온 뒤의 이야기입니다. 머로우 씨가 그 여자로부터 다른 남자와 약혼했다는 소식을 알리는 편지를 받은 날 아침이었어요. 저는 아침 식사 때 머로우 씨의 얼굴빛이 몹시 나쁘기에 병이 아닌가 하고 걱정했습니다. 그래서 아침 식사가 끝난 뒤 머로우 씨가 있는 방으로 찾아가 왜 그러느냐고 물었어요. 머로우 씨는 잠자코 저에게 편지를 건네주고 그대로 창문 쪽으로 얼굴을 돌렸습니다.

저는 그 편지를 읽고 머로우 씨를 위해선 오히려 기뻐할 일이라고 생각했지만, 물론 몹시 풀이 죽은 그를 어떻게 해서든지 위로해 주려고 했습니다. 어떤 말을 했는지 생각이 안 나지만, 어쨌든 창가에 서서 물끄러미 뜰을 내다보고 있는 머로우 씨의 팔에 손을 얹었던 것만은 기억하고 있습니다. 그런데 마침 그때 남편이 서류를 들고 갑자기 그 방문 앞에 모습을 나타낸 것입니다. 남편은 우리가 있는 쪽으로 흘끔 쳐다보더니 조용히 서재로 돌아가고 말았습니다. 틀림없이 제가 머로우 씨를 위로하고 있는 것을 듣고 자리를 피해 준 거라고, 저는 그렇게 생각했어요. 그 마음 씀씀이를 기쁘게 생각했을 정도였습니다. 머로우 씨는 남편의 모습을 보지 못했고, 발자국 소리도 듣지 못했던 모양입니다. 그리고 남편은 그 날 점심시간이 되기 전에 제가 외출을 하고 없는데 서부로 여행을 떠나고 말았습니다. 주인은 일 관계로 갑자기 여행을 떠나는 적이 있었으므로, 저는 그때도 별로 이상하게 생각하지 않았습니다.

제가 남편의 마음을 알게 된 것은 그로부터 1주일 뒤 그가 돌아왔을 때였습니다. 저를 보자 기분 나쁜 얼굴로 머로우 군은 어디 있느냐고 물었습니다. 너무 어이가 없어 어리벙벙했습니다. 몹시 화가 났습니다. 만일 제가 공공연히 남편과 싸우고 헤어져 다른 남자에게로 달려갈 그런 여자로 생각했다면 태연히 있었을지도 모릅니다. 저 역시 그런 정도의 일은 할 수 있는 여자니까요. 그러나 얼마나 비열한 의심입니까! 자기가 믿고 있는 비서와…… 더구나 그것을 제가 숨기고 있다고 생각하다니…… 저는 눈앞이 캄캄해지는 것 같았어요. 자존심이 몹시 상해 몸이 부르르 떨렸습니다. 저는 남편이 그런 의심을 품고 있다는 것을 알아차렸다는 말이나 눈치를 절대로 나타내지 않으리라 그 자리에서 결심했습니다. 모르는 체하고 지금까지와 다름없이 행동을 취하기로 마음먹고 그것을 끝까지 밀고 나갔습니다. 우리 사이에는 이미 허물 수 없는 두터운 벽이 생겼던 것입니다. 그 벽은 비록 남편이 용서해 달라고 사과하고, 제가 용서를 했다 하더라도 이미 제거할 수는 없었을 것입니다. 그러나 저는 끝까지 두 사람 사이의 변화에 신경을 쓰지 않는 체하고 있었습니다.

그런 상태가 줄곧 계속되었는데, 지금도 그 무렵의 일을 생각만 하면 몸서리가 쳐져요. 남편이나 저나 되도록 둘만이 있는 기회를 피해 왔습니다만, 그래도 가끔 둘만 있게 되면, 남편은 어제나 거의 말이 없고 지나칠 정도로 정중한 태도를 보였습니다. 속으로 생각하는 것을 조금도 나타내지 않았어요. 그러나 저는 그것을 눈치채고 있었고, 그이도 제가 눈치챘다는 것을 알고 있었습니다. 둘다 서로 고집을 부리고 있었던 겁니다.

남편은 머로우 씨에 대해서는 어느 편인가 하면, 전보다도 더 친근하게 대하고 스스럼없는 태도를 보이고 있었습니다. 왜 그런 태도를 취했는지 몰라요. 어쩌면 뭔가 복수라도 꾀하고 있는 것은 아닌가 하는 생각을 해본 일도 있습니다만, 그러나 그것은 망상에 지나지 않았던 것 같아요. 머로우 씨는 그에게 의심을 받고 있다는 것조차 모르고 있었습니다.

저도 머로우 씨에게는 전과 다름없이 친하게 대하고 있었습니다.

더구나 그가 실연한 뒤로는 그다지 친근하게 말을 나눌 기회도 없었습니다만, 그러나 저는 일부러 머로우 씨와 얼굴을 마주할 기회를 피하는 짓은 절대로 하지 않았습니다. 그리고 얼마 있다가 우리는 영국으로 와서 화이트게이블즈에서 지냈고, 또 그런 사건이 일어난 겁니다. 남편이 무서운 최후를 맞이한 것입니다."

그녀는 오른손을 내밀어 이야기가 끝났다는 몸짓을 해보였다.

"그 뒤의 일은 당신이 저보다도 더 잘 아시겠죠."

이렇게 말하고 그녀는 아리송한 웃음을 짓고 트렌트 쪽을 쳐다보았다. 트렌트는 그 표정에 신경이 쓰였으나 그다지 심각하게 생각하지는 않았다. 그의 마음은 고마움으로 가득 차 있었다. 얼굴은 생기있게 환해졌다. 그는 화이트게이블즈에서 생각한 추리에 의문을 품고 있었으나, 지금 이렇게 부인의 이야기를 듣고 있으니 그것이 사실이었다는 확증을 잡은 것 같은 기분이 들었다.

"뭐라고 사과할 말도 없습니다. 얕고 어리석은 오해였습니다. 부끄럽기 이를 데 없습니다. 분명히 저는 의심하고 있었습니다. 당신 같은 분을! 저는 제가 그런 어리석은 사람이라는 것을 거의 잊어버리고 있었습니다. 그러나 완전히 잊어버린 것은 아닙니다. 혼자 있을 때면 가끔 저의 어리석음을 생각하고 스스로를 경멸한 일도 있었습니다. 진상이 어떠했을까 하고 여러 가지로 상상해 보았습니다. 뭐라고 변명할 기회를 잡으려고 노력했습니다."

부인은 급히 그의 말을 막았다.

"사과라니요, 당치 않은 말씀이세요! 당신은 마지막으로 그 수기를 전해 주실 때까지 저하고는 두 번밖에 만난 일이 없는데요."

다시 아까와 같은 그 기묘한 표정이 그녀의 얼굴을 스치고 지나갔다.

"굳이 말한다면 당신 같은 분이, 제가 너무 선량한 듯한 얼굴 표정을 짓고 있었다 해서, 단 두 번 만나고 그처럼 뚜렷한 불리한 증거도 믿을 마음이 없었다고, 저 같은 여자에게 말하시는 게 오히려 이상하다는 생각이 들어요."

"저 같은 사람이라고 하셨는데, 그것은 무슨 뜻입니까?"

트렌트는 약간 정색을 하고 물었다.

"저는 정상적인 본능이 없는 인간이란 말인가요? 저는 당신이 남에게 단순하고 마음 속까지 드러내 보이는 그런 인간이라는 인상을 준다고 말하지 않았습니다. 칼빈 버너 씨가 말하는 소위 투각적(透刻的)인 사람이라고는 말하지 않았어요. 아무리 뚜렷한 증거가 있어도 당신을 모르는 사람이 본다면, 당신은 나쁜 짓을 할 사람이 아니라고 생각할 것이라고 말하는 것도 아닙니다. 그러나 당신을 한 번 만나 당신이 자아내는 분위기에 젖을 수 있었던 남자가 제가 상상한 것과 같은 범죄 행위와 당신을 결부시킨다면, 그 사람은 정말 상당한 바보라는 말을 하고 있는 것입니다. 자기 감각을 믿을 수 없다니, 정말 어리석은 일이죠. 제가 부인이 이 이야기를 꺼낼까봐 피하고 있었던 것만은 사실입니다. 도덕적으로 말하면 분명히 비겁했습니다. 당신이 이 문제를 깨끗이 밝히고 싶어한 마음은 저도 알고 있었습니다. 그러나 저는 당신 마음에 상처를 입힌 결과가 된 스스로의 실수를 이제 새삼 꺼내는 것이 못 견디게 싫었습니다. 그래서 일부러 그런 눈치는 조금도 보이지 않는 태도를 취함으로써, 이 기분을 당신이 알아주었으면 했던 것입니다. 한 마디도 하지 않고 용서 받고 싶었던 거지요. 저는 결코 저 자신을 용서할 수는 없습니다. 그리고 용서해서도 안 된다고 생각하고 있습니다. 그러나 만일 알아주신다면……."

그는 잠깐 말을 끊었다가 다시 계속했다.

"제가 지금 한 말을 사과하는 말로 들어주시겠습니까? 정말이지

쥐구멍이라도 있으면 기어 들어가고 싶은 심정입니다. 저는 흥분하지 않으려고 했는데……. "

트렌트는 멋쩍게 말을 끝냈다. 맨더슨 부인은 소리내어 크게 웃었다. 트렌트는 자신을 잊은 채 그 웃음소리를 홀린 듯이 듣고 있었다. 참으로 즐거운 듯한 그 환희에 찬 웃음소리를 그는 지금까지 몇 번인가 들은 적이 있었다. 그는 그 웃음소리를 듣고 싶어 일부러 재미있는 이야기를 들려 준 일도 가끔 있었다.

"하지만 당신이 흥분하는 것을 보는 것이 저는 좋아요. 조금이라도 흥분하고 있다는 것을 스스로 알게 되면 곧 제자리로 돌아가 버리니까요. 즐거워요. 어머, 저나 당신이나 오늘은 정말 흐뭇하게 웃었군요. 당신에게 말하기 전까지는 아주 개운치 않은 기분으로 지내고 있었기 때문에 지금 이렇게 털어놓고 나니 웬일인지 하늘을 나는 듯한 기분이에요. 이제 다 끝났군요. 이제 이런 이야기는 다시 하지 않기로 해요. "

트렌트는 한시름 놓은 듯한 모습으로 말했다.

"네, 제발 그렇게 해주길 바랍니다. 저도 당신이 그처럼 친절하신데 굳이 당신에게서 꾸중들을 만한 일을 할 만큼 못된 호기심을 가진 사람은 아니니까요. 그럼 이제 그만 가봐야겠습니다. 이런 이야기가 끝난 뒤 다른 이야기를 하는 것은 지진 뒤에 술래잡기 놀이를 하는 것과 같으니까요. "

그는 그렇게 말하고 자리에서 일어났다.

"그렇겠군요. 하지만…… 잠깐만 기다리세요. 한 가지만 더…… 아직 남아 있는 문제가 하나 있어요. 기회가 좋으니까 모든 것을 다 이야기하기로 하죠. 어서 앉으세요. "

그녀는 트렌트가 테이블 위에 놓은 그 봉투를 들고 말했다.

"여기에 대해서예요. "

트렌트는 이맛살을 찌푸리고 이상한 얼굴로 그것을 쳐다보며 말했다.

"그렇게 말씀하신다면 저도 꼭 물어 볼 말이 한 가지 있습니다……."

"무슨 일인데요?"

"제가 그 원고를 덮어버린 이유는 전혀 저의 망상에 지나지 않은 일이라는 생각때문이라지만 당신은 그럴 필요는 없었을 텐데, 왜 그것을 사용하지 않았습니까? 저는 당신을 오해하고 있었다는 것을 알기 시작했을 때, 당신이 침묵을 지키고 계신 이유를 이렇게 생각했습니다. 즉 아무리 나쁜 일을 한 남자라도 자기 손으로 그 남자를 교수대에 보내고 싶지는 않기 때문일 것이라고. 그런 기분이었다면 잘 알겠습니다만, 역시 그랬던가요? 저는 다른 이유도 생각해 보았습니다. 그것은 머로우의 행위를 정당하다고 생각해도 되는 근거를, 또는 용서받아야만 한다고 판단할 수 있는 근거를 당신은 뭔가 알고 있을지도 모른다는 점입니다. 또한 그런 인간적인 동정과는 관계없이 다만 단순히 살인 사건의 재판에 관계하여 세상의 주목을 끄는 일이 무서워서 그랬는지도 모른다고도 생각해 보았습니다. 이런 종류의 사건에서는 중요한 증인이 사실 증언을 강요 당하는 일이 많이 있으니까요. 법정에 나가는 일만으로도 뭔가 창피를 당한 듯한 기분이 드는 것도 당연한 일이고요."

맨더슨 부인은 미소를 감출 생각도 않고, 봉투로 가볍게 입술을 두드렸다.

"그 밖의 가능성은 생각하지 않으셨던가요?"

"그밖에야 뭐……."

트렌트는 이상하다는 듯한 표정으로 대답했다.

"당신이 저를 오해하셨던 것처럼, 머로우 씨를 오해하고 계신지도 모릅니다. 물론 증거라는 것이 도대체 무엇인가요? 머로우 씨가 그 날 밤 남편으로 가장하고 저의 방 창문으로 빠져나가 알리바이를 만들었다는 증거인가요? 저는 그 원고를 몇 번이고 읽어보았습니다만, 분명히 그 점은 의심할 여지가 없다고 생각해요."

트렌트는 눈을 가늘게 뜨고 그녀를 쳐다보며 그녀가 잠시 말을 끊었다 다시 시작하기를 기다렸다. 그녀는 생각을 정리하려는 듯 스커트 주름을 만지작거렸다. 이윽고 그녀는 천천히 말을 꺼냈다.

"당신이 발견한 사실을 발표하지 않았던 것은, 만일 발표하면 머로우 씨는 헤어날 수 없을 것 같았기 때문이에요."

"그렇지요, 헤어나지 못했을 겁니다."

트렌트는 무뚝뚝하게 말했다. 그녀가 깊은 생각이 담긴 듯한 눈을 들어 트렌트를 쳐다보며 말했다.

"그래서 저는 그분이 결백하다는 것을 분명히 알고 있었으므로, 그분을 그런 위험에서 피하게 하려고 했던 것입니다."

또 잠시 침묵이 계속되었다. 트렌트는 턱을 쓰다듬으며 상대방의 생각을 신중히 음미하고 있는 체하고 있었다. 마음 속으로는 그녀가 지금 말한 것은 아주 당연한 일이며, 적절한 처사라고 스스로에게 타이르고 있었다. 참으로 여자다운 생각이었다. 그는 그녀의 그러한 여자다운 점이 못 견디게 좋았다. 이성이 명백하게 증명하는 것을 무시하고 어디까지나 친구의 결백을 믿으려는 그녀의 한결같은 마음은 당연히 용서를 해줘야 할 것이다. 트렌트는 그렇게 생각해 보았으나, 웬일인지 안타까운 기분이 남았다. 아무리 친구를 믿고 있어도 '좀 더 달리 말할 수 있을 텐데' 하고 생각했다. 범인이 아니라는 것을 "분명히 알고 있었다"고 말한 것은 아무리 생각해도 불합리한 말이다. 정말 그녀답지 않다고 그는 마음 속으로 단호히 말했다. 이성적으로 생각하다 불쾌한 결과에 다다르면 아예 이성을 버리고 마는 것은 여성 특유의 속성이지만, 만일 맨더슨 부인에게도 그런 버릇이 있다면, 그녀는 평소 그 버릇을 그가 알고 있는 다른 여성만큼 노골적으로 나타내지 않았을 뿐인지도 모른다.

트렌트는 가까스로 입을 열었다.

"머로우 군은 범죄자가 아니면 할 것 같지도 않은 방법으로 일부러 알리바이를 만들었는데, 당신의 말로는 그것은 저지르지 않은 죄를 모면하기 위해서였다는 뜻이 되는군요? 그가 결백하다는 것을 어떻게 알았습니까, 직접 본인에게서 들었나요?"

부인은 초조한 듯이 소리를 내어 웃었다.

"당신은 제가 머로우 씨의 농간에 넘어갔다고 생각하시는 건가요? 그렇지 않아요. 저는 다만 그분이 범인이 아니라는 확신을 가지고 있을 뿐입니다. 그래요, 분명히 불합리한 이야기예요. 하지만 당신 역시 상당히 이치에 맞지 않는 말을 하고 계시네요. 저를 만나 제가 자아내는 분위기에 젖어 있으면 저를 의심한다는 것은 바보라고 당신 자신이 조금 전에 말씀하시지 않았습니까?"

트렌트는 정신이 번쩍 들어 엉덩이를 들썩였다. 부인은 그 모습을 흘끗 쳐다보고 말을 계속했다.

"저의 분위기에 대해 그렇게 말씀해 주신 것은 정말 고맙습니다. 다른 사람의 분위기에 대해서도 적당한 판단을 내려야 한다고 생각해요. 당신이 저의 분위기를 알고 있는 이상으로 저는 머로우 씨의 분위기를 잘 알고 있습니다. 몇 년 동안이나 날마다 얼굴을 맞대고 살아 왔으니까요. 그분의 일을 낱낱이 다 안다고 할 수 없지만, 그러나 살인을 할 수 있는 사람은 아니라는 것만은 확실해요. 저는 당신이 가난한 여자의 돈을 빼앗으리라고는 생각지 않는 것처럼 머로우 씨가 살인을 꾀하리라고는 절대로 생각할 수 없습니다. 당신이라면 사람을 죽일지도 모릅니다. 저 역시 그 상대방이 살해될 만한 짓을 했고 더구나 죽이지 않으면 자신이 죽임을 당할 경우라면 때에 따라서는 사람을 죽일지도 모릅니다.

그러나 머로우 씨만은 비록 어떤 사정이 있어도 그런 일은 할 수 없는 사람입니다. 그분은 어떤 경우에도 결코 화를 내거나 감정적으로 움직이는 그런 성격의 사람이 아닙니다. 인간을 냉정하고 관대한 마음으로 바라보고 어떤 일이나 용서해 줄 수 있는 사람입니다. 표면적으로는 나타나지 않지만 분명히 그런 점을 지니고 있었어요. 보고 있으면 답답할 때도 있었어요. 이를테면 미국에서는 어쩌다 개인적인 처벌에 대한 것이 화제에 오를 때가 있었는데, 머로우 씨는 그 자리에 있어도 무표정한 얼굴로 아무 말 않고, 전혀 못 들은 체하고 있었지요. 그러나 그것에 대한 심한 혐오감이 그분의 마음속에서 파도처럼 전달되어 오는 것을 느낄 수 있었어요.

그분은 진심으로 폭력을 저주하고 싫어했습니다. 어떤 뜻으로는 아주 색다른 분이었어요. 뭔가 엉뚱한 일을 할 것 같은 느낌을 남에게 주는 거예요. 그런 느낌을 주는 사람이 세상에는 어쩌다 있잖아요. 그날 밤의 사건에서 머로우 씨가 실제로 어떤 역할을 했는지 저는 상상도 할 수 없습니다. 그러나 그분이 계획적으로 살인을 하다니, 그분을 조금이라도 알고 있는 사람이라면 절대로 믿지 않을 거예요."

부인은 그렇게 말하고 소파에 기대어 조용히 트렌트를 쳐다보았다. 주의 깊게 귀를 기울이고 있던 트렌트는 겨우 입을 열었다.

"그러고 보니 저 자신은 지금까지 그다지 생각할 가치가 없다고 생각했던 일입니다만, 그 두 가지 가능성을 잘 생각할 필요성이 생긴 셈이군요. 당신 말이 옳다 하더라도 머로우 군은 정당방위를 위해 죽였던가 우연한 과실로 죽였던가, 그 둘 중 어느 하나라고 생각할 수 있겠군요."

부인은 가볍게 고개를 끄덕였다.

"당신의 원고를 읽었을 때, 저도 그 두 가지 설명을 생각해 보았어요. 그러나 그 어느 경우이건 곧 경찰에 출두하는 것이 자연스러운 일이고, 또 그것이 가장 완전한 방법이 아니었을까요? 당신도 그렇게 생각하시겠지요? 그런 위장 공작을 계속하고 있으면 한 가지만 틀려도 그야말로 유죄판결이 내려질 것은 확실할 테니까요."

부인은 그 말에 힘없이 대답했다.

"그 말이 맞아요. 저도 거기에 대해 머리가 아플 정도로 생각해 보았습니다. 누군가 다른 사람이 남편을 죽이고 머로우 씨는 다만 그 사람을 어떤 이유로 감싸주려고 했던 것은 아닌가, 이런 생각까지 해보았어요. 그러나 그것은 아무래도 엉뚱한 생각 같았어요. 그밖의 여러 가지 생각을 해봤지만 아무래도 제 힘으로는 수수께끼가 풀리지 않았습니다. 그래서 결국은 단념하고 말았습니다. 어쨌든 제가 보기에 확실한 일은, 머로우 씨는 절대로 범인이 아니라는 것과, 만일 제가 당신이 알아 낸 사실을 발표한다면 머로우 씨는 재판 결과 범인으로 인정될 것이라는 사실이었습니다. 당신을 뵙게 되면 꼭 이 말을 해야겠다고 마음먹고 있었는데, 이렇게 말할 수 있게 되어 한시름 놓았습니다."

트렌트는 한 손으로 턱을 누르며 물끄러미 융단 위를 쳐다보고 있었다. 진상을 밝혀야겠다는 의욕이 점점 강해져옴을 느꼈다. 머로우의 성격에 대한 부인의 확신에 가까운 의견을 그대로 받아 들일 생각은 없었지만, 그러나 이 정도로 확신을 갖고 말하는 데는 덮어놓고 무시할 수만도 없었다. 트렌트의 자신감은 상당히 동요되기 시작했다.

그는 눈을 들어 말했다.

"이렇게 되면 남은 방법은 한 가지밖에 없습니다. 머로우 군을 만나 보기로 하죠. 이대로 내버려둔다는 것은 제 마음이 허락하지 않습니다. 어떻게 해서든지 진상을 밝혀야합니다. 그런데 좀 물어 보고 싶은 일이 있는데요."

그는 잠깐 말을 끊었다.

"제가 화이트게이블즈에서 당신과 헤어진 뒤 머로우 군은 어떤 행동을 취했습니까?"

맨더슨 부인은 담담하게 대답했다.

"그 뒤로 저는 머로우 씨와 한 번도 얼굴을 마주 대한 적이 없습니다. 당신이 돌아간 뒤 며칠 동안은 기분이 좋지 않아 줄곧 누워 있었습니다. 가까스로 일어날 수 있게 되었을 때는 이미 그는 집에 없었습니다. 런던에서 변호사를 만나 사건의 뒤처리 등을 의논하고 있었던 것 같습니다. 장례식에도 나타나지 않았습니다. 저는 장례식이 끝나자 곧 외국으로 여행을 떠났습니다. 그리고 몇 주 뒤에야 저에게 편지를 보내 왔는데, 그 편지에 의하면 머로우 씨는 완전히 자기가 하던 일을 정리해서 변호사에게 뒷일을 부탁해 놓았다고 했어요. 친절하게 대해 준 것을 진심으로 기쁘게 생각하고 있다는 정중한 인사말도 씌어 있었습니다. 그 편지에는 앞으로 어떻게 하겠다는 말은 전혀 씌어 있지 않았습니다. 특히 이상하다고 생각한 것은, 남편의 죽음에 대해서는 한 줄도 쓰지 않았던 일입니다. 저는 답장을 내지 않았습니다. 그 일을 알고 있었으므로 그것이 묘하게 마음에 걸려 머로우 씨에게는 편지 쓸 마음이 생기지 않았어요. 최근에는 그렇지도 않았습니다만, 그 날 밤 머로우 씨가 주인으로 변장하고 저의 침실에 들어왔다는 생각을 하면 소름이 끼쳤습니다. 그분하고는 다시 만나고 싶지도 않았으며 소문을 듣고 싶지도 않았어요."

"그럼, 그의 최근 소식을 모르시겠군요?"

"네. 그러나 버튼 고모부——카플스 씨를 말하는 겁니다——그분이라면 틀림없이 알고 계실 거예요. 바로 얼마 전에 런던에서 머로우 씨를 만나셨습니다. 제가 곧 화제를 돌렸기 때문에 자세한 것은 못 들었습니다."

부인은 잠깐 말을 끊고 약간 장난스럽게 미소를 지었다.

"당신은 당신 뜻대로 만든 연극을 하다 중간에서 퇴장해 버리신 뒤 머로우 씨가 어떻게 되리라고 생각하셨던가요?"

트렌트는 얼굴을 붉히고 말했다.

"정말 알고 싶습니까?"

"네, 물론이죠."

그녀는 조용히 말했다.

"또 저를 못살게 구실 작정이군요, 맨더슨 부인. 할 수 없지요. 제가 여행에서 런던으로 돌아왔을 때 어떻게 예상했는가를 말씀드리죠. 당신이 머로우 군과 결혼해서 외국 어딘가에서 살고 있으리라 생각했습니다."

그녀는 그 말을 듣고도 전혀 동요하는 빛을 보이지 않았다.

"분명히 그분과 저의 재산을 합쳐도 이 영국에서는 그다지 편한 생활을 할 수 없었을 테니까요."

그녀는 감개무량한 듯한 어조로 말했다.

"그 무렵 머로우 씨는 거의 무일푼이었거든요."

트렌트는 부인의 얼굴을 물끄러미 쳐다보았다. 부인이 나중에 한 말은 들어 보면 그는 그때 "어이가 없어 멍하니 있었다"고 했다. 어쨌든 부인은 약간 당황한 듯한 웃음소리를 내었다.

"어머나, 왜 그러시지요? 제가 심한 말이라도 했나요? 저는 아시고 있는 줄 알았습니다. 저는 이미 여러 사람에게 말했기 때문에 세상에선 모르는 사람이 없는 줄 알았지요. 제가 만일 재혼하게 되면 남편의 유산이 다 무효가 되는 거예요."

그 말을 듣고 트렌트가 나타낸 반응은 미묘한 것이었다. 순간 그의 얼굴이 놀라움으로 휩싸였다. 그 표정이 사라지자, 이번에는 의자에 앉은 채 몸이 굳어지고 말았다. 의자의 팔걸이를 잡고 있는 트렌트의 손에 힘이 주어져 새하얘진 것을 본 부인이, 마치 외과의사의 메스가 가해지기를 기다리고 있는 환자와 같다고 생각했을 정도였다. 그러나 트렌트는 전에 없이 낮은 목소리로 간단히 이렇게 말했을 뿐이었다.

"그런 줄은 몰랐습니다."

그녀는 반지를 만지작거리며 조용히 말했다.

"그렇게 되었어요. 그러나 그다지 이상한 일은 아니라고 생각합니다. 저는 오히려 기뻐하고 있을 정도니까요. 적어도 그 일이 세상에 알려진 뒤, 보통 저와 같은 경우에 놓인 여자에게 집중되는 관심에서 벗어날 수 있었으니까요."

트렌트는 엄숙한 어조로 말했다.

"분명히 그렇겠죠. 그러나…… 그것과 다른 종류의 관심은 어떻습니까?"

부인은 이상하다는 듯 그의 얼굴을 쳐다본 다음, "어머나!"하며 크게 소리내어 웃었다.

"아니오, 다른 관심은 전혀 집중되지 않아요. 저처럼 제멋대로이고, 취미와 습관이 사치스러운데다 아버지의 유산이 조금밖에 없는 미망인에게 청혼하는 그런 정신나간 사람은 아직 본 일이 없습니다."

부인은 천천히 고개를 내저었다. 그 몸짓에서 보여진 것이 트렌트에게 마지막으로 남아 있던 자제력을 날려 버렸다.

"그렇습니까. 그런 남자를 만난 일이 없습니까!"

트렌트는 그렇게 외치더니 벌떡 일어나 그녀가 있는 쪽으로 한 발자국 내딛었다.

"그렇다면, 인간의 정열은 반드시 돈으로 좌우되는 것이 아님을 가르쳐 드리죠. 저는 스스로의 마음에 분명히 결말을 짓고 싶습니다. 용기를 내어 말하겠습니다. 저 말고도 저보다 훌륭한 숱한 남자들이 역시 당신에게 같은 말을 하고 싶었겠지만, 그 사람들은 다만 저처럼 저돌적인 용기를 가지고 있지 않았던 것입니다. 무서워서 어리석은 짓을 못한 것입니다. 그러나 저는 무섭지 않습니다. 오늘은 당신 덕분에 어리석은 짓을 하는데는 익숙해졌으니까요."

트렌트는 빨리 말한 다음 소리를 내어 웃으며 두 손을 앞으로 내밀었다.

"저를 보세요! 세상에서도 보기 드문 우스운 구경거리입니다! 이 어리석은 남자는 당신을 사랑한다고 말하고 있습니다. 막대한 재산을 버리고 저의 품으로 뛰어들어와 달라고 당신에게 부탁하고 있습니다."

부인은 두 손으로 얼굴을 가렸다. 도막도막 끊어지는 목소리가 들려 왔다.

"부탁이에요. 그런 말씀은 마세요……"

트렌트가 대답했다.

"부탁입니다. 돌아가기 전에 하고 싶은 말을 다 할 수 있도록 해주십시오. 악취미인지 모릅니다만, 그 비난을 달게 받겠습니다. 저는 자신의 영혼을 구하고 싶습니다. 그러려면 분명히 고백을 해야 합니다. 이것은 진심입니다. 저는 당신을 처음 봤을 때부터 계속 괴로워했습니다. 당신은 몰랐겠지만, 저는 당신이 말스턴의 벼랑 위에 앉아 바다 쪽으로 두 손을 내밀고 있던 모습을 보았습니다. 그때는 단지 당신의 아름다움이 저의 마음을 채웠을 뿐이었습니다. 그 벼랑 위를 걸으며 그 근처 살아 있는 모든 것이 바람과 태양 빛

속에 있는 당신의 아름다움을 찬양하고 소리 높여 합창하고 있는 것 같았습니다. 그 노래가 제 귀에 언제까지나 남아 있었습니다.

그러나 그것만으로 끝났다면 아무리 당신의 아름다움에 감동되었다 하더라도 지금쯤은 이미 쓸쓸한 추억에 불과하겠죠. 문제는 당신이 저에게 팔을 내맡기고 그 호텔에서 집까지 바래다주었을 때입니다. 그때, 도대체 무슨 일이 일어났을까요. 제가 알고 있는 것은 당신의 강렬한 마력이 완전히 저를 사로잡아 버려 앞으로 제 생애에 무슨 일이 있어도 그 날의 기억은 절대로 마음에서 사라지지 않으리라는 것입니다.

그때까지는 조용한 호수와 같은 아름다움에 마음이 끌렸을 뿐인데, 그날 저는 그 호수의 품위에 매혹되어 버린 것입니다. 그리고 다음날 아침, 그 호수에 파도가 일어 마침내 여신이 모습을 나타냈습니다. 제가 몸이 끊어질 듯한 의혹에 괴로워하며 당신을 찾아갔던 날 아침, 당신이 그 창백하고 귀여운 가면을 벗어 던졌을 때…… 그리고 당신이 깊은 감동을 나타내고, 눈이 반짝이고, 몸짓에 생기가 넘치는 것을 보았을 때…… 그리고 또 당신 같은 분이 오랫동안 공허한 생활로 쓸데없이 자신을 소모하고 있었다는 것을 알았을 때, 저는 사뭇 미칠 것 같아 가슴속에 있는 생각을 드러내 보이고 싶어 못 견뎠었는데 이제야 겨우 그 소망을 이루었습니다.

만일 당신의 사랑을 얻을 수 없다면 저의 인생은 빈 껍데기나 다름없습니다. 그리고 나는 영원히 당신의 검은머리에 사로잡혀 사랑의 포로가 되고 당신의 목소리의 주문에 괴로워하며……. ”

“그만하세요 ! ”

부인은 얼굴을 들고 소리쳤다. 볼이 빨갛게 타오르고 두 손은 옆에 있는 쿠션을 꽉 움켜쥐고 있었다. 그리고 숨을 헐떡이며 갈피를 못 잡겠다는 듯 재빨리 말했다.

"안 돼요. 그런 말씀하시면 저까지 상식을 잃어버릴 것 같아요. 어쩌자고 그런 말씀을 하십니까? 전 당신이 누구인지 알 수 없게 되었어요. 마치 사람이 달라진 것 같아요. 우리는 아이들이 아닙니다. 이 점을 잊지 마세요. 마치 소년이 첫사랑에 들떠서 중얼거리고 있는 것 같군요. 어리석은 꿈 같은 이야기예요. 당신은 그렇게 생각하고 계시지 않겠지만, 이제 그만하면 됐어요. 정말 당신은 어떻게 되신 게 아닌지 모르겠어요."

그녀는 비참한 모양으로 흐느껴 울고 있었다.

"당신 같은 분이 그런 감상적인 말씀을 하시다니, 우스워요. 자제심은 어떻게 하셨죠?"

"그런 건 어디론가 날아가 버렸습니다!"

트렌트가 그렇게 소리치고 당돌하게 웃었다.

"이제 곧 저도 그 뒤를 쫓아갈 참입니다."

그는 진지한 얼굴로 그녀의 눈을 들여다보았다.

"이제 겨우 마음이 놓였습니다. 당신의 막대한 재산에 눌려 지금까지 저의 마음을 털어놓지 못했습니다. 당신의 재산이 너무나도 컸던 것입니다. 특히 그런 마음을 갖다니, 전혀 칭찬할 일이 못 됩니다. 겁이 많았다고 할까요. 당신이 어떻게 생각할까 두려웠던 겁니다. 게다가 세상의 평판도 두려웠습니다. 그러나 그런 장애가 없어져 모든 것을 털어놓으니 이제 아주 마음이 가벼워졌습니다.

사실을 그대로 말해 버렸으니 이제 평온한 심정입니다. 그것을 감상적이라고 하건 뭐라고 하건, 아무래도 상관없습니다. 결코 과학적인 설명을 발표할 작정은 아니었으니까요. 아무래도 그것이 당신에게는 거추장스러웠던 모양이니까 다 잊어주십시오.

그러나 당신에게는 웃음거리로밖에 들리지 않았다 하더라도 저로선 극히 진지했던 일이라는 것만은 믿어 주십시오. 요컨대 저는

당신을 사랑하고 존경하고 이 세상에서 가장 중요한 사람으로 생각
하고 있다는 것을 말했을 뿐입니다. 그럼 이만 가보겠습니다."
그러나 부인은 손을 내밀어 그를 말렸다.

편지

"꼭 그래야 한다면 하라는 대로 하겠소. 가능하면 당신이 옆에 없을 때 쓰고 싶은데. 그러나 할 수 없군요. 별보다도 천사의 손보다도 흰 편지지를 가지고 오십시오. 당신의 주소와 이름이 씌어 있지 않은 종이를 말입니다. 이런 것을 쓴다는 것은 제 마음을 상당히 희생하고 있는 겁니다. 이렇게 싫은 편지를 쓰게 된 일은 생전 처음입니다."

트렌트는 말했다. 부인은 고맙다는 말을 했다.

"그래, 뭐라고 쓸까요?"

트렌트는 펜을 들고 종이 앞에 앉아 있었다.

"그를 여름 하루에 비유한 문구도 늘어놓을까요? 정말 어떻게 쓰면 좋을까요?"

"당신이 하고 싶은 말을 쓰면 돼요."

부인은 말했다.

트렌트는 고개를 내저었다.

"제가 말하고 싶은 것은, 24시간 전부터 남자고 여자고 아이들에게도 어쨌든 제가 만나는 사람들 모두에게 하고 싶었던 말은, '메이벨과 나는 약혼했다. 지금 꿈꾸는 기분이다'라는 말인데, 지금까지 쓰려는——불길한 편지라고까지 말하지 않는다 하더라도——아무튼 딱딱한 공문서의 첫 문구라면 어떨까 하는 생각이 듭니다. '머로우 님'이라고만 썼습니다. 그리고 다음은?"

"당신에게 꼭 보여 드리고 싶은 원고가 있어서 보내 드립니다."
부인은 트렌트를 재촉하듯 말했다.

"이 편지는 그에게 못마땅한 인상을 주는 것이지 위로하는 편지는 아니니까 그런 투로 쓰면 안 됩니다. 좀 더 어려운 단어를 써야지."
트렌트가 말했다.

"어째서요? 흔히 그런 편지가 있는데, 왜 그런 식으로 쓸 필요가 있는지 모르겠어요. 분명히 변호사는 실업가에게서 오는 편지에는 으레 '귀한배독(貴翰拜讀)'이라는 어려운 단어를 늘어놓더군요. 만나서 이야기할 때는 결코 그런 말을 쓰지 않는데, 정말 이상해요."
트렌트는 마음이 놓이는 듯한 얼굴로 펜을 놓고 일어섰다.

"아니오, 그들에겐 결코 이상하지 않습니다. 그 이유를 설명해 드리죠. 대개 우리 영국 사람은 그다지 머리 쓰기를 좋아하지 않으니까 보통은 아주 간단하고 쉬운 말로 일을 보고 있습니다. 철자가 긴 단어는 말하자면 이상한 것입니다. 단어에만 국한된 게 아니라 모든 일에 대해서 말할 수 있는 것인데, 이상한 것은 모두가 몹시 우스운 느낌이 들든가 아니면 더할 나위 없이 엄숙한 느낌을 주는 것입니다. 이를테면 인텔리전트 안티시페이션(선견지명)이라는 말이 있습니다. 이것이 만일 영국 이외의 유럽 여러 나라에서 쓰여 왔다면 전혀 관심도 끌지 않았을 것입니다. 그런데 그것이 영국에서 쓰이고 있기 때문에 대단히 주목을 하게 되는 것입니다. 연설이나 신문의 논설에 이 말이 나오면 누구나 히죽 웃습니다. 세상에도 드문 명구나 되는 것처럼 생각되는 것입니다. 왜 그렇다고 생각합니까? 그것은 긴 두 단어로 이루어져 있기 때문입니다. 그 말의 뜻 자체는 냉동이나 다름없이 아주 평범한 것인데, 그리고 또 터머너라지컬 인이그잭터튜드(용어법상의 부정확성)라는 말도 있습니다. 이 말을 들으면 모두가 곧잘 웃었습니다. 지금도 웃습니다. 이 말이 왜 우스운가 하면 지나치게 길기 때문입니다. 그리고 반대로 매우 진지한 말을 하고자 할 때도 역시 이것을 이용하죠. 어쨌든 긴 단어를 늘어놓는 것입니다. 변호사는 '당해 대행인이 수리한 통고에 준거하여……'와 같이 뜻을 모르는 문구를 늘어놓으면 그것만으로도 5실링 6펜스를 번 것 같은 기분이 드는 겁니다. 웃으면 안 돼요! 이건 사실입니다.

그런데 영국 이외의 유럽 사람들은 그런 기분을 모릅니다. 그들은 평상시부터 개념적인 일에 머리를 써왔기 때문입니다. 그러므로 점원이건 농부건 대단히 어려운 말을 쓰고 있어요. 꽤 오래 전의 이야기지만, 파리에서 운전사 노릇을 하는 제 친구가 한 사람 있습니다. 언젠가 그 친구와 함께 식사를 한 일이 있었습니다. 장소는 중앙우체국 맞은쪽에 있는 작고 더러운 식당이었어요. 화제는 흔한 세상 이야기였는데, 런던의 운전기사로는 좀 이해할 수 없을 것 같은 말을 사용하는 거예요. 평쇼너리(공무원)라든가 언퍼겟터블(잊을 수 없는)이라든가, 엑스터미네이트(근절하다), 인디펜던스(독립)라든가 하는 말이 마구 튀어나오는 겁니다. 그것은 내가 말하고 있는 상대뿐 아니라, 여기저기 앉아 있는 교양 없고 명랑한 붉은 얼굴의 운전기사들도 다 그랬어요. 단 이것은 알기 쉽게 설명하기 위해 예를 들었을 뿐입니다."

부인이 책상 옆으로 다가와 펜을 잡는 것을 보자 트렌트가 급히 말을 계속했다.

"그렇다고 뭐 운전기사는 교양이 없어야 한다고 말하는 것은 아닙니다. 그럴 필요는 없다고 생각합니다. 저는 키츠에 동의합니다. 즐거운지고 영국이여, 좋은지고 꾸밈없는 마부여, 귀여운지고 최상의 소박함이여. 그런데 국내의 우수한 두뇌를 통합하여 산업에 투입하는 사람들은…… 아니, 왜 그러십니까? 제 이야기가……."

"이제 됐어요!"

맨더슨 부인이 소리쳤다.

"당신의 이야기를 그만두게 하지 않으면 언제까지나 머로우 씨에게 보낼 편지를 쓸 수 없지 않아요. 쓰지 않고 내버려 둘 수는 없단 말이에요."

그녀는 트렌트의 손에 펜을 쥐어 주었다.

"제가 이야기할 때는 말리지 않는 편이 현명합니다. 말이 너무 없는 남자는 잘 지껄이는 남자보다 함께 살기 힘든 법이니까요. 뚱하니 말이 없는 사람은 경계를 해야 합니다. 정말이지 이런 편지를 써야 한다고 생각하니 진저리가 납니다. 그다지 좋은 일도 아니고 도대체 이런 편지를 쓰며 당신과 같은 방에 있다는 것은 두 가지 기분을 한데 섞는 것 같은 짓입니다."

그녀는 책상 앞 의자가 있는 곳으로 그를 데리고 가 앉게 했다.

"그렇더라도 어쨌든 써보세요. 당신이 어떤 것을 쓰나 그것이 보고 싶은 거예요. 그리고 다 쓰면 그분에게 보냈으면 해요. 미리 말씀 드리지만 저는 아무래도 괜찮아요. 당신이 어떻게든지 진상을 아시고 싶다면 빨리 편지를 쓰시라고 말하고 있을 뿐입니다. 그러기를 바라신다면 되도록 빨리 서두는 편이 좋을 것 같아요. 쓰려고 마음만 먹으면 곧 쓸 수 있을 것 아녜요. 싫은 편지는 빨리 써서 우체통에 넣어 버리는 것이 상책입니다. 다시 회수하려고 해도 불가능한 일이고, 아무리 버둥대도 이미 끝난 일이니까요."

"분부대로 해볼까요?"

트렌트는 그렇게 말하고 편지지를 들여다보았다. 이쪽 주소는 그가 묵고 있는 호텔로 했다. 부인은 부드러운 눈길로 수그린 트렌트의 머리를 내려다보고 조금 흩어진 머리카락을 쓸어 올리려는 듯 손을 가져갔으나 머리카락은 만지지 않았다.

그리고는 말없이 피아노 앞에 앉아 조용히 피아노를 치기 시작했다. 이윽고 10분도 되기 전에 트렌트가 말을 걸었다.

"만일 그가 아무것도 말하고 싶지 않다는 회답을 보내오면 어떻게 합니까?"

부인은 어깨 너머로 돌아다보았다.

"그런 걱정은 안 해도 되리라고 생각해요. 당신의 고발을 막기 위해 뭐라고 설명을 하겠지요."

"그러나 어쨌든 저는 고발하지 않습니다. 첫째로 당신이 그렇게 하는 것을 허락해 주지 않겠죠. 그렇게 말하지 않았습니까. 게다가 비록 당신이 허락해 준다 해도 저는 하고 싶은 마음이 없습니다. 스스로의 결론에 대해서 확고한 자신을 가질 수 없게 되었으니까요."

부인은 장난스럽게 웃으며 말했다.

"그러나 머로우 씨에게는 딱한 일이지만 당신이 그렇게 생각하고 있다는 것은 알리지 않으시겠지요?"

트렌트는 한숨을 쉬며 실망한 듯한 어조로 말했다.

"신사도는 어려운 것이군요! 저도 앞뒤 생각 없이 나중에 생각하면 부끄러워지는 행위를 해버리는 경우가 있습니다. 이를테면 나를 모욕한 녀석을 갑자기 두들겨 준다든가, 또는 캄캄한 방안에서 정강이를 벗기고 입에 못 담을 욕을 마구 퍼붓는다든가…… 그런데 당신은 지금 고발할 생각은 없지만 고발할 것 같이 위협하여 머로우 군을 깜짝 놀라게 해주라고 태연한 얼굴로 저를 선동하고 있는데, 아무리 타락한 지옥의 귀신이라도 이렇게까지 심한 일은 시키지 않을 겁니다. 어쨌든 너무 악랄한 짓은 하고 싶지 않습니다."

트렌트는 다시 펜을 들었다. 부인은 너그러운 미소를 띠고, 또 조용히 피아노를 치기 시작했다.

그로부터 몇 분이 지나서 트렌트가 말했다.

"이제야 다 썼습니다. 보시겠습니까?"

부인은 저녁의 어둠이 깔린 방안을 달려와 책상 옆에 있는 전기스탠드에 불을 켜고 그의 어깨에 기대어 그가 쓴 편지를 읽기 시작했다.

머로우님

지난해 6월 말스턴에서 그 불행한 사건이 일어났을 때 뵈었던 본인을 기억하고 계시리라 생각합니다.

그때 본인은 어떤 신문사의 의뢰를 받아 고(故)시그즈비 맨더슨 씨 죽음의 진상을 독자적인 입장에서 조사할 임무를 띠고 있었습니다. 조사 결과 제가 다다른 결론에 대해서는 동봉한 원고를 보아주시기 바랍니다. 이 원고는 본디 앞서 말한 신문사에 보낼 보고서로 작성한 것인데, 여기 말할 필요가 없는 어떤 이유로 인해 그 무렵 발표를 보류하고 귀하에게 보이는 일까지 삼가하여 지금에 이르렀습니다. 이 원고는 본인을 제외하고 단 두 사람만이 읽었을 뿐입니다.

맨더슨 부인은 여기까지 읽더니 편지에서 눈을 떼고 검은 눈썹을 찡그렸다.

"두 사람이라니요?"

"또 한 사람은 당신의 고모부입니다. 어제 만나 모든 것을 다 얘기했습니다. 잘못되었나요? 실은 오래 전부터 제가 그 사건에 대한 조사가 완전히 끝나면 그 결과를 설명하겠다고 약속했기 때문에 잠자코 있기가 괴로웠습니다. 일부러 숨기고 있는 것 같아서…… 이제 분명히 결말을 지을 단계도 되었고 당신에게 폐를 끼칠 염려도 없어졌으니 모든 것을 설명해 버릴 생각이 든 것입니다. 그는 그 나름대로 꽤 핵심적인 조언을 해 줍디다. 그러므로 머로우 군을 만날 때는 꼭 입회해 달라고 할 작정입니다. 머로우 군을 상대로 할 경우에 제가 혼자 생각하기보다 두 사람의 지혜를 합하는 편이 유리할 테니까요."

부인은 한숨을 쉬었다.

"하긴 그렇겠군요. 고모부께서 진상을 알아 둘 필요는 분명히 있어요. 그러나 더 이상 다른 사람에게는 알리지 마세요."

부인은 트렌트의 손을 옆에서 살짝 눌렀다.

"그런 무서운 생각은 완전히 잊어버리고 싶어요. 깊은 구덩이 속에 묻어 버리고 싶습니다. 물론 저는 지금 굉장히 행복하지만, 그러나 당신이 진상을 완전히 파헤쳐 당신의 기묘한 호기심을 만족시키고 땅 속에 묻어 주신다면 더 행복해질 거예요."

부인은 다시 편지를 읽기 시작했다.

그런데 최근에 와서 그 결심을 번복하지 않을 수 없는 사실이 밝혀졌습니다. 물론 지금도 본인이 발견한 사실을 공표할 의사는 전혀 없습니다만, 다만 귀하와 만나서 직접 해명할 필요가 있다고 통감한 것입니다. 이 사건에 대해 다른 해석을 내릴 여지가 있다는 논거를 가지고 계실 경우에는 만남을 쾌히 승낙해 주시리라고 생각합니다.

제가 머무르고 있는 호텔까지 와 주시면 고맙겠습니다만, 형편에 따라 귀하께서 날짜 및 장소를 정해 주시면 이쪽에서 기꺼이 찾아가겠습니다. 어느 경우에나 카플스 씨가 동석하기를 바라오니 양해해주시기 바랍니다. 특히 이분에 대해서 귀하도 기억하고 계시리라 믿습니다만, 동봉한 원고를 이미 통독하셨으므로 알려드리는 것입니다.

필립 트렌트

"굉장히 딱딱한 편지로군! 당신이 만일 자기 방에서 혼자 쓰셨다면 이렇게 딱딱하게는 쓰실 수 없었을 거예요."

부인은 말했다. 트렌트가 그 편지를 긴 봉투에 넣었다.

"그렇겠지요. 머로우 군이 이것을 읽으면 깜짝 놀랄 겁니다. 그런데 도중에서 잘못되는 일이 있으면 안 될 테니 특히 심부름하는 사람에게 부탁하여 직접 건네 주도록 하는 편이 좋을 겁니다. 본인이 없을 때는 그대로 가지고 돌아오도록 주의시켜야 합니다."

부인은 고개를 끄덕이고 말했다.

"그렇게 하겠어요. 잠깐 여기서 기다리고 계세요."

맨더슨 부인이 방으로 돌아왔을 때 트렌트는 악보 넣어 둔 곳을 계속 뒤지고 있었다. 그녀는 트렌트 옆으로 다가가 융단 위에 앉았다.

"필립, 잠깐 여쭤볼 일이 있어요."

"내가 알고 있는 일이라면 무엇이든지 다 말하지요. 대단한 것을 알고 있는 것도 아니지만."

"당신은 어젯밤 고모부를 만났을 때 이야기를 하셨나요, 우리들 일을?"

"아뇨, 말하지 않았습니다. 당신이 아무 말도 하지 않았기 때문입니다. 세상에 곧 알리느냐, 아니면 더 있다 발표하느냐 하는 것을 결정짓는 것은 당신이 할 일입니다."

부인은 움켜잡은 자기 손을 물끄러미 쳐다보았다.

"그럼, 고모부님에게 말씀해 주시겠어요? 고모부에게는 당신이 알려 줬으면 해요. 그 이유는 생각해 보면 아실 겁니다. 그럼, 그렇게 하기로 결정했어요."

그녀는 눈을 들어 트렌트의 눈을 쳐다보았다. 잠시 뜨거운 침묵이 두 사람 사이를 흘렀다.

트렌트는 깊숙한 의자 안에서 몸을 뒤로 젖히며 허리를 쭉 폈다.

"메이벨, 뭔가 순수하게 환희를 나타낸 곡을 쳐주지 않겠소. 감동할 만한 곡을! 열광적인 것도 아니고 비장한 것도 아니고, 온 우주를 긍정하는 기쁨이 담긴 곡을 쳐주시오. 그런 기쁨은 절대로 오래 계속되는 것은 아니오. 그러기 때문에 그 기쁨을 맛볼 수 있을 때 맛보고 싶은 거요."

부인은 피아노 앞에 몇 번 키를 두드리며 생각에 잠겨 있었다.

이윽고 그녀는 제9교향곡 마지막 악장의 주제를 정성껏 치기 시작했다. 낙원의 문이 열릴 때와 같은 곡을······.

상수(上手)

세인트제임스 공원이 내려다보이는 방의 창가에 육중한 낡은 떡갈나무 책상이 놓여 있었다. 그 큰 방의 가구며 장식에는 고상한 취미가 엿보였는데, 유감스럽게도 독신자 손에 의해 꽤 거친 대접을 받고 있었다. 존 머로우는 책상 뚜껑을 열고 잉크병 받침 뒤에서 길고 두툼한 봉투를 꺼냈다.

"당신은 이미 이것을 읽으셨죠?"

머로우는 카플스 씨에게 말했다.

"이틀 전에 처음으로 읽었소. 읽고 난 뒤 둘이서 충분히 토론을 했지요."

카플스 씨는 그렇게 대답하고 소파에 앉아 온화한 표정으로 방안을 돌아보았다.

머로우는 트렌트 쪽을 돌아다보고 봉투를 테이블 위에 놓으며 말했다.

"당신의 원고입니다. 세 번 읽었어요. 여기 씌어 있는 것처럼 상세한 진상을 알아낼 수 있는 사람은 당신밖에 없다고 생각합니다."

트렌트는 그 찬사를 묵살하고 테이블 옆에 앉아 긴 다리를 꼰 채 한동안 돌처럼 꼼짝도 않고 난롯불만 쳐다보고 있었다. 이윽고 봉투를 끌어당기더니 그제야 입을 열었다.

"그러니까 이제부터 당신이 여기 있는 것 이외의 더 상세한 내용을 이야기해 주겠다는 뜻이군요? 괜찮으시다면 말씀하십시오. 이야기가 길어지리라 생각됩니다만, 나로서는 아무리 길어도 상관없습니다. 모든 것을 완전히 알고 싶어 찾아온 것이니까요. 그럼, 우선 맨더슨의 인품과 그와 당신의 관계부터 말해 주었으면 합니다. 나는 처음부터 그의 인품이 이 사건의 중요한 요소가 되었다고 보고 있었습니다."

"그렇습니다."

머로우는 침통한 얼굴로 쿠션이 달린 높은 난로 옆자리에 앉았다. 트렌트는 머로우의 눈을 들여다보듯하며 말했다.

"그럼, 그 이야기부터 시작하시죠. 말씀하시기 전에 미리 밝혀 둡니다만, 나는 이렇게 당신의 이야기를 들으려고 왔으나 여기 씌어 있는 결론이 잘못이라고는 생각지 않습니다. 그것을 부정할 수 있는 근거는 아무것도 없으니까요."

그는 봉투를 가볍게 두드리며 말했다.

"그러니까 지금부터 하게 될 말은 당신 자신의 변호가 되는 셈입니다. 아시겠지요?"

"잘 알고 있습니다."

머로우의 태도는 냉정하고 조금도 동요하는 빛이 없었다. 트렌트는 1년 반 전에 말스턴에서 만났을 때를 기억하고 있지만, 피로하고 초조해하던 그때의 그와는 아주 다른 사람처럼 달라져 있었다. 키가 크고 늘씬한 체격에는 훌륭한 남자다운 매력이 넘쳐 다른 사람처럼 보였다. 치켜 올라간 눈썹, 맑고 푸른 눈, 그가 생각을 정리하려고 이야기를 멈췄을 때, 트렌트는 그 눈썹과 눈의 모습을 보고 처음에 만났을 때와 같은 뭔가 마음에 걸리는 것을 느꼈다. 꽉 다문 입가의 주름만이 자신이 처한 곤란한 입장을 자각하고 과감히 그와 맞서려는 결의를 나타내고 있었다.

머로우는 조용한 목소리로 말을 시작했다.

"시그즈비 맨더슨은 정상적인 정신상태에 있는 인간이 아니었습니다. 제가 미국에서 만났던 대부호는 대개 이상한 탐욕과 이상한 근면, 이상한 특권, 이상한 행운 등으로 되어 있었습니다. 지성이 뛰어난 인간은 한 사람도 없었습니다. 맨더슨 역시 부를 쌓는 데 무한한 기쁨을 느끼고 그것을 위해서 1분 1초를 아껴 끊임없이 일을 했으며, 굳센 의지의 소유자로 분명히 행운을 타고난 사람이기도 했습니다. 그러나 그에게 있어 가장 특이한 점은 그 지력입니다. 목적 앞에서는 피도 눈물도 없다는 것이 그가 가장 남들과 다른 성격이라고 미국에서는 말하고들 있습니다. 그러나 계획의 실현을 위해서라면 남이야 어찌되든 상관없다는 이들이 미국에는 얼마든지 있습니다. 특히 그런 계획을 세울 만한 두뇌가 있느냐 없느냐가 문제이지만.

저는 미국인이 머리가 나쁘다고 말하는 것이 아닙니다. 그들은 영국 국민보다 열 배는 더 머리가 좋은 국민입니다. 그러나 맨더슨이 돈을 모으기 위해 취한 모든 술책 뒤에 숨어 있는 그의 총명함, 통찰력, 기억력, 정신력, 지력 등에 견줄 만한 것을 가진 사람은 또 없을 겁니다. 신문은 가끔 그를 월 거리의 나폴레옹이라고 부르곤 했습니다. 그러나 그 말이 그의 참된 모습을 잘 나타내고 있다는 것을 알고 있는 사람은 그다지 많지 않으리라고 생각합니다. 우선 그는 첫째로 이용가치가 있는 것이면 무슨 일이고 잊어버리는 법이 없습니다. 저는 나폴레옹이 군사상의 자료를 처리하던 방법을 어떤 책에서 읽은 적이 있습니다만, 맨더슨도 꼭 그와 똑같은 조직적인 방법으로 사무상의 자료를 처리했습니다.

그는 계속 여러 방면의 자료를 요약한 특별보고를 작성케 해 언제나 그것을 가까이에 두고 연구하고 있었습니다. 그리고 틈이 나면 석탄이나 철도 등에 대한 그런 보고서를 눈여겨보아 두었습니다. 또한 그는 참으로 대담하고 교묘한 계획을 생각해 내는 능력을 가지고 있었습니다. 맨더슨이 다 알려진 일은 절대로 하지 않는 사람이라는 것은 누구나 알고 있었지만, 그 이상의 것은 아무도 몰랐습니다. 그의 계획은 정말 허점을 찌르는 것이었습니다. 그 성공의 태반은 거기서 나온 것입니다. 월 거리 사람들의 말을 빌리면, 맨더슨이 단도를 가지고 나왔다는 말을 들으면 모두들 벌벌 떨었다고 합니다. 마치 크로켓 대령의 모험 이야기처럼 적이 싸우지도 않고 항복해 버렸다는 일이 가끔 있었습니다. 지금부터 얘기할 책략도 여느 사람이라면 상당히 오랜 시간을 두고 머리를 쥐어짜지 않고는 생각해 낼 수 없겠지만 맨더슨은 그야말로 면도하는 동안에 세심한 곳까지 완전히 생각해 냈을지도 모릅니다.

맨더슨은 아주 조금이긴 하나 인디언의 피를 물려받았습니다. 저는 가끔 그의 냉혹함과 교활함이 그것과 관계있는 것이 아닐까 하는 생각을 곧잘 했었지요. 이것은 저와 그 자신 외에는 아무도 모르는 사실입니다. 저는 계보학에 취미가 있었으므로 그의 부탁을 받고 그때까지 애매했던 그의 가계를 조사했습니다. 그 결과 이로쿠오이족의 추장 몬토아와 그의 아내인 프랑스인의 혈통을 물려받았다는 걸 알게 되었습니다. 그 프랑스 아내는 참으로 무서운 여자로, 2백 년 전 버지니아 주 북동부 산림지대의 만족(蠻族) 사이에서 세력을 휘둘러 잔학하기 이를데 없는 짓을 해 온 것입니다. 맨더슨 일족은 그 무렵 펜실베이니아 주 경계에서 모피 거래를 하고 있었기 때문에 인디언 여자를 아내로 삼은 이는 한 사람만이 아닙니다. 따라서 맨더슨의 혈통에는 몬토아 이외의 인디언 피가 섞여 있다고도 생각할 수 있습니다. 그의 가계에는 혈통이 확실치 않은 여자가 몇 명 들어가 있으며, 조상은 여러 세대 동안 미국의 미개 시대를 지내 왔으니까요. 저의 연구에 의하면 현대의 미국인 혈통에는 상상 이상으로 널리 인디언의 피가 섞여 있습니다. 새로 이주해 온 사람들은 옛부터 있던 사람들과 계속 혼인 관계를 맺었으며 그 옛 이주민의 대부분은 인디언의 혈통을 이어받았고 더구나 그 사람들은 그 사실을 자랑으로 삼고 있었습니다.

그런데 맨더슨은 자기에게 인디언의 피가 섞여 있다는 것을 알고 그것을 치욕이라고 생각한 것입니다. 그 기분은 대전 뒤 흑인 문제가 시끄러워짐에 따라 한층 더 커진 모양입니다. 제가 조사한 결과를 보고하니까 몹시 놀라며 절대 비밀로 해두라고 말했습니다. 물론 저는 그의 생전에는 그 비밀을 아무에게도 말하지 않았습니다. 그도 제가 입 밖에 내리라고는 생각지 않았던 모양이지만, 그러나 그 뒤 저에 대해 뭔가 반감을 품게 된 모양이에요. 이것은 그가 죽기 약 1년 전에 있었던 일입니다."

"맨더슨은 뭔가 뚜렷한 신앙을 가지고 있었습니까?"

카플스 씨의 질문이 너무도 갑작스러웠으므로 두 사람은 깜짝 놀라 얼굴을 마주보았다. 머로우는 잠시 생각을 한 다음 대답했다.

"제가 아는 바로는 전혀 없었던 것 같습니다. 예배니 기도니 하는 것하고는 인연이 없던 사람으로 압니다. 그의 입에서 종교 이야기를 들어 본 적은 한 번도 없습니다. 그가 어떤 형태로든 신이라는 관념을 가지고 있었느냐 하는 문제는 의심스럽다고 봅니다. 정서적으로 신의 존재를 느낀 일도 없었을 겁니다. 그러나 어렸을 때는 도덕적으로 엄격한 종교 교육을 받은 것 같아요. 그의 사생활은 보통 좁은 뜻으로는 흠잡을 데가 없었다고 말해도 될 거예요. 담배를 피우는 일 외는 거의 금욕에 가까운 생활을 해 왔으니까요. 제가 그와 생활을 한 4년 동안에 그는 실제적인 기만행위는 늘 해 왔습니다만, 맞대놓고 상대방에게 거짓말한 일은 단 한 번도 없었습니다. 남을 비웃고 서슴없이 참으로 악랄한 수단을 부리고 온갖 책략을 써서 시장을 계속 어지럽게 해 왔는데, 그 반면 아무리 하찮은 일이라도 거짓말만은 절대로 하지 않으려고 하던 사람의 마음을 아시겠습니까? 맨더슨은 그런 사람이었습니다.

그러나 세상에는 그런 사람이 가끔 있습니다. 이 같은 심리 상태는 군인들에게서 많이 볼 수 있는 일이 아닐까요. 개인으로서는 더할 수 없이 성실한 사람인데도 적을 속이기 위해서는 그야말로 수단과 방법을 가리지 않는다는 것이 군인의 상례니까요. 그것을 스포츠의 규칙 같은 것으로 여겨 규칙에 따르고 있는 한 용서할 수 있다는 겁니다. 사업가 중에서는 사업도 이와 같이 생각하고 있는 사람들이 많이 있습니다. 그들은 일년 내내 전쟁을 하고 있는 것과 같습니다."

"한심한 세계로군요."

카플스 씨의 그 말에 머로우가 동의를 했다.

"정말 그렇습니다. 그런데 맨더슨이 분명히 약속한 일은 무슨 일이나 완전히 믿을 수 있다고 말했습니다만, 실은 그가 죽은 그 날 밤 저는 그가 거짓말하는 것을 처음으로 들었습니다. 만일 그것을 제가 듣지 않았더라면 아마 저는 맨더슨을 죽인 범인으로 몰려 교수대에 보내졌을 것입니다."

머로우는 그렇게 말하고 머리 위 전등을 쳐다보았다. 트렌트는 의자 안에서 초조한 듯 몸을 움직였다.

"그 이야기를 시작하기 전에 당신이 맨더슨 밑에서 일한 몇 년 동안, 두 사람 사이가 어떠했는지 그것을 설명해 주시지 않겠습니까?"

"우리 사이는 처음부터 끝까지 아주 순탄했습니다. 물론 그는 친구를 만드는 성격이 아니었으니까 우리 사이에 우정이라는 것은 전혀 없었습니다. 그러나 고용주와 고용인 사이가 그처럼 탈 없이 지낸 예도 흔하지 않다고 봅니다. 저는 옥스퍼드를 졸업하고 곧 그의 비서가 되었습니다. 아버지의 사업을 도울 예정이었는데 아버지가 1년이나 2년 동안은 세상을 보고 오라고 하셔서, 여러 가지 경험을 쌓기에는 아주 적당한 직업이라 생각하고 맨더슨의 비서가 된 것입니다. 그러나 예정했던 기간을 훨씬 넘겨 결국 4년이나 있게 되었습니다. 어떻게 그의 비서가 되었느냐 하면, 그것은 채용되는 데 유리한 조건이 되리라고는 저 자신 꿈에도 생각지 않았던 어떤 특수 재능 덕이었습니다. 체스 솜씨를 인정받은 것입니다."

트렌트는 그 말을 듣자 갑자기 손뼉을 치며 억누르는 듯한 소리를 질렀다. 두 사람은 어이가 없다는 듯 트렌트를 쳐다보았다.

"체스로군, 그렇지, 체스야!"

그는 그렇게 소리치고 일어서서 머로우 옆으로 갔다.

"내가 당신을 처음 만났을 때 제일 먼저 나의 눈을 끈 것이 무엇이었는지 아시겠어요? 당신의 눈이요, 머로우 씨, 그때는 어디서 본 일이 있는 눈이라고 생각했습니다만, 아무래도 생각해 낼 수 없었죠. 지금 당신 이야기를 듣고 겨우 생각이 났습니다. 바로 그 위대한 체스의 명인 니콜라이 코르차킨의 눈입니다. 내가 전에 기차 여행을 했을 때, 그 사람과 이틀 동안 같은 자리에서 지낸 일이 있습니다. 그때 본 체스의 명인의 눈을 나는 평생 잊을 수 없다고 생각했는데, 당신의 눈을 보았을 때 아무리 생각해도 생각이 나야지요. 이거 쓸데없는 말을 해서 미안합니다."

트렌트는 갑자기 말을 끊고 다시 의자로 돌아가 대리석상과 같은 자세로 앉았다. 머로우가 담담한 어조로 말을 계속했다.

"저는 어렸을 때부터 능통한 사람에게서 체스를 배웠습니다. 그런 것을 재능이라 할 수 있을는지는 모르지만, 저에겐 그 방면에 유전적인 재능이 있었던 모양이에요. 대학에선 저보다 더 잘하는 사람은 없었습니다. 학생 시절에는 체스니 대학의 연극 연구회니 그 밖의 노는 일이라면 대개 다 해보았습니다. 아시다시피 옥스퍼드 대학이라는 곳은 공부는 잊어버릴 정도로 재미있는 유혹이 많이 있으며 대학 당국도 오히려 그것을 장려하고 있을 정도입니다. 그런데 졸업을 앞둔 어느 날 퀸즈 칼리지의 머로우 박사라는, 지금까지 내가 한 번도 체스에 이겨 본 일이 없는 선생에게 불려 갔습니다. 선생은 저의 체스 솜씨가 대단하다고 칭찬해 주었습니다. 그래서 제가 고맙다고 인사를 하니, 이번에는 '자네는 사냥도 하는 모양이더군?' 하고 묻기에 가끔 할 정도입니다, 하고 대답했습니다. 그러자 '그밖에 또 뭐 할 줄 아나?' 하고 묻더군요. 저는 그 묻는 말이 아무래도 마음에 안 들기에 아무것도 못합니다, 하고 대답했지요.

그 선생에게는 언제나 남을 화나게 말을 하는 버릇이 있었습니다. 그래서 제가 그렇게 대답하니 선생은 기분이 나쁜 듯 코를 쿵쿵거리더니 실은 미국인 실업가로서 영국인 비서를 구하고 있는 사람의 의뢰를 받아 어떤 사람이 이쪽으로 문의를 해 왔는데, 갈 생각이 없느냐고 물었습니다. 그 실업가의 이름은 맨더슨이라고 일러 주었지만 선생 자신은 그 이름을 들어 본 일이 없는 것 같았습니다. 선생은 신문을 펴본 일도 없고 30년 동안 대학 밖에서는 하룻밤도 자 본 일이 없는 사람이었으므로 맨더슨의 이름을 모르는 것도 무리는 아니었습니다.

어쨌든 제가 철자법을 좀더 공부만 하면 채용될 가능성이 충분히 있다, 채용 조건은 다만 체스와 말을 탈 줄 아는 옥스퍼드 출신자면 된다고 선생은 말해 주었습니다. 그래서 저는 맨더슨의 비서가된 것입니다. 그 뒤 줄곧 그 일이 아주 마음에 들었습니다. 한창나이의 활동적인 부호 옆에서 생활하고 있으니 지루하다고 생각할여유는 전혀 없었습니다. 게다가 그 일 덕분으로 저는 아버지의 신세를 질 필요도 없게 되었습니다. 아버지의 사업은 마침 그 무렵위기에 처해 있었으므로 아버지의 신세를 지지 않고 생활할 수 있는 것이 얼마나 기뻤는지 모릅니다. 1년이 지나자 맨더슨은 급료를배로 올려 주었습니다. 그때 그는 "아주 후한 급료인데 이만큼 주어도 별로 손해는 없겠지" 하고 말했습니다. 내가 하는 일은 주로아침의 승마와 밤에 체스 상대를 해주는 일이었는데, 그 무렵에는그 밖의 일도 여러 가지 하게 되었습니다. 사방에 있는 집을 돌보기도 하고, 오하이오 주의 농장을 살피기도 하고, 메인 주로 사냥을 함께 가기도 하고, 말을 돌봐 주기도 하고, 요트와 자동차도 관리했습니다. 기차여행에 있어서는 산 여행 안내서 구실을 했고, 잎담배를 식별하는 솜씨는 전문가나 다름없었습니다. 어쨌든 계속 새로운 것을 익혀 갔습니다.

이 정도로 이야기하면 그로부터 2년 내지 3년 동안 맨더슨과 어떤 사이였나 아셨을 겁니다. 저로선 점점 재미있는 생활이 계속되었습니다. 언제나 바쁘고 일에 변화가 있어서 재미있었지요. 스스로의 시간도 있었고 돈에도 불편을 느끼지 않았습니다. 한 번 여자문제로 어리석은 짓을 한 일이 있습니다. 그때는 우울했습니다만, 그 덕분에 맨더슨 부인과 친밀해져 부인이 얼마나 좋은 분인가를잘 알게 되었습니다."

머로우는 카플스 씨 쪽으로 얼굴을 돌렸다.

"그 일에 대해선 부인으로부터 들으신 일이 있을지도 모릅니다. 아시다시피 맨더슨은 죽기 몇 달 전부터 부인에 대한 태도가 달라졌습니다만, 저를 대하는 태도만은 한 번도 변한 때가 없었습니다. 비서로서의 활동에 불만을 가지고 있는 것 같은 눈치는 전혀 없었어요. 제가 하는 일이 못마땅했다면 우리 두 사람 사이는 옛날에 끝장이 났을 것입니다. 그러나 그처럼 맨더슨의 태도가 끝까지 조금도 변하지 않았으므로 죽던 날 밤, 그가 마음 속에 품고 있던 저에 대한 미친 듯한 원한과 격렬한 증오를 갑자기 드러냈을 때는 정말 심장이 멎을 만큼 놀랐습니다."

트렌트와 카플스 씨는 한순간 서로 얼굴을 마주 보았다.

"맨더슨이 당신을 미워하고 있었다는 것을 그때까지 조금도 몰랐습니까?"

트렌트가 물었다. 동시에 카플스 씨가 소리쳤다.

"그 이유를 뭐라고 생각합니까?"

"그 날 밤까지 저는 그에게 미움을 받고 있다고 꿈에도 생각해 보지 않았습니다. 언제부터 미워하기 시작했는지, 이유가 뭔지, 저로선 전혀 짐작이 안 갑니다. 그가 죽은 뒤 저에게 무서운 나날이 계속되었을 그 무렵 여러 가지로 생각해 보았습니다. 그래서 결국 그는 피해망상광과 같은 상태가 아니었나 하는 생각을 했습니다. 제가 그를 함정 속으로 빠뜨리기 위해 음모를 꾸미고 있다고 생각한 모양입니다. 머리가 돈 사람이라면 있을 수 있는 일입니다. 어쨌든 뭔가 그런 미친 듯한 망상이 원인이었을 것입니다. 그러나 미치광이란 무엇을 생각해 낼지 모르기 때문에 무섭습니다. 미워하는 남자를 교수대로 보내기 위해 자기가 자기 목숨을 끊을 생각을 하는, 그런 심리 상태를 생각할 수 있습니까?"

카플스 씨는 의자에 앉은 채 심하게 몸을 움츠렸다.

"뭣이! 그렇다면 맨더슨은 자기 스스로 목숨을 끊었다는 말입니까?"

그가 소리치자 트렌트는 초조한 듯이 카플스 씨를 쳐다보고 다시 머로우를 살피는 듯 쳐다보았다. 말을 다 마치자 마음이 놓였는지 머로우의 창백했던 얼굴빛은 다소 혈색을 되찾았고 긴장도 좀 풀린 듯했다.

"그렇습니다."

머로우는 간단히 대답하고 질문한 상대방의 얼굴을 똑바로 쳐다보았다.

카플스 씨는 고개를 끄덕이고 마치 논리학의 문제라도 토론하는 듯한 어조로 말했다.

"당신의 설명을 검토하기 전에 생각해 봐야 할 일은, 맨더슨이 돌았다는 그 정신 상태라는 것이 과연……."

"우선 머로우 씨의 설명을 듣기로 하지요."

트렌트는 카플스 씨의 팔을 가볍게 눌러 그의 말을 막고 머로우를 향해 말했다.

"당신과 맨더슨 사이에 대해서는 지금 들은 이야기로 잘 알았습니다. 그럼 다음으로 그 날 밤 일어났던 일들을 사실대로 설명해 줬으면 좋겠습니다."

머로우는 트렌트가 사실이라는 말을 어느 정도 강조해서 말했을 때, 얼굴을 빨갛게 붉혔다. 그는 자세를 똑바로 세우고 신중한 어조로 말하기 시작했다.

"그 일요일 저녁, 버너와 저는 맨더슨 내외분과 저녁을 같이했습니다. 넷이서 함께 저녁 식사를 하는 것은 이따금 있는 일이라서 그 날 밤의 저녁 식사도 여느 때와 별로 다른 점이 없었습니다. 맨더슨은 침울한 얼굴로 잠자코 있었지만, 그와 같은 그의 모습에는 누구나 익숙해져 있었으므로 셋이서만 이야기를 해댔습니다.

그리고 저녁 식사가 끝난 것은 아마 9시쯤이었다고 생각합니다. 맨더슨 부인은 거실로 돌아가고 버너는 아는 사람을 만나기 위해 호텔로 갔습니다. 맨더슨은 좀 할 이야기가 있으니 뒤쪽 과수원으로 오라고 저에게 말했습니다. 그래서 저는 그와 함께 집에서는 말소리가 들리지 않는 과수원의 오솔길을 산책하기 시작했습니다. 맨더슨은 잎담배를 피우며 그 특유의 냉정하고 신중한 어조로 말을 했습니다. 그는 이상할 정도로 기분이 좋았고 완전히 정상적으로 보였습니다. 이야기란, 중요한 용건이 있는데 그것을 저에게 부탁하고 싶다는 것이었습니다. 대단히 큰일을 착수하고 있는데, 그것은 절대로 비밀을 요하는 일이라고 했습니다. 버너도 전혀 모르며 상세한 일은 저도 되도록 모르는 편이 좋다고도 말했습니다.

어쨌든 하라는 대로 하고 이유 같은 것은 생각하면 안 된다고 하더군요. 이것은 과연 맨더슨다운 방법으로, 그는 언제나 이런 식으로 일을 하고 있었습니다. 가끔 누군가를 단순히 도구로 쓰는데 그런 경우에는 상대방에게 분명히 그렇게 말했습니다. 저도 그런 식으로 심부름한 일이 여러 차례 있었습니다. 그래서 저는 책임을 지고 하겠다고 대답했습니다. 그리고 언제나 떠날 수 있다고 하니까 그는 지금 곧 가 주지 않겠느냐고 하기에 저는 물론 가겠다고 대답했습니다.

그러자 그는 고개를 끄덕이며 이렇게 말했습니다. 그때의 말을 되도록 정확하게 말씀드리죠. '그럼 잘 듣게. 실은 이 일을 나하고 같이 하고 있는 사람이 지금 영국에 와 있네. 그 사람은 내일 정오에 새잔프턴을 출항하는 르아브르행 배로 파리에 가게 되어 있네. 이름은 조지 해리스, 일반 사람들에겐 그 이름으로 통하고 있지. 이 이름은 자네도 기억하고 있겠지?' 하고 물었습니다. 저는 '기억하고 있습니다, 그 전 주에 제가 런던에 갔을 때 다음날 출항하는 배의 선실을 그 사람 이름으로 예약해 두라는 지시를 받은 일이 있으니까요, 배표는 제가 갖다 드렸을 겁니다'라고 대답했습니다. 그는 주머니에서 그 표를 꺼내어 '맞아, 이거네'라고 말했습니다.

그리고 늘 하는 버릇대로 말을 끊을 때마다 잎담배 끝을 제가 있는 쪽으로 들이밀며, '그런데 조지 해리스는 내일 영국을 떠날 수 없게 되었네. 꼭 이곳에 있어야 할 사정이 생긴 거야. 그렇다고 버너를 보낼 수도 없게 되었네. 그러나 누군가가 내일 배로 서류를 갖다 줘야 하네. 그렇지 않으면 내 계획은 헛일이 되고 말아. 어떤가, 자네가 가주지 않겠나?' 하고 말하기에 저는 시키시는 대로 하겠다고 대답했습니다.

맨더슨은 잎담배를 물고 '좋아, 그런데 이번 일은 항상 자네에게 부탁했던 일하고 성질이 꽤 달라. 보통 고용주에 대해 책임을 지는 식으로는 처리할 수 없을 정도로 중대한 용건일세. 문제는 지금 계획중인 이 일에는 나는 물론 나와 관계가 있다고 알려진 이는 아직 절대로 표면에 나서면 안 되네. 그 점이 중요한 걸세.

그러나 내 얼굴은 물론 자네 얼굴도 알고 있네. 만일 내 비서가 지금 파리로 나가는 인물을 만났다는 사실이 조금이라도 상대방에게 알려지면——이것은 곧 알려지겠지——그러면 만사가 끝나는 거야.' 그렇게 말하고 피우다 남은 잎담배를 버리고는 살피듯 제 얼굴을 들여다보았습니다.

그 말을 듣고 저는 썩 마음이 내키지 않았지만 맨더슨이 난처해하는 것을 잠자코 보고 있을 수만도 없었습니다. 그래서 애써 가볍게 받아들이고 되도록 들키지 않게 해보겠다고 대답한 다음 변장에는 꽤 자신이 있다고 말했습니다. 그는 퍽 만족스러운 듯 고개를 끄덕이고 '그거 잘 됐군. 자네라면 잘 해줄 것 같았네.' 하며 용건을 여러 가지로 설명했습니다.

'이제 곧 자동차를 타고 새잔프턴으로 출발하게. 이젠 기차가 없을 테니까 밤새도록 차를 달려야 할 걸세. 도중에서 고장만 나지 않으면 아침 6시에는 그곳에 닿게 되겠지. 그러면 곧바로 벳퍼드 호텔로 가서 조지 해리스가 있나 물어 보게. 그가 있거든 자네가 대신 가게 되었다는 사실을 말하고 곧 나한테 전화로 연락을 하라고 전해 주게. 그에겐 되도록 빨리 그 일을 알려 줄 필요가 있네.

그러나 만일 그가 그곳에 없다면 내가 오늘 친 전보가 제 시간에 새잔프턴에 가지 않은 것이 되네. 차는 아무 데고 차고에 맡겨 두게. 가명으로…… 절대로 내 이름을 대면 안 되네. 그리고 변장도 잘 부탁하네. 어떻게 분장을 하든 상관없지만 어쨌든 들키지 않도록 조심하게.

배를 탈 때는 조지 해리스라는 이름을 쓰는 거야. 어떤 사람으로 분장을 하건 들키지 않도록 조심하고 다른 사람과 되도록 말을 하지 말게. 파리에 도착하면 세인트피터즈버그 호텔에 들도록 하고 그곳에서 기다리고 있으면 조지 해리스 앞으로 편지가 올 테니까 그것을 읽어보게. 그것을 읽어보면 내가 이제 자네에게 줄 서류 상자를 어디로 보내면 되는가를 알 수 있네. 그 서류 상자는 잠겨 있지만 취급하는 데 아주 조심해 주기 바라네. 어떤가? 내가 한 말을 다 알아들었나?'

저는 그의 지시를 되받아 확인했습니다. 그리고 서류 상자를 전달하면 그대로 파리에서 돌아와도 되느냐고 물으니까 '돌아오고 싶으면 곧 돌아와도 되네. 다만 여행 중에는 어디서 무슨 일이 있어도 나에게 연락을 취하지 않도록 조심해 주게. 또 만일 파리에 도착한 뒤 편지가 곧 오지 않더라도 올 때까지 그대로 기다리고 있어 주게. 어쩌면 며칠 기다려야 할지도 모르니까. 그러나 그 경우에도 나한테는 절대로 연락을 취하지 말게. 알았지? 그럼 어서 빨리 준

비하게, 나도 저만큼 함께 차를 타고 가겠네. 그럼 서두르게.' 하고
말했습니다.

　이것으로 그 날 밤 맨더슨이 저에게 한 말의 내용을 되도록 정확
하게 기억해서 말씀드린 겁니다. 저는 그 길로 제 방으로 돌아가
외출복으로 갈아입고 필요한 물건을 급하게 몇 가지 챙겨서 여행가
방 속에 부지런히 집어넣었습니다. 제 머릿속은 다소 혼란스러웠습
니다. 일의 성질이 그런 것이라기보다는 너무 갑작스러운 일이었기
때문이었습니다. 분명히 전에도 만났을 때 말씀드렸다고 생각됩니
다만……."

머로우는 트렌트 쪽을 돌아다보았다.

"미국인은 어쨌든 소설 같은 짓을 하기 좋아합니다만, 맨더슨도 그
예를 벗어나지 않았습니다. 같은 일을 하는 데 있어서도 되도록 비
밀스러운 연극 같은 취향을 살려서 하는 것이 취미였습니다. 그래
서 저도 이것을 하나에서 열까지 맨더슨다운 일이라고 생각했습니
다.

　조금 뒤에 여행가방을 들고 서둘러 아래층으로 내려가 그가 기다
리고 있는 서재로 들어갔습니다. 그는 가죽으로 만든 튼튼한 서류
상자를 저에게 주었습니다. 그 서류 상자는 6인치에 8인치쯤 되는
크기로, 가죽띠가 달려 있는 곳을 잠그게 되어 있었습니다. 저는
그것을 주머니 속에 넣고 뒤 차고로 차를 꺼내러 갔습니다.

　그런데 차를 현관으로 돌릴 때 문득 곤란한 일이 생각나서 당황
했습니다. 주머니 속에 돈이라곤 사오 실링밖에 없다는 것이 생각
난 것입니다. 얼마 전부터 저는 용돈이 조금밖에 없는 상태가 계속
되고 있었습니다. 그 이유는 대단히 중요한 점이니까 설명하죠.

　왜 중요한가를 곧 알게 됩니다. 실은 그 무렵 저는 임시 변통으
로 빚을 내 쓰고 있었습니다. 맨더슨의 비서가 되면서부터 쏨쏨이

가 커졌던 것입니다. 제게는 사교적이고 무턱대고 친구를 만드는 버릇이 있었는데, 그 중에는 부모가 보내 주는 막대한 돈을 받아 뉴욕의 사교계에서 그 돈을 쓰는 일에만 전념하고 있는 친구들도 있었습니다.

그러나 저는 상당히 많은 급료를 받고 있었고, 또 그런 친구들과 깊이 사귀어 돈을 지나치게 쓸 만한 틈이 없을 정도로 바빴으므로 빚을 내어 쓰는 일이 없었는데, 우연한 호기심으로 주식에 손을 댄 것입니다. 흔히 있는 이야기로 특히 월 거리에선 아주 비일비재한 일입니다만, 저는 투기라는 것을 우습게 보고 있었습니다.

처음에는 운이 좋았어요. 그래서 신중히 하기만 하면 손해야 보겠느냐는 생각에서 계속했던 것입니다. 그런데 어느 사이에 너무 깊이 들어가게 되어 1주일 동안에 버너의 말대로 완전히 빈털터리가 되었습니다. 더구나 빚까지 졌습니다. 이렇게 되었으니 저도 두 손을 들 수밖에요.

어쩔 수 없이 맨더슨에게 모든 것을 털어놓고 어려운 형편을 호소했습니다. 그는 쓴웃음을 지으며 제 이야기를 듣더니 결국 급료에서 제한다는 조건으로 급한 불을 끄는데 필요한 만큼의 돈을 미리 주었습니다.

그가 남을 동정한다는 것은 아직 없었던 일인데 그때만은 거의 동정 비슷한 것을 그에게서 느꼈습니다. 그는 다만 '앞으로는 일체 투기에 손을 대면 안 되네.' 하고 말했을 뿐이었습니다. 그러니까 그날 밤 제가 거의 무일푼이란 것도 알고 있었을 것이고, 어쩌면 용돈을 다음 급료일까지 버너 군에게서 빌려쓰고 있다는 것마저 알고 있었을 것입니다. 그 급료도 선불한 돈을 제하게 되므로 얼마 안 됩니다. 어쨌든 맨더슨이 그것을 알고 있었다는 점을 유의해 두십시오.

저는 차를 현관으로 돌리고 곧 서재로 들어가 맨더슨에게 그 말을 했습니다. 그러자 맨더슨은 이상한 짓을 시작한 것입니다. 어슴푸레나마 저는 그때 비로소 의혹을 품게 되었습니다. 제가 '여비'라는 말을 입 밖에 내는 순간 그는 반사적으로 바지 뒷주머니로 손을 가져갔습니다. 그 주머니에는 언제나 1백 파운드 가량의 지폐를 넣은 지갑이 들어 있었습니다. 그런데 늘 하던 버릇대로 그곳으로 간 그의 손이 탁 멈추는 것을 보고 저는 잠깐 깜짝 놀랐습니다. 그리고 더 놀라운 것은 그가 낮은 목소리로 막 욕을 퍼붓기 시작한 것입니다. 그가 그렇게 까닭 없이 화를 내는 소리를 들은 것은 그때가 처음이었습니다. 더구나 맨더슨이 가끔 그렇게 초조해하며 화를 내는 일이 있다는 말은 버너로부터 듣고 있었습니다. '지갑을 어디다 떨어뜨린 것은 아닐까?' 하는 의문이 머리를 스쳤습니다. 그러나 그만한 일로 그가 말하던 계획에 지장을 줄 리는 없을 거라고 저는 생각했습니다. 왜냐 하면 그 전 주일에 조지 해리스의 선실을 예약하는 일과 그 밖의 여러 가지 볼일로 런던에 갔을 때, 그의 심부름으로 은행에서 전부 소액 지폐로 1천 파운드의 돈을 찾아다 그에게 주었기 때문입니다. 그런 많은 액수의 현금이 무엇 때문에 필요했는지 저는 알 수 없었지만, 어쨌든 그 돈 다발을 그대로 서재 책상 서랍 속에 넣고 잠가 둔 것만은 알고 있었습니다. 또 그날 아침 맨더슨이 책상 앞에 앉아 그 돈다발을 만지고 있는 것을 보았으므로 적어도 그 돈은 그곳에 들어 있었을 것입니다.

그런데 맨더슨은 책상 앞으로 갈 생각도 않고 우두커니 선 채 저를 쳐다보고 있었습니다. 그 얼굴에 떠오른 심한 분노의 빛이 차츰 사라지며 냉정한 얼굴로 돌아가는 것을 저는 묘한 느낌을 받으며 보고 있었습니다. 그러자 그는 '차 있는 곳으로 가서 기다려 주게. 돈을 마련해 오겠네' 하고 천천히 말한 다음 저와 함께 서재를 나왔습니다. 제가 홀에서 외투를 입고 있으니까 그는 응접실로 들어 갔습니다. 기억하고 계시겠지만, 응접실은 홀을 건너 서재 맞은편에 있습니다.

저는 집 앞 잔디밭으로 나와 담배를 피우며 그 근처를 서성거리고 있었습니다. 그 1천 파운드의 돈은 어디다 두었을까? 응접실에 있을까? 그렇다면 왜 그런 곳에 둘까? 저는 그런 생각을 되풀이하고 있었습니다. 그러다 아무 생각 없이 응접실 창문 밑을 지나가자니까 비단 커튼에 맨더슨 부인의 그림자가 비치고 있는 것을 알게 되었습니다. 부인은 책상 옆에 서 있었습니다. 창문은 열려 있었으므로 부인 목소리가 들려 왔습니다. '30파운드밖에 없는데, 그것으로 되겠어요?' 그 대답은 들리지 않았지만 다음 순간 맨더슨의 그림자가 부인의 그림자와 포개지며 금화 소리가 들려왔습니다. 그리고 맨더슨은 창가로 다가선 것 같았는데, 제가 그곳에서 다른 곳으로 발을 옮기려는 순간 이런 이야기를 하고 있는 그의 목소리가 들렸습니다. 저는 그 소리를 듣고 몹시 놀랐으므로 지금도 그때 그 말이 정확하게 기억에 남아 있습니다. '내 다녀오리다. 머로우가 너무 권하기에 달밤에 드라이브나 할까 하오. 그러면 나중에 잠이 잘 올 것이라고 하는데, 사실 그럴지도 몰라.'

저는 아까 아무리 사소한 일이라도 맨더슨이 상대방을 맞대 놓고 거짓말을 하는 것을 4년 동안 한 번도 본 일이 없다고 말했습니다. 저는 얕고 기묘한 그의 도덕 의식을 잘 이해하고 있다고 생각해왔습니다. 만일 그가 피할 수 없는 질문을 받으면 대답하기를 거부하든가, 사실을 말해 버리든가, 둘 중 어느 하나라고 생각했습니다. 그런데 이건 도대체 어찌 된 일일까요! 묻지도 않는데 자진해서 거짓말을 하고 있으니 말입니다. 거짓말도 정말 어처구니없는 엉터리입니다. 상상도 할 수 없는 일이었습니다. 마치 잘 알고 있는 친구의 마음과 마음이 서로 합쳐지는 순간에 힘껏 따귀를 얻어맞은 듯한 느낌이었습니다. 저는 피가 치솟아 오르는 것을 느끼며 멍하니 잔디밭 위에 서 있었습니다.

이윽고 현관에서 발자국 소리가 들려 오기에 정신을 차려 차가 있는 쪽으로 갔습니다. 맨더슨은 은행의 현금용 봉투에 든 금화와 지폐를 저에게 건네 주고, '이것만 있으면 여비는 충분하겠지' 하고 말했습니다. 저는 기계적으로 그것을 받아 주머니 속에 넣었습니다. 그리고 약 1분 동안 나는 새잔프턴으로 가는 길에 대해 의논을 하려고 선 채 이야기를 했습니다. 심한 흥분 상태였기 때문에 그것은 몹시 노력을 요하는 일이었습니다. 그러나 낮에 여러 차례나 차로 지나간 적이 있으므로 그 길에 대해서는 침착하게 자연스러운 어조로 말할 수 있었을 겁니다.

그러나 그렇게 이야기를 하고 있는 동안에도 저는 갑자기 솟아오른 의혹과 불안으로 이성을 잃고 있었습니다. 무엇이 그렇게 무서운지 저도 잘 알 수 없었습니다만, 어딘가 모르게 맨더슨과 관계가 있는 것 같았습니다.

일단 그렇게 느끼기 시작하자 그 공포는 무서운 기세로 제 마음에 밀려들었습니다. 뭔가 생각지도 않은 불길한 일이 일어날 것 같은 예감이 들었습니다. 더구나 그 재난은 제 몸에 덮쳐올 것만 같았습니다. 그러나 분명히 맨더슨이 저의 적이 될리는 없었습니다. 저는 '그럼 왜 그는 그런 거짓말을 했는가?'라는 의문에 대한 대답을 찾아내려고 열심히 생각하기 시작했습니다. 또 한편으로는 그 돈은 어디에 있을까? 하는 의문이 빠르게 뛰는 심장의 고동 소리와 함께 제 귀에서 울려나왔습니다. 이 두 가지 일이 반드시 관련이 있다고는 볼 수 없다고 저의 이성은 필사적으로 자신에게 납득시키려고 했습니다.

그러나 위험을 느낀 인간의 본능은 그런 이성의 소리에는 귀를 기울이려고 하지 않는 법입니다. 차가 움직이기 시작하여 집 안에서 길로 나올 때까지 저는 전혀 무의식적으로 운전을 하고 있을 뿐이었습니다. 그리고 달빛 속에서 차를 달리며 가끔 건성으로 무슨 말을 했지만 그것도 전혀 의식하고 있지 않았습니다. 머리 속이 너무 혼란스러웠습니다. 뚜렷한 공포라면 저도 경험이 있습니다만, 이런 막연한 공포는 그보다 훨씬 기분이 나빴습니다.

1마일쯤 가면, 기억하고 있으시겠지만 왼쪽에 문이 있고 그 반대쪽이 골프장으로 되어 있습니다. 거기서 맨더슨이 내리겠다고 하기에 저는 차를 세웠습니다. '내가 한 말은 잘 알고 있겠지?' 그가 그렇게 물었으므로 저는 어지러운 머리를 쥐어짜 그가 지시한 요지를 생각해 내고 확인했습니다. '좋아, 그럼 잘 가게. 서류 상자를 잊어버리지 않도록 각별히 조심해 주게.' 그의 마지막 말이 조용히 달리기 시작한 차 안에서 제 귀에 한동안 남아 있었습니다."

머로우는 의자에서 벌떡 일어나더니 두 손으로 눈을 가렸다. 자기 이야기에 흥분하여 얼굴이 벌겋게 달아 있었다. 듣고 있던 두 사람은 공포의 기억으로 일그러진 그 얼굴을 한동안 숨을 삼키고 쳐다보았다. 이윽고 그는 개처럼 몸을 부르르 떨더니 손을 뒤로 돌려 난로 선반 앞에 서서 이야기를 계속했다.

"자동차의 백미러가 어떤 것인지 아시지요?"

트렌트는 기대에 찬 얼굴이 환해지며 얼른 고개를 끄덕였다. 카플스 씨는 늘 자동차에 대해 어쩔 수 없는 완고한 편견을 가지고 있었으므로 그런 것은 모른다고 딱 잘라 대답했다

머로우는 설명을 더했다.

"작은 거울로 모양은 둥근 것도 있지만 네모난 것이 더 많은 것 같습니다. 그것은 운전대 앞유리 오른쪽에 달려 있어 일부러 뒤를 돌

아다보지 않아도 뒤에서 오는 차가 보이도록 되어 있습니다. 어느 차에나 붙어 있는 장치이므로 물론 맨더슨의 차에도 달려 있었습니다. 차가 움직이기 시작하고 맨더슨이 뒤에서 말을 그쳤을 때 저는 아무 생각 없이 그 거울을 보았습니다. 그러자 그곳에 비치는 게 있었습니다. 제가 아무리 잊어버리려고 해도 잊어버릴 수 없는 것이……."

머로우가 말을 딱 멈추고 눈앞에 있는 벽을 노려보았다. 그러더니 이윽고 나직하고 억눌린 듯한 목소리로 말을 이었다.

"맨더슨의 얼굴입니다. 불과 몇 야드 뒤에 서서 나를 쳐다보고 있는 그의 얼굴이 달빛으로 창백하게 떠오르고 있었습니다. 그 얼굴을 백미러가 잠깐 잡은 것입니다. 몸에 밴 습관이라는 것은 참으로 놀라운 것입니다. 저는 차의 조정 장치에서 손과 발을 전혀 떼지 않았습니다. 그만한 충격을 받아도 습관 덕분에 실수 없이 운전을 할 수 있었습니다. 악마의 눈초리라고 말들 합니다만, 어떤 눈초리인지 상상할 수 있으십니까? 만일 제가 맨더슨이 서 있는 것을 몰랐다면 아마 그 거울에 비친 게 누구의 얼굴인지 몰랐을 겁니다. 그것은 미친 사람의 얼굴이었습니다. 증오로 일그러진, 두 번 다시 쳐다볼 수 없을 만큼 보기 흉하게 일그러진 얼굴이 이를 드러내 놓고 승리를 뽐내는 원숭이처럼 잔인한 웃음을 띠고 있었습니다. 더구나 그 눈은 어쨌든 거울이 작아 그의 얼굴만을 잠깐 잡았기 때문에, 그 악귀와 같은 흰 얼굴이 기분 나쁘게 저를 노려보고 있을 때 다른 부분이 어떤 몸짓을 하고 있었는지 그것은 모릅니다. 불과 한순간의 일이었습니다. 차는 곧 속도를 내기 시작했습니다. 그러자 그때 제 머리 속에 꽉 차 있던 의혹과 곤혹의 안개가 갑자기 걷히고 제 두뇌는 발 밑의 엔진이나 다름없이 심하게 회전하기 시작했습니다. 저는 그제야 가까스로 안 것입니다.

트렌트 씨, 당신은 이 수기 속에서 어떤 수수께끼를 풀 새로운 생각이 마음 속에 떠오르면 그때까지 혼란스럽던 여러 가지 생각이 자동적으로 정연하게 배열된다고 썼습니다만, 정말 그랬습니다. 제 등 뒤에서 크게 부릅뜬 그의 눈 속에 불타고 있던 몸서리쳐지는 살의의 불꽃은 마치 탐조등처럼 제 마음 속을 구석구석 비치기 시작했습니다. 저는 아주 뚜렷해진 머리로 냉정을 되찾아 생각하기 시작했습니다. 무엇을 경계해야 할지는 아직 모른다고 해도, 누구를 경계해야 하느냐는 것만은 뚜렷했기 때문입니다. 저는 감정으로 흐를 것 같은 자신을 본능적으로 경계를 했습니다. 그리고 맨더슨은 저에 대해 광기어린 증오를 품고 있다는, 이 믿기 어려운 사실을 저는 순간적으로 깨달았습니다.

그러나 그 얼굴이 말하고 있는 것은…… 그 얼굴을 보면 누구나 알 수 있겠지만…… 그뿐만이 아닙니다. 무서운 원한을 품은 남자의 얼굴이었습니다. 또 그것은 어떤 저주해야 할 승리를 소리 높게 외치고 있었습니다. 그것은 제가 저주받은 운명의 말로를 향해 달리고 있는 것을 기분 좋은 듯이 쳐다보고 있었던 것입니다. 저는 그 일도 환하게 알았습니다. 그러나 도대체 어떤 말로를 향하고 있단 말인가? 저는 차를 세웠습니다. 2백 50야드 가량 달려온 데서 길이 갑자기 구부러져 있기 때문에 맨더슨을 내려놓은 장소는 보이지 않았습니다. 저는 시트에 기대어 여러 가지 생각을 하고 있었습니다.

'무엇이 내 몸을 밀어붙이려 하고 있다. 파리에서? 아마 그럴 테지…… 아니면 일부러 여비와 배표까지 주며 그곳으로 보낼 필요가 없지 않은가? 그러나 그렇다면 왜 파리를 택했는가?'

거기서 생각이 막히고 말았습니다. 아무리 생각해도 파리를 무대로 한 멜로드라마적인 정경이 떠오르지 않았습니다. 그래서 얼마

동안 그것은 뒤로 돌리기로 하고 그날 밤 주의를 끌었던 다른 문제를 생각하기 시작했습니다. 먼저 머로우가 너무 권하기에 달밤에 드라이브나 가기로 했다는 그 거짓말에 대해서 생각해 보았습니다.

'그 거짓말에는 어떤 의도가 숨어 있을까? 맨더슨은 내가 새잔프턴으로 차를 달리고 있는 동안에 혼자서 집으로 돌아간다. 그리고 집안 사람들에게 나에 대한 일을 뭐라고 말할까? 그가 혼자서 걸어 돌아온 것을 뭐라고 설명할까?'

기분 나쁜 의문에 괴로워하고 있을 때 갑자기 그때까지 도저히 풀리지 않았던 수수께끼가 떠올랐습니다. 그 1천 파운드는 어디 있는가? 이 의문이 떠오름과 동시에 그 해답이 머릿속에서 섬광처럼 번뜩였습니다. '그 1천 파운드는 내 주머니 속에 있다.' 저는 일어서서 차 밖으로 나갔습니다. 무릎이 덜덜 떨려 얼어붙을 것 같은 오한을 느꼈습니다. 이제 핵심은 알았다는 생각이 들었습니다.

'서류 이야기며, 파리로 그것을 갖다주라는 이야기며 다 나를 속이기 위해 만들어 낸 말이다. 나는 맨더슨의 돈을 가지고 있다. 맨더슨은 내가 그것을 훔쳤다고 하겠지. 그러면 누가 보든 내가 꼭 범인처럼 주도면밀한 경계를 하며 그것을 가지고 영국에서 도망치려고 꾀한 것처럼 보이겠지.

맨더슨은 곧 경찰에 연락할 것이다. 내가 가는 곳은 처음부터 알고 있기 때문에 뒤쫓는 일은 참으로 간단하다. 만일 파리에 도착하기 전에 체포되지 않으면 파리에서 가명으로 호텔에 들어 있을 때 붙잡히게 되는 것이다. 그때까지 나는 가명으로 차를 맡기고 변장을 하고 가명으로 예약한 선실에 몸을 싣고 바다를 건너고 있다. 이것 역시 무일푼의 사나이가 돈에 쫓기고 있다면 얼마든지 할 수 있는 범죄다. 내 변명 따위는 어리석기 짝이 없어 아무도 들어 주지 않을 것이다.'

저는 저를 죄의 구렁텅이로 몰아넣을 계획이 다 이루어졌다는 것을 알자 깜짝 놀라 급하게 주머니에서 그 튼튼한 서류 상자를 꺼냈습니다. 그것을 손에 든 순간 저는 이상한 긴장을 느꼈습니다. 제 생각이 들어맞았다는 사실, 그 속에 돈이 있다는 사실은 의심해 볼 필요도 없었습니다. 그 서류 상자는 그만한 돈다발이면 쉽게 들어갈 만한 크기였습니다. 그러나 그것을 들고 무게를 가늠해 보았을 때 돈다발 말고 다른 것이 들어있는 것 같았습니다. 또 좀 부피가 큰 것 같았습니다.

'나에게 죄를 씌우기 위해 현금 이외에 무엇을 넣을 필요가 있었을까? 아무래도 겨우 1천 파운드는 나 같은 사람이 징역의 위험을 범하면서까지 훔칠 마음이 생기기에는 좀 부족한 것 같다…….'

저는 새로운 흥분에 쫓겨 서류 상자의 가죽띠에 달려 있는 고리쇠 끝에 손가락을 걸어 자물쇠를 벗겼습니다. 서류 상자를 거는 자물쇠는 대개 그다지 튼튼하게 되어 있지는 않습니다."

머로우는 말을 끊고 창가에 있는 떡갈나무 책상 쪽으로 걸어갔다. 그리고 잡동사니 물건이 들어 있는 서랍을 열고 여분의 열쇠가 들어 있는 상자를 꺼냈다. 그는 그 속에서 핑크빛 고리를 맨 열쇠를 골라 내 그것을 트렌트에게 건네 주고 말을 계속했다.

"기분 나쁜 기념품이지만 제가 넣어 둔 것입니다. 그때 제가 부순 자물쇠에 쓰는 열쇠입니다. 이것이 저의 외투 왼쪽 주머니 속에 들어 있었습니다. 그런 줄 알았으면 그런 수고를 하지 않아도 되는 건데. 아마 이 외투를 홀에 걸어 놓았을 때나, 차 안에서 제 옆에 앉았을 때 맨더슨이 슬쩍 제 주머니에 넣었던 모양입니다. 이렇게 작은 열쇠니까 주머니 속에 들어 있어도 저는 몇 주일이고 모르고 지냈을지도 모릅니다. 사실 맨더슨이 죽은 지 이틀 뒤에 우연히 알았습니다만, 만일 경찰에게 붙잡혔더라면 5분도 안 되어 발견되었을 겁니다. 그렇게 되었다면 저는…… 어쨌든 서류 상자와 위험한 물건을 주머니 속에 넣고 가명을 썼을 뿐만 아니라 그 밖의 증거물이 모두 갖춰져 있으니…… 이 열쇠에 대해서는 전혀 설명할 방법이 없었겠죠. 기껏해야 이 속에 들어 있는 줄은 몰랐다고 말하여 유죄라는 심증을 굳히는 정도가 고작이었겠지요."

트렌트는 고리를 잡고 열쇠를 흔들며 다그쳐 물었다.

"이것이 그 서류 상자의 열쇠라는 것을 어떻게 알았습니까?"

"서류 상자의 자물쇠에 꽂아 보았습니다. 그 열쇠가 주머니 속에 들어 있었다는 것을 알자 곧 이층으로 올라가 시험해 본 것입니다. 서류 상자를 둔 장소는 알고 있었으니까요. 당신은 보시지 않았던가요, 트렌트 씨?"

머로우가 약간 놀리는 듯한 말투로 말했다. 트렌트는 쓴웃음을 지었다.

"이건 내가 졌소. 그리고 보니 맨더슨의 침실 화장대 위에 자물쇠가 부서진 서류상자가 있어요. 여러 가지 잡동사니와 함께 그것은 당신이 놓아 둔 것입니까? 나는 전혀 영문을 몰랐지요."

"저로선 감출 필요가 없었습니다. 그건 그렇다 하고, 아까 하던 이야기로 돌아가겠습니다. 저는 그 자물쇠를 부수어 차의 라이트 앞에서 열어 보았습니다. 가장 먼저 눈에 띈 것은, 그것은 제가 당연히 예상하여야 했던 것인데, 실제로 눈앞에 나타나기까지는 생각지도 않았던 것입니다."

그는 말을 끊고 트렌트를 보았다.

"그것은 아마……."

트렌트는 그 이야기에 휩쓸려 들어가 저도 모르게 말을 하다 멈췄다.

"나를 시험해 보려 들지는 마십시오. 당신의 머리가 좋다는 것은 수기 속에서 충분히 칭찬했을 겁니다. 그것을 이제 새삼 증명하기 위해 타인의 손을 빌릴 필요는 없겠지요."

"실례했습니다. 그럼, 제가 혼자서 이야기를 끌고 나가죠. 만일 그것이 제가 아니라 당신이었다면 좀더 빨리 알아차렸을 텐데……속에 들어 있던 것은 맨더슨의 작은 지갑이었습니다. 저는 그것을 보는 순간 제가 여비를 달라고 말했을 때 맨더슨이 주머니에서 지갑을 꺼내지 않았던 이유와 갑자기 화를 냈던 이유를 그제서야 알았습니다. 그는 약간 실수를 한 것입니다. 그때 그의 지갑은 이미 훔친 것이 될 서류 상자 속에 다른 물건과 함께 들어 있었던 겁니다. 지갑을 열어 보니 여느 때처럼 지폐가 몇 장 들어 있었는데, 저는 세어 보지도 않았습니다. 서류 상자 속에는 제가 런던 은행에서 찾아 온 돈다발이 고스란히 들어 있었습니다. 그밖에 사슴 가죽으로 된 작은 주머니가 2개, 이것도 제가 본 일이 있는 물건이었습니다. 그리고 그것을 집어든 순간 다시 가슴을 죄는 듯한 놀라움을 느꼈습니다. 이것 또한 예상치 못했던 물건이었기 때문입니다. 맨더슨은 꽤 오래 전부터 다이아몬드를 사 모으고 있었는데, 그것이 이 주머니 속에 들어 있었습니다. 주머니를 열 것까지도 없이 손가락으로 눌러만 보고 그것이라는 것을 알았습니다. 저로서는 시가 몇천 파운드의 값어치가 나가는 것인지 짐작도 할 수 없었습니다. 그때 맨더슨이 다이아몬드를 사기 시작했던 것은 그저 투기로 그러는 줄로만 알고 있었습니다. 그러나 지금 생각해 보니 그것은 저를 파멸로 끌어넣기 위한 준비 작업이었습니다. 저 같은 사람이 그의 것을 훔친 것처럼 보이게 하려면 꽤 큰 유혹이 있던 것처럼 꾸며둘 필요가 있을 테니까요. 그 준비는 이렇게 완전히 마련된 것입니다.

이제야 사태를 완전히 알게 되었습니다. 곧 행동으로 옮겨야겠다고 저는 생각했습니다. 어떤 행동을 취하느냐, 저는 그 자리에서 곧 결심을 했습니다.

'맨더슨이 차에서 내린 것은 집에서 1마일 가량 떨어진 지점이었으니까 집에 닿으려면 20분이나, 만일 그가 부지런히 간다 하더라도 15분은 걸릴 것이다. 집에 닿으면 그는 곧 도난당한 것을 발견했다고 떠들어대고 비숍스브리지 경찰서로 전화를 걸 것이다. 그와 헤어진 지 5, 6분밖에 되지 않았다. 아까까지 한 이야기는 순간적으로 머릿속에 떠오른 것이라 거의 시간이 걸리지 않았다. 그러므로 만일 차로 달려가면 그가 아직 집 근처까지 가기 전에 간단히 쫓아갈 수 있을 것이다. 거기서 아주 꼴사나운 대면이 시작되리라.'

저는 이런 생각이 들자, 저도 모르게 이를 악물었습니다. 이미 공포심 따위는 어디론가 사라져 버리고 그를 공박할 통쾌함을 생각하니 가슴이 설레기까지 했습니다. 그렇게 맨더슨과 불쾌하기 짝이 없는 대면을 할 생각을 하면 대부분의 사람은 뒷걸음질을 치게 마련이겠지만, 저는 화가 머리끝까지 나 있었습니다. 그는 제 명예와 자유를 비열하기 이를 데 없는 책략으로 짓밟으려는 것이었습니다. 그와 대면하면 어떤 일이 벌어지리라는 것은 생각해 보지도 않았습니다. 될대로 되라는 심정이었습니다. 저는 급하게 차를 돌려 화이트게이블즈를 향해 속력을 냈습니다. 그러자 그때 오른쪽 전방에서 한 발의 총소리가 들려 왔습니다.

저는 곧 차를 세웠습니다. 맨더슨이 저를 노리고 쏘았다는 생각이 순간적으로 머릿속에 떠올랐습니다. 그러나 총소리는 꽤 먼 곳에서 들렸다는 것을 곧 알게 되었습니다. 달빛이 길 위를 밝게 비추고 있었지만 길에는 인적이라고는 없었습니다. 맨더슨을 차에서 내려 준 곳은 거기서 백 야드 전방의 커브를 돌아선 바로 그곳이었습니다. 1분도 되기 전에 저는 또 차를 움직여 그 커브를 천천히 돌아갔습니다. 그리고 또다시 급정거를 했습니다. 거기서 한동안 몸을 움츠린 채 우두커니 앉아 있었습니다.

맨더슨이 문 안쪽 잔디밭 위에 쓰러져 있었습니다. 제가 있는 곳에서 대여섯 발자국 떨어진 곳에 죽어 있었습니다. 환한 달빛으로 그것이 확실히 보였습니다."

머로우는 거기서 다시 한 번 숨을 돌렸다.

트렌트는 눈썹을 찌푸리며 물었다.

"골프장에서요?"

"맞아, 그럴 거야. 그곳은 마침 제8홀로 되어 있지."

카플스 씨는 말했다. 머로우의 이야기가 진행됨에 따라 그는 한층 더 흥미를 느끼고 있었던지 성긴 수염을 마구 만지작거리기 시작했다. 머로우가 이야기를 계속했다.

"그렇습니다. 그 골프장 위입니다. 핀 바로 옆이었습니다. 벌렁 드러누워 두 팔은 늘어뜨리고 앞가슴은 풀어헤치고 있었습니다. 창백한 얼굴과 와이셔츠의 가슴을 달빛이 기분 나쁘게 비추고 있었습니다. 드러낸 이와 한쪽 눈이 이상하게 빛나고 있었습니다. 또 하나의 눈, 당신도 보셨을 것입니다. 이미 숨이 완전히 끊어져 있었습니다. 총알을 맞은 눈에서 피가 검게 줄을 긋고 귀로 흘러내리는 것을 저는 다만 멍하니 바라보고 있었습니다. 시체 바로 옆에 그의 검은 중절모자가 굴러 떨어져 있고 발치에는 권총이 나뒹굴고 있었습니다.

제가 그렇게 멍하니 시체를 들여다보고 있던 것은 아마 몇 초 동안에 지나지 않았을 것입니다. 저는 천천히 일어나 무거운 발을 질질 끌고 시체 옆으로 걸어갔습니다. 저는 그제야 진상을 알게 되었습니다. 무서운 위험에 처해 있다는 걸 분명히 느꼈습니다. 이 광인이 빼앗으려고 꾀했던 것은 제 자유와 명예뿐만이 아니라, 제 생명을 노리고 있었던 것입니다. 제가 교수대 위에서 명예를 더럽히고 죽어 가는 것을 노리고 있었던 것입니다. 저를 확실하게 파멸시키기 위해서는 스스로의 목숨을 끊는 일조차 그는 아무런 주저도 하지 않았던 모양입니다.

오랫동안 우울증으로 괴로워하고 계속 자살 충동에 쫓기고 있었던 것 같습니다. 아마 그의 최후의 고민은 저를 길동무로 삼을 수 있다는 악마적인 기쁨으로 변했을 것입니다. 저는 이미 빠져나갈 수 없는 궁지에 빠져 버렸으니까요. 절도의 오명을 씌우려고 꾀한 맨더슨의 책략에서 벗어나는 일조차 거의 절망적이었는데, 이렇게 저를 살인죄로 몰아넣기 위해 그가 시체가 되어 나타난 현재로선 이미 강구할 방법이 있으리라고는 생각되지 않았습니다.

저는 권총을 집어들었습니다. 그것이 제 권총이라는 걸 알았으나 아무런 감정도 생기지 않았습니다. 아마 제가 차고에서 차를 꺼내고 있는 동안에 제 방에서 가져온 모양입니다. 저는 그의 권유로 제 이름의 머리 글자를 그 권총에 새겨 넣었던 일이 문득 생각났습니다. 그도 그와 같은 권총을 가지고 있었으므로 바뀌지 않도록 머리글자를 새겨 두라고 말했던 것입니다.

저는 시체 옆에 쪼그리고 앉아 그가 완전히 죽은 것을 확인했습니다. 미리 말해 두지만 맨더슨이 범인과 격투한 증거로 인정되었던 그 손목의 상처를 저는 그때나 그 뒤에도 전혀 몰랐습니다. 그러나 그것은 아마 그가 자살하기 전에 스스로 입힌 상처였을 겁니다. 물론 그의 주도면밀한 계획의 일부였던 것이죠. 그뿐만이 아닙니다. 맨더슨은 자살혐의를 막기 위해 세심한 주의를 기울여 행동하는 것을 잊지 않았습니다. 그는 되도록 팔을 내뻗어 총구를 멀리하여 쏘았습니다. 얼굴에는 화약 연기의 흔적도 없었고 화상의 자국도 남아 있지 않았습니다. 상처는 깨끗하고 피도 멎어 있었습니다. 저는 일어서서 잔디 위를 걸어다니며 그의 죽음으로 끝난 이 사건의 요점을 검토하기 시작했습니다.

마지막으로 맨더슨과 함께 있던 것은 저였습니다. 저는 억지로 맨더슨을 설득하여 드라이브를 데리고 나간 것으로 되어 있습니다. 그는 부인에게 그렇게 거짓말을 했고 나중에 안 일이지만 집사에게도 그렇게 말했습니다. 그리고 그는 영원히 돌아오지 않는 몸이 된 셈입니다. 더구나 그는 제 권총으로 죽었습니다. 제가 그의 계획을 눈치챈 덕으로 변명의 여지가 없는 행동을 더 이상 하지 않고 끝낸 것만은 사실입니다. 도망칠 계획을 세우고 변장을 하고 막대한 돈과 보석을 몸에 지니는 일에서는 벗어났습니다. 그러나 그 일에서 벗어난 것이 사태를 조금이라도 호전시켰을까요? 그때의 나에게 어떤 희망이 남아 있을까요? 제가 강구할 방법이 뭐가 있었겠습니까?"

머로우는 테이블 옆으로 다가서서 두 손을 짚고 몸을 앞으로 내밀며 열띠게 말을 계속했다.

"저는 그로부터 여러 모로 생각하여 행동을 취하게 되었는데, 도대체 무엇을 생각하고 그런 행동을 하게 되었는가를 잘 이해해 주시기 바랍니다. 지루하실지 모르지만 꼭 들어 주셔야지, 그렇지 않으면 곤란합니다. 제가 무척 어리석게 행동했다고 생각하실지도 모릅니다. 그러나 결국은 그렇게 하기를 잘했습니다. 경찰에 혐의를 받지 않고 끝났으니까요. 저는 15분 가량 잔디밭 위를 걸어다니며 체스의 수법을 생각하듯 당면한 문제를 찬찬히 생각하기 시작했습니다. 저는 앞을 내다보는 일에 있어서는 비할 데 없는 두뇌의 소유자가 생각해 낸 수법을 능가할 만한 묘수를 발견해야만 했습니다. 더구나 맨더슨의 수법은 또 앞으로도 제가 눈치채지 못할 함정을 숨겨 놓았을는지도 모릅니다.

곧 두 가지 수법을 생각해 냈습니다만 어느 쪽을 택하나 목숨을 버리게 되는 일만은 거의 확실하다는 생각이 들었습니다. 첫째는 정면으로 부딪쳐 보는 방법입니다. 맨더슨의 시체를 집으로 끌고 가 사정을 이야기하고 돈다발과 다이아몬드를 돌려 준 다음, 정의의 판가름에 몸을 맡겨 제 결백함이 인정되기를 기다린다는 방법입니다. 그러나 그런 생각을 하는 순간 저는 쓴웃음을 지었습니다. 시체를 끌고 가서 아무 근거도 없는 이야기를 이러쿵저러쿵 지껄이고 있는 제 자신의 모습을 상상하니 우습기 짝이 없었습니다.

맨더슨은 단 한 번도 저를 비난하는 말을 입 밖에 낸 일이 없었습니다. 그런 그가 저에 대해 미친 듯한 증오를 품고 그런 무서운 일을 꾀했다고 말해 봐야 믿어 줄 사람이 있겠습니까? 교활한 맨더슨은 미리 앞질러 모든 손을 써 놓았던 것입니다. 그 같은 증오를 철저히 숨겨 두었다는 건 참으로 그다운 전술이었습니다. 철벽 같은 자제심을 가진 사람이라야 할 수 있는 일입니다. 아무리 제가 사실을 말한다 하더라도 그의 죽음에 속아 제 이야기가 다른 사람들의 귀에는 터무니없는 엉터리로 들릴 것은 뻔한 사실입니다. 저는 변호사에게 그런 이야기를 하고 있는 자신을 상상해 보았습니다. 변호사의 얼굴이 눈에 보이는 것 같았습니다. 그의 마음속이 다 들여다보였습니다. 이런 뻔뻔스러운 거짓말만을 늘어놓게 되면 사형을 피할 가망성이 없어질 뿐이라고 생각하고 있는 변호사의 마음 속이.

분명히 나는 도망치지 않았어요. 시체도 운반해 갔어요. 돈과 다이아몬드도 돌려주고요. 그러나 그런 일이 제 결백을 증명하는 데 얼마나 도움이 될까요? 아마 제가 맨더슨을 죽이고 갑자기 겁이 나 훔친 돈과 보석을 가지고 있을 만한 용기가 없어진 것이라는 의심을 받게 될 뿐이겠죠. 또는 처음에는 죽일 생각이 없었고 다만 협박할 작정이었는데 잘못하여 그를 죽였기 때문에 무서워진 것이라고 생각할 겁니다. 아무리 생각해도 이 방법으로는 살아날 가망이 없을 것 같았습니다.

다음으로 머리에 떠오른 것은 이것도 간단한 수법으로 처음부터 그렇게 짜여져 있듯이 재빨리 도망쳐 버리는 방법입니다.

그러나 이 방법도 전혀 희망을 가질 수 없었습니다. 우선 시체 문제가 있습니다. 면밀한 수사가 시작되어도 곧 발견되지 않도록 교묘하게 시체를 감추기엔 시간 여유가 없었습니다. 또 비록 감춘다 하더라도 맨더슨이 집에 돌아오지 않는 일을 수상히 여겨 두 세 시간 뒤에는 집안 사람들이 소동을 벌이기 시작하겠죠. 자동차 사고라도 난 게 아닌가 하고 마틴은 곧 경찰서에 연락을 취하겠죠. 새벽녘 도로란 도로는 샅샅이 수사가 진행되고, 사방으로 문의 전보가 날아가고, 경찰에선 범죄 가능성을 생각하고 수사에 임하겠죠. 맨더슨 실종 사건이고 보면 경찰은 본격적으로 수사망을 펼 것입니다. 주요한 항구나 역은 엄중히 감시하겠죠. 그리고 24시간 뒤에는 시체가 발견되고 곧 제가 지명 수배될 것은 뻔한 일입니다. 아마 전 유럽에 걸쳐 수배될 것입니다. 모든 신문이 온 세계 사람들에게 그의 죽음을 보도하고 그를 죽인 범인이 안전하게 몸을 숨길 곳은 온 그리스도교국 어디를 가나 없을 것입니다. 다른 나라 사람은 다 일단 의심스러운 눈으로 보게 되고 남자건 여자건 아니, 아이들까지도 저에겐 형사나 다름없이 보일 것입니다. 더구나 타고 있던 차를 어디다 버리건 저의 도주 경로를 나타내는 결과가 될 것은 뻔한 노릇입니다.

저는 절망적인 두 가지 방법 중에서 어느 하나를 택해야 한다면 차라리 터무니없는 사실을 정직하게 말한다는 방법을 택하겠죠. 그러나 참된 사실보다도 설득력이 있는 좀더 사실처럼 들리는 말은 없을까? 꼬리를 물고 여러 가지 거짓말이 머리 속에 떠올랐습니다. 그것을 일일이 말할 필요는 없다고 생각합니다만, 어느 것이나 위험이 따르고 도움이 되지 못하는 것뿐이었습니다. 어쨌든 제가 맨더슨을 꾀어내고 그가 그 길로 살아 돌아오지 않았다는 사실을, 아니, 그런 잘못된 사실을 번복할 수 있는 것이라야 합니다. 그러나 제가 생각해 낸 말은 하나같이 그 점을 설득하는 힘이 부족했습니다. 저는 시체 둘레를 천천히 걸으며 줄곧 생각했습니다. 그러나 생각하면 할수록 그 함정에서 벗어날 수 없는 운명의 무게가 절실히 느껴질 뿐이었습니다. 그런데 그러다 보니 문득 기발한 생각이 머리 속에 떠올랐습니다.

저는 맨더슨이 출발하기 전에 응접실에서 부인에게 하던 말을 아까부터 마치 가곡의 후렴을 흥얼대듯 되뇌고 있었습니다. '머로우 군이 너무 권하기에 달밤에 드라이브나 할까 하오.' 그리고 그럴 작정은 아니었지만 어느 사이에 맨더슨의 목소리를 흉내내어 중얼거리고 있다는 것을 깨달았습니다.

트렌트 씨, 당신이 조사한 대로 저는 흉내내는 일에 있어서 천재적인 소질을 가지고 있습니다. 부인보다도 맨더슨 옆에 있는 시간이 많은 버너 군도 제가 맨더슨의 말소리를 흉내내면 몇 번이나 감쪽같이 속았을 정도입니다. 기억하시겠지만…… "

머로우가 카플스 쪽을 보고 말했다.

"맨더슨의 목소리는 쨍하는 쇳소리가 섞인 투명한 소리였습니다. 흉내내어 보고 싶을 만큼 보통 사람들의 목소리와는 달랐고, 또 그러기 때문에 흉내내기 쉽습니다. 나는 아까 그 말을 주의하여 다시 되풀이해 보았습니다. "

머로우가 그 흉내를 내자 카플스 씨는 혀를 내두르며 감탄했다.

"그리고 저는 옆에 있는 낮은 벽을 두드리고 있는 큰 소리로 이렇게 외쳤습니다.

'맨더슨은 다시는 살아 돌아오지 않는다고? 아니 제대로 살려서 집으로 돌아가게 하마!'

30초 사이에 대강 계획을 세웠습니다. 세밀한 점까지 생각할 여유는 없었습니다. 1초를 다투는 때였으니까요. 저는 시체를 메어다 차에 싣고 무릎을 덮는 담요로 씌웠습니다. 모자와 권총도 주웠습니다. 그 골프장 부근에는 그 날 밤에 있던 사건의 흔적은 하나도 남기지 않았다고 봅니다. 그리고 화이트게이블즈를 향해서 차를 달리고 있는 동안에 계획의 세부가 술술 머릿속에 떠올랐습니다. 가슴은 뛰었습니다. 이제부터는 꼭 살 수 있다! 용기만 내면 쉽게 해치울 수 있다. 웬만큼 예상 밖의 돌발적인 일이 일어나지 않는 한 실패할 염려는 없다고 생각했습니다. 저는 너무 기뻐서 크게 소리치려고까지 했습니다.

집 가까이 오자 차의 속력을 늦추고 주위에 신경을 쓰며 차를 몰았습니다. 도로에는 사람의 그림자도 없었습니다. 저는 집 뜰 맨 구석에 있는 작은 문에서 20보 가량 앞에서 길 반대쪽에 있는 들판으로 차를 몰고 들어가 건초더미 뒤에 세웠습니다. 그리고 맨더슨의 모자를 쓰고 권총을 주머니에 넣고 시체를 멘 다음 달이 환히 비치고 있는 길을 가로질러 작은 문으로 들어섰습니다. 이제 거의 불안을 느끼지 않았습니다. 재빠른 행동과 대담성만 있으면 반드시 성공한다는 자신이 생긴 것입니다."

그는 긴 한숨을 쉬고 난로 옆 깊숙한 의자에 몸을 내던지듯 하고 앉아 이마의 땀을 손수건으로 닦았다. 듣는 두 사람도 조용히 숨을 크게 들이마셨다.

"그리고 그 뒤 일은 아시는 바와 같습니다."

머로우는 담배를 집어 불을 붙였다. 성냥 든 손이 바르르 떨리는 것을 트렌트는 물끄러미 쳐다보고 있었는데, 그의 손도 떨리는 것 같았다. 머로우는 말을 계속했다.

"당신은 그 구두를 보고 저라는 것을 알아 내셨더군요. 그 구두를 신고 있는 동안 발이 아파서 몹시 애를 썼는데 설마 흠집이 생긴 줄은 몰랐습니다. 시체를 둔 창고 언저리와 창고에서 집까지 걷는 동안 제 발자국을 남기면 안 된다고 생각했기에 작은 문으로 들어가자 곧 그의 구두로 바꿔 신은 것입니다. 저의 구두와 윗옷과 외투는 나중에 돌아오면 곧 입을 수 있도록 시체 옆에 놓아 두었습니다. 그리고 그 프랑스식 창문 밑에는 특히 발자국을 뚜렷이 남기고 융단 위에도 몇 개 남겼습니다. 시체에서 옷을 벗기고 나중에 또 갈색 옷을 입히고 구두를 신기고 또 주머니 속에 여러 가지 자질구레한 물건들을 넣고 할 때는 정말 언짢은 기분이었습니다. 틀니를 입 안에서 빼낼 때는 소름이 쫙 끼쳤습니다. 그 목이……

아니 그런 이야기는 이제 그만둡시다. 그러나 그때는 지금 생각하는 것만큼 무섭지는 않았던 것 같습니다. 목이 아슬아슬한 판이라 정신이 없었으니까요. 유감스러운 것은 시체에 윗옷을 입혔을 때 와이셔츠 소매를 제대로 잘 빼놓지 않은 것과 구두끈을 잘 매지 않았던 일입니다. 게다가 시계를 반대쪽 주머니에 넣은 것도 큰 실수였습니다. 어쨌든 서둘러야 했으니까요.

그런데 당신은 위스키에 대해선 잘못 생각하셨습니다. 분명히 한 잔은 마셨습니다만, 그것으로 그만두었습니다. 그 대신 장 안에 있던 빈 병에 위스키를 따라 주머니 속에 넣은 것입니다. 그로부터 밤새껏 할 힘든 일이 남아 있었으므로 위스키라도 없으면 견뎌 낼 수 없을 것 같았기 때문입니다. 차를 달리며 조금 마실 작정이었지요.

차로 그 날 밤 여행의 소요 시간을 당신은 충분히 계산했더군요. 차로 6시 반에 새잔프턴에 닿으려면 전속력으로 달렸다하더라도 12시에는 말스턴을 출발해야 한다고 수기에 씌어 있었습니다만, 제가 시체에 옷을 입히고 넥타이와 시계, 구두를 계획대로 다 매고 신기고 했을 때는 벌써 12시에서 10분이 지나 있었습니다. 그리고 차가 놓여 있는 장소까지 가서 출발한 것입니다. 그러나 헤드라이트도 켜지 않고 전속력으로 달리는 모험을 할 인간은 아마 없겠지요.

제가 집 안에서 한 행동에 대해서 이제 새삼 말씀드릴 것도 없습니다. 마틴을 내보내고 나는 권총에서 총알을 빼고 손수건과 책상 위에 있던 펜대로 총을 깨끗이 닦아낸 뒤 다음 계획을 짰습니다. 그리고 돈다발과 다이아몬드는 접는 뚜껑이 달린 책상 서랍 속에 넣었습니다. 물론 그 열쇠는 맨더슨의 시체에서 가져온 것입니다. 그리고 이층에 올라갈 때가 하나의 난관이었습니다. 식당에 있는 마틴은 별로 경계할 필요도 없었지만 이층에서 누군가를 만날지도 몰랐기 때문입니다. 다른 하녀가 다 잠든 뒤 그 프랑스인 하녀가 복도에서 얼쩡거리는 것을 저는 가끔 본 일이 있었습니다. 버너 군은 깊이 잠드는 체질이었으므로 걱정이 없었습니다. 맨더슨 부인은 11시쯤이면 언제나 잔다는 것은 그녀 자신에게서 들어 알고 있었습니다. 불행한 결혼 생활에도 젊음과 아름다움이 변하지 않는 것은 잠을 잘 자기 때문인가 하고 생각한 적도 있습니다.

그러나 이층에 올라가는 것은 역시 불안했습니다. 이층에서 조금이라도 소리가 나면 곧 서재로 도망칠 태세를 취하고 계단을 올라갔습니다. 무사히 이층에 오르자 우선 제 방으로 가서 권총과 총알을 케이스 속에 넣고 전기를 끈 다음 살짝 맨더슨의 침실로 들어갔습니다.

그 침실에서 무슨 일을 해야 했느냐 하는 것은 아시는 바와 같습니다. 우선 구두를 벗어 문 밖에 놓고 문을 닫은 다음 그의 옷 주머니에 들어 있는 것을 꺼내고 윗옷, 조끼, 바지, 검은 넥타이 등을 적당히 그 근처에 던져 놓고 시체에 입힐 신사복과 넥타이를 골라내고 틀니를 유리그릇 속에 넣었습니다. 그 유리그릇은 세면대에서 머리맡으로 가지고 온 것인데, 그때 지문이 묻은 모양입니다. 옷장의 지문은 넥타이를 꺼내고 닫을 때 묻은 것 같습니다. 그리고 맨더슨이 실제로 잔 것처럼 해놓기 위해 잠자리에 들어가 시트를 흩뜨려 놓을 필요가 있었습니다.

그런 일은 다 아시고 있는 바와 같지만, 그 동안 제 마음만은 상상할 수 없으실 겁니다. 저도 적절히 표현할 수가 없습니다. 그런데 제가 맨더슨의 침실에서 한 것과 같은 작업에 착수하려는 순간 가장 두려워하던 일이 일어났습니다. 자고 있어야 할 부인이 말을 걸어 온 것입니다. 이런 사태를 고려하여 대책을 준비해 놓기는 했지만 역시 가슴이 덜컥 내려앉았습니다.

말이 나온 김에 말해 두겠습니다만 최악의 경우, 만일 부인이 언제까지나 잠들지 않아 부인의 침실 창문으로 탈출하는 것이 불가능할 때는 그대로 2, 3시간 맨더슨의 침실에서 기다리고 있다가 부인에겐 아무 말도 않고 현관으로 나갈 작정이었습니다. 물론 그 무렵이면 마틴은 잠이 들었겠죠. 집을 나가는 소리를 들을지 모르지만 모습만 보이지 않으면 될 것이었습니다.

그리고 시체의 조치를 예정대로 한 다음 곧 새잔프턴으로 차를 달려야 하는데, 그럴 경우에는 6시 반에 그쪽에 닿았다는 의심 없는 알리바이를 만들 수 없다는 점에 문제가 있었습니다. 그러므로 그것을 보충하기 위해 직접 선창가로 가 그곳에서 특별히 눈에 띄게 문의를 할 작정이었습니다. 어쨌든 정오에 배가 출항하기까지 새잔프턴에 닿으면 어떻게 되겠지 하는 생각이었습니다. 혹시 나에게 의심을 품은 사람은 없겠지만 만일 의심을 받을 경우에는 10시까지 닿지 못했다면 '맨더슨을 죽이고 곧 출발해도 그렇게 빨리 새잔프턴에 닿을 수는 없지 않겠는가'라고 말할 수 없게 됩니다. 그래서 그럴 경우에는 도중에 차가 고장났다고 속일 작정이었습니다.

그래야 사용된 권총이 제것이라는 게 밝혀져도 저 없는 사이에 누군가 가져간 것이라고 핑계댈 수 있을 것이었습니다. 맨더슨이 집에 돌아왔다고 믿고 있는 이상 저와 살인을 결부시켜 생각한다는 것은 불가능한 일로 볼 것입니다. 그가 돌아왔다는 사실에 의심을 품는 사람은 절대로 없다고 저는 확신하고 있었습니다. 그러나 저는 역시 사실상 절대 불가능이라 생각될 만한 요소를 만들어 놓고 싶었습니다. 그러면 열 갑절은 더 안심할 수 있기 때문입니다. 그래서 맨더슨 부인의 숨소리로 다시 잠이 들었다는 것을 알자 저는 짐을 옆구리에 끼고 양말바닥으로 부인의 침실을 재빨리 빠져나가 10초 뒤에는 아래 잔디밭에 내려가 있었습니다. 소리는 거의 내지 않았다고 생각합니다. 커튼은 감이 부드럽고 두꺼워 서로 스쳐도 소리가 안 났고 조금 열려 있던 창문을 좀더 열었을 때도 전혀 소리가 나지 않았습니다."

머로우가 담배에 불을 붙이려고 이야기를 멈췄을 때 트렌트가 질문을 했다.

"왜 일부러 맨더슨 부인의 침실 창문으로 탈출하는 모험을 했던가요? 다른 창문을 사용치 않고, 그 창문으로 나갔던 이유는 압니다. 그 밖의 창문으로 나가면 마틴과 하녀가 자고 있는 방 창문으로 들킬 가능성이 있었기 때문이죠? 그러나 이쪽 창문을 이용할 생각이면 그밖에 비어 있는 방이 3개나 있으니까 일부러 부인의 침실 창문으로 빠져나가지 않아도 되지 않았을까요? 예비 침실 2개와 맨더슨 부인의 거실 말입니다. 당신은 맨더슨의 침실에서 예정한 일을 끝마쳤으면 조용히 그곳을 나와 사람이 없는 그 세 개의 방 중 어느 한군데를 택하여 그곳으로 탈출하는 편이 훨씬 안전했으리라고 생각됩니다만, 게다가 만일 당신이 부인의 침실에서 탈출한 사실이 밝혀지면……."

트렌트는 차가운 어조로 덧붙여 말했다.

"부인에게 여러 가지 혐의가 갈 가능성도 있다는 것을 몰랐습니까? 내가 말하는 뜻을 아시겠지요?"

머로우가 얼굴을 붉히며 트렌트 쪽으로 돌아앉았다. 목소리가 약간 떨리고 있었다.

"트렌트 씨, 당신은 알아주시리라 생각합니다만, 만일 그때 그런 가능성이 있다는 것을 알았다면 그밖에 어떤 위험을 범하더라도 부인의 침실을 빠져나가는 일은 절대로 하지 않았을 것입니다. 당치도 않은 일입니다!"

머로우가 얼만큼 평정을 되찾아 말을 계속했다.

"그러나 맨더슨 부인이란 여자를 잘 모르는 사람이라면 남편을 죽이는 일에 가담했다고 생각하는 것도 이상한 일이 아닐 겁니다. 말이 좀 잔인한지도 모릅니다만."

트렌트의 눈에 한순간 험악한 빛이 떠올랐으나 머로우가 일부러 모르는 체하고 담뱃불을 물끄러미 쳐다보고 있었다. 그러나 트렌트는 곧 그 감정을 억누르고 말했다.

"분명히 그렇겠지요, 내가 지적한 것과 같은 가능이 있으리라고는 그때 꿈에도 생각지 못했겠지요, 그것은 잘 알겠습니다만, 그래도 역시 지금 말했듯이 사람이 없는 방 창문으로 탈출하는 편이 훨씬 안전했을 텐데요?"

"그럴까요, 그러나 저로서는 그런 일을 할 용기는 없었다고 말할 수밖에 없습니다. 저는 맨더슨의 침실로 들어가 문을 닫기까지는 무서워서 혼이 났지만, 안에 들어갔을 때는 마음이 놓였습니다. 모든 문제는 그 방안에만 한정되어 있어 위험은 하나밖에 없었습니다. 그것도 예상했던 위험입니다. 맨더슨 부인만 경계하면 되었으니까요. 예상했던 대로 부인은 잠깐 잠에서 깨어났으나 그것도 무사히 넘겼고, 해야 할 일을 거의 마쳐, 남은 것은 다만 부인이 깊이 잠들기를 기다리는 것뿐이었습니다. 돌발적인 사건이 일어나지 않는 한 성공은 틀림없었습니다.

그러나 만일 제가 맨더슨의 옷과 구두를 끌어안고 윗옷도 입지 않고 구두도 신지 않은 채 문을 열고 복도로 뛰어나간다면 어떻게 되겠습니까? 복도에는 막다른 창문으로 불빛이 스며들고 있었습니다. 거기서 누가 제 모습을 보았다면 비록 얼굴은 보이지 않더라도 저를 맨더슨이라고 생각하는 사람은 없겠죠. 마틴이 고양이처럼 조용히 그 근처를 걸어다니고 있는지도 모릅니다. 버너 군이 침실에서 나오지 않는다고도 할 수 없습니다. 자고 있어야 할 하녀가 복도 모퉁이에서 갑자기 나타날지도 모릅니다. 사실 세레스뜨느가 그런 새벽녘에 복도를 얼쩡거리고 있는 것을 저는 본 일이 있습니다. 제가 두려워한 그 같은 사태는 어느 것이나 일어날 가능성이 그다지 많다고는 할 수 없습니다. 그러나 없는 것도 아닙니다. 요컨대 그다지 확실성이 없었다는 겁니다.

저는 맨더슨의 침실에 있는 한 경계해야 할 상대는 분명히 알고 있었습니다. 옷을 입은 채 맨더슨의 잠자리로 쑤시고 들어가 열려 있는 문 저쪽에서 조그맣게 들려 오는 숨소리에 귀를 기울이고 있었습니다. 초조했던 것은 사실이었지만 맨더슨의 시체를 골프장에서 발견한 이후 느낀 일이 없을 만큼의 편한 기분을 거기서 처음으로 맛보게 된 것입니다. 맨더슨 부인이 제게 말을 붙여 준 일을 오히려 기쁘게 생각할 정도로 마음의 여유가 생겼습니다. 왜냐하면 제가 새잔프턴으로 심부름을 갔다고 하여 알리바이를 굳혀 두기에는 절호의 기회였기 때문입니다."

머로우는 트렌트를 보았다. 트렌트는 아주 동감이라는 듯 고개를 끄덕여 보였다. 머로우가 이야기를 계속했다.

"새잔프턴에서 한 행동에 대해서는 아시고 있을 겁니다. 저는 해리스라는 가공 인물을 끝까지 이용해야 한다고 생각했습니다. 그 이야기는 참으로 빈틈없이 면밀하게 짜여 있었습니다. 갑자기 생각했다면 그렇게 그럴듯한 거짓말은 생각해 내지 못했을 겁니다. 나는 출발하기 전에 일부러 서재에서 새잔프턴의 호텔로 장거리 전화를 걸어 해리스가 묵고 있는가를 문의했습니다. 예상했던 대로 그런 남자는 묵고 있지 않았어요."

"그 전화의 목적은 그뿐이었습니까?"

트렌트가 물었다.

"직접적인 이유는 전화를 걸고 있는 체하여 모자와 윗옷 외에는 얼굴이라든가 그 밖의 부분을 마틴에게 보이지 않으려는 자세를 취하기 위해서였습니다. 그렇게 하면 맨더슨다운 자연스러운 자세를 취할 수 있기 때문입니다. 그러나 그러다 보니 정말 전화를 걸어 두는 편이 좋겠다는 생각이 들었습니다. 다만 전화를 거는 체하는 것만으로는 나중에 전화국을 조사했을 때 화이트게이블즈에서 전화를 건 사람은 없었다는 사실이 곧 탄로나게 됩니다."

"나도 처음에는 전화국을 조사했습니다. 그 전화와 해리스가 와 있지 않으니까 돌아간다는 전보를 새잔프턴에서 죽은 사람 앞으로 친 사실만은 나도 특히 감탄했습니다."

머로우는 억지로 웃는 얼굴을 보였으나 곧 먼저 얼굴로 돌아갔다.

"이것으로 이제 이야기할 것은 없다고 봅니다. 저는 말스턴으로 돌아가 조금 남은 용기를 내어 당신의 친구라는 마치 경감의 질문을 받아넘겼습니다. 무엇보다도 곤란했던 일은 당신이 이 사건에 참여한다는 말을 들었을 때입니다. 아니, 더 무서웠던 것은 그 다음날 제가 시체를 버려 두었던 창고 근처에서 나무 사이로 빠져나오는 당신 모습을 보았을 때입니다. 범인은 너라고 그 자리에서 지적받을 것 같은 생각이 들어 살아 있는 기분이 아니었습니다. 이제 당신에게 다 이야기해 버렸으므로 그다지 무섭지 않습니다. ”

머로우는 조용히 눈을 감았다. 잠시 침묵이 흘렀다.

이윽고 트렌트가 벌떡 일어섰다.

“이제 반대 심문입니까 ? ”

머로우는 굳은 얼굴로 물었다. 트렌트는 긴 팔다리를 뻗으며 대답했다.

“아뇨, 무슨 소립니까. 발이 저려서 그래요. 별로 질문할 것은 없습니다. 당신 이야기를 그대로 믿습니다. 당신 얼굴이 마음에 들어서 믿는 것은 아닙니다. 또 사람 이야기를 믿지 않으면 언짢아 할까봐 믿는다는 흔히 있는 이유에서도 아닙니다. 내가 당신의 이야기를 믿는 이유는 나에게 들키지 않고 한 시간이나 거짓말을 할 수 있는 사람은 이 세상에 없을 것이라는 나의 조그마한 허영심을 만족시키기 때문입니다. 정말 어처구니없는 이야기였습니다. 그러나 본디 맨더슨이라는 사람이 어처구니없는 사람입니다. 그리고 당신도 그렇고요. 당신이 한 그런 일은 제정신을 가진 사람은 할 수 없는 일입니다. 그러나 당신이 올바른 정신을 지닌 사람이 하는 행동을 취했다면 아무리 해도 재판관이나 배심원을 믿게 할 수는 없었겠죠. 이 사건을 통해 이것만은 아무도 이의가 없으리라고 생각되는 일이 한 가지 있습니다. 그것은 당신이 대단한 용기를 가진 사람이라는 점입니다. ”

머로우가 답변할 말이 궁해져 얼굴을 붉혔다. 그가 입을 열기 전에 카플스 씨는 기침을 하고 일어섰다.

"나는 처음부터 당신이 범인이라고는 한 번도 생각지 않았어요."

머로우는 깜짝 놀라 감사의 빛을 띤 얼굴을 카플스 씨에게로 돌렸다. 트렌트는 자기 귀를 의심하는 듯한 눈으로 카플스 씨를 쳐다보았다. 카플스 씨는 한 손을 들고 말했다.

"그러나 한 가지 물어 볼 말이 있소."

머로우가 말없이 고개를 끄덕였다.

"가령 이 사건에서 누군가 다른 사람이 혐의를 받아 법정에 서게 되었다면 당신은 어쩔 참이었소?"

"제가 해야 할 의무는 명백하다고 생각합니다. 저는 그 사람의 변호사를 만나 모든 것을 털어놓고 뒷일은 일체 그들에게 맡겼을 것입니다."

트렌트는 크게 웃었다. 문제가 해결되었으므로 들뜬 마음을 억누를 수 없었다.

"그때의 변호사 얼굴이 눈앞에 보이는 것 같군요! 그러나 사실 아무도 의심 받을 만한 우려는 없었습니다. 오늘 아침 나는 경시청에 들러 마치 경감을 만나고 왔는데, 그는 버너 군의 의견에 찬성한다고 말하더군요. 미국의 흉악한 갱의 복수 사건이라는 겁니다. 그러므로 맨더슨 살해 사건은 이것으로 결정이 난 셈입니다. 참으로 비참한 꼴을 당했습니다! 세상에는 자기만큼 영리한 사람은 없다고 생각하고 있는 자가 가장 어리석다는 이야기가 되나요?"

트렌트는 테이블 위에 있는 두툼한 봉투를 집어 난로 불 속으로 던져 넣었다.

"너 같은 것은 타서 없어져라! 너 같은 것은 없어도 문제없어. 아니, 이거 너무 늦었군. 벌써 7시군요. 카플스 씨와 나는 7시 반에 약속이 있습니다. 곧 가봐야 합니다. 그럼 실례합니다."
트렌트는 머로우의 눈을 들여다보며 말했다.
"나는 당신 목에 밧줄을 걸려고 했던 사람입니다. 사정을 양해하셔서 용서해 주시지 않겠습니까? 악수합시다."

완패

"7시 반에 약속이 있다고 했는데, 그것은 무슨 뜻인가? 내가 그런 약속을 했었나?"

두 사람이 아파트 큰문을 지나 밖으로 나왔을 때 카플스 씨가 말했다.

"당신은 저와 함께 저녁 식사를 하기로 되어 있습니다. 이런 유쾌한 일을 축하하는 방법은 단 한 가지, 제가 저녁을 사는 것입니다. 아니, 아니 제가 말한 겁니다…… 어쨌든 저는 보기 드문 사건을, 1년 이상이나 저를 괴롭혔던 사건의 진상을 가까스로 해결하게 된 것입니다. 그것이 저녁 한턱 낼 이유가 안 된다면 어떤 때 내야 합니까? 단 저의 클럽에는 가지 않겠습니다. 성대하게 축하해야 하기 때문에 클럽은 안 됩니다. 런던의 클럽 같은 데서 떠들어대면 그야말로 단번에 신용을 잃게 될 테니까요. 게다가 클럽의 식사는 일년 내내 같은 것으로, 이렇게 말하면 지나친 말일지도 모르지만, 적어도 맛은 언제나 같습니다. 용케도 같은 맛을 낸다고 감탄할 정도입니다. 저의 클럽의 영구불변한 저녁 식사에는 몇백만이라는 저

같은 회원이 옛부터 괴로워해 왔고 앞으로 괴로워하겠죠. 오늘밤에는 좋지 않습니다. 높으신 분들이 잔뜩 밀어닥치는 장소도 재미없고…… 세퍼드의 가게에라도 갈까요?"

"세퍼드란 어떤 사람인가?"

빅토리아 거리로 접어들었을 때 카플스 씨가 조용히 물었다. 트렌트가 우스꽝스러울 정도로 우쭐대며 걷고 있었으므로 지나가던 경찰이 그의 얼굴을 자세히 쳐다보더니, 그 행복해 보이는 얼굴에 관대한 미소를 보냈다. 알코올 탓으로밖에 생각할 수 없었던 것이다.

"세퍼드란 어떤 사람이냐고 물으시는 겁니까?"

트렌트는 화가 난다는 듯 카플스 씨의 질문을 되풀이했다.

"실례입니다만 카플스 씨, 그 질문은 이 어수선한 현대에 범람하고 있는 무익한 탐구심의 전형적인 표현이라 말하지 않을 수 없군요. 제가 세퍼드의 가게에서 식사를 하자고 제안하니까 당신은 곧 이상한 얼굴로 세퍼드란 어떤 사람이냐고 물으신다, 세퍼드의 가게 문을 들어서기 전에 그것을 연구함으로써 지성이 높다는 것을 과시하려는 것이죠? 그런 현대인의 폐단에 아첨하는 듯한 짓은 그다지 감탄할 수 없는 일입니다. 세퍼드의 가게란 저녁 식사를 먹여 주는 장소랍니다. 세퍼드라는 인물은 저도 모릅니다. 저는 세퍼드란 사람이 실제로 있다는 생각은 한 일이 없습니다. 아마 그 가게의 기원에 관계되는 신화적인 인물이겠죠. 어쨌든 제가 알고 있는 건 세퍼드의 가게에 가면 아주 맛있는 양고기를 먹게 해주므로 그것을 먹어 본 많은 미국인 여행자들이 컬럼버스는 쓸데없는 짓을 했다고 한탄했다는 이야기 정도입니다…… 어이 택시!"

택시 한 대가 조용히 보도로 다가왔다. 운전기사는 갈 곳을 말하자 허풍스럽게 고개를 끄덕여 보였다.

트렌트는 담뱃불을 붙이는 것도 초조한 듯 계속 이야기를 했다.

"세퍼드의 가게로 안내하는 데 있어서는 또 한 가지 이유가 있습니다. 실은 이번에 저는 세상에서 가장 훌륭한 여성과 결혼하게 되었습니다. 그 정도로만 이야기해도 상대 여성이 누구인가 곧 아시리라고 생각합니다만."

"그래, 메이벨과 결혼하나?"

카플스 씨는 소리쳤다.

"그거 참 잘 됐군! 악수하세. 잘 됐네, 잘 됐어! 두 사람을 위해 마음 속으로 축하를 하겠네, 축하하네! 실은…… 아니, 자네가 들떠서 이야기하는 것을 방해할 생각은 조금도 없네만…… 꽤 오래된 이야기인데 나도 그와 비슷한 경험이 있었으니까 그 기분을 잘 알 수 없네. 그러나 솔직히 말해 나는 자네들이 이렇게 되기를 속으로 바라고 있었다네. 지금까지 메이벨이 꽤 불행한 생활을 해왔는데, 상대 남자만 훌륭하면 그 남자의 인생에 크게 도움을 줄 수 있는, 말하자면 인류 최대 목적에 적합한 여성일세. 자네 마음은 전부터 알고 있었네만……."

카플스 씨는 깊은 인간미를 담은 눈을 반짝이며 말을 계속했다.

"언젠가 자네들을 우리 집 만찬회에 초대했을 때 알았네. 자네는 페프뮬러 교수의 이야기를 들으며 그녀 쪽으로 계속 눈길을 보내고 있었으니까. 나이는 먹었지만 나처럼 젊었을 때의 육감을 잃지 않은 노인도 있는 법일세."

"메이벨은 그보다 훨씬 전부터 알고 있었다고 하던데요."

트렌트는 어느 정도 풀이 죽은 듯한 표정으로 대답했다.

"저는 그녀에게 전혀 마음이 없는 듯한 표정을 짓고 있었는데, 아무래도 저는 남을 속일 수 없는 모양이지요. 페프뮬러 노인도 그 안경 너머로 제 얼굴을 들여다보고 뭔가 알아차렸는지도 모르겠군요. 그러나 지금까지는 아무리 열중하고 있어도 그것을 공개할 수 없었던 만큼 아직 괜찮았는데 앞으로의 일이 문제군요."

트렌트는 다시 기운을 내어 지껄여 댔다.

"당신이 축하의 말씀을 해주시다니, 정말 이렇게 기쁜 일은 없을 겁니다. 진심으로 기뻐해 주시고 있는 것을 저는 잘 압니다. 당신은 우리가 결혼하는 것이 잘못이라고 생각하신다면 서슴지 않고 아주 슬픈 얼굴을 보일 테니까요. 당신은 그런 실례를 할 수 있는 사람입니다. 그런데 저는 오늘 밤에는 마구 떠들어 대고 싶어서 못 견디겠습니다. 마구 떠들지 않고는 직성이 풀리지 않아요. 이것도 교제려니 생각하고 참아 주십시오. 노래를 불러 드리는 게 좋을지도 모르겠군요. 그리운 옛노래를 하나 부를까요. 당신이 옛날에 잘 부르던 노래가 무슨 노래였지요? 분명히 이런 노래였지요."

트렌트는 택시 바닥을 굴러 박자를 맞추며 노래를 부르기 시작했다.

검둥이 할아범, 다리가 하나
담배를 좋아하나 주는 이 없네.
이웃 검둥이는 심술궂은 할아범,
언제나 담배를 가지고 있네.
자, 합창입니다!

언제나 담배를 잔뜩 가지고 있네.

"왜 부르지 않습니까? 저는 당신이 대지를 뒤흔들 것 같은 목소리로 노래를 불러 주실 줄 알았는데요."

"그런 노래는 불러 본 일이 없네. 처음 듣는 노래야."

카플스 씨는 항의했다. 트렌트는 이상한 듯한 얼굴로 말했다.

"정말입니까? 당신이 그렇게 말하신다면 거짓말은 아니겠죠. 어쨌든 근사한 노래지요? 숲 속의 새들이 다 모여서 합창을 해도 이 노래는 못 당할 겁니다. 웬일인지 이 노래가 지금의 내 기분에 딱 들어맞아요. 저절로 입에서 흘러나옵니다. 발포아 씨의 강연을 듣고 바스 앤드 웰즈의 신부가 한 말을 빌면 '마음 속이 가득 차면 저절로 입을 벌리게 된다'는 것이죠."

"그게 언제 이야기인가?"

"그 발병 가축의 강제 신고에 대한 법안이 제출되었을 때의 이야기입니다. 그 법안이 결국 빛을 보지 못한 것은 물론 당신도 기억하고 계시겠죠…… 아, 여기입니다!"

트렌트는 갑자기 말을 끊고 소리쳤다. 좁은 골목길을 달리고 있던 택시는 길모퉁이를 돌아 사람의 왕래가 많은 넓은 길로 나왔다.

"다 왔습니다."

택시가 섰다.

"여깁니다."

트렌트는 운전기사에게 돈을 치르고 카플스 씨를 안내하여 깊숙이 들어가 있는 거울을 둘러친 방으로 들어갔다. 테이블이 많이 들어서 있고 사람의 목소리가 들려 왔다.

"이곳이 우리의 갈망을 채워 주는 곳, 아름다운 장미에 둘러싸인 휴식 장소라 이 말씀입니다. 아니, 내가 늘 앉는 테이블에는 손님이 있는 모양이군. 마권쟁이 셋이서 돼지고기를 먹고 있군. 그럼, 저쪽 구석으로 갑시다."

트렌트가 웨이터에게 주문을 하고 있는 동안 카플스 씨는 큰 난로 앞에서 즐거운 듯 생각에 잠겨 있었다.

이윽고 두 사람이 자리에 앉자 트렌트는 말했다.

"이 가게의 포도주는 틀림없이 포도로 만든 것입니다. 당신은 백포도주가 좋으신가요?"

"글쎄…… 밀크 소다라도 좀 마셔 볼까."

카플스 씨는 그제야 명상에서 깨어난 듯한 목소리로 대답했다.

"목소리가 너무 큽니다!"

트렌트가 주의를 주었다.

"이곳 웨이터는 심장이 약합니다. 그런 소리를 들으면 쓰러져 버립니다. 그건 그렇고, 밀크 소다라니요? 카플스 씨, 당신은 자신의 몸이 상당히 튼튼한 줄 아시는 모양이군요. 아니, 전 뭐 당신 몸이 약하다고 말하는 것은 아닙니다. 그러나 조심을 하셔야 합니다. 그런 것을 마시는 습관 때문에 당신보다 튼튼한 사람이 숱하게 목숨을 잃고 있으니까요. 더 늦기 전에 그만두는 편이 좋습니다. 소다수 같은 것은 터키의 유목민에게나 줘 버리고 우리는 사모스의 포도주를 마십시다. 자, 음식이 왔습니다."

트렌트는 주문을 추가했다. 웨이터는 요리를 늘어놓고 급하게 돌아갔다. 트렌트는 이 가게에선 고급 손님인 것 같았다.

"제가 알고 있는 포도주를 부탁했으니까 한 번 드셔 보십시오. 하지만 만일 금주의 맹세라도 하셨다면 바로 그 앞에 있는 물을 마시세요. 어쨌든 밀크 소다 같은 걸 주문해서 창피를 당하는 일은 삼가해 주십시오."

카플스 씨는 양고기 요리를 흐뭇한 듯이 둘러보며 대답했다.

"나는 맹세 같은 것은 절대로 안 하네. 다만 포도주를 과히 좋아하지 않는다는 것 뿐이야. 한 번 어떤 맛이 나는가 하고 시험삼아 마셔 본 일이 있는데 기분이 나빴네. 아마 질낮은 포도주였던 모양이야. 그러나 오늘밤에는 모처럼 자네가 한턱을 내는 거니까 먹기로 하지. 자네들 두 사람의 기쁜 소식을 듣고 내가 얼마나 반가워하고 있나 그것을 알리기 위해서라도 뭔가 여느 때와는 다른 것을 해보고 싶군. 사실 이렇게 기뻐해 보기는 오랜만일세."

카플스 씨는 포도주를 따르는 웨이터의 손을 쳐다보며 감개무량한 듯이 말했다.

"맨더슨 사건은 해결되고 죄 없는 인간의 혐의는 깨끗이 밝혀졌으며, 자네와 메이벨은 행복한 생활을 시작하게 되었고, 기쁜 일뿐이로군! 자네들을 위해 건배하세."

카플스 씨는 잔을 들어 조금 마셨다. 트렌트는 감격한 듯한 어조로 말했다.

"당신은 참으로 좋은 분입니다. 겉보기와는 달리 마음이 너그러운 분입니다. 가령 코끼리가 오페라를 지휘하는 것은 보는 한이 있어도, 당신이 저의 건강을 위해 건배하는 것은 보지 못하리라고 생각했었습니다. 카플스 씨, 당신의 입술이 영원히 장밋빛으로 물들 때까지 마시길 바랍니다! 아, 이거 실례했습니다!"

트렌트는 카플스 씨가 다시 포도주를 입에 대었을 때 그 얼굴에 불쾌한 그림자가 스쳐 가는 것을 보고 놀라서 소리쳤다.

"당신의 취미에까지 쓸데없는 참견을 해서 죄송합니다. 제발 좋아하시는 것을 들도록 하십시오. 웨이터의 심장이 멎거나 말거나 상관없습니다."

이윽고 웨이터가 카플스 씨 앞에 금욕적인 음료수를 놓고 나가자 트렌트는 의미 있는 눈초리로 테이블 너머의 카플스 씨를 바라보았다.

"이 정도로 많은 사람이 시끄럽게 떠들어대는 곳이라면 무엇이나 자유롭게 이야기할 수 있습니다. 산 속에서 이야기를 하는 것과 마찬가지입니다. 웨이터는 계산대에 앉아 있는 젊은 여자의 귀에 대고 뭔가 쓸데없는 이야기를 속삭이고 있고요. 우리는 단둘이 있는 거나 같습니다. 오늘 오후에 있었던 회견의 감상은 어땠습니까?"

트렌트는 말을 끝내자 왕성한 식욕을 채우기 시작했다. 카플스 씨는 양고기를 잘게 써는 손을 멈추지 않고 대답했다.

"그런 웃지 못할 이야기도 좀 드물다고 보네. 맨더슨의 미친 듯한 증오의 원인을 우리는 잘 알고 있는데, 당사자인 머로우에게는 전혀 짐작이 안 가니 말일세. 질투가 원인이라는 것은 알고 있지만 메이벨의 마음을 생각하니 그에겐 일러 줄 수도 없었네. 아마 머로우는 앞으로도 맨더슨에게서 어떤 의심을 받았었는지 전혀 알지 못한 채 살아가겠지. 묘하게 되는군. 생각해 보면 대부분의 사람은 다른 사람에게서 여러 가지 말을 듣거나 때로는 당치도 않은 오해를 받으면서도 본인은 전혀 그런 줄도 모르고 태연하게 살고 있는 거야.

이를테면 몇 년 전의 일인데, 내 친구 중 내가 남몰래 로마 가톨릭으로 개종한 줄 알고 있는 사람이 여러 명 있었지. 우연히 그것을 알고 나는 깜짝 놀랐네. 참으로 어이가 없는 이야기인데, 그런 소문이 난 건 내가 1주일에 한 번씩 육식을 하지 않는 날을 정하는 것은 좋은 일이라고 누군가에게 말한 적이 있었기 때문이었네. 맨더슨이 비서에게 품은 의심은 아마 그보다 더 근거가 희박한 것이었겠지. 그 맨더슨은 의심이 많고 질투심이 강한데, 그것은 분명히 유전적인 것이라고 버너가 자네에게 말했다면서?

어쨌든 머로우는 사실을 그대로 말했다고 생각하네. 그 맨더슨 사건에선 얼마쯤이나마 정신에 이상이 있는 인물이 주역을 맡아 하고 있었다는 사실을 인정하면, 그렇게 인정하지 않을 수도 없겠지만, 그렇게 되면 머로우의 이야기는 본질적으로 보아 특히 놀랄 만한 것도 없는 것 같네."

트렌트는 소리내어 웃었다.

"그래요. 저는 좀 보기 드문 이야기라고 생각했었지요."

"세밀한 점만 보면 그렇게도 말할 수 있겠지. 그러나 중요한 부분에는 아무것도 이상한 점이 없지 않은가. 요컨대 미치광이가 어처구니없는 의심을 품고 가해자라고 망상을 갖게 된 상대에게 교묘한 복수 계획을 세웠다. 그리고 그 계획에는 그 자신이 자살하는 일도 포함되어 있었다는 이야기니까. 정신 이상자에 대해 조금이라도 알고 있는 사람에게는 그다지 놀랄 만한 사실이 아니라고 생각하네.

그럼, 이야기를 바꾸어 머로우의 행동에 대해 생각해 볼까. 그 자신은 결백한데 사실을 있는 그대로 말했다가는 살아날 수 없다는 절대절명 위기에 놓인 셈인데, 이것 역시 전대미문이랄 정도는 못 되지. 그는 억울한 처지에서 벗어나기 위해 참으로 대담한, 더구나 교묘한 계략으로 아슬아슬하게 목숨을 건진 셈이지. 그러나 그와 똑같은 일을 우리는 여느 때도 경험하고 있는 것 같네. 아마 어딘가에서 날마다 그런 일이 일어나고 있는 것이 아닌가 싶네."

카플스 씨는 원형을 알 수 없을 정도로 잘게 자른 양고기를 그제야 입 속에 집어넣었다. 트렌트는 그가 먹도록 한동안 시간을 두었다가 조용히 입을 열었다.

"그런 논법으로 가면 지구상의 모든 사건은 다 흔해빠진 평범한 것이라는 말이 아닙니까?"

카플스 씨는 조용하게 미소를 지었다.

"아니, 난 허튼 궤변을 늘어놓고 있는 것은 아니네. 정말 경이적이라고 생각하는 일이 어떤 것인가를 예를 들어 설명하지. 그렇게 하면 나의 생각을 잘 알 수 있을 테니까. 이를테면…… 저…… 그렇지. 볼튼 연구소에서 발표한 간장 기생충의 발생 과정 같은 게 정말 경이적인 것이라고 말할 수 있네."

"저는 그런 문제에 대해서는 전혀 발언할 자격이 없습니다. 과학 세계에선 간장 기생충의 조용한 탄생을 크게 환영했는지도 모르지만, 저는 보고들은 것이 없어서 전혀 모릅니다."

"어쨌든 그다지 식욕을 증진시키는 화제는 아닌 것 같으니 그만두기로 하세. 내가 말하고 싶은 것은 요컨대 우리 주위에는 눈을 뜨고 보려고만 하면 정말로 경이적인 일이 얼마든지 있다는 사실이야. 눈앞에서 변해버린 자잘한 부분을 끌어모은데 불과한 것을 경이적이라고 하는 것은 전혀 감탄할 일이 아닐세."

카플스 씨는 말이 끝나자마자 밀크 소다로 목을 적셨다. 트렌트는 칼자루로 테이블을 두드리며 속으로 칭찬했다.

"당신이 그런 투로 말하는 것을 듣기는 몇 년 만인지 모르겠습니다. 저에 못지않게 당신도 꽤 들떠 있는 것 같군요. 이처럼 침착성을 잃고 있는 상태를 세상에선 환희라 말하지만, 그러나 아무리 유쾌하다고 해서 맨더슨 사건을 평범한 것이라고 결정지어 버린다면 잠자코 듣고 있을 수가 없어요. 당신이 뭐라고 하던 그런 상황 아래에서 맨더슨으로 위장한다는 생각은 참으로 뛰어나고 교묘한 착상입니다."

"교묘한…… 이라고. 과연 뛰어나고 교묘…… 아니, 그러나 나는 그렇게는 생각지 않네. 자네 말을 빌면 '그런 상황 아래에서' 그런 방법을 생각해 낸다는 것은 현명한 인간이라면 별로 이상할 것도 없네. 머로우는 맨더슨의 목소리를 흉내 잘 내기로 유명했고 연기력도 있었으며, 체스적인 사고력도 풍부했고 게다가 그 집 사정에도 밝았으니까. 분명히 그 생각을 행동으로 옮긴 솜씨가 훌륭하다는 것은 인정하네. 그러나 그는 모든 조건이 좋았네. 그 생각 자체가 그처럼 교묘하다고 인정할 수는 없어. 권총의 반동력을 이용하여 탄환이 자동적으로 장전되는 장치를 생각해 내는 것과 같은 정도의 일이 아닐까. 그것은 처음에도 말했듯이, 그 사건은 세밀한 점에선 아주 이상한 데가 있네. 그러니 대단히 복잡해진 것은 사실이야."

"정말 그렇게 생각하고 계십니까?"

트렌트는 될 대로 되라는 기분으로 빈정거렸다. 카플스 씨는 모르는 체하고 이야기를 계속했다.

"그 사건이 복잡하게 된 이유는 머로우가 의혹을 느끼고 맨더슨의 계획 이면을 뺨치는 보다 더 교묘한 계획을 생각해 냈기 때문이야. 이런 내기는 실업계나 정계에선 늘 볼 수 있는 일이지만, 범죄 세계에선 그런 예가 그다지 많지 않을 거야."

"저는 전혀 없다고 말하고 싶습니다. 그 이유는 아무리 머리가 좋은 범죄자라도 빈틈없이 면밀하게 책략을 세운다는 것은 여간해서 어려운 일이기 때문이죠. 만일 그렇게 하면 절대로 잡히지 않겠죠. 그런 빈틈없는 계략을 세우는 일에 있어서는 굉장히 머리가 좋은 경찰이라도 머리가 웬만한 범죄자를 당하지 못하기 때문입니다.

그러나 그 정도로 먼 장래에 대한 계획을 세우는 것은 범죄자의 성격과 맞지 않는 경우가 많은 것 같아요. 이를테면 크리펜을 보세요. 그는 범죄자로서는 대단히 두뇌가 좋은 편이었습니다. '시체 처리'라는 문제는 살인 사건의 중심 문제인데, 그는 그걸 보기 좋게 해결하고 있습니다.

그러나 그 역시 그다지 앞을 내다보지는 못한 셈이죠. 범죄자나 경찰이나 임기응변의 재치도 대담한 행동력도 지니고 있지만, 앞을 내다보는 계획을 세우는 단계에 이르면 아주 간단한 생각밖에 떠오르지 않는 겁니다. 특히 그것은 범죄 뿐만 아니라 사회의 모든 영역에 있어서도 드물게 보는 능력이지만요."

"오늘의 이야기를 생각하니 마음에 걸리는 것이 하나 있어. 그러나 ……."

카플스 씨는 추상론에 싫증이 났는지 화제를 바꾸어 말했다.

"만일 머로우가 아무런 의혹도 품지 않고 맨더슨의 계략에 그대로 빠져 버렸다면 교수형이 되었으리라는 것은 뻔한 일일세. 그런데 죄없는 자를 살인죄로 몰아넣는 계획이 실패한 예는 얼마나 있을까? 이것은 나의 상상이네만 용의자가 정황 증거에 의해 유죄판결을 받고 무죄를 주장하며 그대로 교수대로 보내진 예는 상당수에 이르지 않을까. 그런 정황 증거만을 근거로 하여 이루어지는 사형판결은 앞으로 일체 인정하지 않기로 했으면 좋겠네."

"그럼요. 저는 절대로 그런 짓은 않겠습니다. 그런 경우에 사형을 선고하는 것은, 의심나는 경우에는 벌을 주지 말라는 매우 당연하고도 공정한 원칙을 무시하는 것이라고 생각합니다. 비록 들개가 코 가장자리에 잼을 잔뜩 묻히고 있어도 정황 증거에 입각하여 그 개에게 잼을 훔친 죄를 인정하고 교살하는 일은 하면 안 된다고 미국의 어느 법률학자가 말하고 있지만, 저도 그 의견에 찬성입니다. 악의를 품고 죄 없는 사람에게 누명을 씌우려고 꾀하는 사건이 사실 늘 일어나고 있습니다. 이를테면 아일랜드나 러시아, 인도 등 탄압정치가 이루어지고 있는 여러 곳에서는 그런 책략이 정치의 한 특색으로 되어 있죠. 정부가 위험인물이라 판단한 인간을 정당한 수단으로 억압할 수 없을 경우에는 부당한 수단으로 목적을 달성하는 것입니다. 우리나라 국사범 재판에도 적절한 예가 한 가지 있습니다. 죄 없는 인간에게 살인죄를 씌우려고 했을 뿐 아니라, 그 계획을 세운 본인이 맨더슨과 똑같은 짓을 한 것입니다. 즉 목표하는 상대방의 목숨을 빼앗기 위해 그 남자는 자기 목숨을 버렸습니다. 캄덴 사건이라는 것을 들으신 기억이 있으시지요?"

카플스 씨는 들은 일이 없다고 대답한 다음 토마토를 입에 넣었다.

"존 메이스필드가 그 사건을 소재로 하여 대단히 훌륭한 극을 쓰고 있습니다. 그 연극이 런던에서 상연되게 되면 꼭 한 번 보시기를 권합니다. 가슴 죄는 것을 좋아하신다면 말입니다. 극장 여기저기서 부인들이 감상적인 눈물을 흘리고 있는 광경을 저는 보았습니다. 그 연극을 좀더 잘하는 주역이 맡아 했더라면 그야말로 신경안정제를 아무리 먹어도 모자랐을 것입니다. 이야기의 줄거리는 이렇습니다. 존 페리라는 남자가 자기 어머니와 형이 살인을 했다고 고소하고 자기도 두 사람의 범행을 도왔다고 말했어요. 그는 사건의 경위를 상세하게 밝히고 더구나 어떤 질문에도 대답할 수 있도록 준비를 하고 있었는데, 공교롭게도 중요한 시체가 발견되지 않았지요. 그런데 재판관은 그 때 술을 마시고 있었던지——이 이야기는 왕정복고 시대의 이야기입니다——그런 일에는 일체 관심을 두지 않고 어머니와 형이 아무리 범행을 부인해도 들을 생각도 않고 존의 증언만으로 세 사람을 다 사형에 처해 버렸어요.

그런데 그로부터 2년 뒤에 죽었다는 그 남자가 불쑥 캄덴으로 돌아왔습니다. 해적에게 잡혀가 바다에서 살고 있었던 것입니다. 그 남자의 실종사건이 존에게 그런 계획을 생각해내게 한 것입니다. 물론 존이 자기도 공범이라고 말한 데 대해서는 자살과도 같은 그 행위로 자기 증언을 모든 사람에게 믿게 하려는 목적이 있었던 것입니다. 남을 교수대로 보내기 위해 자기 목숨을 버리는 자는 없을 것이라고 누구나 그렇게 생각할 테니까요.

그러므로 '만일 머로우가 사실을 말했다면 검찰 측은 어떻게 했을까' 하는 질문에 대한 대답도 저절로 나오게 됩니다. 맨더슨이 그런 음모를 꾀했으리라고 믿는 배심원은 백만 명에 한 사람도 없겠지요."

카플스 씨는 이 이야기를 듣고 잠시 생각에 잠겨 있더니 이윽고 얼굴을 들었다.

"나는 그런 방면의 역사에 대해서는 자네만큼 모르지만, 아니 전혀 모르지, 그러나 이 사건으로 내 어렸을 때 이야기가 생각나는군. 우리는 이번 사건 속에 숨어 있는, 말하자면 내면적인 사실이라고 도 할 수 있는 것을 메이벨이 자네에게 한 이야기로 알고 있는 셈 이지. 맨더슨이 질투로 말미암은 광기어린 증오를 남몰래 품고 있 었다는 사실을. 또 맨더슨은 태연하게 그런 계획을 실행으로 옮길 수 있는 남자라는 사실을 우리는 잘 알고 있네. 그러나 재판에 관 여하는 사람들은 보통 내면적인 사실을 간파하는 능력이 없네. 맨 더슨 사건처럼 그런 내면적 사실이 특별히 숨겨져 있는 경우도 있 고 또 때로는 무지한 인간이 그것을 잘 표현할 수 없기 때문에 숨 겨진 사실이 아무에게도 알려지지 않고 끝나 버리는 경우도 있다고 생각하네. 나는 젊었을 무렵 에든버러에 살고 있었는데, 그 당시 스탠디퍼드 광장의 살인 사건이라는 것이 일어나서 나라 안이 온통 시끄러웠던 적이 있었지."

트렌트는 고개를 끄덕이며 안다는 듯이 입을 열었다.

"매클라크란 부인 사건 말이군요. 그녀는 물론 죄가 없었습니다."

"우리 부모도 그러한 의견이었지. 나도 글을 읽을 나이가 되어 그 비열한 사건 내용을 알게 되자 역시 그렇게 생각했네. 그러나 그것 은 참으로 알 수 없는 수수께끼에 둘러싸인 사건으로, 관계자가 다 거짓말을 하고 있고 그 거짓말에 감춰진 진상을 밝혀내기가 몹시 어려웠기 때문에 대부분의 사람은 제임스 플레밍 노인의 무죄를 믿 는 결과가 되었지. 스코틀랜드 사람들이 두 파로 나뉘어 그 사건을 논의했고 의회에서도 그것을 주제로 하여 토론했으며, 각 신문도 두 파로 나뉘어 정말 전에 없이 대논쟁을 벌였었다네.

그러나 그 경우에는 만일 그 노인의 내면적인 사실만 알고 있었 다면 의문의 여지는 없었다고 생각되는데, 어떤가, 자네는? 그 사 건에 대해선 어디서 읽어서 알고 있겠지? 그 노인의 기질에 대해 추측한 사람도 있었지만, 만일 그 추측이 올바른 것이었다면 그 노인에겐 제시 맥퍼슨을 죽일 가능성은 충분히 있었던 셈이지. 그는 자기가 죽여 놓고 그 죄를 그 불쌍한 정신박약자에게 씌웠네. 그 바람에 그녀는 자칫하다가는 극형을 받을 뻔했지."

"플레밍과 같은 평범한 노인이 온 인류에게 아주 풀 수 없는 수수께끼의 인물이 되는 경우도 있는 법입니다. 더구나 장소도 엄연한 법정에서 말입니다. 법률이란 미묘한 감수성을 필요로 하는 사건에 부딪치면 완전히 빛을 잃고 맙니다. 이 세상에 수없이 많은 플레밍 같은 인간을 상대로 하면 법률은 어이없게 속아넘어가게 됩니다. 재판에 종사하고 있는 꽤 까다로운 이들은 지건 이기건 마치 원숭이를 상대로 재판하고 있는 게 아닌가 하는 생각이 듭니다. 그런 이들은 가끔 진실 속에 코를 박고 그 냄새를 맡게끔 해줄 필요가 있습니다.

그런데 만일 머로우가 법정에 서게 되었다면 배심석에 있는 12명의 바보들은 머로우에 대해 어떻게 했을까요. 머로우가 말하듯이 서툴게 변명을 하면 변명을 안 하느니보다 못한 나쁜 결과를 가져왔을 것입니다. 그의 진술을 뒷받침할 만한 증거는 단 한 가지도 없으니까요. 검사 측이 그의 변명을 여지없이 분쇄해 버렸겠죠. 재판관도 배심원에게 사건의 요점을 설명할 때 그의 변명 따위는 애초에 무시해 버릴 것입니다.

배심원은, 당신도 배심원이 된 경험이 있으리라고 생각합니다만, 별실로 자리를 옮겨 뻔한 거짓말을 하는 놈이라고 분개해서 코를 쿵쿵대며 이런 뻔한 사건은 본 일이 없다고 할 것이며, 그리고 만일 머로우가 급한 위기에 용기를 잃지 않고 계획대로 훔친 금품을 가지고 도망쳤다면 그래도 생각할 여지가 있을지도 모르지만, 하고 말할 것입니다.

당신이 한 사람의 배심원이었다면 어떻게 했을까요? 당신은 머로우가 어떤 인간이지 전혀 모른다, 당신은 분을 못 이겨 몸을 떨며 재판 기록을 되풀이 읽는다, 그 기록은 탐욕, 살인, 강탈, 갑자기 용기를 잃은 일, 몰염치, 뉘우침의 빛이 안 보임, 자포자기하는 거짓말을 함 등의 사항이 적혀 있다. 어쨌든 당신이나 저나 처음에는 머로우를 범인으로 믿고 있었으니까요."

"아니, 잠깐만 기다리게."

카플스 씨는 나이프와 포크를 놓고 트렌트의 이야기를 막았다.

"나는 요전날 밤, 자네와 둘이서 이 사건을 검토했을 때 그런 것을 믿고 있었다는 뜻의 말은 절대로 입에 담지 않도록 하라고 주의했을 걸세. 나는 처음부터 머로우가 무죄라는 것을 알고 있었으니까."

"당신은 아까 머로우 군 방에서도 그런 말씀을 하시더군요. 어떤 뜻인가 하고 저는 은근히 마음에 걸렸었는데, 어떻게 그런 사실을 알고 계셨습니까? 머로우는 무죄라는 것을 처음부터 다 알고 있었다니! 어째서 그렇게 확실히 단언할 수 있습니까? 여느 때는 말 한 마디를 하는 데에도 신중을 기하는 당신이, 이상하지 않습니까?"

"분명히 나는 다 알고 있었네."

카플스 씨는 단호하게 되풀이했다. 트렌트는 어깨를 움츠리고 반박했다.

"당신은 저의 수기를 읽고 저와 여러 가지 논의를 했습니다. 그런데 이제 와서 진심으로 그런 말을 한다면 저는 당신이 이성적 판단력을 완전히 버렸다고 생각하지 않을 수 없습니다. 그런 태도는 타락한 그리스도교도에게서 흔히 볼 수 있는 것으로, 완전히 어리석은 태도입니다. 저의 오해가 아니라면 가짜 실증주의에도 통하는 몹시 희롱하는 태도라고 할 수밖에 없습니다. 대체적으로 당신은……."

"그만, 내가 말을 좀 하겠네."

카플스 씨는 접시 위에서 두 손을 맞잡으며 또 상대방의 말을 막았다.

"내가 이성적 판단력을 버렸다니, 천만의 말씀일세. 나는 머로우가 무죄라는 것을 지금 안 것이 아니라 전부터 알고 있었네. 자네는 내가 배심원으로 머로우의 재판에 입회했다면 어떻게 하겠느냐고 했는데, 그런 일을 상상하는 것은 생각의 낭비에 불과하네. 왜냐하면 나는 다른 자격으로 법정에 나가야 했을 테니까 말일세. 나는 증인대에 서서 피고의 변호를 위해 증언을 하게 되었겠지. 자네는 아까 '그의 진술을 뒷받침할 만한 증거는 단 한 가지도 없으니까요' 라고 했는데 실은 그것이 있다네. 나의 증언이 바로 그것이야. 더구나 그것은……."

카플스 씨는 조용히 말을 덧붙였다.

"결정적인 증언일세."

그는 나이프와 포크를 집어들고 만족스러운 듯이 식사를 계속했다.

카플스 씨가 신중하게 말을 하고 있는 동안 갑작스러운 흥분으로 창백해진 트렌트의 얼굴이 마침내 돌처럼 굳어 버리고 말았다. 그리고 마지막 말을 듣자 그의 얼굴에는 다시 급격히 혈색이 되살아났다. 그는 테이블을 두드리고 부자연스러운 웃음소리를 냈다.

"그런 어이없는!"

그는 내뱉듯이 소리쳤다.

"망상입니다. 밀크 소다수를 마구 마시니까 뭔가 어이없는 꿈이라도 꾸신 게죠. 제가 그곳까지 쫓아가서 필사적으로 사건과 씨름하고 있을 때, 당신은 이미 머로우가 무죄라는 것을 알고 있었다니,

그런 어처구니없는 일이 있을 수 있습니까?"

카플스 씨는 하나 남은 고기 조각을 씹어 가며 싱긋이 웃었다. 그리고 그것을 다 먹고 나더니 성긴 수염을 닦고 테이블로 몸을 내밀었다.

"아주 간단한 일이지, 내가 맨더슨을 쏜 거야."

"깜짝 놀라게 한 모양이군."

이렇게 말하는 카플스 씨의 목소리가 희미하게 트렌트의 귀에 들어왔다. 트렌트는 혼미 상태에서 빠져나오려고 필사적으로 몸부림쳤다. 깊은 바다 밑에서 수면으로 떠오르려고 몸부림치고 있는 잠수부와 같았다. 어설픈 손으로 잔을 잡으려고 했으나 포도주가 반쯤 테이블보 위에 쏟아졌다. 그는 잔에 입을 대지 않고 조심스럽게 아래로 내려놓았다. 그리고 숨을 크게 들이마시고 경련적인 웃음소리와 함께 한숨을 쉬었다.

"이야기를 계속해 주십시오."

카플스 씨는 포크를 테이블 위에서 천천히 만지작거리며 말했다.

"죽일 작정으로 쏜 것은 아닐세. 진상은 이러하이. 그 일요일 밤 나는 여느 때처럼 잠자리에 들기 전에 운동삼아 산책을 나갔네. 호텔을 나간 것은 10시 15분쯤 되었을 걸세. 화이트게이블즈의 뒤쪽으로 난 들판의 오솔길을 걸어서 그 길이 크게 구부러진 곳으로 질러 나온 다음 골프장 8번 홀 옆에 있는 문 바로 앞에서 또 그 길로 나왔지. 그리고 골프장을 가로질러 벼랑가로 난 길을 통해 돌아갈 작정으로 문 안으로 들어갔네. 그리고 몇 발자국 걸었을 때 자동차가 달려와 문 가까이에 서는 소리가 들렸네. 돌아다보니 맨더슨의 모습이 곧 눈에 띄더군. 내가 호텔에서 입씨름을 한 다음 맨더슨과 한 번쯤 만난 일이 있다고 자네에게 말했던 것을 기억하고 있나?

그것은 바로 그때일세. 자네가 묻기에 거짓말을 할 생각은 없었네."

트렌트는 조그맣게 신음 소리를 냈다. 그리고 포도주를 조금 마시고 나서 무표정한 얼굴로 말했다.

"그래서요?"

"알고 있듯이 달 밝은 밤이었는데 나는 돌담 옆 나무 그림자에 있었기 때문에 그 두 사람은 근처에 사람이 있으리라고는, 생각지도 않았을 걸세. 머로우가 이야기한 대로의 일을 나는 거기서 다 들어버렸네. 차가 비숍스브리지를 향해 달리기 시작했을 때의 모습도 보고 있었지. 그때 맨더슨은 내가 있는 쪽으로 등을 보이고 있었으므로 얼굴은 보이지 않았지만, 그가 차를 향해 왼손을 유달리 심하게 흔들고 있는 것을 보고 깜짝 놀랐네. 나는 다시 얼굴을 대하기가 싫어서 맨더슨이 화이트게이블즈로 돌아가기를 기다리고 있었지. 그런데 그쪽으로 가지 않고 내가 방금 지나왔던 골프장 잔디밭 위에 버티고 서 있더군. 꼼짝 않고 두 팔을 축 늘어뜨리고 고개를 푹 숙인 채 어딘지 모르게 몸이 굳어 있는 것같이 보였네.

그는 한동안 그런 긴장한 자세로 서 있더니 이윽고 갑자기 오른팔을 외투 주머니에 쑤셔 넣었네. 하늘을 쳐다보는 얼굴이 달빛을 받아 뚜렷이 보였네. 흰 이를 드러내고, 눈이 이상하게 반짝이고 있었어. 나는 그 얼굴을 보았을 때 그가 제정신이 아니라는 것을 순간적으로 느꼈네. 그러자 그 순간 달빛을 받아 뭔가 번쩍이는 것을 보았지. 깜짝 놀라 자세히 보니 그는 권총을 자기 가슴에 대고 있는 거야. 여기서 말해 두네만 그때 맨더슨이 과연 정말 자살할 작정이었는지, 나는 지금도 그게 의문일세. 그것은 영원히 풀 수 없는 수수께끼로 내 마음 속에 남겠지. 머로우는 내가 끼어 들어 있다는 것을 모르기 때문에 맨더슨이 자살했다고 생각하는 게 당연하네.

그러나 나는 그가 다만 자기를 부상만 입힐 작정이 아니었던가 하는 생각이 드네. 머로우를 살인강도 미수죄로 옭아 넣으려던 것이 아닌가 하고 말일세. 그러나 그 순간에는 나도 꼭 자살하려는 줄 알았네. 그래서 정신 없이 나무 밑에서 뛰어나와 그의 팔을 잡았지. 그는 무서운 소리를 내며 내 팔을 뿌리치고 내 가슴을 힘껏 친 다음 내 머리를 향해 권총을 겨누었네. 그러나 나는 그가 방아쇠를 잡아당기기 전에 그의 손목을 꽉 잡고 있는 힘을 다하여 매달렸네. 그의 손목에 상처와 멍이 들어 있던 것을 기억하고 있겠지. 그렇게 되니 필사적이었네. 그의 눈에는 분명히 살의가 담겨 있었기 때문일세. 서로 무슨 뜻인지도 모르는 소리를 지르며 마치 야수처럼 격투를 벌였지. 나는 권총을 들고 있는 그의 손을 정신 없이 누르고 한쪽 손도 붙잡고 놓지 않았네. 그런 격투를 할 만한 힘이 나에게 있으리라곤 꿈에도 생각하지 못했어.

그러나 나는 한쪽 손을 놓고 권총에 달라붙어 그의 손에서 권총을 빼앗았네. 완전히 본능적인 행동이었어. 권총이 폭발하지 않은 것은 정말 기적이라 할 수 있겠지. 나는 2, 3발자국 뒤로 물러섰네. 그가 살쾡이처럼 나의 목을 향해 달려들더군. 나는 정신 없이 그의 얼굴에 권총을 겨누고 쏘아 버렸네. 1야드 정도밖에 떨어져 있지 않았어. 그의 무릎이 힘없이 꺾이더니 그대로 잔디밭 위에 쓰러져 버렸어.

나는 권총을 버리고 그의 옆으로 달려갔지. 가슴에 손을 대고 있는 동안에 심장의 움직임이 멈추고 말았네. 나는 그 자리에 무릎을 꿇은 채 멍하니 그의 시체를 들여다보고 있었지. 그리고 시간이 얼마나 지났는지 모르는데, 나는 문득 자동차가 되돌아오는 소리를 들었어. 머로우가 창백한 얼굴에 달빛을 받으며 계속 뭔가 생각에 잠겨 그 골프장 위를 천천히 걷고 있는 동안, 나는 그 곳으로부터 몇 야드밖에 떨어지지 않은 곳에 숨어 있었네. 9번의 티 그라운드 옆, 금작화나무 밑에 엎드려 있었어. 머로우 앞에 나타날 용기가 없었던 거네. 나는 여러 가지 일을 생각하고 있었지.

그 날 아침 내가 손님이 많은 앞에서 맨더슨과 싸웠다는 소문은 틀림없이 호텔 안에 쫙 퍼졌을 걸세. 맨더슨이 쓰러지는 것을 보는 순간 내가 놓인 입장에서 당연히 밀어닥칠 여러 가지 두려움이 일시에 머릿속에 떠올랐네. 나는 교활한 생각을 했지. 어떻게 해야 좋을 것인가를 곧 알았다네. 되도록 빨리 호텔로 돌아가 남의 눈에 띄지 않도록 방으로 들어가는 일 외에는 나를 구할 방법이 없다. 아무에게도 말하면 안 된다, 물론 머로우는 시체를 발견한 앞뒤 사정을 모든 사람에게 이야기하겠지. 그는 맨더슨이 자살했다고 생각했을 거야. 그리고 아마 다른 사람들도 그렇게 생각할 것이다. 나는 그렇게 생각했네.

머로우는 시체를 메어다 차에 싣기 시작하더군. 난 그것을 보고 돌담을 끼고 빠져나가 클럽 하우스 옆에서 길을 나왔네. 그곳까지 오면 머로우에게 들킬 염려는 없지. 나는 완전히 침착성을 되찾았네. 길을 가로질러 생울타리를 넘고, 목초지를 건너올 때 걸었던 들판 오솔길로 나왔네. 그 길은 화이트게이블즈 장의 뒤를 지나서 호텔로 통해 있네. 이렇게 해서 호텔에 닿았을 때는 숨이 끊어질 것만 같았네."

"숨이 끊어질 것만 같았네……."

트렌트는 카플스 씨의 얼굴을 멍하니 쳐다보며 마치 최면술에 걸린 사람처럼 상대방의 말을 기계적으로 되풀이했다.

"미친 듯이 뛰었으니까."

카플스 씨는 계속 설명했다.

"호텔 뒤쪽으로 돌아가 보니 서재의 창문이 열려 있어 방안이 보이더군. 아무도 없었네. 나는 그 창문으로 들어가 곧 벨을 울리고 다음날 쓸 예정이었던 편지를 쓰기 시작했지. 벽시계는 11시가 조금 지났더군. 좀 있다 웨이터가 왔기에 우유와 우표를 부탁했네. 그리고 곧 내 방으로 돌아가 잠자리에 들었으나 잠을 이룰 수가 없더군."

카플스 씨는 모든 것을 말한 다음 조용히 입을 다물었다. 그리고 말없이 푹 숙인 머리를 끌어안고 있는 트렌트의 모습을 약간 뜻밖이라는 얼굴로 쳐다보았다.

"잠이 오지 않으셨겠지요."

트렌트는 그제야 얼빠진 목소리로 중얼거렸다.

"낮에 너무 몸을 쓰게 되면 잠이 안 올 때가 있습니다. 당연한 말이지요."

트렌트는 또 입을 다물고 말았다. 그리고 조용히 창백한 얼굴을 들었다.

"카플스 씨, 저는 이제야 잠이 깨었습니다. 다시는 무슨 사건이건 손을 대지 않을 작정입니다. 맨더슨 사건은 필립 트렌트가 손을 댄 마지막 사건이 될 것입니다. 그의 빛나는 자랑도 마침내 무참히 짓밟힌 셈입니다."

트렌트의 얼굴에 갑자기 미소가 떠올랐다.

"인간의 추리력이 헛되다는 것을 역력히 본 저는 완전히 항복했습니다. 이제 아무 할 말도 없습니다. 다만 이 말만은 하겠어요. 당신의 승리입니다. 저는 겸허한 마음으로 당신을 위해 건배합니다. 그리고 이 식사비는 당신이 지불하셔야겠습니다."

현대미스터리의 최대 걸작

벤틀리는 1956년 80세로 세상을 떠난 영국의 미스터리 작가이다. 그의 대표작으로 미스터리소설 황금시대의 선구적 작품으로 높이 평가된 《트렌트 마지막 사건》을 들 수 있을 것이다. 여기서 벤틀리에 대해 언급하기 전에 미스터리소설의 원조 아더 코난 도일에 대해 설명할 필요가 있을 것이다.

《셜록 홈즈》로 유명한 코넌 도일은 미스터리소설이라는 특수한 분야를 세계적으로 널리 알리고 미스터리에의 흥미를 독자에게 심은 선구자다. 따라서 그의 작품에는 전시대적 이야기식 요소가 많았으며 힌트를 주지 않고 다만 명탐정이 독자적인 뜻밖의 해결로써 독자를 깜짝 놀라게 하는 것이 많다. 이러한 초인 탐정식 작품은 세밀한 심리 분석이나 치밀한 논리 전개를 소홀히 하고 마지막 페이지에 모든 해결을 집중시키고 있다.

벤틀리는 이들 작품들의 결함인 무미건조함과 가공적 기교에 대한 의식적 반발로 《트렌트 마지막 사건》을 쓰게 되었다. 이 책은 1910년에 출판되었는데 벤틀리 자신은 "이 책은 미스터리소설이라기보다 미스터리소설을 비판하기 위한 것이었음을 알아차린 독자는 많지 않은 것같다"라고 말하고 있다.

그 무렵 사람들이 벤틀리의 이와 같은 의도를 이해하지 못한 것은 무리도 아니다. 분명히 벤틀리의 작품은 종래 미스터리소설의 형식을 완전히 깨뜨린 획기적인 작품이었다. 그 뒤 그의 진가는 차츰 미스터리소설계에 인식되어 현대에 이르러서는 근대 미스터리소설의 효시로서 영광을 얻게 되었다.

에드먼드 클레리휴 벤틀리는 1875년 영국 법무성 소속 사법관의 아들로 런던 서쪽의 세퍼드 푸시에서 태어났다. 부계는 순수한 잉글랜드 혈통이고 모계는 순수한 스코틀랜드 혈통이었다. 말하자면 벤틀리는 전형적인 영국인인 셈이다.

그가 제일 먼저 학교 교육을 받은 곳은 런던 서부 헤머스미드에 있는 성 바울 학원이었다. 이 학교는 헨리 8세 때 성 바울 성당의 부감독으로 있던 존 콜레트가 창설한 것으로 전통에 빛나는 학원이었다. 그곳에서 한 살 위인 G.K.체스터튼과 친교를 맺게 되는데, 이 교우 관계는 평생 변하지 않았다.

이 학생 때의 일은 벤틀리의 《그 시절(1934)》이나 체스터튼의 《자서전(1937)》에 자세히 적혀 있다. 체스터튼의 글에 의하면 그 무렵 벤틀리는 뛰어난 머리와 익살스러운 언동으로 대학 교수의 두뇌와 배우의 소질을 갖춘 인물이었다고 한다.

이어서 옥스퍼드 머튼 대학에서 공부를 했는데 1894년 역사학 장학금을 받았다. 1896년에는 옥스퍼드 유니온이라는 학생 토론회의 회장을 지냈으며 또 대학 보트 클럽의 주장으로 선출되는 등 재학 중 다채로운 활동을 했다.

졸업한 뒤 법률 공부에 전념하여 1903년 변호사 자격을 얻고 같은 해에 결혼하여 두 아이의 아버지가 되었다. 장남은 기술자, 차남 니콜라스는 유명한 삽화가 겸 유머 작가가 되어 몇 편의 미스터리소설도 내놓았다.

1899년부터 1902년에 걸쳐 남아전쟁이 계속되었는데, 〈데일리 뉴스〉지는 영국 신문 중에서도 가장 강력하게 이 전쟁의 부당함을 비난 공격했다. 무엇보다 자유와 평등을 사랑한 벤틀리는 이 신문에 공감하여 변호사 일을 그만두고 이 신문의 편집에 가담하여 1902년부터 10년 동안 여기에 근무했다.

1912년 이후부터는 보수적 색채가 짙은 〈데일리 텔레그라프〉지의 기자로 근무하며 20여 년 동안 해외 문제에 대한 정치 논설을 집필했다. 위 두 신문에 논설을 쓰는 한편 기타 정기 간행물에도 계속 기고하여 정치적 논문은 물론 〈펀치〉지 등에 재미있는 해학시까지 실었다.

1934년에는 현역 기자에서 은퇴하여 런던 서부 퍼딩튼에서 아내와 함께 조용하고 편안한 생활을 보내다가 제2차세계대전의 불길이 높아진 1940년에는 다시 〈데일리 텔레그라프〉지에 복귀하여 문예부 주필로 문예 비평을 시작했다. 이 대전 중 정부 자문위원으로 국가에 봉사했다.

벤틀리는 대학 재학중 동인 잡지에 잡문과 시를 발표한 일이 있는데 처녀작은 1905년의 《초심자를 위한 전기》이다. 이 책은 역사상 유명한 인물을 소재로 한 해학 시집이다. 자유체의 4행 단시는 그 해학성과 시 자체의 유창한 기법으로 그의 독특한 풍격과 흥취를 갖추고 있다. 게다가 친구 체스터튼의 멋진 삽화까지 들어 있어 매우 호평을 받았다. 그의 세례명을 따 E 클레리휴라는 이름으로 발표했기 때문에 비슷한 자유체의 4행시가 '클레리휴'라는 이름으로 불릴 만큼 이 시집의 인상은 깊었다. 이 호평에 힘입어 그는 《다음 전기(1929)》와 《근거없는 전기(1939)》를 속편으로 간행했다. 이 두 시집에도 그의 차남 니콜라스와 체스터튼의 삽화가 들어 있는데, 넓은 소재와 세련된 기법으로 호평을 받았다.

《트렌트 마지막 사건》은 1900년에 구상하고 1912년에 탈고하여 런던의 어떤 출판사 장편소설 현상에 응모했다가 낙선된 작품이다. 우연히 어느 만찬회 자리에서 미국 출판사 〈센츄리〉의 대표자에게 이 원고 이야기를 했더니 그것을 읽은 그 회사에서 이를 출판하기로 결정했다. 처음에는 책 제목을 '필립 개스켓 최후의 사건'이라고 붙였는데, 개스켓이라는 주인공 이름이 부르기에 나쁘다는 요구가 있어 트렌트라 바꾸고 제목도 흥미 있는 것이 좋겠다고 하여 《검은 옷의 여인》으로 바꾸었다.

미국에서의 출판이 결정되자 벤틀리는 자기 나라에서도 이를 출판하고 싶었다. 그래서 문학자이며 미스터리소설도 쓰고 있는 친구 존 버컨에게 원고를 읽게 했더니 그도 그 가치를 인정하고 출판사를 주선해 주었다. 그 덕분으로 이 책은 1913년 3월 영미 양국에서 동시에 간행되었다. 영국판의 제명은 《트렌트 마지막 사건》으로 되어 있다. 벤틀리가 이것이 처녀작인데도 여기에 '마지막'이라는 형용사를 붙인 것은 분주한 신문기자 생활을 하면서 소설을 쓴다는 것이 무척 어려운 일임을 알았으므로 두 번 다시 쓰지 못하리라는 생각을 했기 때문이다.

친구 체스터튼은 1908년 환상과 역설에 넘친 장편 미스터리소설 《목요일의 남자》를 써서 벤틀리에게 헌정했다. 벤틀리도 《트렌트 마지막 사건》을 그에게 헌정하여 즐겁게 읽어 달라고 말했다.

5년 뒤 벤틀리의 보답에 대해서 체스터튼은 이 소설을 '현대 미스터리소설의 최대 걸작'이라는 말로 칭찬했다. 체스터튼과의 인연은 끝까지 계속되었다. 영국 미스터리작가 클럽 회장직을 맡고 있던 체스터튼이 1936년 사망하자 그 뒤를 이어 벤틀리가 2대 회장으로 취임했다. 체스터튼이 편찬한 《A Century of Detective Stories》에 이어 벤틀리가 그 속편《A Second Century of Detective Stories》를 보더라도 이 두 사람의 관계가 어떠했는지는 금방 알 수 있다.

《트렌트 마지막 사건》은 월가의 거물 시그즈비 맨더슨이 사체로 발견되었다. 그의 별장에서, 총알이 왼쪽 눈을 꿰뚫고 지나갔다. 이 보도로 경제계는 그야말로 아비규환. 미망인 메이벨이 용의자로 지목되었다. 민완 기자이며 뛰어난 화가 트렌트가 이 '부호 변사 사건' 해결을 위해 발벗고 나선다. 그런데 주요 용의자인 미모의 미망인에 대해 그가 애정을 느끼게 되면서 범죄 해결은 딜레마에 빠진다. 이윽고 진상에 직면한 그는 이 사건을 마무리짓고 탐정을 그만둔다는 줄거리로 되어 있다.

이 작품으로서 벤틀리는 미스터리소설에서는 불가능하다고 했던 탐정과 연애와의 유기적 결합에 멋지게 성공했다. 더욱이 심사숙고를 다한 트릭은 마지막 두 장(章)에서 철저하게 규명되어 독자의 흥미를 끌고 있다. 등장인물의 성격 묘사도 선명하고 정확하며 문장도 유려하다. 40여 년 전 작품인 만큼 미스터리의 진상 해명에 다소 불만을 주기는 하지만 벤틀리는 이 점을 주인공의 연애로 교묘하게 보완하여 미스터리소설에 처음으로 생생한 인간미를 부여했다.

벤틀리는 《트렌트 마지막 사건》으로 자기의 미스터리소설은 처음이자 마지막이라고 했으나 20년 뒤 이 말을 지키지 못하고 《트렌트 마지막 사건(1936)》을 워너 앨렌과 합작으로 발표했다. 그 밖에 〈스트랜드〉지에 연재한 12편의 단편을 모은 《트렌트 단편집》이며 장편 미스터리소설 《오한(惡寒)》이 있다.

에드먼드 클레리휴 벤틀리가 오직 한 작품으로 끝내려 했던 미스터리소설을 어쩔 수 없이 몇 작품 더 쓰게 되었던 것은 코난 도일이

《셜록 홈즈의 귀환》을 쓰게 된 경우와 같다고 할 수 있다. 작가가 창
조한 등장인물도 작자의 뜻대로만은 되지 않는 모양이다.